퇸장녀의 로맨스

편장녀의 로맨스

차은강 장편소설

가하)

된장녀의 로맨스

지은이 차은강
펴낸이 이형기
펴낸곳 도서출판 가하

초판인쇄 2013년 6월 5일
초판발행 2013년 6월 13일
출판등록 2008년 10월 15일 제 318-2008-00100호

주소 서울 영등포구 양평로 67, 1209 (당산동5가, 한강포스빌)
전화 02-2631-2846 　　　**팩스** 02-2631-1846

www.ixbook.co.kr

ISBN 978-89-6647-610-7 03810

값 9,000원

"머리에 똥 묻었습니다."

갑작스런 남자의 말에 시원은 눈을 동그랗게 뜨고 마른 멸치 같은 남자를 바라보았다.

'똥? 똥이라니?'

똥이라는 말에 영문을 알지 못하고 마른 멸치 같은 남자만 뜨악하게 바라보자, 그는 답답하다는 듯 오른손을 들어 자신의 오른쪽 머리를 가리키며 오만상을 찌푸렸다.

"머리에 똥 묻었다고예."

이번에는 '똥 묻었습니다.'도 아니고 '묻었다고예.' 하고 정확한 경상도 사투리까지 구수하게 쓴 남자가 내리려던 오른손으로 고약한 냄새가 나는 양 코를 쥐고 막았다.

존댓말이었을 때는 그래도 들어줄 만했던 남자의 은근한 짜증은 경상도 사투리를 빌리자 배가 되어 시원의 귀를 때렸다.

시원은 황당한 얼굴로 설마하며 얼른 오른쪽 머리를 매만졌다. 그의 말은 거짓이 아니었다. 정말로 남자의 말대로, 아직 굳지 않아 말랑말랑한 똥이라는 정체가 시원의 손에 만져졌다.

당황하지 않고 그것을 재빨리 손가락으로 훑어낸 시원은 똥이라는 정체를 눈앞에서 대놓고 손가락으로 짓이기며 냄새를 맡아

보았다. 그녀의 엽기적인 행동에 마른 멸치 같은 그가 경악한 표
정으로 입을 떡 벌리며 그녀의 모습을 지켜보았다.

예상대로 똥이 아니라 된장이었다. 회사 외에는 간 곳이 없는
데 머리에 똥이 묻었을 리 없었다.

'하, 참.'

박경서이 이노무 가시나의 짓이 확실했다. 머리에 뭐가 묻었다
며 매만져주는 척하더니 된장을 한 움큼 묻혀놓은 것이다. 시원
은 경선을 생각하며 이를 빠득 갈았다. 그리고 자신보다 더 황당
한 표정을 짓고 있는 남자에게 상냥한 웃음을 지어 보이며 친절
하게 설명을 했다.

"저기, 똥 아니고 된장이에요. 제가 식품업에 종사한다고 말씀
드렸잖아요. 못 미더우면 확인해보실래요?"

된장의 정체를 보여주기 위해 손을 내밀자 남자가 끔찍한 표정
으로 고개를 흔들며 손사래를 쳤다.

"아, 아니, 됐습니다."

그녀가 탁자 위에 있는 티슈를 뽑아 된장이 묻은 손을 닦아내
자 오만상을 찌푸린 남자가 헛기침을 몇 번 하더니 물을 쭉 들이
켰다. 된장이라고 시원이 친절하게 말을 했음에도 불구하고 믿어
지지 않는 듯 불결하다는 시선이었다.

선을 보러 나온 자리에서 똥이라는 주제가 나오다니 아무래도
오늘 만남은 서로에게 똥이라고 기억될 게 뻔했다.

하필 이렇게 바쁜 날 선을 잡은 영발이 야속했다. 야심차게 개
발 중인 블루베리 된장이 실패로 돌아가는 바람에 원인을 찾기
위해 직원들과 함께 머리를 싸매고 릴레이 회의를 했다.

"니가 빨리 시집을 가뿌야 내가 느그 할매 만나도 할 말이 안 있겠나. 우짜든동 가서 만나고 오니라. 안 그라만 니 내 볼 생각도 하지 마래이."

시간은 촉박해 오고 영발의 서슬 퍼런 소리가 귀에서 맴돌았다. 영발의 말을 거역할 수 없어 어쩔 수 없이 경선에게 일을 떠넘긴 뒤 부랴부랴 낡은 트럭을 몰고 회사를 빠져나왔다. 이미 약속시간을 훌쩍 넘겨 고령 시내에 도착한 시원은 공용 주차장에 트럭을 주차하고 거울을 볼 틈도 없이 커피숍으로 쫓아 들어왔다.

"헉, 헉."

말이 커피숍이지 다방이라 해야 어울릴 찻집에 한 남자가 햇빛을 등지고 앉아 있는 것을 본 시원은 핸드백을 고쳐 메며 헐레벌떡 남자에게로 다가갔다.

"저, 혹시 김성진 씨 되시나요?"

숨 가쁜 말에 고개를 돌린 남자가 눈을 동그랗게 뜨며 헉헉거리는 시원을 유심히 바라보았다.

'와우!'

남자는 호남형이었다. 까무잡잡한 피부에 잘생긴 얼굴이지만 밉살스럽지 않게 서글서글 사람 좋게 생긴 것이 이 정도면 싫어라 싫어라 하면서 없는 시간을 쪼개서 나온 선이지만 시간이 아깝지 않을 만큼 괜찮았다. 그러나 몇 초 후 그 생각에 깊이 비수가 꽂힐 줄은 모른 채, 그제야 안정된 숨을 내뱉으며 시원은 남자를 향해 쌩글 웃어 보였다.

"누구세요?"

9

남자의 목소리가 아니었다. 고개를 들자 화사한 아이보리색 원피스를 입고 구불구불 웨이브 펌을 세련되게 한 여자가 불쾌하다는 시선으로 시원을 바라보며 물었다.

호남형의 남자, 웨이브 펌을 한 여자, 그리고 시원. 세 명은 이 뜬금없는 상황에 서로서로를 보며 의문에 빠졌다.

"장시원 씨?"

시원의 이름을 부르며 그 자리에 끼어든 한 남자의 목소리에 세 사람의 고개가 동시에 돌아갔다.

시원이 뒷자리로 고개를 돌리자 삐쩍 말라 볼품없이 보이는 한 남자가 일어서서 삐딱하게 시원을 바라보았다. 그 말인즉슨, 이 호남형의 남자가 시원과 선을 보러 나온 남자가 아니라는 것이다.

오 마이 갓!

"죄, 죄송합니다."

의문에 빠진 상황이 해결되자마자 창피함에 얼굴이 빨개진 시원은 남자와 웨이브 펌에게 꾸벅 인사를 하고 재빨리 몸을 돌렸다.

처음 나온 선 자리에서 이런 실수를 저지르다니 얼이 빠진 게 틀림없었다.

"제가 자리를 잘못 찾았네요. 죄송해요. 김성진 씨 맞으시죠?"

자신의 자리를 제대로 찾은 시원은 삐쩍 마른 남자를 향해 미안한 표정으로 인사를 하며 마른 멸치를 떠올렸다.

꾸벅 인사를 한 시원과 눈이 마주친 남자가 못 볼 것이라도 본 것처럼 눈살을 찌푸렸다. 자신이 약속 시간을 지키지 않은 것에 화가 난 것이 틀림없다고 생각하며 시원은 정말 미안한 표정으로 최대한 싹싹하게 사과의 말을 건넸다.

"제가 좀 늦었죠. 정말 죄송합니다."

"일이 바쁘신가 봅니다. 삼십 분이나 늦으신 걸 보니."

단단히 화가 났는지 삼십 분을 강조하는 남자의 말투에서 짜증이 뚝뚝 묻어났다.

"네, 오늘 새로운 제품 개발이 있어서요. 정말 죄송해요. 대신 차는 제가 살게요."

남자의 짜증스런 말투에도 개의치 않고 이미 남자의 앞에 놓여 있는 커피 잔을 바라보며 시원은 자신이 마실 커피를 주문하기 위해 종업원을 찾았다. 그러나 손님은 안중에도 없이 종업원은 카운터에 앉아 입술에 빨간 립스틱을 덧바르고 있었다. 그 모습에 주문을 하려다 말고 시원은 남자를 향해 어색한 미소를 지었다.

"대구에서 여기까지 운전하고 온 기름 값도 있는데 당연히 그러셔야죠."

순간 시원의 얼굴에 묻어 있던 미안함과 어색한 웃음이 단번에 사라졌다. 약속 시간을 지키지 않은 것은 분명 시원의 잘못이고 남자가 짜증을 낼 만한 상황이 맞지만, 팔짱까지 끼며 건방진 태도로 말하는 이 남자의 자세 또한 처음 만난 사람에 대한 예의가 아니지 싶었다. 아무리 약속 시간에 삼십 분 늦었다지만 상대가 이렇게 미안하다는 식으로 나오면 예의상으로라도 괜찮다 해야 하는 게 인지상정이 아닌가. 거기다 예의상 커피를 사겠다는 시원의 말이 당연하다니……

마른 멸치같이 생긴 게 싸가지까지 없어서야!

'쯧쯧. 저러니 아직 장가를 못 갔지.'

시원은 남자를 바라보며 속으로 혀를 끌끌 찼다. 마음에 들지 않아도 무조건 세 번은 만나야 한다고 영발이 엄포를 놓았지만 아무래도 이 남자와의 인연은 여기까지인 듯싶었다.

헌데 이 상황에서 남자가 한 말이,

"머리에 똥 묻었습니다."

였다.

"흠, 흠."

거울도 보지 않은 채 대충 머리를 수습한 시원이 바로 앉자 경악을 금치 못하던 남자는 그제야 정신이 돌아온 모양인지 헛기침을 몇 번 했다.

"식품업 CEO시라고?"

시원에게는 차를 권하지도 않고 저 혼자 커피를 홀짝홀짝 마시던, 예의라고는 국으로 삶아 먹은 남자가 찻잔을 내려놓고 시원을 빤히 바라보며 물었다.

물어볼 말이 그리도 없는지 처음부터 저딴 걸 물어오다니, 아무리 잘 봐주려 해도 이 남자는 일회용이 확실했다.

"어머, 누가요?"

시원은 전혀 모른다는 듯 어깨를 으쓱거리며 남자의 약을 올렸다.

"시원 씨가 CEO라고 들었는데 아닙니까?"

"아닌데요."

다시 한 번 확인하는 남자의 물음에 시원이 아니라고 대답하자 당황했는지 남자가 손을 떨었다. 그러자 커피 잔이 덜그럭거리며 요란스런 소리를 냈다.

"싫타꼬 싫타꼬 카는 걸 CEO라 캐가 억지로 나왔는데. 진짜 아입니까?"

머리에 똥 묻었으예 다음으로 사투리가 튀어나오는 것을 보니 남자는 다시 인내심에 한계가 왔는지 흥분한 듯 눈을 동그랗게 뜨고 목소리를 높였다.

시원의 미간이 절로 찌푸려졌다. 지금 이 마른 멸치 같은 남자는 시원이 돈 잘 버는 식품업의 사장이라는 사실에 혹해서 나왔다는 사실을 제 입으로 털어놓는 격이었다. 그런 남자가 얄미워 사실을 밝히고 싶지 않았다.

시원은 도대체 무슨 말을 하는지 모르겠다는 순진한 표정으로 남자에게 눈웃음을 지었다.

"잘못 아신 것 같네요. 저는 말단 직원일 뿐이고요, 제 친구가 그쪽이 말한 CEO예요. 그런데 어쩌죠? 그 친구는 벌써 결혼을 해버렸는데."

약 오르지?

남자는 허탈한 표정을 지으며 언제 닦았는지도 모를 물때가 잔뜩 낀 유리창으로 고개를 돌려버렸다. 시원은 고소하다는 듯 그를 향해 혀를 쏙 내밀었다.

"바쁘시면 먼저 일어나셔도 되는데."

시원이 운을 떼자 남자가 그 말을 기다렸다는 듯 벌떡 일어섰다. 식품업 CEO가 아니라면 더 이상 별 볼일 없다는 표정이었다.

"안 그래도 바쁜 시간 쪼개가 나왔는데 먼저 갑니데이."

발밑에 바퀴라도 달린 듯 순식간에 남자는 사라졌다.

"휴."

시원은 얼룩이 가득한 지저분한 천 소파에 등을 기댔다. 정작 바빠 죽겠는 사람은 자신인데 남자가 못 볼 꼴을 본 듯 부리나케 커피숍을 나가버리자 허탈한 마음에 한숨을 푹 내쉬었다.

'아니, 내가 식품업 CEO가 아니면 그렇게 매력이 없는 건가?'

하긴 바쁜 스케줄에 약속 시간을 어기지 않으려 옷도 갈아입지 못하고 부랴부랴 달려온 길이었다. 캐주얼한 구두에 면바지, 그리고 화이트 셔츠 차림으로 나왔으니 아까 웨이브 펌의 아이보리색 원피스를 입은 여자와는 비교도 안 될 만큼 초라한 행색이긴 했다.

다음 스케줄을 머릿속으로 정리하던 시원은 불현듯 생각난 자신의 머리 때문에 가방 안을 뒤져 거울을 찾았다. 거울을 열어 머리를 비춰 보자 머리카락 사이사이에 된장이 덕지덕지 묻어 있었다. 닦아서 될 게 아니라 아예 머리를 감아야 할 것 같았다.

"가시나, 많이도 발랐네. 이번만 봐준다, 박경서이."

경선의 어이없는 짓 때문에 쓸데없는 시간 낭비가 줄어들긴 했다. 물론 남자가 그녀를 미친년 보듯 경악하며 바라보긴 했지만 말이다.

똥 묻었다고 말하면서 오만상을 찌푸리던 남자의 얼굴을 떠올리며 시원은 혼자 쿡쿡 웃었다. 무심코 거울을 내리려던 시원은 거울 속에서 부딪친 시선 때문에 급하게 웃음을 지우고 거울 안에 비친 남자를 바라보았다. 호남형의 그 남자였다. 거울에 비친 그는 자신을 바라보고 있었다.

아까 김성진 씨냐고 물었을 때 아니라고 대답도 않고 눈만 동그랗게 치뜬 것도 아마 머리에 묻은 된장 탓이리라. 그렇더라도 아니라고 말만 해주었어도 덜 창피했을 것을. 묵언수행 중도 아닐 테고 말이다.

시원이 뒤를 돌아보자 남자는 언제 시원을 훔쳐봤냐는 듯 주스 잔을 만지며 장난을 치고 있었다. 거울을 가방에 집어넣고 커피숍 출구로 걸어갔다.

"아가씨, 계산하고 가."

장사를 하겠다는 것인지 말겠다는 것인지 주문받을 생각도 않고 립스틱을 바르던 종업원이 이번엔 빨간 입술로 껌을 짝짝 씹으며 카운터에 다리를 꼬고 앉아 시원을 못마땅하다는 듯 바라보았다.

'아차!'

그 마른 멸치가 정말 예의 없게 계산도 하지 않고 그냥 가버린 것이다.

'쯧쯧. 그런 태도로 백날 선이나 봐라!'

시원은 한숨을 푹 내쉬며 속으로 마른 멸치에게 저주를 퍼부었다. 그리고 지갑을 열어 만 원짜리 한 장을 꺼내 종업원에게 내밀었다. 그나마 자신은 이 지저분한 커피숍에서 아무것도 마시지 않아 얼마나 다행인지.

시종일관 껌을 짝짝 씹으며 붉은 입술을 움직이던 여자에게서 거스름돈을 받아 나오자니 괜히 커피 값만 날렸다 싶었다. 엘리베이터를 기다리던 시원은 어느 순간 자신의 옆에 서서 함께 엘리베이터를 기다리는 남자를 힐끗 바라보았다.

15

그 호남형이었다.

앉아 있을 때는 몰랐는데 키가 큰 장신의 남자였다. 그의 큰 키에 잿빛 슈트를 입은 남자의 모습이 모델처럼 쌔끈해 보였다. 얼굴과 입은 옷에서 고급스러움이 물씬 풍겼다. 젊은 층이 거의 없는 고령에서 훈남의 도시 남자를 만나기란 하늘의 별 따기가 아니던가.

오랜만의 안구 정화로 시원의 눈이 즐거움에 반짝였다.

'쩝, 아깝다!'

저만 한 얼굴에 키까지, 아까 만난 마른 멸치와는 비교 자체가 되지 않았다. 아무리 철밥통 공무원이라지만 몰상식한 남자였다.

시선을 느꼈는지 고개를 살짝 돌려 시원을 내려다보던 남자가 주머니에서 무언가를 꺼내 시원의 앞에 쓱 내밀었다.

손수건이었다.

손수건의 의미를 깨달은 그녀의 얼굴이 순식간에 빨갛게 달아올랐다. 아까 마른 멸치 앞에서는 전혀 아무렇지 않았는데 지금 이 순간 자신의 된장 묻은 머리가 창피했다.

얼떨결에 손수건을 받아들고 머리를 쓱 닦았다. 자신은 괜찮지만 남들이 보기에는 마른 멸치의 말처럼 똥이라고 생각할 수도 있을 것 같아 닦아서는 안 된다는 걸 알면서도 열심히 닦아냈다.

"거기 아닙니다."

묵언수행 중은 아니었던 모양이다. 목소리조차도 성우 뺨치게 좋은 남자였다. 얼굴과 키에 이어 목소리까지도 축복받은 남자였다. 중저음의 목소리가 그녀의 심장을 건드리기라도 한 듯 속절없이 벌떡거렸다.

'아, 진짜 아깝다. 안구 정화에다 중저음의 목소리로 귀까지 정화시켜주다니!'

멀뚱히 올려다보는 시원의 손에서 손수건을 빼앗은 남자가 가까이 다가와 머리를 쓱쓱 닦아주었다. 성격마저 신의 축복을 받은 것인지 전혀 거리낌이 없었다.

"선이 아무리 싫어도 된장을 바르고 나온 사람은 처음 봅니다."

남자의 행동에 당황한 시원이 입만 뻐끔거린 채 말 한 마디 못하고 서 있는데, 그의 말이 끝나기도 전에 엘리베이터가 도착했다. 두 사람은 엘리베이터에 올랐다.

"아무래도 집에 가서 머리를 감는 게 좋을 것 같군요."

이미 그럴 생각이었다.

"아, 네."

선이 보기 싫어 일부러 된장을 바르고 나온 것이 아니라 친구가 장난을 쳤어요, 하고 남자에게 변명을 하려고 했지만, 그럴 틈도 주지 않은 채 엘리베이터가 멈춰 서자 벙긋거리려던 입을 꾹 다물고 말았다. 올라올 때에는 느리기만 하던 엘리베이터가 내려가는 속도는 LTE였다. 망할!

그 사이 남자가 고개를 까딱하고 인사를 하며 엘리베이터에서 내렸다. 시원도 엘리베이터에서 빠져 나와 걸어가는 남자의 깨끗한 뒷모습을 바라보며 한숨을 폭 내쉬었다.

남자는 시원이 차를 세워둔 공용 주차장 안으로 들어가고 있었다. 그 모습을 빤히 바라보다 조금 전 남자가 닦아준 자신의 머리를 매만졌다. 그러고 보니 더러운 손수건을 남자는 그냥 가지고 가버렸다.

"아, 그거 냄새 날 텐데."

이미 남자는 시원의 시야에서 사라지고 난 후였다. 그래도 똥이라고 오해하지 않고 된장이라는 걸 알아줘서 천만다행이다.

뭐, 이왕 이렇게 된 거, 마른 멸치를 대신해 안구에 귀까지 깨끗하게 정화시켜주었으니 나쁘지 않았다.

흰 블라우스에 검은 펜슬 스커트 정장을 입은 호리호리한 몸매의 여자가 강단으로 걸어 나왔다. 객석과 가까워질수록 여자의 이목구비가 자세히 보이기 시작했다. 어깨 아래로 찰랑이는 긴 생머리와 동그랗고 큰 눈, 그리고 살짝 웃는 청순한 모습이 30대라고는 전혀 믿기지 않을 만큼 앳되어 보였다.

"안녕하세요, 저는 '대가야의 장'의 대표이자 일명 '된장녀' 장시원입니다. 만나서 반갑습니다, 여러분."

여자는 어깨를 편 후 당당하게 인사를 하고 환하게 웃어 보였다. 청순한 모습과는 또 다른 멋진 모습이었다. 객석을 가득 메운 학생들은 그제야 그녀가 자신들이 기다리던 여성 사업가라는 사실을 알고 환호하며 박수를 쳤다.

"휘익, 휘익."

소개가 끝나자마자 남학생들의 열렬한 환호와 함께 휘파람 소리가 그녀를 감쌌다. 시원은 긴장감을 가라앉히며 다시 한 번 생긋 웃었다.

"반갑게 맞아주셔서 감사합니다. 저도 10년 전에는 여러분들처럼 참 파릇파릇했는데 말이죠."

그녀는 진심으로 아래로 내려다보이는 젊은 청춘이 부러웠다.

19

"지금도 충분히 파릇해 보입니다."

"하하, 그렇게 봐주시니 진심으로 고맙습니다."

멀리서 들려오는 남학생의 굵은 목소리에 시원은 또다시 빙긋 웃었다.

"아무튼 모교에서 이렇게 후배들에게 강의를 하게 되어 참 영광스럽습니다."

강단에 서서 아래를 내려다보자 학생들의 까만 눈동자 속에 담겨 있는 열망 어린 시선과 호기심 가득한 얼굴들이 시원의 눈에 들어왔다. 청춘들의 눈동자에 담긴 뜨거운 열정이 시원에게 옮겨와 긴장으로 떨리는 가슴에 불을 붙였다.

그녀는 모교에서 '청년실업과 그 대책'이라는 제목으로 열린 강연회에 초대받아 이 강단에 서게 되었다. 남들은 그녀를 두고 성공한 여성 사업가라고 추켜세우지만 시원은 성공이라고 생각하지 않았다. 아직은 도약의 단계일 뿐이었다.

'대가야의 장'이 방송을 탄 후로 자수성가한 여성경제인으로 주목을 받았다지만, 여기저기에서 강연 제의가 들어와도 한사코 거절을 했다. 하지만 오늘 강연만큼은 교수님의 간곡한 부탁으로 도저히 거절할 수가 없었다.

"자, 이제 제가 가진 것들을 여러분에게 한바탕 풀어놓아볼까요?"

"네!"

여기저기에서 학생들의 대답이 들려왔다.

시원은 하얀 칠판에 검은 펜으로 꿈이라는 단어를 썼다.

"여러분들의 어릴 적 꿈은 무엇이었나요?"

그녀의 물음이 끝나자마자 학생들에게서 대통령, 의사, 판사, 연예인, 현모양처 등의 대답들이 들려왔다.

"초등학교 4학년 때 선생님이 너희의 장래희망은 무엇이냐는 질문을 하셨어요. 한 사람씩 일어나서 대답을 하는데 대통령이라고 말한 친구도 있었고 과학자라고 대답한 친구도 있었어요. 소방관, 가수, 심지어는 어른이 되고 싶다고 말한 친구도 있었지요. 하지만 제일 기억에 남는 것은 마법사가 되고 싶다고 말한 친구였어요. 제가 어린 나이임에도 불구하고 현실적이어서인지, 마법사가 되겠다는 친구의 말을 듣자마자 저는 저런 말도 안 되는 꿈을 가지고 있다니, 하고 생각했답니다. 여러분은 초등학생도 아니고 대학교 1학년부터 4학년까지 다양한 학년과 나이를 가지고 있을 것입니다. 그렇다면 현재 여러분이 갖고 싶은 직업은 무엇인가요?"

그녀의 질문에 조용하던 장내가 소란스러워졌다.

"공무원이요."

"선생님이요."

"돈을 많이 버는 직업이요."

제일 앞에서 돈 많이 버는 직업이라고 말하는 안경 쓴 남학생의 말에 그녀는 그만 웃고 말았다.

"직업도 유행이라고 예전에 호텔리어로 나온 드라마가 뜨면서 한창 호텔리어를 꿈꾸는 사람들이 많았죠. 요즘 초등학생들은 아이돌을 꿈꾼다고 하더라고요. 물질 만능 시대이다 보니 여기 남학생이 말한 것처럼 돈 많이 벌고 안정적인 직업을 가장 많이 선호하는 것 같아요. 아무튼 그 친구는 마법사가 되지 못했어요. 건

축과를 나와서 실내 인테리어 회사에서 일하고 있지요. 그런데 말이죠, 그때 마법사가 되겠다는 말을 들은 선생님께서 친구에게 그러시더군요. 세상에 마법사 같은 건 존재하지 않는다고 말이죠. 그 친구는 그 자리에서 울어버렸답니다. 장래희망이란 건 그저 한낱 꿈일 수도 있지만 사람을 살게 하는 희망이기도 한데 순수한 그 꿈을 짓밟아버린 선생님에게 제 장래희망을 말하고 싶지 않더군요. 사실 제 장래희망은 책방 사장이 되는 거였어요. 책을 읽으면서 팔기도 하는 여유로운 책방 사장이 되는 거였는데 요즘 딱 빌어먹기 좋은 직업이죠? 지금이야 인터넷으로 책을 읽고 사는 시대지만 그땐 책방이 많았거든요."

어린 시절부터 책은 그녀의 친구였다. 학원이 많지 않던 그 시절, 학교 수업이 끝나면 그녀는 어김없이 집에서 가까운 도서관으로 향했다. 휴대전화 조립 공장에서 일하는 엄마를 기다리던 지겨운 시간들을 그녀는 책과 놀았고 책으로 견디어냈다.

"집에서 혼자 놀고 있는 딸이 안타까운 제 어머니께서 저를 도서관에 데리고 가시면서부터 책과의 인연이 시작되었습니다. 학교 수업이 끝나고 나면 도서관으로 쫓아가 책을 읽기 시작했는데 그것이 대학을 갈 때까지 많은 도움이 된 것 같아요. 제가 직접 접하지 못하던 것들을 간접적으로 경험하게 해주었으니까요."

책은 그 시절 시원의 호기심을 풀어주는 가장 훌륭한 선생님이었다. 물론 지금도 기능성 된장을 연구하기 위해 휴일마다 도서관에 드나들며 기능성 장에 관한 책을 찾아 읽으며 연구를 하고 있었다.

"현재 제 꿈은 기능성 장을 만드는 것입니다. 물론 지금처럼 다이어트 장을 계속 생산해서 팔아도 먹고사는 데 전혀 지장은 없습니다. 하지만 거기에 안주하고 만족한다면 10년 후 저는 아직도 급변하는 시대 속에서 살아남아 있을까요? 곳곳에 서점이 있던 옛날과는 다르게 요즘은 마트 안에 있는 대형서점 외에 서점을 찾기가 하늘에 별 따기죠. 지금 시대는 어느 광고의 노래처럼 **빠름, 빠름**을 자랑하는 LTE의 속도를 원하고 있어요. 완행열차를 즐기던 시대는 가고 KTX를 찾는 것처럼 시대는 급변하고 있습니다. 이런 시대에 하나를 선택해서 밀고 나간다는 것, 정말 쉽지 않은 일이에요. 보장이 되어 있는 길을 버리고 보장이 되지 않은 길을 가기엔 경험도, 자금도 부족하니까요."

안정된 의사의 길을 버리고 된장을 만든다고 했을 때 사람들은 시원을 향해 정신 차리고 다시 병원으로 들어가라고 충고했다. 그때마다 시원은 이를 악물고 공부하며 연구했다.

"저도 불면의 밤을 보내면서 접으려고 한 적이 참 많았습니다. 시장에서 국산 콩이라고 하기에 사서 메주를 만들었더니 발효가 잘 되지 않아 망치기도 했었죠. 수입 콩은 국산 콩과는 다르게 발효가 잘 되지 않거든요. 묵은 콩일수록 발효가 더 되지 않아요. 한 해 농사를 망친 거죠. 하지만 포기하지 않고 기다렸습니다. 다시 된장을 만들어가다가, 일반적인 된장만으로는 시장 경쟁력이 떨어지는 걸 몸소 느끼며 아줌마들의 주요 관심사인 다이어트와 접목시키게 되었죠. 요즘 비만이 급증하면서 다이어트를 생각하는 사람들이 늘어나고 있잖아요. 그래서 다이어트 콜라나 다이어트 커피 같은 식품들이 쏟아져 나오고 있고요. 남녀노소 다이어트에, 건강에 신경 쓰는 시대의 흐름을 반영한 것이 큰 성과를 보게 된 것이죠."

'대가야의 장'은 장맛으로도 유명하지만 다이어트 된장이라는 이름으로 방송을 타면서 한층 유명세를 타게 되어 매출에 큰 영향을 끼쳤다. 지금도 매출의 50퍼센트를 다이어트 된장물이 차지하고 있으니 효자 상품이 아닐 수 없었다. 그와 함께 다이어트 청국장 환의 판매도 증가하며 매출이 갈수록 늘어나고 있는 추세였다.

"어떤 일에든 확고한 의지가 필요합니다. 그리고 노력이 있어야겠죠. 전 5년 동안 네 시간 이상 자본 기억이 없어요. 그런 노력들이 지금 제가 원하는 즐거운 일, 제가 꼭 하고 싶은 일을 하면서 경제적인 능력까지 갖출 수 있도록 만들어주었습니다. 중요한 건 앞에서도 말씀 드렸듯 확고한 의지와 노력, 그리고 현실을 직시할 수 있는 눈과 마음가짐인 것 같아요. 여러분도 할 수 있습니다."

거지도 부지런하면 더운밥을 먹는다고 했다. 아직 젊은 이 청춘들이야말로 무궁무진한 기회의 삶 속에서 살고 있으니 노력과 또 조금의 운에 따라 삶은 달라질 수 있을 것이다.

"세상에는 수많은 직업이 있지만 내 입맛에 맞는 걸 고르는 건 쉽지 않은 일이죠. 포기하지 마세요. 언제까지나 남들이 만들어 놓은 길을 걸어갈 수는 없잖아요. 인생에서 한 번은 내가 길을 헤쳐 나가야 할 때가 있을 겁니다. 그 어떤 길도 처음부터 있던 게 아니라 누군가가 만들어낸 것입니다. 여러분에게 기회는 무궁무진하고, 그 기회를 놓지 않고 잡을 때 비로소 하나의 꿈을 이룰 수 있는 길의 출입문을 열게 되는 거죠. 좋은 아이템이 있어 창업을 원하는 분들이 있다면 청년창업 사관학교의 문을 두드리는 것도 좋은 방법이겠죠. 혹시라도 저처럼 된장 사업을 꿈꾸시는 분들이 있다면 청년실업 인턴제를 통해 저희 회사에서 적성을 찾아가는 것도 고려해보셨으면 합니다."

요즘 심각한 사회 문제로 떠오르고 있는 청년실업 문제는 비단 그들의 문제만은 아니기 때문에 어떤 식으로든 도울 준비가 되어 있었다.

"벌써 시간이 이렇게 되었네요. 마지막으로 질문 있으신 분들 질문하세요."

쉬는 시간 없이 60여 분의 긴 시간 동안 된장 사업을 시작하면서 겪었던 실패와 성공의 과정을 청춘들에게 들려준 그녀로서는 오늘 첫 강연의 감회가 남달랐다.

"저희 대학 의예과를 졸업하고 의사 면허까지 따신 걸로 알고 있는데 된장 사업을 하시는 것과는 너무 거리가 먼 것 같습니다. 아깝지 않으신가요?"

앞줄에 앉아 시원이 강연하는 내내 경청을 하던 여학생이 질문을 했다.

"사업을 시작하고 돈이 융통이 되지 않아 힘들 때에는 6년을 다니며 낸 어마어마한 등록금과 책값이 아깝다는 생각은 했었지만 배운 지식들은 돈 주고도 못 살 소중한 재산이라고 생각합니다. 아는 것이 힘이라고 언젠가 그 지식을 쓸 수 있는 날이 오리라 생각해요."

김명댁이 갑자기 그렇게 작고를 하지 않았다면 시원은 인턴 생활을 마치고 정민과 결혼을 한 후 레지던트 과정을 마치고 전문의가 되었을지도 모른다. 하지만 서른두 해를 살아오면서 인생은 늘 순탄하지만은 않았다.

"연매출 20억 원인 대가야의 장 사장님의 앞으로의 꿈은 기능성 된장을 만드는 것 외에 또 무엇입니까?"

뒷자리에 앉은 남학생이 벌떡 일어나 질문을 던졌다.

"현재의 꿈은 계속 새로운 장을 계속 개발하는 것과 제 손으로 콩 농사를 짓는 겁니다. 처음에는 할머니처럼 맛있는 된장을 만드는 것이 목표였는데 그 목표를 이루고 나니 다이어트 된장에 관심을 갖게 되었고, 또 이루었습니다. 꿈이라는 건 이루었다고 해서 거기에 만족하고 안도하며 사라지는 것이 아니라 다시 다른 꿈을 꾸게 되는 것인 것 같아요. 지금 새로운 기능성 장에 관심을 갖고서 개발을 위해 노력 중이지만, 제가 수확한 콩으로 직접 메주를 만들고 된장을 담근다면 더 의미가 있을 거라 생각해요. 다른 질문 있습니까?"

현재는 블루베리 된장이 비록 실패에 실패를 거듭하고 있지만 언젠가는 빛을 발할 수 있는 날이 올 거라고 시원은 믿어 의심치 않았다.

"미혼이라고 들었는데 결혼은 왜 안 하시는 겁니까? 혹시 연하도 좋아하시나요?"

장난스런 남학생의 물음에 다른 남학생들도 환호하며 휘파람을 불었다.

"하루 네 시간 자면서 연애까지 하려면 아예 잠을 포기해야 하지 않았을까요? 그리고 안타깝게도 연하 취향은 아니라서요."

코를 찡긋거리며 장난스러운 웃음을 지어 보이는 시원은 귀여운 소녀 같았다. 그 모습에 남자들이 다시 박수를 치며 환호했다.

다음 강연자를 위해 시간 안에 강연을 끝낸 시원은 인사를 하고 강단에서 내려왔다.

교수님을 만나 뵙고 학교를 나오기 전 시원은 차를 타고 학교를 한 바퀴 둘러보며 잠시 대학 시절을 떠올렸다. 대학에 들어가면 미팅이나 소개팅을 즐기며 고3 때 받은 스트레스를 다 날려버린다지만 의대에 입학했던 시원은 고등학교 때보다 더 혹독하게 공부를 해야만 했다. 당연하다고 생각하면서도 가끔은 힘들 때도 있었다. 하지만 정민이 옆에 있었기에 그 시절을 견딜 수 있었다. 시원의 대학 시절은 늘 정민과 함께였다. 첫사랑이자 첫 남자였고, 결혼을 약속한 남자였다.

사랑에 실패했지만 후회는 없었다. 늘 최선을 다해 살아왔고, 파혼을 한 것 역시 그 시절의 시원에게는 최선의 선택이었다.

그녀는 고개를 저으며 차를 돌려 정류장으로 향했다. 무릎이 아파 걷는 것도 힘들어하는 영발을 픽업해 대학병원에 함께 가기로 되어 있었기 때문에 서두르지 않을 수 없었다.

"아니, 이게 누구신가?"

시원을 보자마자 반갑게 맞아주는 황 교수에게 시원은 깊이 고개 숙여 인사를 했다.

"안녕하세요, 교수님. 그간 잘 지내셨어요?"

"잘 지내긴. 말 안 듣는 제자 때문에 그간 속 좀 끓었다."

황정만 교수는 5년 만에 제자 시원을 보자마자 반갑게 일어나 맞아주었지만 말 속에는 뼈가 있었다. 시원은 송구스런 마음에 그저 웃음만 지었다.

"갑자기 전화를 걸어선 환자를 봐달라니, 네 녀석이 몇 년 만에 연락한 건 줄 알아?"

"죄송해요."

존경하는 정형외과 의사인 황 교수처럼 시원도 한때 정형외과 의사를 꿈꾼 적이 있었다. 황정만 교수 역시 똑똑한 제자 시원에게 거는 기대가 남달랐다. 황 교수의 기대를 저버린 것이 미안해서 시원은 그동안 연락도, 안부 문자도 한 통 할 수가 없었다.

"인생이 다 그런 거 아니겠나. 내 뜻대로 살아갈 수 없고 복잡한 쇠사슬에 매여 있는 게 인생이지. 그래, 그간 잘 지냈어? 녀석, 얼굴이 많이 좋아졌구나."

황 교수가 어깨를 토닥여주자 시원은 눈물이 나려는 걸 억지로 참아야만 했다. 5년 전의 일들이 파노라마처럼 스쳐 지나갔다.

"이해해주셔서 고맙습니다."

진심으로 고맙고 죄송했다.

"소식은 들었다. 네가 사업을 한다니, 참 인생사 알 수 없지 않니?"

"매달려 살다 보니 그렇게 되더라고요. 교수님께 평생 무료로 제공해드릴게요."

"사업 성공하더니 이젠 넉살도 좋아진 게냐?"

"죄송해서 그래요. 너무 죄송해서요."

너무 죄송해서 울 것 같은 시원의 표정에 황 교수가 그녀의 어깨를 토닥였다.

"알면 됐다, 녀석아. 그런데 어디가 아픈 게야?"

"제가 아니고요, 제 할머니세요."

"네 할머니는 돌아가셨잖니."

황 교수는 5년 전의 일을 아직도 잊지 않고 기억하고 있었다.

"할머니 제일 친한 친구분이신데 저에겐 친할머니와도 같아요. 무릎이 안 좋으셔서요."

"어서 들어오시라고 해라."

황 교수의 말에 시원은 진료실 문을 열고 나가 영발을 부축해 들어와 진료실 안 의자에 앉혔다.

"안녕하세요, 할머니."

황 교수가 먼저 따뜻한 인사말을 건넸다.

"안녕하시오, 의사 선상."

"예, 할머니. 어디가 안 좋으세요?"

"무릎이 아파가 내 고마 팍 디지뿌고 싶소. 칠십을 넘게 살았는데 내 더 살만 뭐 하요. 이제 살 만큼 살았는데 고마 죽고 싶어도 죽도 몬하고 이래 살아는 있는데 무릎은 이래 아프제. 병원에 가이 수술해야 된다 카는데 다 늙어가 수술하면 뭐 하겠는교."

허옇게 쪽찐 머리의 영발은 황 교수에게 구수한 경상도 사투리로 긴 말을 늘어놓았다. 시원은 영발이 고령에서 다니던 병원에서 써준 소견서를 황 교수에게 전했다. 소견서를 꼼꼼히 읽어본 황 교수는 영발에게 자상하게 웃으며 말을 건넸다.

"아직 살 날이 더 많으신데 죽긴 왜 죽어요. 요즘 의학 기술이 발달해서 무릎 수술은 수술도 아니에요. 마음을 편하게 가지세요. 치마 좀 올려보시겠어요?"

황 교수의 말에 시원이 꽃무늬가 그려진 영발의 치마를 무릎

위까지 올려주었다. 영발의 무릎은 통증 때문에 파스를 하도 붙였다 떼었다 하는 바람에 피부에 상처가 생길 정도였다. 관절을 보면 인생이 보인다는 말이 있듯, 쉬지 않고 부단히 움직이며 살아온 영발의 고단한 인생이 성한 곳 없는 무릎 관절에 드러나 있었다.

"할머니, 오늘 피 검사도 하시고, 소변 검사도 하시고, CT, MRI 찍고 가세요. 제가 안 아프게 수술해드릴 테니까 다시 오셔야 합니다."

"다 늙어가 수술하면 뭐 하요. 치우소마. 그냥 이래 살다 죽을랍니다."

"퇴행성관절염은 늙어야 오는 병이라 인공관절 수술은 다 늙어서 하시는 분들이 대부분이에요. 자연적인 현상이라 나이가 들면 거의가 관절 때문에 고생하시는 게 당연하죠. 제가 안 아프게 해드릴 테니까 저만 믿으세요."

자상하게 설명을 하는 황 교수를 보며 영발이 못 미더운지 다시 한 번 물었다.

"진짠교? 진짜 수술하면 안 아픈교?"

"제가 환자한테 거짓말을 하겠습니까."

"돈 마이 드는 거 아인교? 돈 마이 들면 안 할랍니다."

역시 돈 때문에 지금껏 버티신 게 틀림없었다.

"할머니, 돈 걱정 하지 말라고 했잖아. 우리 교수님 실력도 좋으신데 수술비도 싸게 해주시니까 걱정하지 마세요."

시원이 나서서 설명을 했지만 영발은 못 믿는 눈치였다.

"시원이 말이 맞으니까 걱정하지 마세요."

황 교수가 시원의 말을 거들자 그제야 영발은 그 말을 믿는지 고개를 끄덕였다. 옆에 있던 간호사의 부축을 받고 영발이 진료실을 나가자 황 교수가 컴퓨터로 진료 내용을 기록했다.

"약물치료나 물리치료도 호전이 없으니 수술밖에 선택의 여지가 없을 것 같구나."

"네, 그러리라 생각하고 교수님 찾아왔어요."

"녀석. 검사 결과 나오면 전화하마."

"감사합니다, 교수님."

시원은 깊이 머리 숙여 인사를 했다.

"감사한 줄 알면 자주 들러라."

"그럴게요. 그리고 이거 제가 담근 장이에요. 사모님 드리세요."

"그래, 잘 먹으마."

황 교수에게 다시 한 번 깍듯하게 인사를 하고 진료실을 나온 시원은 간호사가 건네주는 서류를 받아 설명을 전해 듣고, 영발을 부축해 피검사와 소변 검사를 먼저 한 후 CT실로 향했다.

황 교수가 아니었다면 대학병원 초진인 영발은 접수를 하고도 한참을 진료 대기실에서 기다려야 했을 테고 또 CT와 MRI도 바로 찍지 못했을 것이다.

그것이 시원을 밤새 고민하게 만든 이유였다. 칠십이 넘은 노인을 대기실에서 오래 기다리게 하고 싶지도 않았고, 다시 고령에서 대구까지 검사를 하러 나오기 힘들다는 판단도 판단이지만, 황 교수는 알아주는 정형외과 의사이자 인공 관절 수술로 유명한 명의로 더 이상 선택의 여지가 없었다.

31

"장시원?"

CT실로 가기 위해 엘리베이터를 기다리는데 엘리베이터를 타려고 의사 가운을 펄럭이며 급하게 걸어오던 여의사가 시원을 발견하고 이름을 불렀다.

수연이었다. 수연은 대학을 다닐 때 스터디 그룹을 같이 하던 친구였다. 그룹에서 여자라고는 수연과 시원뿐이어서 둘은 자연스럽게 친해졌던 사이였다. 긴 머리를 묶고 다니던 학교 때와는 달리 단발에 웨이브를 살짝 넣은 모습이 단정하고 세련된 이미지를 풍겼다. 서로를 놀란 눈으로 바라보던 두 사람은 잠시 할 말을 잃었다.

결국 우려하던 일이 일어나고야 말았다. 조용히 왔다가 조용히 가려고 했건만 수연을 만나버렸다. 어색하게 웃으며 시원은 먼저 인사말을 건넸다.

"어, 오랜만이다."

"죽은 줄 알았더니 살아 있었구나?"

반가우면서도 야속한 눈길로 바라보는 수연을 보며 시원은 멋쩍게 웃었다.

"누고?"

두 사람을 지켜보던 영발이 물었다.

"친구."

"친구라는 게 몇 년 동안 연락 한 번 안 하니? 도대체 몇 년 만이야? 병원까지 왔으면 연락이라도 하지."

원망 가득한 수연의 말에 시원은 이번에도 미안한 표정으로 웃기만 했다.

딩동.

엘리베이터가 도착했다는 알림음을 울렸다.

"차 한잔 하자."

엘리베이터를 타는 영발을 보며 수연이 급하게 시원을 잡았다.

"할머니가 아프셔서 왔어. 검사하러 가는데 다시 병원에 와야 하니까 차는 그때 마시자."

급하게 말하며 하행 엘리베이터에 올라타자 수연은 상행 엘리베이터를 기다린 것인지 서운한 표정으로 고개만 끄덕였다. 할 말이 아주 많은 표정의 수연을 애써 외면하며 시원은 영발을 부축한 손에 힘을 주었다.

인턴을 그만둔 뒤로 대학 동기를 만난 것은 처음이었다. 수연이 알게 되었으니 병원에 있는 동기들에게 자신이 이곳에 왔다는 사실이 일파만파 퍼질 것이다. 예상은 했지만 막상 일이 닥치자 당황스러운 건 매한가지였다.

영발이 CT실에 들어가고, 촬영이 끝나기를 기다리며 의자에 털썩 주저앉은 시원은 팔짱을 끼고 벽에 기대었다. 시원의 앞으로 분주하게 걸어가는 의사와 간호사들의 모습이 보였다.

김명댁의 갑작스런 죽음이 아니었더라면 시원도 저 의사들처럼 분주하게 움직이며 이곳에서 제 할 일을 하고 있을는지도 몰랐다.

"김영발 씨 보호자 분?"

상념에 잠긴 시원을 깨운 건 MRI 촬영실의 촬영기사였다.

"네."

"검사 끝났습니다. 원래 검사 결과를 보러 오셔야 하는데 정형외과 황 교수님께서 결과 나오면 전화를 하신다고 하시네요."

대학병원은 검사를 할 때도 직접 와야 하지만 검사 결과도 진료비를 내고 직접 보러 와야 했다. 다시 한 번 황 교수에게 감사함을 느끼며 시원은 촬영기사에게 인사를 했다.

"감사합니다. 그럼 수고하세요."

절뚝거리는 영발을 부축해 주차장으로 가는 길에 영발이 또 신세한탄을 늘어놓았다.

"차라리 죽으삐는 게 낫지, 니를 이래 귀찮게 한다."

시원에게 미안한 감정을 늘 이렇게 표현하는 영발이지만 오히려 신세를 갚아야 할 사람은 시원 자신이었다.

"할머니는 그런 말 하지 말라니까. 할머니 없으면 나 어떻게 살아."

김명댁의 갑작스런 죽음 후 남은 두 사람은 서로를 의지하며 지금껏 살았고 앞으로도 그래야 했다.

"젊은 기 와 몬 사노. 이제 돈도 까꾸리로 끔겠다, 좋은 놈 만나 낳고 살면 되지. 니 나이가 지금 몇인지나 알고 그카나? 옛날 같으면 아를 낳아도 열도 더 낳았다. 나는 이제 살 만큼 살았다. 니 결혼하는 것만 보고 가면 소원이 없다."

영발은 시원의 결혼이 김명댁이 다하고 가지 못한 자신의 의무라고 생각하는지 요즘 들어 계속 결혼을 재촉하고 있었다.

"좋은 놈이 없으니까 그렇지. 전에 선보러 갔을 때도 그놈은 내돈에만 관심 있어가지고 내가 말단 직원이라니까 엄청 실망하더란 말이야."

한 달이 넘은 이야기지만 선 자리에서 만난 마른 멸치 같은 남자를 떠올리며 시원은 콧방귀를 뀌었다. 시간 낭비에 돈 낭비를 하게 만들고 똥을 떠올리게 하는, 생각하기도 싫은 남자였다.

"썩을 노무 자슥 아이가. 공무원이라 캐가 자리 만들었디만은 썩을 노무 새끼가 니 돈 보고 나왔드나?"

"그렇다니까? 그러니까 다시는 나한테 선보라고 하지 마세요."

"지랄한다. 그라마 멀쩡한 놈 하나 데려와보든지."

"곧 데려올 테니까 걱정 하덜덜 마시라고요. 그러니까 선보러 가란 소리 하지 말란 말이야."

독신을 고수하는 건 아니었기 때문에 그리 말은 했지만 솔직히 사람을 만난다는 것은 말처럼 쉬운 일이 아니었다.

한창 공장을 세울 시기에는 잠을 줄여 커피를 쏟아가며 일에 매달리느라 누군가를 만날 여유가 없었다. 이제 경제적으로나 시간적으로나 여유가 생기긴 했지만 선이라는 게 사람의 인성보다는 경제적 능력이나 조건을 먼저 따지는 것이다 보니 썩 끌리지가 않았다.

"맨날 회사에 쳐박혀가 있는데 누구를 만나겠노. 그라다가 평생 혼자 늙어 죽을라 카나."

"할머니가 있는데 뭐가 걱정이야?"

시원의 말에 영발이 길을 걷다 말고 눈을 흘겼다.

"내가 언제까지 살 줄 알고 천하태평이고."

둘이 티격태격 주고받는 사이 차를 세워놓은 곳까지 온 시원이 뒷좌석 문을 열어 영발을 부축해 앉히고 안전벨트를 매주었다.

"내려갈 때까지 한숨 자요."

"오야."

35

아픈 다리로 고령에서 버스를 타고 서부 정류장에서 내려 다시 시원의 차를 타고 이십여 분을 달려 병원으로 온 여정이었다. 거기다 대학병원이다 보니 수많은 사람들과 부딪쳐가며 진료를 받기 위해 오르락내리락거린 영발의 낯빛에는 피곤함이 역력했다.

이런 일이 있으려고 했는지, 바로 얼마 전까지만 해도 덜덜거리던 트럭을 타고 다니던 시원은 경선이 하도 닦달을 해 법인카드로 한 달 전에 계산을 하고 사흘 전에 받은 새 차를 유용하게 쓸 수 있었다.

주차장을 빠져나가던 시원이 갑자기 차를 세웠다. 본관 건물 밖에서 흰 가운을 입고 담배를 피우는 저 사람은 틀림없이 정민이었다. 머리가 짧아진 것 외에는 변함없는 모습이었다. 무테를 끼던 인턴 때와는 다르게 검은 테 안경을 끼고 옅은 미소를 지으며 담배를 피우는 모습이 생소했다.

병원에 있을 거라고 생각지 못했는데 이렇게 우연히 보게 되다니.

'잘 살고 있구나…….'

시원을 만날 때만 해도 비흡연자였던 정민이 담배를 피우는 모습은 낯설었다. 정민의 옆에서 함께 담배를 피우고 웃으며 이야기하는 남자는 민재였다. 민재에게서 재미있는 이야기라도 들은 것인지 정민이 픽 웃는 모습을 지켜보던 시원의 눈에서 아늑함이 묻어났다.

빵!

갑자기 멈춰 선 시원의 차 뒤로 어느새 차가 따라와 있었다. 클랙션 소리에 정민과 민재가 시원의 차를 바라보았다. 심장이 떨

어질 것처럼 철렁거렸지만 선팅이 짙게 된 차라 밖에서는 아무것
도 보이지 않았다.

서둘러 가속 페달을 밟은 시원은 주차료를 계산하고 병원을 빠
져나왔다.

"잘 갔다 왔나? 뭐라 카드노?"

사무실에 들어서자마자 컴퓨터에서 눈을 뗀 경선이 물었다.

"CT랑 MRI 결과 나와봐야 아는데 아무래도 수술을 해야 할 것
같대."

"노인네 잘 견딜는지 모르겠다. 병원 가니까 어떻대? 옛날 생
각 안 나드나?"

경선의 말에 시원은 웃음으로 대답을 대신했다.

경선과 시원은 고등학교 친구였다. 고등학교 1학년 겨울, 시원
의 어머니 김민영이 교통사고로 홀연히 세상을 떠났을 때 시원은
마지막 남은 핏줄인 외할머니 김명댁의 집으로 내려왔다. 인천에
서 나고 자란 시원에게 대가야의 도읍지라는 고령은 아늑함과 고
즈넉함을 지닌 시골 마을이었다. 너무 조용해서 적응이 되지 않
는 곳이기도 했다. 다세대 주택에 세를 들어 살며 어쩔 수 없이
공유해야 하는, 밤낮 구분 없는 사람들의 소음과는 달리 아침이
면 새들이 지저귀고 여름 밤엔 개구리가, 가을 밤엔 귀뚜라미가
울었다.

민영의 죽음으로 한동안 말을 잃은 시원에게 같은 반 친구 경
선은 언니 같은 친구였다. 시원의 아픔을 알지 못하는 같은 반 학
생들은 시원에게 도도한 척, 잘난 척, 꼴값을 떤다고 수군거렸다.

그런 상황에서 경선은 제일 먼저 말을 걸어준 친구였고, 같은 마을에 산다는 것을 안 뒤로는 등하교를 함께 해주었다. 시원이 마음의 문을 연 후 두 사람은 급속도로 가까워졌다. 주말이면 서로의 집에서 함께 공부를 하고 수다를 떨거나 라디오를 들으며 함께 사연을 보내기도 했다. 고등학교를 졸업하고 다른 대학에 입학한 후로는 공부에 치여 바쁜 시원 때문에 만남이 뜸해지긴 했어도 방학이면 어김없이 함께 지냈다.

시원이 인턴을 그만두고 메주를 쑤며 된장을 만들 때도 미쳤다는 사람들 속에서도 시원의 옆에 있어준 유일한 친구였다.

"와 웃기만 하는데, 아는 사람이라도 만났나?"

"아니, 황 교수님 외에는 아무도 못 만났어."

시원의 일이라면 걱정부터 앞세우는 경선에게 굳이 수연과 정민을 보았다는 말로 걱정을 끼치고 싶지 않았다.

"하긴, 그만둔 세월이 얼만데."

"트랙터로 논 갈아줄 사람은 어떻게 됐어? 은호 씨한테 물어봤어?"

은호는 단위농협에 근무하는 경선의 남편이었다. 공장을 지을 때 대출 상담을 받으러 갔다가 눈이 맞았는데, 뭐가 그리 급했던 것인지 LTE급 속도위반을 해버려 결혼에 골인해 시원을 놀라게 만들었다.

"농기계 대여 은행에 기계 대여해서 직접 갈면 싸게 치인다는데 니가 어느 천 년에 그거까지 배우겠노."

"이참에 한 번 배워봐?"

한번 한다면 밀어붙이는 시원의 성격을 알기에 경선이 경악에

찬 눈초리로 그녀를 바라보았다.

"미쳤나? 이제 농사짓는 것도 모자라서 트랙터를 몰겠다고?"

"못할 것도 없지."

진심으로 받아들였는지 거품을 무는 경선을 보며 시원은 깔깔 소리 내어 웃었다.

"농담이야, 농담. 네 앞에서는 농담도 못하겠다."

"지랄한다, 가시나. 그런 농담 내 앞에서 절대로 하지 마라."

시원이 결심하면 누구도 못 말리는 걸 알기에 경선은 놀란 가슴을 달래며 말을 이었다.

"대신 해줄 만한 사람이 있다 카기는 카던데 그 사람이 마늘 농사 때문에 요즘 바쁘다 카더라. 요즘 젊은 사람이 귀하기도 귀하고 집집마다 트랙터가 있는 것도 아니니까 빨리 이야기하는 사람이 먼저라 카던데. 계속 농사를 지을 거면 4H에 가입해가 농사 정보를 공유하는 것도 방법이란다. 청년회는 젊은 사람이 많아서 도와줄 사람도 많을 거라 카더라."

웃음을 멈춘 시원은 이참에 정말 트랙터 운전도 배워야 하나 잠시 고민에 빠졌다. 올해뿐 아니라 계속 농사를 지어야 하는 상황인데 남의 손을 매년 빌릴 수는 없는 노릇이었다.

"4H?"

"응, 요즘 젊은 사람들이 귀농해서 신흥 재벌로 떠오른다던데 그 사람들 대부분이 4H에 가입해서 농사 정보도 공유하고 봉사 활동 다닌다 카대. 얼굴 알고 지내면 농사지을 때 부탁하기도 좋고, 서로 품앗이도 하고 좋지."

4H라면 정확히 알지는 못해도 학교에서 배운 적이 있었다. 미

국 사회가 공업화되면서 농촌 경제가 위축되자 농촌 지도자와 농촌 젊은이들 사이에 새로운 각성이 일면서 만들어진 단체로서 세계적으로 확산되었다. 4H는 지(智), 덕(德), 노(勞), 체(體)의 이념 실천으로 건전민주 시민 양성과 영농 정착을 유도하면서 영농 기술 습득으로 농촌에서는 활발한 움직임을 보여주는 단체이기도 했다. 거기에 교육 활동과 야영교육, 사회봉사 활동까지 겸하고 있어 주목받고 있었다.

"의사국가고시 자격증까지 따서 된장 만들어 파는 사람은 세상 천지 니밖에 없을 거다. 거기다 이제 농사까지 짓겠다니 내가 니 때문에 기가 막히고 코가 막힌다, 진짜."

'대가야의 장'이 방송을 타고부터 주문과 매출이 늘면서 연매출 20억을 달성하는 쾌거를 거두었다. 그 돈이 온전히 사장인 시원의 손에 남아 있으면 좋으련만 그동안 연구 개발비에 쓴 대출을 갚고, 공장 옆에 있는 부지를 사들여 좁은 발효실을 더 넓히는 데 투자를 했다. 가장 수고한 직원들의 임금을 올려주는 것 또한 잊지 않았다.

그리고 조금 남은 돈으로 대출을 끼고 밭을 매입한 것은 본격적으로 콩 농사를 짓기 위해서였다. 어차피 콩이야 6월에 파종을 해서 10월에 수확을 하니 남은 기간에는 다른 것을 심을 요량이었는데, 시원에게는 농사에 관한 아무런 정보가 없어 은호에게 알아봐달라고 부탁을 했다.

"내가 누누이 이야기하지만 안철수도 의대 졸업하고 20대에 교수까지 됐는데 바이러스 보안업체 CEO였고, 로빈 쿡도 의사이자 베스트셀러 작가지, 신창재도 산부인과 교수였지만 교보생명

CEO라고 내가 몇 번을 이야기하냐. 나도 의대를 졸업한 대가야 의 장 CEO, 거기다 농사꾼이라니 이 얼마나 멋지냐!"

"오야, 오야, 아주 인물 나셨다, 인물 나셨어."

"그렇지?"

시원의 뻔뻔함에 경선이 어이없다는 듯 웃음을 터뜨렸다.

공부를 곧잘 하긴 했지만 서울과 인천에 있었다면 의과대학은 꿈도 못 꿀 일이었다. 고령으로 내려오면서 내신 성적이 뒷받침 되어 의과대학에 입학할 수 있었다. 무엇이 되고 싶다는 갈망 같 은 건 없었다.

어린 시절부터 왜인지는 모르겠지만 아버지 없이 어머니와 살 던 시원은 일하러 간 어머니를 기다리며 책을 읽고 공부를 했다. 시원에게 아버지라는 인물은 책 속에서나 존재하는 개념상의 사 람에 불과했다.

아버지가 없다는 이유로 친구들에게 놀림을 받고 들어온 날 시 무룩한 시원을 아이스크림 하나로 달래주던 민영은 그때 처음으 로 아버지의 이야기를 해주었다.

"시원아, 아빠는 너무 멀리 있어서 시원이가 스무 살이 되어야 만 날 수 있어. 착한 우리 시원이 속상해하지 말고 엄마랑 기다릴 수 있 지?"

"스무 살? 난 아직 여덟 살인데 아직도 멀었잖아."

투정부리는 시원을 달래어 재운 민영은 그 밤 소리 죽여 울었다. 화장실에 가기 위해 잠결에 일어났을 때 들려오던 그 훌쩍임. 퇴근 해서 돌아오면 손 씻을 생각도 않고 시원을 숨 막히게 끌어안고 사

41

랑한다고 속삭이며 뽀뽀를 하는 민영이었다. 늘 밝고 자상한 민영이 훌쩍이며 우는 모습을 처음 본 시원은 어린 마음에도 그것이 아버지 때문임을 눈치 채고 작은 손으로 민영을 꼭 안아주었다.

"엄마, 울지 마. 다시는 아빠 보고 싶다고 하지 않을게. 시원이 참을 수 있어."

"미안해, 시원아. 엄마가 많이 미안해."

그 후 다시는 민영에게 아버지에 관한 이야기를 꺼내지 않았다. 아니, 민영이 또 울까 봐 꺼내지 못했다. 대신 스무 살이 되기를 하염없이 기다렸다. 그러나 시원이 스무 살이 되는 것을 보지 못하고 민영이 세상을 떠났을 때, 시원은 상실감으로 절망에 빠졌다. 그것은 시원이 인생에서 처음으로 겪은 가장 고통스러운 시간이었다. 하지만 절망에 빠질 수만은 없었다.

김명댁은 하나뿐인 딸을 잃은 고통 속에서도 남아 있는 시원을 위해 묵묵히 곁을 지켜주었다. 밥을 먹지 않는 시원 대신 억지로 떠 먹였고, 말을 잃은 시원 대신 말을 하며 말동무가 되어주었다. 잡생각을 없애기 위해 매달릴 수 있는 것은 공부밖에 없었다. 그렇지 않으면 도저히 견딜 수가 없었다. 그 결과가 내신 1등급이었다.

진학 상담으로 학교에 온 김명댁에게 담임이 대구에 있는 의대를 추천했고, 김명댁은 의대에 갈 성적이 된다는 것만으로도 기뻐했다. 그리고 시원은 의과대학에 합격했다. 김명댁을 기쁘게 해주고 싶었다. 하나뿐인 딸이 죽고 마지막 남은 핏줄인 외손녀에게 애정을 쏟아 붓는 김명댁이 늘 안쓰럽고 불쌍했다. 의과대학 입학은 김명댁에게 시원이 주는 선물이었다. 비록 기숙사 생활을 하며 김명댁과 떨어져 살아야 했지만 견딜 수 있었다.

시원이 의과대학에 합격을 했을 때도, 의사국가고시를 치러내고 당당하게 합격 통지서를 받았을 때도 김명댁은 키우던 닭을 손수 잡아 푹 고아서 비쩍 마른 시원의 앞에 내놓았다. 그것을 꾸역꾸역 먹는 시원을 바라보며 김명댁은 연신 눈물을 훔쳐냈다.

유일한 가족이었던 김명댁이 작고한 후 시원은 아무것도 하지 않았다. 할 수가 없었다. 물 한 모금도 넘길 수가 없었다. 시원에게 두 번째로 찾아온 고통의 순간이었다. 의미 없는 삶, 생을 연명해 나간다는 자체가 고통이었다. 이만 생을 끝내고 싶다는 생각뿐이었다. 민영과 김명댁이 있는 곳으로 가고 싶었다. 그러나 산 사람은 살아야 한다며 방에서 먹지도, 자지도 못하는 시원을 영발이 마루로 끌어냈을 때에야 마당에 있는 채 털지 못한 콩대가 보였다. 그때 시원은 비로소 자신이 할 일이 무엇인지 알 수 있었다.

처음부터 된장을 만들려고 했던 건 아니었다. 그저 김명댁이 하지 못하고 간 일을 손녀인 자신이 해야겠다는 생각뿐이었다. 살아생전 땅 한 평 갖지 못한 김명댁이 노지를 얻어 손수 심은 콩이었다. 칠십이 가까운 나이에도 시원의 공부를 위해 심고 가꾼 깨와 콩으로 참기름, 메주, 된장, 간장을 만들어 팔던 양반이었다. 김명댁은 장맛이 좋기로 유명해 수입의 60퍼센트가 장을 만들어 판 돈이었다. 그 메주와 된장, 간장을 매년 사 가는 단골도 있을 정도였다. 김명댁에게 소중한 그 콩을 시원은 그냥 내팽개쳐 둘 수 없었다. 그것이 지금의 시원을 이 자리에 오를 수 있도록 해주었다.

지금이야 연매출 20억이 넘는 된장 회사 사장이라지만 처음부
터 돈을 많이 벌었던 것도 아니었다. 마당에 널려 있던 메주콩을
큰 바구니 다섯 개 가득 깍지를 까고 털어 담았을 때에는 시장에
내다 팔고 치울 생각이었다. 하지만 1킬로그램에 이천오백 원 한
다는 말을 듣고 시원은 내다 팔 생각을 접어버렸다. 김명댁이 자
식처럼 소중하게 키운 콩이었다. 김명댁의 노력과 자신이 먼지를
뒤집어써가며 햇살 아래에서 손수 콩을 턴 노력을 통값에 내놓기
싫었다. 그렇다고 그 많은 콩들을 끌어안고 있을 수만은 없었다.

고민하던 중 시원을 보러 온 영발이 시장에 내다 팔지 않은 콩
을 바라보며 함께 메주를 만들자고 했다.

영발은 김명댁과 마찬가지로 젊은 시절 홀로 된 과부였다. 일
찍 남편을 여의고 혼자 살던 김명댁과는 달리 영발은 홀로 남은
시어머니와 함께 살다가 시어머니가 죽고 난 후 같은 처지가 된
김명댁과 의지하며 살았다. 친구처럼 오가며 함께 밥을 먹고, 시
장에 가고, 김장을 담그고, 메주를 만들었다.

시원에게 영발은 김명댁과 같은 할머니와 다름없었다. 영발은
이제 시원에게 유일한 가족이었다.

영발의 지도 아래 시원은 처음으로 콩을 씻어 불렸다. 고무장
갑을 끼고 마당에서 그 많은 콩을 씻어 하루를 꼬박 불린 뒤, 김
명댁과 가장 오랜 시간을 함께한 가마솥에 푹 삶았다. 삶은 콩을
채반에 건져 물기를 뺀 다음 뜨거울 때 비벼야 잘 으깨어진다는
영발의 지도에 따라 손이 익는 줄도 모르고 콩을 으깨었다.

"쯧쯧, 그렇게 요령이 없어가 어느 천 년에 메주를 만들겠노.

창고에 가면 절구 있을 끼다. 절구 가지고 온나마."

영발의 타박을 들으며 창고에서 절구를 꺼내 온 시원은 절구에 삶은 콩들을 넣어 으깼었다. 손이 뜨거운 것은 나아졌지만 순식간에 어깨가 아파왔다.

"된장이 제일 흔한 음식이라 쉽게 생각해도 정성이 가장 많이 들어가는 기라. 일일이 사람 손 안 거치는 게 어디 있노. 한 이틀 말리가 또 하우스에 매달아 놔야 되제, 곰팡이 피면 또 깨끗하이 씻어가 장독에 넣으면 끝인 거 같아도, 빛 좋은 날에 뚜껑도 열어 놓고 정성을 쏟아야 맛있는 된장이 안 되나."

시원이 으깬 콩을 보자기를 깐 메주틀에 넣어 다시 한 번 꾹꾹 눌러주며 영발이 표정 없이 말했다.

"할매 생각 나제? 느그 엄마가 혼자 니 낳아가 키울 때 한 푼이라도 벌어서 도와준다고 여서 혼자 얼마나 아등바등 살았는지 모른다. 느그 엄마 그래 가고 나서 할매가 매년 정성 들여 된장 만들어 팔 때 니 공부시키고, 결혼시키고, 행복하게 사는 모습 생각 안 했겠나. 우리가 얼마나 먹는다꼬 된장을 이마이 마이 담그겠노. 할매 생각해서 더 잘 살아야 된데이. 맨날천날 니 걱정만 안 했나. 니 결혼하는 것도 못 보고 간다는 말도 없이 가뿟째, 니 결혼까지 파토 나뿟째, 니한테 얼마나 미안해하겠노. 느그 할매가 위에서 보고 있을 끼다. 그라이 허튼 생각하지 마래이."

영발의 말에 시원은 주저앉아 울고 말았다. 민영과 김명댁을 따라 가려고 했었다. 그것을 알기라도 한 듯 영발이 살아생전 김명댁이 시원에게 온갖 정성을 들여 키웠다는 걸 상기시켜준 것이다.

"와 우노. 올 것도 쌔삐릿다. 늙어서 곱게 죽으면 할매도 좋고 니도 좋지. 나는 데 순서 있어도 가는 데 순서 없다 캤다. 사는 게 그런 기다. 다 울었으면 빨리 일어나 해라. 이거 언제 다 만들겠노."

올 틈도 주지 않았다. 건조하게 느껴져도 시원을 생각해서 그런다는 건 알고 있었다. 시원은 눈물을 닦아낸 뒤, 다시 콩을 으깨고 메주를 만들었다. 그렇게 방 안에서 이틀을 겉말림한 메주를 볏짚으로 꼰 새끼로 비닐하우스에 매다는 것을 가르쳐준 것도 영발이었다.

그 해 영발의 지도 아래 만든 된장과 간장은 불티나게 팔렸다. 구매자는 전부 김명댁 생전에 된장을 사 가던 단골들이었다. 그 돈으로 시원은 학비를 내고, 책을 사고, 생활을 할 수 있었다.

황 교수가 다음 해 다시 인턴으로 복귀하라고 찾아왔을 때 시원은 말없이 황 교수에게 자신이 직접 만든 장을 내밀었다.

미련은 없었다. 하고 싶어서, 되고 싶어서 의사가 된 게 아니었다. 손녀딸의 당당한 모습을 보여주기 위해, 김명댁을 위해 된 의사였다. 하지만 김명댁의 죽음 후 전의를 상실해버린 시원이었다.

"느그 할매 내 욕 마이 하겠다. 의사 선상한테 된장 담그는 거나 가르치고, 내 가면 잡아 묵을라 카는 거 아닝가 몰라. 다 했으면 인자 대구 올라가라. 언제까지 집에만 처박혀 있을라 카노."

"안 가."

"안 가면 우짤 낀데? 넋 놓고 앉아가 이래 살 끼가? 니가 이카면 동네 사람들 할매 욕밖에 안 한다. 갑자기 죽어가 결혼 날짜 잡은 손녀 앞길 막았다 안 카겠나? 의사 공부까지 시켜놨더니 미친년 만들어놨다 안 카겠냐 말이다."

도시와는 달리 이웃과 왕래가 잦은 시골에서의 소문은 늘 일
파만파로 번진다는 걸 모르지 않았다. 시원은 대구에서 다니던
직장을 그만두고 내려온 경선과 함께 짐 정리를 했다. 김명댁의
유품을 태운 후라 짐이라고 할 것도 없었다. 김명댁이 쓰던 호미
나 낫 같은 연장들, 그리고 칠이 벗겨져버린 냄비와 가마솥이 김
명댁의 고단함을 대신하고 있었다.

  그것들을 고이 두고 자신의 짐만 챙겨 나와 곧바로 읍에 있는
원룸을 얻었다. 혼자 대문조차 없는 시골집에 산다는 것도 문제
였지만, 다시 의사로 복귀하지 않는다면 영발의 말대로 죽어서까
지 소문에 휩싸이게 될 김명댁과 자신을 위해서였다.

  마을 사람들의 눈에 띄고 싶지 않았다. 학교에 가거나 경선의
집에 가는 것 외에는 집에서 잘 나가지 않으려고 했다. 김명댁이
인천에서 시원을 데리고 내려왔을 때에도 사람들이 쉬쉬하는 소
리는 결국 시원의 귀에 들어왔다. 결혼도 않고 혼자 아이를 낳아
키우다 죽어버린 민영과 그 딸 시원을 보며 수군거리며 낯선 이
방인을 보는 듯한 시선은 인천에서 민영과 단둘이 살 때보다 견
디기 힘들었다.

  막연하게 민영이 자신을 혼자 낳아 키웠을 거라고 생각은 했지
만 시원의 출생에 관해 입을 다물고 있던 민영이었기에 그냥 짐
작만 해왔다. 마을 사람들의 수군거림으로 알게 된 자신의 출생
에 관한 이야기는 스무 살이 되면 아버지를 만날 수 있을 거라는
막연한 희망마저 버리게 만들었다. 그런 수군거림을 잠재우기 위
해서라도 악착같이 공부해야만 했다. 수군거림을 피하기 위한 최
선의 선택은 공부뿐이었다. 그녀는 세상은 돈이 많지 않으면 공

부라도 잘해야만 무시당하지 않는다는 걸 알아버린 애어른이었다.

가을이 돌아오자, 시원은 그해 장을 만들어 판 돈과 나가서 쓸일이 없었던 인턴 시절 월급으로 메주콩을 사서 다시 메주를 만들었다. 영발이 지도했던 그대로 경선과 함께 메주를 쑤고 된장을 만들었지만 결과는 대실패였다.

너무 쉽게 생각했던 것이 문제였을까. 중국산을 국내산이라 속아서 산 콩은 메주를 만들고 나자 발효가 잘 되지 않았다. 하얀 곰팡이가 아니라 검은 곰팡이가 핀 메주로 만든 된장은 입에 담지 못할 떫고 씁쓸한 맛만 남겼다.

영발과 경선이 정신을 차리고 다시 병원으로 돌아가라고 했지만 시원은 과외 전단을 만들어 자신의 집과 가까운 대구의 아파트 단지에 뿌렸다. 과외로 버는 돈은 인턴 월급보다도 훨씬 많았다. 시원은 어쨌거나 대구에서 가장 유명하다는 의대를 나온 인재였고 의사 면허까지 가지고 있었다. 학부모들은 시원이 가지고 있는 경력에 놀랐고, 시원의 지도하에 쑥쑥 올라가는 자녀들의 성적에 두 번 놀라야 했다. 그리고 시원이 만든 장맛에 세 번 놀랐다.

과외를 하면서 시원은 틈틈이 도서관에서 콩을 고르는 기준부터 메주를 쑤고 된장을 만드는 법을 연구했다. 연구 결과를 토대로 실행에 옮기길 수없이 반복하고 또 했다. 어떤 날은 피곤에 지쳐 콩을 삶다 저도 모르게 잠든 사이에 냄비까지 태워 먹기도 했다.

이 자리에 오른 것은 시원의 악착같은 노력의 결과였다. 그리

48

고 메주와 된장 만드는 방법을 끝도 없이 전수해준 영발과 묵묵히 뒷받침해준 경선 덕분이었다. 두 사람에게 갚지 못할 은혜를 입은 것에 시원은 미안했고 늘 감사했다.

"농사를 짓든지 말든지 나는 모른다이."

다이어트 된장 덕분에 연매출 20억이라는 경이로운 기록을 세웠지만 거기에 안주하지 않고 직접 키운 콩으로 된장을 만들려고 하는 시원의 마음을 경선도 모르는 것은 아니었다. 하지만 이제 조금은 즐기며 살아도 되련만 늘 자신을 채찍질하듯 살아가는 시원이 안타깝고 안쓰러워서였다. 잔소리를 하면서도 시원이 한다고 하면 결국 두말없이 밀어주는 것도 경선이었다.

며칠 후 주말 아침, 시원은 경선에게서 온 전화를 받았다.

- 시원아, 우리 오빠야가 트랙터로 논 갈아줄 사람 같이 만나러 가자는데 지금 어떻노?

오빠야는 경선이 연애시절에 은호를 부르던 호칭이었다. 민준을 낳고도 바꿀 생각이 없는지 아직도 은호를 오빠야, 라고 낯 뜨겁게 불렀다. 출근을 하지 않는 날이라 도서관에 가려고 준비 중이었기에 시원은 흔쾌히 좋다고 했다.

경선의 집 앞에서 다 같이 만나 은호의 차를 타고 간 곳은 수박밭이었다. 수박을 다 따낸 밭에 벼를 심기 위해 장정 두 명이 비닐을 걷고 철재를 옮기는 작업이 한창이었다.

"어이, 재희야!"

철재를 옮기던 두 사람이 일을 하다 말고 쳐다보자 은호가 손을 흔들며 반갑게 아는 척을 했다. 시원은 은호의 곁에서 그 모습을 멀뚱히 지켜보았다.

철재를 논두렁에 걸쳐놓은 두 사람 중 한 사람이 은호의 곁으로 다가왔다. 지저분한 작업복 차림에 밀짚모자를 푹 눌러 쓰고 수건으로 목을 감고 있어 얼굴은 잘 보이지 않았지만 키는 장신이었다.

"여기까지 웬일이세요?"

신의 축복을 받은 듯한 중저음의 목소리가 시원의 귀에 쏙 들어왔다. 성우 저리 가라 할 목소리를 지닌 남자였다.

"인사해라. 일전에 말한 형수 친구다."

은호의 말에 시원이 먼저 인사를 했다.

"안녕하세요, 장시원이에요."

"네, 서재흽니다."

서재희. 남자 이름치고 참 예쁜 이름이었다.

"많이 바빠 보이네. 미안한데 일전에 부탁한 거 좀 우째 안 되겠나? 내가 아는 사람이 니밖에 없어가 니한테밖에 부탁 몬하겠다이가."

남자는 은호의 말을 들으며 목에 걸고 있던 수건으로 이마에서 흘러내리는 땀을 닦았다.

"저도 해드리고 싶긴 한데 보시다시피 수박 밭 정리하느라 바빠서요. 이거 끝나고 마늘까지 뽑아야 되는데 해드리고 싶어도 시간이 안 나네요."

설명하지 않아도 바쁜 농사일이 한눈에 보였다. 바쁜 와중에 불청객으로 나타난 건 아닌지 시원은 슬며시 걱정이 되었다.

"마늘 뽑고 나서 안 되겠나? 콩 심을라 카는 거니까 지금 당장 안 해도 상관은 없는데. 내가 일단 저 친구랑 철재 옮겨줄 테니까 둘이 얘기 좀 해봐라."

바쁜 와중에 작업을 방해한 것이 못내 미안한지 은호가 논두렁에 앉아 재희를 기다리던 남자와 함께 철재를 옮기기 시작했다.

"콩 심으실 거예요?"

남자가 시원을 향해 물었다.

"네."

"농사지어보셨어요?"

"아뇨, 처음이에요."

"천 평 조금 안 된다고 들었는데 처음 농사치고는 좀 많네요. 지으실 수 있겠어요?"

남자가 네가 정말 농사를 지으려는 것이 맞냐는 듯 시원을 위아래로 훑어보며 이야기하자 당황스러웠다. 말 속에서 너 혼자 그 많은 것을 어찌 지으려고 까불고 있냐는 암시가 느껴졌다. 기분 나쁜 내색을 할 수 없었던 것은 은호와의 친분 때문이기도 하지만 이 남자 외에는 달리 부탁할 데가 없어서였다.

김명댁과 함께 살던 집에서 그대로 살고 있었더라면 몇몇 안면이 있는 동네 사람에게 부탁이라도 해보겠지만, 3년 전 '대가야의 장'을 설립한 후로부터 김명댁의 집에서 된장을 담던 재료들을 옮긴 후부터는 발걸음을 한 적이 없어 불쑥 찾아갈 수가 없었다.

"네, 지을 수 있어요."

확신에 찬 시원의 목소리와는 달리 남자는 못 미더운 눈초리였다.

"여자 혼자 짓기엔 무리 아닐까요? 그냥 사과나무나 블루베리

나무를 심는 게 어때요? 혹시 땅에 도로를 내거나 다른 목적으로 정부에서 땅을 사게 되면 나무의 연수에 따라 보상액이 더 높아지거든요."

그제야 시원은 왜 남자가 자신을 못 미더운 눈으로 바라보았는지 알 수 있었다. 남자는 시원을 마치 투기 목적으로 땅을 사서 한량처럼 슬슬 농사나 지으며 살려는 여자로 보고 있었다.

시원은 눈을 가늘게 뜨고 남자를 노려보며 또박또박 내뱉었다.

"콩을 심겠다고요."

콩 농사를 지을 요량으로 대출을 끼고 산 밭이었다. 그런데 터무니없이 사과나무나 블루베리 나무를 심으라니!

"해드리고는 싶지만 보시다시피 바빠서 어떻게 될지 장담은 못 해드리겠네요."

그럼 처음부터 안 된다고 딱 잘라 말을 했어야지, 사람 속은 있는 대로 뒤집어놓고 안 된다고 하다니! 장난을 치는 것도 아니고 짜증이 불쑥 치밀었다.

"그럼 전 바빠서 가보겠습니다."

짜증만 심어놓고 돌아서는 남자를 시원은 기가 막힌 눈으로 바라보았다.

"이, 이것 보세요!"

이대로는 안 되겠다 싶어 시원은 돌아서는 남자를 붙잡기 위해 논두렁을 급하게 걸었다.

"잠시만요, 어머! 으악!"

급한 걸음과 진흙의 미끄러움에 손쓸 겨를도 없이 시원은 논두렁 옆 물고랑에 순식간에 쿡 처박히고 말았다. 비명을 지르며 순식간에 사라진 시원 때문에 다시 일을 하러 돌아가던 재희가 급하게 뛰어와 물고랑에 푹 빠져 있는 시원의 손을 잡아 일으켜 논두렁으로 끌어냈다.

"괜찮습니까?"

많이 놀란 듯 울상을 지으며 서 있는 시원과 달리, 놀란 것도 잠시 몸을 부르르 떨며 웃음을 참는 재희를 보자 시원은 표정을 바꾸고 인상을 썼다.

"지금 제가 괜찮게 보여요?"

그녀의 눈이 절로 쭉 찢어지더니 재희를 사납게 바라보았다.

"길을 마다하고 왜 거길……."

끝까지 말을 잇지 못하고 결국 웃음을 터뜨린 재희 때문에 시원의 얼굴이 더욱 어그러졌다. 물고랑에 빠진 시원의 꼴은 그야말로 가관 중에 가관이었다. 물에 빠진 생쥐도 그보단 낫지 싶었다. 온몸이 홀딱 젖은 것도 모자라 진흙으로 도배를 하고 있었고, 얼굴까지 진흙 범벅이었다. 거기다 한쪽 운동화는 진흙 속에 숨었는지 양말만 신은 채였다. 시쳇말로 창피함을 넘어 쪽이 팔려도 너무 팔렸다.

누굴 탓하겠는가! 미끄러진 제 잘못일 수밖에!

"웃지 마세요."

웃음을 참겠다는 건지, 말겠다는 건지 어깨를 떠는 재희가 얄미워 시원은 더 씩씩거려야 했다.

"흠, 흠."

헛기침으로 웃음을 무마한 재희가 목에 걸고 있던 수건을 건네주자 시원은 얼굴부터 닦아냈다. 수건은 금세 진흙으로 엉망이 되었고 시원은 어이없는 이 상황에서 재희를 향해 눈을 부라렸다. 그러는 사이 그가 자신의 옷과 신발이 젖는 것은 전혀 상관하지 않은 채 물고랑에 성큼 들어가 시원의 짝 잃은 운동화를 찾으며 두리번거렸다.

그 모습을 내려다보고 있자니 아까 시원의 꼴을 보며 웃던 재희의 얄미운 모습이 점점 머릿속에서 사그라졌다. 그가 진흙이 묻은 운동화를 흙탕물에 한 번 헹구어낸 후 내밀자 시원은 마다하지 않고 바로 발에 꿰어 신었다.

"고, 고마워요."

"진흙이라 미끄러우니까 조심하세요."

할 일이 끝났다는 듯 빙긋 웃으며 뒤돌아서려는 재희의 팔목을 붙잡은 건 본능이었다. 그런데 그의 팔목을 붙잡느라 한 발짝 발걸음을 떼는 순간 시원의 물 묻은 운동화 바닥이 다시 미끄러지면서 온몸이 중심을 잡지 못하고 흔들거렸다.

"어맛!"

외마디 비명이 터져 나왔다. 물구덩이에 다시 빠지지 않은 것은 단단한 재희의 손이 허리를 붙잡아주어서였다. 고맙다는 말 한마디 하지 못하고 재희의 단단한 팔뚝을 잡으며 그녀는 마른침을 꿀꺽 삼켰다. 손 아래로 그의 단단한 근육이 느껴졌다.

"슬랩스틱 코미디에 소질이 있는 것 같군요. 이참에 농사는 관두고 개그맨으로 나가도 좋을 것 같습니다만."

"뭐라고요?"

하, 참. 시원은 능글거리며 웃는 재희를 보며 얼굴을 팩 찡그렸다. 오늘따라 물귀신이라도 씐 듯 물구덩이가 계속 시원에게 오라고 부르는 듯했다. 깜짝 놀란 가슴을 쓸어내리던 시원은 축축하고 더러운 진흙투성이 허리를 붙들고 있는 재희의 손을 그제야 의식해서 재희를 올려다보았다. 순간 두 사람은 헛기침을 하며 서로를 잡고 있던 손을 놓았다.

재희는 방금 전까지 진흙투성이로 그의 품에 안겨 있던 그녀가 발갛게 볼을 붉히며 딴청을 피우는 모습이 어쩐지 귀엽게 느껴졌다. 세상에! 된장도 모자라 진흙을 덮어쓴 모습까지 귀엽게 보이다니! 진흙은 그녀가 아니라 재희의 눈에 튀어 들어간 게 틀림없었다.

"정 안 되겠으면 아는 분이라도 소개시켜주실 순 없으신가요?"

물고랑에까지 빠졌는데 이대로 물러날 수는 없었다. 이런 상황에서도 굴하지 않고 시원은 물었다.

"전 올해 꼭 콩 농사를 지어야 해요. 그런데 아는 사람이 없으니 난감하다고요. 그렇다고 지금 트랙터 운전을 배워서 제가 논을 갈 수도 없는 일이고요. 그러니 정 안 된다면 트랙터 가지고 계신 분이라도 소개해주세요."

지금 당장이라도 트랙터 사용법을 가르쳐주는 학원만 있다면 등록해서 배우고 싶은 게 지금 시원의 심정이었다.

"콩은 돈도 안 되는데 왜 꼭 콩입니까? 콩 농사야 망해도 그만이라는 겁니까?"

이 꼴을 하고도 끝까지 침착함을 잃지 않고 물어오는 시원에게 재희는 의아한 표정을 지으며 물었다.

"망하다니요. 무슨 막말이세요. 전 콩 농사를 지어서 꼭 메주를 만들어야 한다고요!"

아니, 이 사람이. 말이면 다인가? 사람을 뭘로 보고!

지금 제 자신의 꼴에도 짜증스러운데 남자의 무례함에 시원의 인내심은 결국 한계에 다다르고 말았다. 자신이 대가야의 장 사장이라는 사실을 털어놓을까 하다가 다시 입을 딱 다물었다. 방송을 타고부터 아는 사람이 많아졌다고 해도 관심이 없는 사람이라면 시원을 알아볼 리가 없었다. 웬만해선 자신을 드러내지 않기 위해 애쓰는 것은, 연매출 20억의 젊은 사장이라는 사실에 몇 번 돈을 목적으로 접근해 온 이들이 있은 후로 사람에게 불신이 생긴 때문이었다. 경선과 은호에게도 자신을 알리지 말라는 당부를 해왔으니 앞에 서 있는 재희가 장시원이 된장을 만드는 여자라는 것을 알 리 없었다.

꼭 메주를 만들어야 한다는 확고한 말에 재희는 어리둥절한 표정으로 시원을 바라보았다. 선 자리에서 만난 시원이 은호와 논으로 찾아왔을 때 재희는 단번에 된장녀를 알아보았다. 한편으로는 반가웠지만 그녀가 천 평이나 되는 밭에 농사를 지으려는 주인이라는 걸 알았을 때는 그 반가움이 사라지고 말았다.

햇빛도 한 번 못 봤을 법한 뽀얀 얼굴을 하고 농사를 짓겠다는 여자의 말을 믿을 수가 없었다. 도시인들이 농촌 지역의 땅을 무차별적으로 사들이면서 땅값이 치솟기 시작한 이후, 고령도 그 예외는 아니었다. 작년까지만 해도 평당 십만 원에 거래되던 밭이 이십만 원으로 훌쩍 올라버린 것도 그 이유였다.

시원도 그 도시인 중 하나일 거라 생각했다. 그런데 물고랑에 빠져가면서도 꼭 콩 농사를 지어 메주를 만들겠다니, 그런 시원의 말이 예사로 들리지 않았다.

"메주요?"

"네, 메주요. 콩 농사를 지어서 메주를 쑤고 된장을 만들 거란 말이에요. 저한테는 아주 중요한 일이에요."

시원의 대답에 잠시 생각하던 재희가 마음이 바뀌었는지 이렇게 물었다.

"좋아요. 그럼 품앗이 하는 거 어때요?"

"품앗이요?"

호기심이 발동했다. 호미 한 번 잡아보지 않은 여린 팔목으로 콩 농사를 짓겠다는 시원을 시험해보고 싶은 호기심이었다. 농사가 생각처럼 만만찮다는 걸 체험시켜줄 요량이었다.

"네, 좀 있으면 마늘을 뽑아야 하는데 일손이 절대적으로 부족해요. 마늘 뽑는 날 와서 도와준다면 콩 밭 갈아드릴게요. 어때요?"

하루 정도 마늘을 뽑는 일이야 생각할 것도 없지 않은가. 시원은 시원하게 대답을 했다.

"콜!"

흙이 덕지덕지 묻은 얼굴로 환하게 웃어 보이는 시원의 모습에 재희도 함께 따라 웃고 말았다. 마치 아이처럼 세상을 다 얻은 듯 웃고 있는 그녀의 모습은 진흙 속의 진주처럼 고왔다. 처음 본 순간 그녀가 재희의 눈에 콩깍지를 씌우고 간 게 틀림없었다. 그렇지 않다면 이 모습마저 예뻐 보일 수가 없을 것이다.

헌데 이 꼴을 하고 어떻게 은호의 차를 타고 집으로 가려는 것인지. 재희는 그제야 웃음을 멈추고 그녀를 바라보았다. 비닐하우스에서 벗겨낸 폐비닐이라도 줘서 그녀가 자동차 시트를 더럽히지 않도록 비닐로 돌돌 말아야 하는 건 아닌지 잠시 고민에 빠졌다.

"시원 씨 꼴이 와 그 모양이라예?"

이제야 물고랑에 빠진 시원을 발견한 은호가 빛의 속도로 뛰어왔다.

"야, 인마. 니가 밀었나?"

"설마요. 물고랑이 좋다는데 전들 어쩌겠어요."

놀라움과 걱정으로 어찌할 바를 모르고 시원의 꼴을 바라보던 은호의 말에 재희가 어깨를 으쓱거리며 이제야 시원스럽게 웃으며 제자리로 돌아갔다.

"하하하!"

그의 멈추지 않는 웃음소리에 시원은 골반에 손을 얹고 다시 한 번 씩씩거려야 했다.

그녀가 재희의 전화를 받은 것은 그로부터 며칠이 지난 후였다.

- 서재휩니다.

재희가 자신의 이름을 밝혔을 때 서재희가 누군지 잠시 생각해
야만 했다.

- 밭 갈아달라고 하셨잖아요.

시원이 대답하지 못하고 가만히 있자 재희가 먼저 자신이 누구
인지 설명을 했고, 시원은 그제야 서재희가 자신을 땅 투기꾼으
로 본 무례한 남자였다는 사실을 떠올렸다.

"어쩐 일이세요?"

- 내일 오후에 비가 온대요. 내일 마늘 뽑으려고 하는데 오실 겁니
까?

내일은 주말이 아니어서 쉬는 날도 아니었다. 그것보다 다짜고
짜 전화를 걸어 내일 마늘을 뽑는다니. 도대체 계획이란 걸 세우
고 사는 사람인지 의문스러웠다.

"아니, 이렇게 갑작스레 전화를 하시면 어떻게 해요? 미리 말
씀해주시지 않고요."

곱게 말이 나가지 않는 것은 갑작스러운 재희의 전화도 물론이
거니와, 지난번 만났을 때 물고랑에 빠져 허우적거리던 자신의
모습이 떠올라서였다. 일하던 은호가 뛰어와 시원의 꼴을 보며
걱정을 하다가도 얼마나 웃었던가. 재희 또한 논이 떠나가라 웃
어댔다. 은호는 결국 자신의 차를 두고 재희의 트럭을 빌려 시원
을 집까지 데려다주었다. 그 꼴을 하고 짐칸에 실려 갔던 꼴이 지
금 생각해도 낯 뜨거웠다.

- 농사라는 건 미리 예측하고 계획을 세운다고 해서 착착 진행되는

일이 아닙니다. 갑자기 비가 온다고 하니 서둘러 뽑아야 해요. 어쩔 수 없어요. 땅이 마를 때까지 기다렸다가는 썩고 말 테니까요.

재희의 말대로 농사라는 건 예측하기 힘든 일이었다. 한 해 농사가 태풍 때문에 초토화가 되는 일을 종종 보아왔다. 가뭄이나 홍수 때문에 농사야말로 반은 하늘이 돕는 일이었다. 애써 지은 마늘이 땅 밑에서 썩는 걸 그냥 두고만 볼 수 없을뿐더러 안 된다고 하면 논을 가는 사람을 다시 알아봐야 할 테니.

내일 회사에 무슨 일이 예정되어 있는지 머릿속으로 짚어보며 시원은 남자에게 투덜거리듯 물었다.

"몇 시까지 가면 되나요?"

- 일꾼들은 7시면 논으로 나옵니다.

아침 7시면 시원이 눈을 뜨는 시각이었다.

"내일 7시까지 나갈게요. 대신 콩 밭 꼭 갈아주셔야 해요."

- 약속은 지킵니다. 전에 은호 형님이랑 오신 논과 가까운 곳이니 그쪽으로 오면 됩니다.

"네. 내일 뵐게요."

재희와 전화를 끊자마자 서둘러 경선에게 전화를 걸었다.

"경선아, 나 내일 회사에 못 나갈 것 같아."

- 와, 니 어디 아프나?

갑작스런 시원의 말에 경선이 깜짝 놀라 물었다.

"아니, 콩 밭 갈아주기로 한 서재희 씨 말이야, 금방 전화 와서 내일 마늘 뽑는다고 오라잖아. 품앗이하기로 했다고 전에 말했잖아."

- 아, 안 그래도 그것 때문에 우리 오빠야도 내일 하루 월차 낸단

다. 비 오기 전에 안 뽑으면 한 해 농사 망친다 카는 말 듣고 도와
준다고 월차까지 내고 내일 마늘 뽑으러 간다 안 카나. 다들 양파
캐고 마늘 캔다고 난리라 일손 구하기가 힘든지, 내한테도 애들 유
치원 보내고 와도 되니까 아줌마들 구할 수 있으면 구해달라고 부
탁하더라.

고령에서 유명한 그린 수박이나 멜론은 밭떼기째로 팔아넘기
기 때문에 중간 상인들이 알아서 수박을 따서 팔지만 양파나 마
늘은 농사꾼들이 직접 뽑아 팔아야 이윤이 많이 남기 때문에 사
람이 귀해도 그렇게 해야만 했다.

요즘 농촌은 일손이 씨가 말랐다고 할 정도로 부족해 인력회사
에서 대구 사람까지 공수해 올 정도로 일손이 귀했다. 그렇다고
직장인까지 월차를 내서 도울 정도라니 사정을 안 봐도 뻔했다.
경선의 말에 시원은 아까 재희에게 곱게 말하지 않은 것을 후회
했다. 계획하던 일들이 예상대로 착착 진행이 되면 얼마나 좋을
까만, 열심히 계획을 하고 실행했음에도 불구하고 뜻밖의 일들이
벌어진다는 것을 잠시 망각하고 있었다.

- 그러면 내가 신랑하고 같이 마늘 뽑으러 갈 테니까 니가 회사 나
가라. 그게 안 낫겠나.

경선은 회사와 시원을 생각해서 그렇게 말했겠지만 그럴 수는
없었다. 재희와 한 약속을 경선에게 미루는 것은 시원의 입장에
서도 안 될 일이었다.

"그럴 수는 없어. 품앗이하기로 하고 거래를 한 건데 내가 빠지
면 거래를 어기는 거잖아."

- 아서라. 마늘을 뽑아본 적도 없는 니가 우째 한다고 설치노.

농사꾼 집에서 태어난 경선 역시 농사를 지어봤다고는 하지만, 은호와 결혼해서 민준을 낳은 뒤부터는 논에 나간 적도 없으면서 도리어 시원을 걱정하고 있었다.

"하면 하는 거지. 내 밭 갈아준다는데 못할 게 뭐 있겠어. 일손 모자라다는데 너도 같이 가든지."

- 회사 일은?

하루 정도라면 문제없었다. 점심시간에 잠시 짬을 내어 다녀와야 할 테지만 그 정도는 재희가 이해해주리라 믿었다.

"내가 지금 가서 할 수 있는 일은 대충 해놓고 내일 점심시간에 확인 차 갔다 와야지. 선희 이모랑 우영이한테 부탁해놓을 테니까 내일 아침에 보자."

- 그럼 그럴까? 내일 민준이 일찍 깨워서 본가에 맡겨야겠다.

"내일 봐."

- 그래.

전화를 끊고 옷을 갈아입은 시원은 다시 회사로 향했다. 내일 해야 할 일을 미리 정리해놓으려면 빨리 움직여야 했다.

다음 날 눈을 뜨자마자 양치질에 세수만 하고 논으로 나가자 은호와 경선이 먼저 와서 마늘을 뽑고 있었다. 넓고 푸른 마늘 밭에 일꾼들이 옹기종기 앉아 마늘 뽑기에 여념이 없었다.

"안녕하세요."

"시원 씨 오셨어요."

"왔나."

경선의 맞은편에 앉아 마늘을 뽑던 은호가 자리를 비켜주며 재희의 맞은편에 가서 마늘을 뽑기 시작했다.

재희에게도 까딱 인사를 하며 시원은 경선의 맞은편에 앉았다.

"빨리 빨리 뽑자. 날씨 보이 오후에 무조건 비 올 것 같다."

경선의 말대로 날씨가 심상치 않았다. 꾸물꾸물한 하늘이 금방이라도 비를 뿌려댈 것 같아 조급함이 일었다.

"회사 일은?"

"출고 전표 뽑아서 우영이한테 맡겨놓고, 택배 보내는 거야 선희 이모가 알아서 잘할 테지. 공장 일이야 공장장이 어련히 알아서 할까. 그래도 점심시간엔 잠시 다녀와야 할 것 같아."

"콩 농사 지어보겠다고, 공부만 하던 니가 마늘까지 뽑고. 살다 살다 참 별일이 다 있다."

경선의 말대로 그녀가 된장을 만들게 될 줄도 몰랐지만 마늘까지 뽑게 될 줄은 생각도 못했었다.

마늘을 뽑는 작업은 의외로 단순했다. 마늘 대를 잡아 쑥 뽑으면 되고, 힘을 줘도 뽑히지 않는 것은 호미로 땅을 캐고 뽑았다. 하지만 처음 마늘을 뽑을 때는 몰랐건만, 쪼그려 앉아 마늘을 뽑는 일은 중노동이었다. 다리가 저려 아예 일어서서 허리만 구부리고 뽑았더니 이번에는 다리가 아니라 허리가 아파 다시 쪼그려 앉아야 했다. 두 동작을 반복하며 마늘을 뽑는 시원의 이마에서 땀이 주르륵 흘러 내렸다. 다른 일꾼들은 요령이 붙었는지 즐겁게 이야기하며 열심히 손을 놀리고 있었다.

"힘들제?"

마주보고 앉아 마늘을 뽑던 경선이 한 손으로는 무릎을 두드리고 한 손으로는 마늘을 뽑는 시원을 향해 물었다.

"그러네. 넌 안 힘들어?"

"나도 죽을 맛이다. 차라리 된장 만드는 게 낫다."

첫 2년은 사람 손으로 일일이 메주를 쑤고 된장을 만들었지만, 공장을 세우고 기계화가 되면서부터 사람이 하는 일이 대폭 줄어들어 그만큼 편리했다. 농촌도 기계화가 되었다고는 하지만 아직 사람의 손으로 해야 하는 일이 많았다. 시원도 경선과 같은 생각을 하고 있었기에 둘은 킥킥거리며 웃고 말았다.

"콩 농사는 우째 지을래?"

농사를 간단하게 생각하지도 않았지만 이 단순 노동이 뼈저리게 힘들다는 것을 새삼 깨달았다.

"그러게 말이야."

이제 한 시간쯤 지난 것뿐인데 시원은 벌써 후회를 하고 있었다. 처음 하는 농사일에 무릎과 허리가 벌써부터 쑤실 듯 아파왔다. 그나마 해가 나지 않아 덥지 않은 것만도 천만다행이었다.

"참 드시고 하세요!"

열 시가 넘어서자 재희가 중저음의 좋은 목소리로 밭 여기저기에 흩어져 마늘을 뽑고 있는 일꾼들을 불렀다.

"하이고, 먹고 하자, 먹고. 어여 오이소!"

나이 많은 아낙이 마늘을 뽑다 말고 논두렁으로 걸어가며 소리쳤다.

그렇지 않아도 아침을 거르고 온 터라 배가 슬슬 고파지던 참이어서 시원에게는 그 소리가 참으로 반갑게 들렸다. 시원은 논두렁을 걷다 또 물고랑에 빠질까 싶어 조심스레 아래쪽으로 내려와 고랑 사이로 걸었다.

"힘들죠?"

"쉽지 않네요."

먼저 와 있던 은호가 아이스박스를 열어 흰 우유와 단팥빵을 건네자 시원은 논두렁에 앉아 허겁지겁 빵을 한입 베어 물었다. 입 안에 퍼지는 달콤함에 절로 입꼬리가 휘었다. 시장이 반찬이라고, 빵이 이렇게 맛있었던 적은 처음이었다.

"오빠야, 나도 힘들어."

"당신 힘든 거야 내가 더 잘 알지. 오늘 저녁 재희 지갑 싹싹 긁어 먹자, 썬아."

경선의 투정에 은호가 빵을 먹다 말고 경선의 어깨를 주물러주었다. 속도위반으로 결혼해서 아이까지 낳았음에도 여전히 금슬 좋은 부부였다.

"우리 오빠야 또 껀수 잡았네."

"재희야, 오늘 은행 갔다 왔나? 내가 월차까지 내고 왔는데 한 잔 사야지?"

"너무 바빠서 은행 갈 틈도 없더라고요."

축복받은 재희의 목소리에 시원이 그쪽으로 고개를 돌렸지만, 참을 먹으러 오는 아낙에게 우유를 건네주는 재희가 뒤돌아서 있어 얼굴을 볼 수 없었다.

"일 끝나고 은행 들러서 현금 두둑이 넣어 와야 된데이."

"형님은. 카드 있는데 뭐가 걱정이에요."

"오야, 알았다."

씩 웃는 은호에게 경선이 으이구, 하고 퉁박을 줬지만 술을 좋아하는 은호는 마냥 좋은지 웃기만 했다. 시원한 얼음물을 한 잔 마신 시원은 밀짚모자를 벗어 다시 긴 머리를 고쳐 묶고 자신의 자리로 돌아왔다.

일꾼들에게 일일이 참을 챙겨주고 우유를 한 모금 마시던 재희는 밀짚모자를 벗은 시원의 머리를 보며 픽 웃었다. 시원의 머리를 볼 때마다 웃음이 나오는 건 어쩔 수 없었다. 시원만 보면 된장녀 장시원과 진흙녀 장시원이 떠올라 저도 모르게 미친놈처럼 웃고 마는 것이다.

모자를 벗어 머리를 고쳐 묶는 그녀에게 바람이 불어와 고운 이마를 쓸고 지나갈 때는 자신도 모르게 그 이마로 손을 내밀 뻔했다. 반짝거리는 그녀의 이마를 보며 재희는 마른침만 꿀꺽 삼켜야 했다.

마늘을 뽑는 작업은 저녁 5시쯤 되어서야 끝이 났다. 오후에 내릴 거라던 비는 다행히도 내내 오지 않다가 마늘을 다 뽑아 차에 옮기는 중에 서서히 내리기 시작했다. 보슬비를 맞으며 작업을 끝내고 나자 시원은 마늘을 뽑은 논에 눕고만 싶었다. 인턴 시절 잠도 못 자고 밥도 먹지 못하며 일하던 것과 맞먹는 수준이었다.

"다들 수고하셨습니다. 조심해서 들어가세요!"

일꾼들에게 일일이 인사를 한 재희가 은호와 함께 마늘을 실은 트럭을 끌고 창고로 떠났다. 마늘을 뽑은 것으로 끝이 아니라 산더미 같은 마늘을 창고에서 걸어 말려야 했기에 일이 또 남은 것이다.

일꾼들도 각자의 차와 오토바이, 자전거를 타고 집으로 돌아갔고 시원과 경선도 각자의 차에 올랐다.

"재희 씨가 저녁 산다니까 씻고 기다려. 데리러 올게."

차창을 열고 소리치는 경선에게 시원은 싫다는 듯 손사래를 쳤다.

"됐어. 피곤해서 그냥 잘래."

시원에게 오늘은 아주 고된 하루였다.

"저녁도 저녁이지만 그 사람하고 좀 친해져야 뭐라도 다시 부탁할 일 생기면 부탁하기도 좋지. 모르는 것도 물어보고."

맞다. 이렇게 고생한 이유가 콩 밭 때문인데 피곤하다는 이유로 빠지려고 생각했다니!

"내가 잠시 정신이 나갔었나 봐. 그럼 씻고 갈 테니까 일부러 데리러 오지 말고 시간이랑 장소 문자로 보내줘."

일단은 땀으로 흠뻑 젖은 몸을 씻어내는 것이 급선무였다. 일을 할 때는 몰랐는데 일이 끝나자마자 땀으로 젖은 몸에 옷이 달라붙어 찝찝함이 몰려들었다.

"지금이라도 정신 들어 다행이다. 알았다, 내 간데이."

경선을 향해 힘없이 손을 흔들어주고 시원은 차를 출발시켰다.

욕실 거울에 비친 시원의 모습은 아주 가관이었다. 밀짚모자를 덮어써 머리는 납작하게 눌려 얼굴에 딱 달라붙어 있었고, 작업복 바지에는 흙이 덕지덕지 묻어 있었다. 킁킁거리며 코를 가져가자 옷에서 땀 냄새가 진동을 했다.

샤워를 끝낸 시원은 물 먹은 솜처럼 무거운 몸으로 아무도 없는 사무실에서 서류를 확인하고 정리한 다음, 시간에 맞춰 고깃집으로 향했다. 보슬비는 기세가 바뀌어 이젠 아예 쏟아지듯 내리고 있었다.

세 사람은 먼저 와서 고기를 굽고 있었다.

"먼저 와 계셨네요? 민준이는?"

"놀이방에서 놀아. 얼른 앉아 먹어."

은호와 경선에게 아는 척을 하는 시원의 말에 등을 돌리고 앉아 있던 재희가 고개를 돌려 시원을 올려다보았다. 눈이 마주쳐 고개를 까딱이며 인사를 하는데 시원은 깜짝 놀라고 말았다.

"아!"

시원의 감탄사를 알아들었는지 재희가 빙긋 웃으며 고개를 돌렸다.

호남형의 그 남자였다. 선을 보러 갔다가 만난 남자, 제 상대가 아니어서 아깝다고 생각했던 그 남자, 손수건을 건네준 그 남자였다.

밀짚모자를 쓰고 있어서 잘 몰랐는데 모자를 벗고 흰 티셔츠에 청바지를 입고 있는 재희를 보자 그때의 그 남자였다는 것을 이제야 알 수 있었다.

훈훈한 얼굴에 슈트를 차려입은 모습은 분명 도시 남자였다. 수박 밭과 마늘 밭에서 낡은 작업복을 입고 밀짚모자를 쓴 재희의 모습은 영락없는 농사꾼이었다. 그런데 지금 눈앞에 있는 청바지 차림은 또 다른 모습이었다. 깨끗한 흰색의 브이넥 티셔츠가 햇볕에 탄 피부를 섹시하게 강조했다. 잘생겼다는 말이 절로 나올 정도로 매력적인 모습이었다.

이런 남자가 어찌 고령에 존재하고 있는지, 이 인물에 왜 농사를 짓고 있는지 참 의문스러웠다.

"시원 씨, 빨리 앉아가 무소."

은호가 앞접시에 고기를 놓아주며 권하자 시원은 재희의 옆에 앉아 젓가락을 들었다. 갑자기 허기가 몰려들었다.

"한잔 하세요. 오늘 수고하셨어요."

재희가 맥주를 건네자 시원은 앞에 놓여 있는 맥주잔을 들어 술을 받았다.

"오늘 다들 정말 수고하셨어요. 은호 형님과 형수님, 시원 씨 아니었으면 일 다 못 끝낼 뻔했어요. 감사합니다."

재희가 술잔을 들자 은호와 경선이 잔을 부딪쳤다. 시원도 건 배를 하고 맥주를 마셨다. 입 안을 톡 쏘며 시원하게 내려가는 맥 주가 피곤한 몸을 깨워주는 듯했다. 오랜만에 힘든 노동을 한데 다 술이 들어가자 몸이 더 나른해졌다.

"일찍 비가 안 와가 다행이지. 고마울 건 없고, 니 옆에 앉은 시 원 씨 콩 밭이나 잘 갈아도이."

경선과 시원의 오랜 우정을 알기에 은호도 늘 제 일처럼 시원 의 일을 도와주곤 했다.

"그건 걱정 마세요. 시장하실 텐데 많이 드세요."

"몇 살인지 물어봐도 돼요?"

경선이 재희의 나이를 궁금해하자 옆에 앉아 있던 은호가 팔꿈 치로 경선을 툭 쳤다.

"니는 외간 남자 나이는 와 물어보노?"

"나이도 어려 보이는데 농사짓는 게 신기해서 카지."

두 사람의 아웅다웅에 재희가 웃으며 말했다.

"서른하나예요."

"엄마야, 내보다 한 살 어리네. 우리가 누나다, 시원아."

서른하나라는 말에 시원도 옆에 앉은 재희를 바라보았다. 또래

일 거라는 생각은 했지만 연하일 거라는 생각은 전혀 하지 못했다. 자신보다 한 살이나 어리면서 사과나무나 블루베리 나무를 심으라는 등, 사람을 그렇게 긁어댔다니!

"와, 누나란 소리 듣고 싶어 카나?"

"말이 그렇다는 거지. 농사짓는 사람 중에는 제일 어리지요?"

경선은 이미 은호의 말은 안중에도 없는 듯했다.

"아닙니다. 저보다 어린 사람도 몇 있어요."

재희의 말에 시원도 새삼 놀라고 말았다.

"정말요? 진짜로 귀농하는 젊은 사람이 많기는 많은 갑네."

"도시 사는 웬만한 월급쟁이보다 나으니까 더 그렇죠, 뭐."

"근데 목소리가 진짜 좋네요. 그런 말 많이 듣죠?"

시원과는 달리 무엇이든 솔직한 경선이 칭찬을 하면서 물었다.

"아, 네."

재희가 쑥스러운 듯 머리를 긁적였다.

불판 위에서 지글지글 고기가 익어가고 창 밖에서는 비가 쏟아져서인지, 아니면 피곤한 몸에 맥주가 들어가서인지 시원은 은호와 경선, 그리고 그 남자 재희의 도란도란 말소리를 들으며 분위기에 젖어들었다.

저녁식사를 끝나고 나오자 비는 들어왔던 때처럼 쏟아 부을 듯이 내리지는 않았지만 어둠을 머금은 채 끊임없이 내리고 있었다.

"잘 먹었다, 재희야."

"별말씀을요. 제가 오히려 더 고맙습니다."

놀다가 잠든 민준을 업고 나온 은호의 말에 재희는 웃으며 잠든 아이의 볼을 쓰다듬었다.

"택시 부를까?"

술을 과하게 마신 은호가 민준이 버거운지 경선에게 슬며시 물었다.

"택시는 무슨 택시. 걸어가면 금방인데."

"니가 민준이 업고 걸을래?"

"남자가 고까짓 힘도 없어. 냉큼 따라와."

다들 술을 한 잔씩 한 터라 차를 끌고 갈 수는 없었다. 고령에서는 대리기사를 불러도 몇십 분은 기본으로 기다려야 하는 터라 차라리 택시를 부르는 게 더 낫기는 했다.

"재희 씨, 우리 시원이 집까지 좀 데려다주세요. 시원아, 내일 보자."

"알겠습니다, 형수님."

"그래, 부탁한다, 재희야. 잘 가요, 시원 씨."

은호는 결국 택시를 포기한 듯했다.

"네, 조심해서 가세요."

인사를 마친 후 티격태격하던 두 사람이 우산을 쓰고 걸어가자 처마 밑에 서 있던 시원도 차 문을 열어 우산을 꺼내 썼다.

"전 혼자 걸어가도 돼요."

은호의 뜻을 모르는 건 아니지만 집까지는 걸어서 몇 분 거리라 혼자서도 충분히 갈 수 있었다.

"은호 형님이 특별히 부탁까지 하셨는데 그럴 수는 없습니다."

단호한 목소리였다. 거절해도 따라올 것 같아 시원은 재희보다 앞서 걸었다. 재희와 둘이 걸어간다는 건 어색한 일이었다.

"그날은 잘 들어갔습니까?"

물고랑에 빠졌던 그날 이야기였다. 생각하기도 싫은 끔찍한 기억이었다. 왜 하필 이 남자에게 두 번이나 못 보일 꼴을 보이고만 것인지. 얼굴이 화끈 달아올랐다.

"태어나서 가장 부끄러운 순간이 두 번 있었는데 그 두 번을 목격하셨군요. 트럭을 타고 짐칸에 실려 가는 기분, 아마 모르실걸요?"

"하하, 저로서는 영광인데요?"

호탕한 재희의 말에 시원은 픽 웃어버렸다.

"손수건 빠셨어요?"

"네."

"식당에서 알아봤어요."

밀짚모자를 쓰고 작업복을 입고 있던 재희와 선 자리에서 슈트를 갖춰 입은 재희의 이미지는 많이 달랐다.

"전 은호 형님과 같이 논에 왔을 때 알아봤어요. 은호 형님께 말로만 들었을 때는 나이도 좀 있는 농촌 아낙네 같은 이미지를 떠올렸는데 조금 놀랐습니다. 농사지으며 살 사람으로는 보이지 않으니까."

"그래서 저한테 그렇게 틱틱대며 말한 거였어요?"

"조금은요."

"나이도 한 살 어리면서 주제에 농사를 지을 수 있겠냐며 나를 은근슬쩍 무시했다는 거죠?"

재희가 무안한지 뒷머리를 긁적거렸다.

"무시가 아니라 걱정이라고 해두죠. 솔직히 천 평이나 되는 밭을 젊은 여자 혼자 농사를 짓는다는 게 무리인 건 사실이니까요. 그리고 농사를 지어본 적도 없는 초짜잖습니까."

그 말이 변명이 아니라 진심이라는 걸 시원은 알 수 있었다.

"전 식품업에 종사하고 있어요. 올해는 콩을 직접 수확해서 된 장을 만들려고 콩 농사를 지으려는 거예요. 고령에 오래 살았지 만 아는 사람은 거의 한정되어 있어요. 그래서 은호 씨에게 부탁 을 한 거고요."

"그렇군요. 형님이 자세한 이야기는 하지 않으셔서 몰랐어요. 선입관을 갖고 봐서 미안해요. 콩 농사야 망해도 그만이냐고 했 던 말 사과할게요."

남자답게 시원을 오해하며 말한 부분을 사과하자 재희의 쌀쌀 맞고 무례하던 첫인상이 조금은 개선되는 느낌이었다. 재희가 말 한 대로 젊은 여자 혼자 천 평 가까이 되는 땅에 콩 농사를 지으 려고 한다면 누구든 의아해할 일이긴 했으니까.

"솔직히 기분은 나빴지만 사과하신다니 받아주겠어요."

"쉽게 사과를 받아줘서 고맙네요."

빈정거림이 아닌 진심이라 재희의 얼굴에 미안한 듯하면서도 무안해하는 웃음이 떠오르자 시원도 함께 웃어버리고 말았다.

나쁜 사람 같지 않았다. 자신의 잘못을 반성하고 사과할 줄 아 는 사람이고, 오늘 하루를 함께 겪으며 지켜본 모습은 나이 많은 일꾼들을 다독여가며 일하는, 천상 예의 바른 청년이었기 때문에 처음 접했던 오만한 모습은 오해일 수도 있겠다는 생각이 들었다.

또 물고랑에 빠진 짝 잃은 시원의 운동화를 말없이 꺼내주던 그 모습은 재희를 볼 때마다 뇌리를 떠나지 않았다.

"저 몰래 제 머리에 된장을 발랐던 친구가 은호 씨 부인 경선이에요. 선 본 남자는 똥인 줄 알고 정색을 하더라고요."

엘리베이터에서 못 다한 변명을 이제야 하며 시원은 웃었다. 선 본 남자의 정색한 표정이 다시 떠올랐던 것이다.

"똥이었더라면 냄새가 더 고약했을 텐데."

"그러게요."

어느새 재희는 시원의 뒤가 아니라 옆에서 나란히 걷고 있었다.

"선 보러 나오셨어요?"

시원의 물음에 재희가 고개를 끄덕였다.

이름조차 생각나지 않았다. 명품으로 도배를 하고 재희의 맞은편에 앉아 땅은 몇 평을 가지고 있는지, 농사를 지어 연봉으로 따지면 얼마를 벌 수 있는지 못 미더운 듯 시종일관 돈에 관해 물어오는 된장녀 때문에 따분해서 미칠 지경이었던 것이다.

"형수님이 한 번만 만나보라고 성화셔서 나갔는데 그날로 끝이었어요."

"꽤 예쁘던데요?"

그녀의 말처럼 예쁜 얼굴이긴 했다. 하지만 예쁘다는 것을 내세워 시종일관 예의 없이 굴었다. 농사를 짓는다는 자체만으로 무시하는 발언을 서슴지 않았다. 된장녀가 잠시 화장실에 간다고 자리를 비운 사이, 머리에 된장을 척 바르고 헐레벌떡 뛰어온 여자가 자신에게 김성진이냐고 물었을 때 재희는 황당하면서도 우스워서 아니라는 말조차 하지 못했었다. 얼마나 선이 보기 싫었으면 저렇게까지 하고 오나 궁금하기도 했다.

화장실에 갔던 여자가 오자 빨개진 얼굴로 자신의 자리를 찾아
간 귀여운 된장녀 때문에 재희는 선 상대에게 집중하지 못하고
된장녀의 뒷모습을 바라보고 있었다. 가방부터 시작해 옷과 시계
까지 명품으로 치장한 된장녀, 된장을 척 바르고 나타난 된장녀.
두 된장녀를 바라보고 있자니 터져 나오려는 웃음을 간신히 참아
야만 했다.

그래서 여자가 나갈 때 자신도 따분한 선 자리를 빠져나와 여
자의 곁에 섰다. 재희의 예상대로 그녀의 머리에 묻어 있는 것
은 된장이었다. 이 여자야말로 확실한 된장녀였다.

생각 같아서는 사진이라도 찍어 두고두고 보고 싶었지만 재희
는 웃음을 꾹 참고 그녀에게 손수건을 건넸다. 가까이서 본 그녀
는 의외로 예뻤다. 키는 작았지만 그래서 더 아담한 게, 차라리
이 여자가 선 자리에 나왔더라면 하는 아쉬운 마음이 들었었다.

"얼굴보다 마음이 좋은 여자가 더 예쁜 법입니다."

"에이, 남자들 말은 그렇게 하면서 은근히 외모 따지던데. 입에
발린 소리 아니에요? 10대 남성의 이상형도 예쁜 여자고 20대도,
30대도, 심지어 70대 할아버지의 이상형도 예쁜 여자라던데 말이
죠."

"어떻게 아셨어요?"

서로가 그럴 줄 알았다는 듯 웃었다.

"선 보기 싫어서 일부러 된장 바르고 나온 줄 알았어요."

선을 몇 번 본 재희로서는 선 자리에 된장을 바르고 나온 여자
를 보는 것도 처음이었거니와 선 자리에 편한 캐주얼 차림으로
나온 여자도 처음이었다. 그럼에도 불구하고 눈길이 가는 것도

처음이었다.

"설마요. 그래도 처음 나간 선 자리인걸요. 첫 선 자리에 다른 사람 선 보는 자리에 가서 방해나 하고. 된장까지 떡 바르고 나갔으니 저랑 선을 본 분은 아주 어이가 없었을 거예요."

재희는 오히려 경선에게 감사를 표하고 싶었다. 지겹던 선 자리에서 웃음을 주었을뿐더러 시원이 그 남자와 다시 만날 일을 만들어주지 않았기에.

"방해랄 것도 없었어요. 좀 당황스러웠을 뿐이지. 사실 좀 재밌기도 했고요."

재희의 말에 시원은 다시 창피한 마음이 들었다.

"정말 농사를 지으실 거예요?"

시원은 걸음을 멈추고 눈을 가늘게 뜨고 재희를 바라보았다.

아니, 이 사람은 농사 이야기만 나오면 또 사람 마음을 뒤집어지게 하는지! 콩 농사를 지을 거라는 말은 허투루 들었나 말이야.

"콩 농사 할 거라고 몇 번을 말해요?"

"마늘 뽑을 때 힘들지 않던가요? 농사지을 마음이 싹 사라졌을 텐데요."

아!

재희는 시원의 마음을 뒤집어놓을 목적이 아니라 그만큼 농사가 힘들다는 말을 하고 있었다. 괜히 발끈한 자신이 무안해질 정도였다.

"어떤 일이든 힘들지 않은 일은 없지만 농사는 특히나 몸이 고된 일이죠."

재희의 말처럼 솔직히 힘들었다. 차라리 된장을 만드는 게 훨

씬 낫다는 생각이 들 만큼.

"아주 싹 사라진 건 아니고요, 조금은 사라졌어요."

힘들어서 당장이라도 그만두고 싶은 마음이 굴뚝같았지만 그래도 사람들과 이런저런 이야기를 하며 일을 하니 그나마 좀 나았다.

"그래도 지을 거예요, 농사. 콩 농사 한다고 대출까지 받아 산 땅인데 그냥 두면 쓰나요. 그 정도로 나약하지 않고요."

확신에 찬 목소리가 마음에 들었다. 오늘 하루 호되게 농사일을 체험하고 나면 나가떨어질 거라는 재희의 예상은 빗나갔지만 그렇기에 더 신경이 쓰이는 그녀였다.

"네."

"그런데 말이죠, 혹시 골도 타주시나요?"

트랙터로 논만 간다고 해서 해결될 일이 아니었다. 조심스럽게 물어오는 시원의 말에 재희가 생각하는 듯하더니 고개를 끄덕였다.

"흠, 원래는 갈아주기만 하고 골은 잘 타주지 않는데 타드릴게요. 부탁하러 왔다가 물고랑에까지 빠졌는데 그 정도는 해줘야 절 덜 원망할 것 같네요."

물고랑에 빠진 것은 시원의 실수지 재희 때문은 아니었다. 그러면서도 그 상황이 재희를 원망하게 만들었다. 이 남자는 그것까지 죄다 꿰고 있었던 듯했다.

"아, 바람직한 생각이에요. 그런데 말이죠, 혹시 비닐도 씌워주시나요?"

시원의 물음에 재희는 웃음을 터뜨리고 말았다. 조심스러우면서도 제 할 말을 다 하는 그녀가 귀여워 거절할 수 없었다. 다른 사람이었다면 논만 갈아주었을 뿐, 골을 타고 비닐을 씌워주는 손 많이 가는 일은 끝끝내 거절했겠지만 그녀였기에 그 번거로운 일들도 쉽게 승낙할 수 있었다.

"그냥 다 부탁한다고 하세요."

"죄송해서요. 제가 물고랑에 빠지긴 했지만 그것까지 부탁하려니 죄송해도 너무 죄송해서요."

시원에게는 이것이야말로 물귀신 작전이었다. 아까 눈을 가늘게 뜨고 재희를 바라보던 시원은 어디 가고, 눈치를 보며 조심스레 물어보는 시원의 모습에 재희는 웃지 않을 수 없었다.

"이러나저러나 어차피 죄송한 건 마찬가지 같은데요?"

"고마워요. 걱정했는데 이렇게 해주신다니 짐을 좀 덜었네요."

시원으로서는 다행이었다. 골을 타고 비닐을 씌우는 사람을 알아봐야 하나 걱정하던 차였다. 물고랑에 빠진 것은 억세게 운이 나빠서가 아니라 그 반대였을지도 몰랐다.

"잠시만요. 저 약 좀 사 올게요."

재희가 양해를 구한 후 불 켜진 약국 안으로 들어가자 시원은 급하게 사야 하는 약이 있구나 생각하며 우산을 쓰고 가만히 비가 내리는 걸 구경했다. 우산 위로 투둑투둑 떨어지는 빗소리가 꽤나 운치 있는 밤이었다. 일만 하느라 비 오는 소리가 이렇게 아름다울 수 있다는 사실도 깨닫지 못한 채 살아왔었다.

시원은 손을 내밀어 떨어지는 빗방울을 받아내며 손장난을 쳤다. 약국 문을 열다 말고 그런 시원의 모습을 눈치 챈 재희의 입가에 잔잔한 웃음이 서렸다.

"기다리게 해서 미안해요."

약국을 나온 재희의 말에 시원이 웃으며 고개를 설레설레 흔들었다.

"별말씀을요."

두 사람은 다시 비가 내리는 거리를 걸었다.

"메주콩만 심으실 겁니까?"

"아뇨, 메주콩과 쥐눈이콩 반반씩 심을 거예요. 쥐눈이콩으로 검은 청국장환도 만들고 있거든요."

다이어트 된장물 못지않게 검은 청국장환도 수요가 늘어나고 있었다.

"된장을 아주 많이 담그려나 보네요. 그럼 6월 중순쯤 심으면 되겠네요. 모내기 끝내놓고 갈아드릴게요. 모내기만 끝내놓으면 급한 일은 한숨 돌리거든요."

"아는 게 많으시네요. 전 농사에 무지해서 경선이 말대로 4H에라도 가입해야 하나 고민하고 있었거든요."

"4H는 왜요?"

"4H에서 농사 정보를 공유하고 그런다더라고요."

"그렇긴 하죠. 읍, 면에 있는 젊은 농사꾼은 거의 다 가입해 있으니까요. 농사 정보도 공유하고, 봉사 활동도 다니고 그래요."

막힘없이 설명하는 재희를 보며 물었다.

"4H 회원이신가 봐요?"

"맞아요. 가입할 생각이 있다면 다음 모임에 함께 가실래요?"

"생각해볼게요."

동아리나 모임에 가입해본 적이 없는 시원으로서는 선뜻 결정하기 힘든 사항이었다.

"네."

"데려다주셔서 감사해요. 여기에서 집은 가까운가요?"

집 앞 골목길에 다다르자 시원이 걸음을 멈추고 재희에게 물었다. 고령이 작기는 하지만 여섯 개의 면 중에 한 곳에 살고 있다면 걸어서 가기는 힘든 거리였다. 고령읍이 도시와는 비교가 안 될 만큼 작다고 해도 끝과 끝은 결코 가까운 거리가 아니었다.

"충분히 걸어갈 수 있어요. 걱정하지 마세요. 전화할게요."

'전화할게요.'라는 목소리가 심상치 않게 들린 건 시원의 착각이었을까?

"네?"

깜짝 놀라 눈을 동그랗게 뜬 시원이 재희를 올려다보았다.

"왜 놀라고 그래요? 밭을 갈 수 있는 날짜 알려드릴게요. 저도 밭이 어딘지 알아야 하고요."

"아, 네."

잠시 딴 생각을 한 시원이 얼굴을 붉히며 고개를 끄덕였다.

혹시 이 남자가 자신에게 딴 생각을 품고 있나 의심했던 그 몇 초가 부끄러워 쥐구멍에라도 숨고 싶은 심정이었다.

"데려다주셔서 감사해요."

"별말씀을요. 오늘 고생하셨어요."

"콩 밭 골까지 타주시고 비닐까지 씌워주신다는데 제가 이 정도는 해야죠."

골을 타고 비닐을 씌워준다는 것을 강조하는 시원의 말에 재희가 웃었다.

"이거, 자기 전에 먹고 자요. 피로회복제예요."

"아!"

재희가 갑자기 약국으로 들어간 이유가 이것 때문이었나 보았다. 약봉지와 함께 그의 따뜻한 마음씀씀이까지 함께 받은 기분이었다. 집까지 데려다주며 약까지 챙겨주는 배려심에 그가 자신이 생각한 것보다 더 괜찮은 사람일지도 모르겠다는 생각이 불현듯 들었다.

"들어가세요."

약봉지를 시원에게 쥐여준 재희가 어서 들어가라는 듯 손짓을 했다.

"고마워요. 조심해서 가세요."

인사를 하고 시원이 먼저 돌아섰다.

시원의 우산이 어두컴컴한 원룸 입구로 사라지고 얼마 지나지 않아 2층 오른쪽 방에 불이 켜졌다.

시원이 들어가고도 앞에서 한참을 우두커니 서 있던 재희는 선자리에서 처음 만난 시원을 떠올렸다.

장시원.

선을 보러 나왔던 남자가 시원을 불렀을 때 들은 이름이 아직도 뇌리에 박혀 떠나지 않았다. 그 이름을 몇 번이나 되뇌었던가. 그녀와 어울리는 예쁜 이름이었다.

콩 농사를 짓겠다고 야무지게 말하던 여자. 한 번도 농사라고는 지어본 적 없는 젊고 예쁜 여자가 왜 꼭 콩 농사를 지으려고 하는지 도무지 이해가 가질 않았다. 땅 투기가 목적이라면 도지를 주면 될 일이고, 돈을 목적으로 농사를 지으려 한다면 고추 농사를 지으면 될 텐데 왜 굳이 콩이어야 하는지 궁금했다. 허나 투기 목적으로 산 것은 아니었는지 사과나무나 블루베리 나무를 심으라는 말에 발끈하던 여자. 도끼눈을 한 모습이 귀여웠다.

바쁜 건 사실이었지만 어쩐지 그녀의 안달복달하는 모습이 보고 싶었다. 물고랑에 빠져버린 그녀를 보니 된장 묻은 머리로 자신을 바라보던 때가 겹쳐 떠올라 웃음이 터져 나왔다. 만날 때마다 색다른 엉뚱한 모습으로 웃음을 주는 여자였다.

된장을 만들어 판다는 말을 들었을 때야 왜 하필 콩 농사를 고집하는지 알게 되었지만, 마늘을 뽑는 것도 힘들어하면서 어떻게 콩 농사를 지으려는지 재희는 걱정이 앞섰다. 두 번의 만남과는 다르게 작업복 바지를 입고 밀짚모자를 쓴 시원의 모습도 색달랐다. 여유롭게 여자를 쳐다볼 때가 아닌데 그 바쁜 와중에도 자꾸 시원에게 눈이 갔다.

마늘을 뽑는 내내 힘든지 쪼그려 앉았다가 다시 무릎을 세우기도 했고, 참을 먹을 때는 아무 데나 퍼질러 앉아 작은 입으로 오물오물 빵을 씹던 그 모습도 귀여웠다.

재희는 잠시 그녀가 손으로 빗방울을 받으며 아이처럼 손장난을 치던 모습을 떠올리면서 우산 밖으로 손을 내밀었다. 차가운 물방울이 손바닥으로 툭툭 떨어졌다. 시원하게 떨어져 손바닥을 적시는 빗방울에 기분 좋은 듯 재희가 빙긋 웃었다.

"시원아, 시원아."

영발이 부르는 소리에 잠에서 깬 시원이 보호자용 간이침대에서 벌떡 일어났다.

"왜? 화장실 가고 싶어?"

영발이 고개를 끄덕이자 시원은 화장실에서 간이 소변기를 가져왔다. 수술한 지 하루도 지나지 않았기 때문에 소변을 받아내야 했다. 영발은 끙끙거리며 소변을 누고 다시 누웠다.

"많이 아프면 이야기해요. 진통제 더 달라고 할게."

"이래 아플 줄 알았으면 수술 안 할 낀데. 아이고."

통증 때문에 신음만 내며 또다시 까무룩 잠에 빠져드는 영발을 보며 시원은 뒤처리를 하고 나왔다.

오늘 영발은 인공관절 수술을 했다.

황 교수가 영발의 검사 결과를 알려주기 위해 시원에게 직접 전화를 걸었을 때 수술 날짜까지 잡아주었다. 수술은 성공적이었지만 인공관절 수술 자체가 알고는 절대로 할 수 없는 수술이라는 말이 나올 정도로 수술 후 통증이 엄청나기 때문에 나이도 있는 영발은 힘들어했다.

애잔한 마음으로 영발을 바라보던 시원은 영발의 이불을 다시 덮어주고 간이침대에 누웠다. 본능적으로 이불을 덮는데 시원이 간이침대에 누울 때만 해도 이불은 없었다. 누운 채로 자신의 손에 딸려온 이불을 바라보던 시원은 다시 침대에서 일어나 몸을 세웠다. 보호자용 이불을 미처 가지고 오지 못해서 수건을 베개 삼아 잠이 들었는데, 시원이 잘 때 누가 덮어주고 간 모양이었다. 대수롭지 않게 생각하고서 이불을 덮고 눕자 이불에서 나는 향기 때문에 시원은 다시 벌떡 일어나고 말았다.

5년이나 지난 일이었지만 생생하게 기억하고 있었다. 그것은 주위에 남자라고는 없었던 시원의 삶에 처음 다가온 남자의 향기였다. 정민과 사귀기 시작하면서 정민이 늘 애용하던 향수의 향. 나중에는 시원이 더 좋아하게 된 남자의 향이었다. 슬리퍼를 신고 병실에서 나가려던 시원은 고개를 저으며 다시 간이침대에 앉았다.

이제 와서 뭘 어쩌려고. 다 부질없는 짓이다.

다시 잠이 올 것 같지 않아 독서등을 켜고 기능성 된장 자료를 보며 집중하려고 애를 썼다. 잠을 이루지 못해 시간이 가는지도 모르고 토끼같이 빨간 눈으로 책을 보는 시원의 옆 창문으로 햇살이 조금씩 조금씩 들어오고 있었다.

영발이 수술한 지 나흘째 되는 날, 경선이 선희와 함께 음료수를 사들고 병원을 찾았다.

"수고 많지예."

"할매, 좀 괜찮으세요?"

"아파가 고마 딱 디지뿌고 싶다."

자다 깬 영발이 눌린 머리를 쓰다듬으며 얼굴을 찌푸렸다.

"할머니 아기 됐어. 이제 며칠만 지나면 될 텐데 아파 죽겠다고 소란 피우는 통에 내가 못 살겠다니까."

시원의 말에 경선과 선희가 킥킥거리며 웃었고 영발은 입을 삐죽거렸다.

"할매, 조금만 참으소. 퇴원하면 할매 뛰어 댕길 낀데 그것도 못 참는교. 우리 장 사장 봐서라도 재활 치료해가 깨끗하게 나아가 오이소. 알겠지예."

"이젠 내 혼자 있어도 된끼네 너거 갈 때 야 좀 데리고 가뿌라. 아가 얼마나 잔소리가 많은지 내가 귀가 아프다캉께네."

"장 사장 잔소리야 우리는 맨날 듣는 긴데예, 우리도 잔소리 듣기 싫으니까 할매가 좀 들으이소."

"할매, 말하는 거 보이 이제 다 나았네."

영발과 선희의 이야기를 듣던 경선이 킥킥거리며 웃었다.

인공관절 수술을 하면 자연강직 현상이 나타나기 때문에 수술 환자 대부분이 수술 후 이틀이 지나면 무릎 구부리기, 펴기 외에 탄력밴드를 이용하여 근력운동을 하며 재활치료를 시작하는데 영발은 재활치료 때마다 나 죽네 소리를 지르는 통에 재활치료사는 물론 시원의 혼을 쏙 빼놓았다. 그 바람에 잔소리를 좀 했더니 그것 때문에 심통이 난 영발이 선희를 만나자 잘됐다 싶은지 시원의 험담을 늘어놓는 것이었다.

"별일 없지?"

날 저물기 전에 어서 가라는 영발의 재촉에 배웅을 나오며 경선에게 물었다.

85

"있을 게 뭐 있노. 메일 받았나?"

경선이 퇴근 전 하루 매입 및 매출과 주문서를 메일로 보내주고 있었지만, 이렇게 오래 회사를 비운 적은 처음이라 걱정이 되는 건 어쩔 수가 없었다.

"그러게 간병인 쓰라니까 사서 고생이고."

간병인을 쓰면 오전과 오후 24시간을 다 써야 해서 비용도 문제였지만 영발이 불편해할 것 같아 그럴 수가 없었다. 돈 걱정에 수술도 안 하려던 양반이었다. 수술하러 가기 전 시원에게 입고 있던 치마 속 낡은 헝겊 지갑에서 수술비라며 돈을 턱하니 꺼내놓고는 가방을 들고 앞서 걷는 영발의 뒷모습에 시원의 가슴이 울컥했다. 자식이 하나 있어도 일 년에 한 번 올까 말까 했고, 명절에도 코빼기 한 번 안 비추는 망나니 아들이었다. 그래서 더 곁에 있어주고 싶었다. 다행히 대신 일을 처리해주는 경선이 있어 이렇게 회사를 비워도 되니 시원은 경선에게 늘 고맙고 미안했다.

시원이 영발을 친할머니처럼 생각하고 있다는 것을 경선도 알고 있었다. 김명댁의 죽음 후 대구에서 직장을 다니던 경선 대신 매일같이 집으로 찾아와 시원에게 밥을 먹인 것도, 산 사람은 살아야 된다고 시원의 등을 떠민 것도 영발이었다. 또한 된장 사업으로 번창할 수 있게 기초를 다져준 것도 영발이었다. 김명댁이 죽은 후 더 끈끈하게 이어진 두 사람의 정을 경선이기에 더 잘 알고 있었다. 그리고 시원도 출근하지 않아도 대신 일을 처리해주는 경선이 있어 믿고 회사를 비울 수 있었다.

"이래저래 고맙다, 경선아. 이모도 수고 많죠. 고마워요."

"고맙기는. 니 밥 굶을까 걱정이다."

"그래, 이모 말대로 굶지 말고 혼자라도 식당 가서 밥 챙겨 먹어."

두 사람은 늘 시원의 밥 걱정을 먼저 했다. 병원까지 와서도 끊이지 않는 밥 걱정에 시원은 웃으며 고개를 끄덕였다.

"네, 네. 조심해서 가세요."

"오야, 고생해라이."

주차장 입구까지 따라온 시원은 두 사람이 계단을 타고 2층으로 올라가는 걸 본 후에야 돌아섰다.

그러나 몇 걸음 걷기도 전에 멈춰 섰다. 걸어오다 시원을 발견한 정민도 걸음을 멈췄다.

5년 만의 재회였다. 두 사람은 오래도록 마주 본 채 서 있었다.

"퇴근하는 길이야?"

먼저 입을 연 건 시원이었다. 5년 만에 하는 질문이지만 어제도 만난 사람처럼 자연스러운 물음이라 시원은 먼저 말을 하고도 픽 웃어버렸다.

잠시 후 두 사람은 가까운 카페에 마주앉아 있었다.

"오랜만이야."

"응."

"소식 들었어."

출신 학교의 병원이다 보니 의사나 교수의 태반이 선후배와 동기라는 학연으로 얽혀 있어 한 사람이라도 알게 되는 날이면 소문이 퍼지는 건 순식간이었다.

영발과 검진을 하러 오던 날 수연을 만났으니 수연과 친한 동

87

기며 선후배들에게 자신의 소식이 알려질 것은 예상했던 일이었다. 또 수술하기 전날 영발이 입원을 했을 때 시원은 약속대로 수연을 찾아가 함께 커피를 마셨었다. 정민은 수연에게서 시원이 병원에 와 있다는 이야기를 들었을 것이다.

"얼굴 좋아 보이네."

인턴 시절에 비하면 살이 좀 붙긴 했지만 본과 때만큼은 아니었다. 본과를 다닐 때만 해도 마른 편은 아니었는데, 인턴 시절 못 자고 못 먹기를 반복하며 체중이 빠질 때마다 옆에서 지켜보던 정민은 안타까워했었다. 시간이 날 때마다 가지고 다니며 간단하게 먹을 수 있는 소시지나 초코파이를 가운 안에 넣어주고 가던 그때 일이 아련히 떠올랐다.

"안과 전공이야?"

정민은 인턴 때부터 안과를 목표로 했었다. 돈을 많이 버는 인기 과이기도 했고, 응급 환자를 보지 않아도 되고, 수련 기간 부담이 없어 늘 여유로웠기 때문에 정형외과를 전공하고 싶어 하는 시원에게 안과를 함께 전공하자고 했었다.

"맞아. 이제 레지던트 2년차야. 인턴 끝나고 군의관 마치고 왔거든."

"그랬구나."

"사업 한다며?"

소문이 참 빠르다는 것을 다시 한 번 실감하며 시원은 피식 웃었다.

"응."

"전혀 뜻밖이었어."

의사와 된장을 만드는 CEO. 그 괴리감 때문인지 시원을 아는 사람은 모두 다 한 번씩은 꼭 그렇게 말하곤 했다.

"살려고 하다 보니 그렇게 된 거야."

그 일이 아니었더라면 시원은 아무것도 하지 못하고 지금도 방황하는 세월을 보내고 있을지도 몰랐다. 그것은 김명댁이 두고 간 마지막 과제이자, 시원에게는 또 하나의 길이었다.

결혼 날짜를 잡은 지 얼마 되지 않아 김명댁의 갑작스런 죽음으로 두 사람의 결혼은 성사되지 못했다.

"너에겐 늘 미안하게 생각해."

정민의 말에 시원은 말없이 정민을 바라보았다. 미안하다는 사과를 받기 위해 그 말을 한 것이 아니었는데. 정민이 죄책감을 느끼는 것 같아 시원은 솔직하게 말한 것을 후회했다.

"늦었지만 어머니가 너 힘들게 한 거 내가 대신 사과할게. 지금에 와서야 네가 얼마나 힘들었을지 알겠더라. 그땐 나도 철이 없었나 봐."

정민의 어머니 민 여사가 시원을 힘들게 했던 건 사실이지만 이제는 다 되돌릴 수 없는 지난 일이었다.

"할머니 장례 못 치러드린 거 두고두고 후회했어. 정말 미안해."

"아니, 네가 왜? 그건 내 몫의 일이었어."

그러려고 의도한 건 아니었지만 시원의 말은 정민과 시원이 이어진 줄을 칼같이 잘라낸 것과 다름없었다.

시원과 정민은 같은 과 동기였지만 두 사람이 사귀기 시작한 것은 본과 1학년 말 즈음이었다. 예과 시절에는 김명댁의 부담을 덜어주기 위해 꾸준히 과외를 했기 때문에 학교생활을 즐기지 못했다.

본과에서는 엄청난 양의 공부 때문에 스터디를 만들어 공부를 하게 되는데 스터디를 함께 하자고 말을 한 사람은 정민의 친구였던 민재였다. 나중에 안 사실이지만 정민이 민재에게 술을 사주기로 약속하고 시원을 데려 오라고 당부를 했단다. 당시 시원은 어디에도 속한 그룹이 없었는데, 제의를 받자마자 선뜻 그러겠다고 해서 민재도 깜짝 놀랐다고 했다.

정민은 인간관계가 좋아 동기는 물론이고 선후배와도 두루두루 잘 어울리는 남자였다. 그 넓고 좋은 인간관계를 이용해서 족보나 새로운 정보들을 속속 구해 왔다. 알면 알수록 참 괜찮은 사람이라고 생각할 무렵 정민이 시원에게 고백을 했고 둘은 자연스럽게 의대 커플이 되었다.

본과 건물이 병원 바로 옆에 있었기에 활동하는 공간이 워낙 좁다 보니 본과에 다니는 학생들은 동기들은 물론 선후배까지 넓은 인간관계를 가질 수 있었다. 그래서 그들의 개인적인 이야기까지도 자연스럽게 알게 되는 것이 본과 생활 중 하나였다. 두 사람이 커플이 되었다는 사실은 하루도 되지 않아 건물 전체에 퍼지게 되었다.

그렇게 본과 시절부터 인턴 시절까지 오랜 시간을 함께한 두 사람이었다. 인턴이 끝나면 바로 결혼을 남겨두고 있었기에 사람들은 당연히 두 사람이 결혼을 할 거라고 생각했지만 결국은 헤어졌다.

부모가 안 계신다는 이유로 처음부터 시원은 정민의 어머니 민 여사의 눈 밖에 났지만 정민의 끈질긴 설득으로 결국 결혼 승낙을 받았다. 그러나 결혼 승낙에 이르는 과정보다 결혼을 준비하는 과정이 시원을 더 지치게 만들었다.

외동아들인 정민이 의사까지 되었으니 민 여사의 어깨에 힘이 들어가는 것은 어쩌면 당연한 일이었겠지만 그것을 빌미로 막대한 양의 혼수를 요구해 오자 시원은 결혼 승낙이 사실은 승낙이 아니었음을 깨달았다. 그 많은 혼수를 해 갈 돈도 없었고, 그러고 싶은 생각도 없었다.

그 당시에는 인턴 생활을 견디어내는 것만으로도 고난의 연속이었다. 그 과정 속에서도 시원은 민 여사를 설득하려고 했지만 쉽지 않았다. 정민마저도 그땐 편한 과도 아닌 외과를 돌고 있어서 육체적으로 힘든 상태였던지라 민 여사와 시원의 갈등을 이해해줄 시간도 없고 노력도 해줄 수 없었다. 아니, 하지 않았다.

두 사람의 소리 없는 전쟁에 정민의 아버지와 정민은 한 걸음씩 물러나기 시작했다. 하루하루가 너무 피곤했다.

그 상황에서 김명댁이 작고를 했다.

영발과 함께 저녁을 먹고 잠든 김명댁이 깨어나지 못하고 저세상으로 가버렸다는 연락을 듣자마자 시원에게는 모든 것이 무의미하게 느껴졌다.

장례를 치르기 위해 고령으로 내려가는 택시 안, 전화기의 진동이 끊임없이 울리는 것도 모른 채 시원은 넋을 잃고 있었다.

"아가씨, 전화."

택시 기사의 말도 시원의 귀에 들어오지 않았다.

"아가씨, 아가씨."

몇 번 더 불렀을 때에야 시원은 정신을 차리고 기사를 바라보았다.

"전화 온 것 같아. 아까부터 계속 진동 소리가 들리는데."

기사의 말처럼 진동은 계속 울리고 있었다. 민 여사였다.

"그러게 부모 형제 없는 박복한 년이랑 와 결혼한다고 지랄이고. 세상에 쌔비린 게 여잔데 어디에서 그런 걸 데려와가 내 속을 이래 뒤집어놓노, 놓길."

전화로 정민에게 쏟아내던 말을 떠올리며 시원은 주먹을 꼭 쥐었었다.

"네, 어머님."

애써 마음을 다잡은 시원이 전화를 받았다. 이미 어떤 말이 나올지 예상한 상태였다.

- 할매 돌아가셨다는 소식 들었다. 그래도 결혼식 앞둔 여자는 부정 탄다고 장례식도, 남의 결혼식도 가면 안 되는 기라. 친할매도 아이고 외할매라 니가 안 가도 섭섭다 생각 안 할 끼다. 내 말 알아들었나?

위로의 말조차도 없었다.

"지금 가고 있는 중이에요."

서늘한 시원의 목소리가 허공을 울렸다.

- 니 내 말 지금 허투루 들었나? 가면 안 된다 안 카나!

역정 내는 모습이 눈앞에 선했다.

- 대답 안 하나? 감히 시에미 될 나를 무시하고 지금 니가 가겠다는 그 말이가?

시원의 상황은 무시하고 자신의 이기심만 앞세우는 민 여사를
이젠 더 이상 참을 수가 없었다.

　"어머님이 뭐라셔도 전 갑니다."

　- 뭐라꼬?

　"가겠다고 했습니다."

　서늘한 그녀의 목소리에 민 여사가 급하게 숨을 들이쉬는 것이
시원의 귓속으로 들려왔다.

　- 갈 것 같으면 우리 정민이하고 결혼 안 하는 걸로 생각하면 되겠
　나? 나는 시에미 말 무시하는 며느리는 내 눈에 흙이 들어와도 싫
　다.

　"정민이와 헤어질게요. 끊겠습니다."

　뒷말은 이제 들을 이유도 없었다.

　유일한 가족이었다. 저울질해야 할 일이 아니었다. 누군가를
선택해야 하는 것이 아니라 당연한 일이었다. 시원은 한 치의 망
설임 없이 정민에게 파혼을 선언했다.

　정민과의 관계는 거기에서 끝이었다. 길다면 길고 짧다면 짧은
5년 동안 열애를 했지만 헤어짐은 순식간이었다.

　"그땐 나도 육체적으로 힘들었을뿐더러 정신적으로까지 힘든
상황이었어. 그렇게 힘들지 않았더라면 너를 더 이해할 수 있었
을 텐데 그러지 못한 게 두고두고 미안했어."

　아니, 정민은 결코 이해하지 못했을 것이다.

　"그게 우리 운명이었나 보지. 옛날이야기는 그만하자."

　더 이상 생각하고 싶지 않은 과거였다.

"아직 혼자니?"

정민의 질문에 시원은 빤히 바라보기만 했다.

"넌 나한테 궁금한 거 없어?"

"잘 살고 있으면 그걸로 된 거지. 할머니 혼자 계셔. 나 들어가 봐야 해."

정민이 물끄러미 바라보았지만 시원은 모른 척하며 일어섰다.

"먼저 일어날게."

시원이 어색하게 웃으며 인사를 하고 나가자 정민은 창 밖으로 눈을 돌려 시원이 총총히 걸어가는 것을 바라보았다.

후회했었다. 그녀를 지키지 못한 것을.

5년 전 그날이 무척이나 후회가 되었다.

5년 전 그날 새벽.

"정민아."

넋을 잃은 시원이 멍하니 정민을 불렀다.

"무슨 일 있어?"

당직을 서고 나온 정민은 빨갛게 충혈된 눈을 문지르며 걸려온 전화를 한 손으로 받은 채 물었다.

"어머니, 잠시만요."

그녀의 표정이 심상치 않아 보였다.

"할머니가, 할머니가 돌아가셨어."

"뭐?"

할머니가 돌아가셨다는 말은 정민에게도 충격이었다. 덕분에 손에 든 휴대전화를 놓칠 뻔했다.

- 뭐? 시워이 할매 돌아가셨다고?

전화기 속에서 들려오는 민 여사의 목소리.

"좀 있다 전화할게요."

민 여사와의 전화를 일방적으로 끊은 정민은 넋이 나간 시원을 가만히 안아주었다. 몸을 떨며 울음소리 없이 눈물만 뚝뚝 흘리는 시원을 데리고 1년차 선배 찬우에게 가는 길에 정민의 전화가 진동했다. 민 여사였다.

지칠 줄 모르고 끊임없이 진동하는 전화를 무시하고 찬우에게 시원을 대신해 부고를 전한 정민은 잠시 자리를 빠져나와 민 여사의 전화를 받았다.

- 와 이래 전화를 안 받노! 시워이 할매 돌아가셨나?

다짜고짜 따져 묻는 민 여사의 목소리에 정민은 한숨을 내쉬었다.

"네."

- 시워이는?

"곧 고령으로 내려갈 겁니다."

- 무슨 소리 하노, 지금? 시워이가 할매 장례식장에 간단 말이가?

"가야죠."

- 너거 결혼 날짜 잡은 신랑 신부다. 그런데 장례식장엘 간다꼬? 그게 어느 나라 법도고? 결혼 날짜 잡은 신랑 신부는 부정 탄다는 이유로 결혼식도, 장례식도 몬 가는 거 모르나? 어?

쏟아지는 어머니의 말을 들으며 정민은 그만 눈을 감아버렸다. 머리가 지끈 아파왔다.

- 내 말 듣고 있나, 니! 절대로 몬 간다이.

"제가 보낼 겁니다. 시원이 아니면 누가 상주로 서 있습니까."

- 그러게 부모 형제 없는 박복한 년이랑 와 결혼한다고 지랄이고. 세상에 쌔비린 게 여잔데 어디에서 그런 걸 데려와가 내 속을 이래 뒤집어놓노, 놓길.

그녀와의 결혼을 반대하는 민 여사의 허락을 받아내고 결혼 날짜를 잡았을 때는 그걸로 문제는 끝난 것처럼 보였으나 그것은 시작에 불과했다.

두 사람은 사사건건 부딪치기만 했다. 시원의 형편을 알면서도 많은 양의 혼수를 요구한 걸 알고 정민이 민 여사에게 엄포를 놓기도 했지만 뜻대로 되지 않았다. 기대가 큰 외동아들이었고 아들은 그 기대를 저버린 적이 없었다. 하지만 결혼에 관해서만은 어머니가 시원을 받아주기를 바랐다.

민 여사 쪽에서야 탐탁지 않아할지 몰라도 시원은 어디 내놔도 빠지지 않는 며느릿감이었다. 민 여사가 의사라고 들먹이는 정민과 같은 직종이었고, 성적도 누구에게 뒤지지 않았다. 부모가 없는 거야 시원의 책임이 아니지만 민 여사는 그것을 빌미로 그녀를 더 마땅치 않게 생각했다.

"그만하세요."

- 가정교육 못 받은 거 티내지 말고 국으로 가만히 있으라 캐라. 날 받아놓은 신부가 친할매도 아니고 외할매 장례식에 누가 간다 카드노. 내 말 알아들었나?

"끊겠습니다."

- 대답 안….

끝나지 않은 민 여사의 말을 들어줄 여유가 없었다. 곧 수술실에 들어가야 할 시간이었다. 일방적으로 전화를 끊은 정민이 뒤돌아섰을 때는 고개를 숙인 채 서 있는 시원이 보였다.

"들었니?"

그녀는 가만히 고개를 끄덕였다.

"미안해."

민 여사의 모진 말을 들었을 그녀에게 못내 미안했다.

"난 잡힌 수술 일정은 끝내놓고 가야 할 것 같은데 혼자 갈 수 있겠어?"

"응."

"택시 잡아줄게."

눈물을 멈춘 시원은 그대로 바스락 사라질 것처럼 힘없이 서 있었다. 택시에 그녀를 태워 보내고 정민은 눈 한 번 붙이지 못하고 바로 수술실로 들어갔다. 피곤이 정민의 온몸을 잠식했다.

외과를 돌면서 아침을 굶은 채 수술실에 들어가 '디버'라 불리는 견인기로 복부가 잘 노출되도록 당기는 동작 하나를 몇 시간째 하고 나와 점심이라도 제대로 먹을 수 있는 날은 운수 좋은 날이었다. 그날은 모든 좋지 않은 일이 한꺼번에 찾아온 것인지 아침은커녕 당직을 서고 나서 채 30분도 눈을 붙이지 못하고 십이지장 절제 수술에 들어갔다.

수술은 점심도 거른 채 오후 3시가 넘어 끝이 났다. 수술실에서 나온 후 피곤에 절어 밥 먹을 힘도 없이 앉아 잠에 빠져들던 의식을 붙들어 깨운 것은 시원의 전화였다.

- 정민아.

혼자 있을 그녀 생각에 마음이 편치 않아 딱 30분만 자고 장례식장으로 갈 생각이었다.

"응."

눈을 감은 채 대답하는 정민의 의식은 이미 잠 속을 헤매고 있었다.

- 할머니 장례 내가 치를 거야.

"응."

- 나, 너랑 결혼 안 해. 우리 헤어져.

담담한 그녀의 말이 믿기지 않아 꿈인 줄로만 알았다. 대답 없는 정민을 기다리지 않고 전화는 끊겼다.

"하!"

악몽이길 바랐다.

벌떡 일어나 나가려는 정민을 찾아온 민 여사만 아니었더라면 벌써 택시를 타고 고령으로 내달렸을 정민이었다.

"어딜 가노!"

두 눈을 부릅뜨고 마치 정민이 뭘 하려는지 안다는 표정으로 민 여사가 소리쳤다.

"내가 그렇게 가지 말라고 말렸는데도 시위이 그것이 내 말을 무시했다. 정민이 니하고 헤어지겠다 카더라. 그렇게 알고 마음 단디 무라."

"왜 이러세요, 어머니. 제발 그러지 좀 마세요."

몸도, 마음도 너덜너덜한 넝마가 된 것만 같은 정민이 간절하게 말했지만 그럴수록 민 여사는 더욱 냉랭하기만 했다.

"그러게 내 처음부터 반대 안 했나. 될성부른 나무는 떡잎부터 알아본다 캤다. 어디 여자가 없어서 부모도 없는 천애고아를 데려와가 내 앞에 세워놓노."

민 여사의 악담에도 정민은 무시하고 택시를 잡기 위해 돌아섰
다. 하지만 그러기도 전에 민 여사에게 붙잡혔다.

"어딜 가노. 시어미 될 내 말도 무시하고 간 몹쓸 것이 그래 좋
나? 어?"

"네, 좋아요. 그러니 제발 저 붙잡지 마세요. 그렇게 시원이가
마음에 안 드시거든 장례식 핑계 대지 마시고 저도 없는 자식이
라 생각하세요!"

반복되는 상황에 넌더리가 난 정민이 끝내 소리를 질렀다. 부
들부들 떨며 바라보던 민 여사가 참지 못하고 정민의 뺨을 후려
쳤다. 정민이 쓰고 있던 안경이 바닥으로 떨어졌고, 민 여사는 노
여움에 한 마디 말도 못 하고 정민을 쏘아보다 택시를 타고 사라
졌다.

결국 정민은 택시를 타지 못하고 인턴 숙소로 돌아와 침대에
몸을 누였다. 이러지도 저러지도 못하는 상황이 야속하기만 했
다. 결혼을 앞두고 끊임없이 반복되는 민 여사와 시원의 갈등을
이제 피하고 싶었다. 그리고 눈을 감았다.

현실도피를 선택한 자신의 판단이 잘못된 것임을 알았을 때 장
례식은 이미 끝난 뒤였다. 그녀가 병원으로 복귀를 하지 않아 전
화를 걸었을 때에는 이미 없는 번호라 했다. 결국 그녀는 병원으
로 복귀하지 않았고 두 달 남은 인턴 생활은 그렇게 끝이 났다.

한동안 두 사람이 병원 사람들의 입방아에 오르내린 것은 어쩌
면 당연한 수순이었다. 정민은 인턴이 끝나자마자 레지던트 시험
을 보고 쫓기듯 군의관이 되었다. 군의관이 되자 인턴 때와는 다

르게 넘쳐나는 시간을 주체할 수가 없었다. 시원이 너무 그리웠다, 보고 싶었다.

그제야 아무리 힘들었다고 해도 시원을 감싸주지 못했던 자신이 원망스러웠다. 연락을 해보려고 몇 번을 시도했지만 되지 않았다.

그렇게 방황하던 군의관 생활을 끝내고 제대가 며칠 남지 않았을 무렵, 아버지의 섬유회사가 부도를 맞았다.

늘 넓은 아파트에서 풍요로운 생활을 누리던 민 여사가 다사의 낡고 작은 아파트에서 제대하고 돌아온 정민을 맞았다. 제대를 함과 동시에 집안 좋은 아가씨와의 선 자리를 줄줄이 예약해놓은 민 여사는 정민을 빌미로 새로운 도약을 꿈꾸고 있었다. 자신의 어머니지만 정민은 민 여사의 속셈에 염증을 느꼈다.

바로 병원으로 복귀하지 않았다면 견디지 못하고 집을 뛰쳐나왔을지도 몰랐다. 민 여사를 알면 알수록 시원의 심정이 이해가 되면서 시원을 잊을 수가 없었다.

작은 새 같은 여자였다.

같은 과 동기였지만 수업이 끝나면 바람처럼 사라지는 아담하고 귀여운 여자였다. 본과 때 민재를 꼬드겨 같은 스터디 그룹을 하면서 오래도록 바라만 보았던 여자와 연인이 되었다. 그때는 모든 걸 다 가진 것만 같았다. 하지만 이제는 모두 꿈같은 일이 되었다.

저 작은 새 같은 여자와 첫눈이 오는 새벽, 함께 공부를 하다가 첫 키스를 한 일도, 함께 의사국가고시에 붙어 기뻐한 일도, 무작정 기차를 타고 부산으로 가서 첫 경험을 치른 일까지도 모두가 하룻밤의 꿈이 되어버렸다.

"와 이래 늦게 오노. 내 화장실 갈란다."

시원이 돌아오자마자 기다렸다는 듯 영발이 시원에게 손짓을 했다. 영발의 소변도 누이고, 양치질도 시키고, 얼굴과 손과 발도 씻긴 후 영발은 잠자리에 들었다.

그런 일을 하는 동안은 정민을 생각할 겨를이 없었는데 막상 영발이 잠들고 나자 시원을 바라보던 정민의 안타까운 눈동자가 떠올랐다.

부르르르.

넋을 놓고 있던 시원은 전화기의 떨림에 깜짝 놀라 휴대전화를 확인했다.

- 서재희입니다. 잘 지내시죠? 다음 날 몸살을 앓았다고요. -

전화를 하겠다고 했을 때는 며칠 안으로 연락을 할 줄 알았는데 그동안 바빴는지 처음으로 온 연락이었다. 재희의 문자대로 마늘을 뽑은 다음 날 시원은 재희가 준 피로회복제를 먹고 잤음에도 불구하고 심한 몸살을 앓았다.

- 네, 농사일 때문에 바쁘시겠어요. -

- 오늘 모내기 다 끝냈습니다. 속이 후련하네요. -

- 이제 일 다 끝난 건가요? -

- 설마요, 창고에 널어놓은 마늘이 마르면 망에 넣는 작업을 하고 상인들에게 팔아야죠. -

그 많은 마늘을 다시 망에 넣는 작업을 하고 상인들에게 판다니, 역시 농사란 쉬운 일이 아닌 게 분명했다.

- 아, 그렇군요. -

시원이 문자를 넣자마자 다시 진동이 부르르 울렸다. 이번에는 문자가 아닌 재희의 전화였다.

"네."

- 병원에 계시다면서요?

재희의 목소리가 시원의 가라앉은 기분을 살아나게 했다. 언제 들어도 참 좋은 목소리였다.

"네, 그렇게 됐어요. 어떻게 아셨어요?"

- 형님들이랑 같이 술 한잔 하고 있는데 은호 형님이 그러시네요.

그러고 보니 재희의 말소리 뒤로 웅성거리는 소리가 들려왔다.

"네."

- 몸살 났다는 이야기 듣고 미안했어요.

"아니에요."

오랜만에 겪은 육체적인 노동이라 몸살을 앓긴 했지만 은호와 경선도 몸살까지는 아니더라도 다음 날 힘들어한 건 매한가지였다.

- 농사 아무나 짓는 거 아니란 거 아셨죠?

재희의 말에 시원이 웃음을 터뜨렸다. 쉬워 보여도 쉬운 일이 아니라는 것을 이 남자는 늘 깨우쳐주곤 했다.

- 아침에 차 가지러 갔더니 시원 씨 차가 서 있기에 혹시나 했었는데 역시나더라고요. 시원 씨 차, 제가 가져다 놓은 거 아세요?

"그래요? 몰랐어요."

출근을 못 한 시원의 집에 경선이 다니러 왔을 때 차를 가져다 달라고 부탁을 했었는데 결국 재희가 가져다 준 모양이었다.

"민폐를 끼쳐서 미안해요."

- 아닙니다.

- 재희야, 빨리 끊고 온나.

재희를 부르는 걸걸한 남자의 목소리가 들려왔다.

"가보세요."

- 전화를 핑계로 술을 좀 안 먹으려 했더니 사정을 안 봐주시네요. 모레 밭을 갈려고 하는데 주소 문자로 보내주시겠어요?

"그럴게요. 그런데 제가 가보지 못할 것 같은데 괜찮으시겠어요? 대신 경선이에게 부탁해놓을게요."

- 아닙니다. 논만 알면 제가 다 해놓으면 되는데요, 비닐 씌우는 건 농기계 임대 사업소에서 기계를 빌려와야 하니까 시간 나는 대로 해드릴게요.

"고마워요."

- 간병하는 거 힘드실 텐데 수고하세요.

"네."

- 끊을게요.

"네."

전화를 끊고 나자 아쉬움이 몰려들었다. 정민을 만난 후 헛헛해진 가슴에 재희의 좋은 목소리가 위안이 되었다. 첫 인상과는 다르게 겪으면 겪을수록 예의바른 남자라는 게 느껴졌다. 그러고 보니 남자와 그렇게 편하게 이야기를 나눈 것은 정민과 헤어지고 난 후 처음이었다.

정민과 헤어지고 된장 사업을 시작하면서 남자를 만날 생각도, 여유도 없었다. 사업으로 만나는 사람과 개인적으로 만난 적도 없었다.

밭 주소를 문자로 보내고 나자 재희에게서 다시 문자가 왔다.

- 잘 자요. -

따뜻함이 묻어났다. 어쩌면 피로회복제를 시원에게 건네주었을 때의 그 느낌이 머릿속에 박혀서 그런 건지도 몰랐다. 아니, 그것이 아니더라도 재희가 하는 말 한마디 한마디에는 따뜻한 온기가 있었다. 그것이 시원의 마음을 따뜻하고 기분 좋게 만들어주었다.

재희의 문자에 시원은 미소를 지으며 독서 등을 켰다.

"야, 장시원!"

민재였다.

"너, 오빠 얼굴도 안 보고 내려가려고 했어?"

수연이 저녁이나 먹자고 점심시간이 지나서 시원을 찾아왔을 때, 내일 내려갈 것 같으니 흔쾌히 그러자고 했다. 학교 때 자주 가던 막창 집으로 가자기에 왔더니 거기에 민재가 떡하니 앉아 있었다.

"오랜만이네."

"여기까지 와놓고 한 번 찾아오질 않냐. 정말 매정하다, 너."

어쩔 수 없이 부딪치는 사람들과는 인사를 했지만 황 교수와 수연 외에는 시원이 나서서 찾아가지 않았다.

"앉자. 이모! 여기 막창 4인분이랑 참 하나 주세요."

수연이 주문을 하자 소주와 안주거리가 먼저 나왔다. 막창이 나올 때쯤 출입문을 열고 정민이 들어오자 시원은 수연을 잠시

노려보았다. 정민까지 부를 줄은 몰랐던 것이다. 수연은 시원의
눈을 피하며 어깨를 으쓱였다.

"왔네. 빨리 앉아서 막창 구워라."

"그래, 뭐든 굽는 거면 정민이가 제일 낫지."

민재와 수연이 당연한 듯 정민을 반겨주었지만 시원에게는 민
재도, 정민도 당연하게 만나는 사람이 아니었다.

정민은 자리에 앉자마자 집게를 들고 묵묵히 막창을 구웠다.

"시원이 너 잘나가더라? 연매출이 20억이라며?"

방송을 타고부터 자신의 매출을 아는 사람이 많아졌다는 것이
이럴 땐 난감하기도 했다. 매출이 계속 늘어 돈을 많이 버는 건
맞지만 그동안 땅을 사서 공장을 지었고, 기계에 투자하기 위해
받은 정부 자금과 대출이 아직 남아 있는 상태였기 때문에 사람
들이 생각하는 것처럼 수중에 많은 돈이 있는 것은 아니었다.

"그동안 많이 말아먹어서 아직 번 돈은 많이 없지만 앞으로 많
이 벌어야지."

"너 인턴 두 달인가 남겨놓고 그만뒀을 때 내가 장시원이 미쳤
다고 그렇게 욕을 욕을 했는데 돈 잘 버는 사장이 될 줄 누가 알
았겠냐. 그때 욕해서 미안하다. 시원아, 한잔 받아."

언제 어디에서도 유쾌한 민재였다. 술을 다 돌린 민재가 술잔
을 들어 올렸다. 네 사람의 술잔이 허공에서 부딪치고 비워졌다.

"진짜 넌 해도 해도 너무했다. 죽은 듯 연락을 끊고서는 여지껏
소식도 없이 지낼 수가 있냐."

인턴을 그만두고 휴대전화조차 없애버린 시원이었다. 휴대전
화를 없앤 것은 정민과 연락할 수 있는 마지막 수단을 없애버리

105

기 위한 불가피한 선택이었다.

민재의 원망에 말 한 마디 않고서 시원은 소주를 마시고 그저 쓰게 웃었다. 소주를 마시기만 하고 고기를 입에 대지 않는 시원의 앞접시에 정민이 노릇노릇하게 구워진 막창을 얹어주었다.

본과에 올라가 토요일 시험이 끝나면 스터디 그룹 친구들과 학교 앞 막창 집에 모여 막창을 굽거나 평화시장에 가서 닭똥집을 시켜놓고 소주를 마시는 게 일상이었다. 시원이 처음 막창을 맛보고 구역질을 하며 뱉어내자 정민은 시원을 위해 막창을 굽는 불판 한켠에 삼겹살을 구워주었다. 다른 친구들의 눈치가 보여 서서히 입에 대기 시작한 막창은 무조건 노릇노릇하고 바삭하게 익어야만 시원의 입에 맞았다.

정민은 연애를 할 당시에도 늘 이렇게 자상하게 챙겨주는 배려심이 많은 연인이었다. 잘생긴 건 아니었지만 정민이 여자 동기나 후배들에게 인기가 많았던 것은 이런 자상함 때문이었다.

"결혼은 했냐?"

"결혼은 네가 했다며? 애 아빠가 먼저 됐다고 수연이한테 들었어."

"그렇지, 내가 이래 보여도 능력 있지 않냐? 애부터 먼저 만들고 말이야."

부끄러운 기색 없이 유쾌하게 받아치는 민재의 모습에 절로 웃음이 났다.

"잘났다, 잘났어."

수연이 자랑인 듯 말하는 민재를 노려보며 콧방귀를 뀌었다.

"노처녀 금방이다."

"우리 걱정일랑 치워주시고 네 걱정일랑 하세요."

수연의 말에 시원이 웃고 있는데 휴대전화가 부르르 떨었다.

- 저녁은 먹었습니까? -

재희의 문자였다.

- 지금 먹고 있어요. -

- 논 갈았습니다. 로타리도 치고 골까지 탔는데, 비닐은 내일 씌워야 할 듯싶어요. -

로타리를 친다는 말이 무슨 말인지는 모르겠지만 시원은 땅주인이 직접 가서 참도 챙겨주지 못하고 한 번 가보지도 못한 데 대해 미안함을 느꼈다.

- 미안하고, 다시 한 번 감사드려요. -

- 미안하면 내년 마늘 말고도 일손 필요할 때 품앗이 합시다. -

이 상황에서 누가 거절할 수 있으랴.

- 다시 몸살 나는 한이 있더라도 꼭 해드릴게요. -

재희가 챙겨준 피로회복제를 봐서라도 그러고 싶었다.

- 내년엔 일꾼 걱정 좀 줄겠네요. -

재희의 문자를 보고 시원의 입에 절로 미소가 그려졌다.

- 내일 저 일이 있어서 고령 내려가요. 저녁 대접할게요. -

인건비야 계좌이체를 하면 되지만 밭주인의 도움도 없이 알아서 척척 해주는 재희에게 밥은 꼭 사야지 싶었다.

영발이 퇴원할 때까지 옆에 있어주고 싶었지만 작년에 시원이 직접 서울까지 가서 홈쇼핑 업체를 방문해 몇 날 며칠 눌러 앉아 홍보를 한 적이 있었는데 그쪽에서 내일 만나자는 연락이 와서 내려가야만 했다.

- 그래요, 내일 봐요. -

문자에 답을 하지 않은 채 시원이 휴대전화를 주머니에 넣자 민재가 수상쩍은 얼굴로 시원을 바라보았다.

"왜?"

"너, 연애하냐?"

민재의 말에 막창을 굽던 정민의 움직임이 멈추었다.

"노처녀로 늙어간다고 너한테 시달리기 전에 연애도 하고 결혼도 해야지."

헛다리를 짚었다고 말하지 않은 건 정민 때문이었다. 정민의 앞이기에 애써 부정하고 싶지 않았다. 시원의 말에 뚫어지게 시원을 바라보는 정민의 눈동자를 모른 척했다.

"뭐, 그건 그렇지."

"빨리 먹고 가자. 나 내일 미팅 있어서 새벽에 고령에 가봐야 해."

옛 연인을 만나 즐겁게 이야기할 수 있는 사람이 도대체 몇이나 될까? 시원은 이 자리를 빨리 벗어나고 싶었다.

"사업하는 사람이 의사보다 더 바쁘구나."

"사업하는 사람이 의사보다 더 바쁘고 돈도 더 많이 벌어."

"그럼 이건 네가 내는 거냐?"

진심으로 눈을 반짝이며 물어오는 민재를 향해 시원은 눈을 흘겼다.

"유부남이라 아끼고 살아야 된다 그거야?"

"당연하지. 아직 박봉이잖냐. 분유 값이 만만치 않더라고. 물가는 오르는데 월급은 인상되지 않는 이 현실이 암담할 뿐이다."

고달프다는 듯 엄살을 떠는 민재의 말에 수연과 시원은 소리 내어 웃고 말았다.

"남자도 자기 애 앞에서는 어쩔 수 없는 아빠구나. 그렇지, 시원아?"

엄살을 떠는 민재를 수연이 고깝게 바라보았다.

"그러게 말이야. 오늘은 내가 살 테니까 많이 먹어라."

"솔직히 너 아예 연락 끊어버린 거 생각하면 한 번으로도 모자라. 알아?"

"그럼 다음에 한 번 더 사야겠네?"

"그럴래?"

화를 냈다가도 시원이 술을 한 번 더 사겠다고 하자 민재가 눈을 반짝였다. 그 모습에 시원은 또 한 번 웃어버렸다.

소주 세 병을 비운 후에야 네 사람은 자리를 털고 일어났다.

"난 바로 퇴근이다."

"좋겠다, 새신랑. 가는 길에 나 좀 떨궈주라."

"그러자. 정민이 너는?"

"난 병원 들어가봐야 해."

소주 한 잔을 아껴 먹은 이유가 있었던 것이다.

"대리 불렀으니 곧 올 거야. 시원아, 만나서 반가웠다. 이제 연락 좀 하고 살자. 병원 오면 찾아와. 밥 살게."

"알았어. 잘 가."

민재와 수연이 떠나고 정민과 둘이 병원으로 걸어가는 길이 멀게만 느껴졌다.

"이제 병원엔 안 오는 거야?"

마음 같아서는 그렇다고 대답하고 싶었지만 어차피 다시 시원이 병원에 오게 되면 다 알려질 일이었다.

"퇴원할 때까지 내가 계속 옆에서 간병하지는 못하겠지만 간간이 들르긴 할 거야."

"시원아."

정민이 부르는 소리에 시원은 정민을 마주보고 섰다. 아주 오랜만이었다.

시원아, 하고 부르면 바다에 온 것 같은 시원한 기분이 든다고 했었다. 그래서 아무 이유 없이 정민은 시원의 이름을 반복해서 불러대곤 했었다.

"나 휴지 사서 들어가야 해. 먼저 들어가."

헤어진 연인과 추억이 많은 것은 결코 좋은 일이 아니었다. 휴지를 핑계로 정민을 피해버린 것은 어쩌면 과거를 피해버리고 싶은 거였다. 그 많은 추억을.

새벽녘, 시간에 맞게 병원에 도착한 간병인에게 영발을 부탁하고 시원은 오랜만에 고령으로 내려왔다.

흰 블라우스와 격식을 갖춘 세미 스트레이트 디자인의 검은 팬츠에 진한 아이보리색 재킷을 입고 경선이 미리 준비해놓은 서류를 검토하는 시원은 멋진 비즈니스 우먼의 모습이었다.

출근한 직원들과 공장을 꼼꼼히 둘러본 시원은 오랜만에 회의실에서 회의를 하는 것으로 직원들과 하루 일과를 시작했다. 오랜만에 회사로 복귀한 시원에게서는 그동안 발휘하지 못했던 열정이 그대로 묻어났다.

홈쇼핑 업체 직원들은 약속 시간에 맞게 공장에 도착을 했다. 업체 직원과 공장을 둘러보고 점심을 먹은 후 본격적으로 홈쇼핑 단독 계약과 된장 납부에 대한 이야기를 끝내고 나니 늦은 오후였다. KTX를 타고 온 홈쇼핑 업체 직원들을 다시 동대구역까지 바래다주고 고령으로 오는 길은 퇴근길이라 정체가 심해 평소보다 더 오랜 시간이 걸렸다. 고령에 도착했을 때는 저녁 시간이 훌쩍 지나 있었다. 하루 종일 동동거릴 때는 모르겠더니 일이 끝나자마자 허기가 몰려들었다.

아!

저녁을 먹어야겠다는 생각이 들자마자 어제 재희와 한 약속이 떠올랐다. 일 때문에 깜박하고 있었던 것이다. 자신의 멍청함에 한숨이 절로 나왔다.

시계는 저녁 8시 30분을 가리키고 있었다. 이 시간이면 저녁은 먹고도 남았을 시간이었지만 시원은 혹시나 싶은 마음에 재희에게 문자를 넣었다.

- 저녁을 대접하겠다고 해놓고 이제야 연락을 드리네요. 변명 같겠지만 일이 이제야 끝났어요. -

문자를 보내자마자 곧 답이 왔다.

- 그렇군요. 괜찮습니다. 저녁은 드셨어요? -

- 전 아직 먹지 못했어요. 저녁 드셨어요? -

문자를 기다리는데 문자 대신 전화가 왔다.

- 아직 저녁도 못 먹고 일한 거예요?

"동대구역까지 갔다 오고 나니 시간이 이렇게 되어버렸네요."

- 복어탕 좋아해요?

"지금은 뭐든 주면 먹을 것 같아요."

말 그대로 정말 쇠라도 주기만 한다면 아그작아그작 씹어 먹고 싶을 정도로 배가 고픈 상태였다. 시원의 말에 재희가 웃었다.

- 어디에요?

"사무실이요."

- 지금 그쪽으로 갈게요. 준비하고 기다려요.

시원이 뭐라고 대답하기 전에 전화가 끊겼다.

서류를 정리하고 사무실 문을 닫고 나오자 곧 재희의 트럭이 마당으로 들어왔다.

"일찍 오셨네요."

"가까운 곳에 있었어요. 타요."

반쯤 내려간 운전석 창문으로 재희의 좋은 목소리가 흘러나왔다. 시원은 고개를 까딱여 인사를 하곤 트럭에 올라탔다.

"트럭이라 좀 불편하죠?"

"전혀요. 저도 계속 트럭을 타고 다녔는걸요. 시야가 넓어서 트럭 운전이 더 편한 것 같아요."

불과 한 달 전까지만 해도 트럭을 타고 다닌 시원이니 불편할 것도 없었다. 배달용으로 트럭을 우영이 몰게 되면서 자신은 새로 뽑은 차를 몰기는 했지만 아직도 트럭이 편한 것이 사실이었다.

잠시 후 식당 앞에 차를 대고 들어가자 자리에 앉지도 않았는데 재희가 주문부터 했다.

"비닐 씌우는데 가보지도 못하고 죄송해요."

"은호 형님 내외분이 오셔서 물이랑 참이랑 다 가져다 주셨어요."

"고마워요. 모레쯤 콩 심으려고요."

시원의 말에 재희가 휴대전화를 만지작거렸다.

"토요일이 좋겠는데요? 일요일에 비가 온대요. 비 오기 전에 심으면 물을 따로 주지 않아도 되니까 그 편이 더 효율적일 것 같네요."

"아, 배우는 게 많아요. 고마워요."

콩을 심는다는 것만 생각했지, 물을 준다는 것 자체는 생각지도 않고 있었다.

"농사도 과학이에요."

"정말 그러네요."

복어탕이 나오자 재희가 냄비를 열어 국그릇에 콩나물과 복어를 가득 덜어 시원의 밥공기 옆에 놓아주었다.

"많이 먹어요."

"고마워요."

너무 많다 싶었지만 시원은 사양하지 않고 복어탕에 밥을 말았다. 꿀맛이었다. 워낙 배가 고프기도 했지만 고춧가루가 들어가 얼큰하고 시원한 복어탕은 배가 고프지 않아도 반할 맛이었다.

"왜 안 먹어요? 맛없어요?"

시원이 맛있게 먹는 것에 반해 정작 복어탕을 먹자고 한 사람이 깨작거리며 밥을 먹자 걱정된 시원은 밥을 먹다 말고 물었다.

"아뇨, 맛있어요. 어서 드세요."

그녀가 밥을 다 먹을 동안 재희는 반 공기도 채 먹지 못했다. 시원이 숟가락을 내려놓자 재희도 숟가락을 내려놓았다.

"속이 안 좋아요?"

"저, 사실 밥 먹었어요. 제가 먹었다고 하면 시원 씨 굶을까 봐 그랬어요."

그녀의 연락을 기다렸다. 시간이 흐를수록 도통 울리지 않는 휴대전화를 만지작거리다 먼저 연락을 할까 몇 번이고 망설였다. 이미 저녁을 먹었지만 늦게라도 연락을 해준 시원의 전화가 반가웠다. 몹시 허기가 졌는지 맛있게 먹는 시원의 모습만 보고 있어도 배가 불렀다.

"아!"

시원의 얼굴색이 발그레해졌다. 재희의 마음씀씀이가 고마우면서도 미안했다.

"미안해요."

"미안하면 다음에 밥 한 번 더 사세요."

밥을 빌미로 그녀를 다시 보고 싶은 마음이 컸다.

"네, 다음엔 일찍 전화 드릴게요."

시원이 가방에서 흰 봉투를 꺼내 재희의 앞으로 내밀었다.

"뭐예요?"

"인건비를 잘 몰라서 경선이한테 물어봤어요. 마늘 심는 거야 일당 칠만 원이지만 트랙터에 비닐 씌우는 기계까지 임대했으니 손해잖아요. 혹시 모자라면 말씀해주세요."

시원은 그에게 직접 물어보지 못하고 경선에게 기계 임대료와 인건비를 알아봐달라고 부탁했다.

"그거 내년 마늘 뽑는 거랑 품앗이해서 퉁치기로 했잖아요. 그리고 마늘 뽑을 때 은호 형님이랑 형수님, 시원 씨 인건비도 안

줬는데 저 이거 못 받아요."

"그건 그거고 이건 이건데요?"

"손해라고 생각했다면 아예 해주지도 않았을 거예요. 정 미안하면 다음에 밥 한 번 더 사세요."

단호한 재희의 말에 봉투를 내민 시원의 손이 부끄러웠다.

"밥은 아까도 산다고 했으니 당연하지만 이건 그래도 되려나 모르겠네."

재희가 다시 시원 쪽으로 봉투를 밀어주자 시원은 머뭇거리며 다시 봉투를 가방에 넣었다.

"할머니는 어떠세요?"

"재활 치료를 계속 받으셔야 하는데 자꾸 엄살을 부려서 걱정이에요. 그래도 수술은 잘 됐어요."

"다행이네요."

다행이긴 하지만 지금부터가 중요했다. 재활도 해주어야 하고 운동도 해주어야 했다.

"친할머니 아니라면서요?"

"혈연으로 따지자면 그렇지만 친할머니와 같은 분이세요."

"그렇군요."

친할머니가 아님에도 불구하고 출근조차 하지 않고 직접 간병한다는 말을 들었을 때는 의아했다. 하지만 친할머니와 같다는 그녀의 진심이 재희의 가슴에 고스란히 담겼다.

"이제 바쁜 일은 끝난 건가요? 앞으로 뭐 해요?"

모내기를 했으니 벼가 누렇게 익을 때까지는 고즈넉한 초록의 들판과 마주할 것이다.

"아예 일이 없는 건 아니지만 이제부터 가을까지는 제일 한가한 시기이긴 해요. 노지에서 농사를 짓던 옛날과는 다르게 비닐하우스를 하다 보니 겨울엔 열심히 일하고 여름엔 열심히 노는 농사꾼이 되어버렸는데, 수박 작목반에서 베트남으로 해외여행도 간다고 하고 울릉도도 간다고 하더라고요."

"수박도 하시고 마늘도 하시는 거예요?"

"네. 수박 농사도 짓고, 마늘 농사도 짓고, 감자도 심고, 뭐 닥치는 대로 해요."

그 말에 재희가 부지런한 사람이라는 것을 알 수 있었다.

"그렇군요. 해외여행도 가신다니 좋으시겠어요."

"전 안 가요. 나이 드신 분들 모여 가는데 젊은 사람 가면 재미없죠. 저는 4H 연합회 하계 수련교육에도 가야 하고 봉사 활동도 다닐 예정이에요. 4H 국제 교환 파견훈련으로 핀란드도 다녀와야 하고요."

4H 협회에서 국제 교환 파견훈련을 간다는 것도 처음 알게 된 사실이었다.

"국제 교환 파견훈련도 가시는군요."

"작년에는 인도로 갔어요. 매년 전국에서 열다섯 명 정도가 국제 농촌 청년 기술교환생으로 선발되어 가는 거라 갈 기회가 많지 않지만 이번에 운 좋게도 제가 가게 됐어요. 가서 그 나라의 기술을 배워 와야죠."

"그렇군요."

농촌에도 다양한 문화를 경험하고 기술을 습득할 수 있는 4H 클럽이 있다는 것은 참으로 대단한 것이라는 생각이 들었다.

"전에 4H에 가입을 할까 고민했었다고 했죠? 가입할래요? 농사짓는 젊은 사람은 대부분 가입하거든요. 농사에도 도움이 될 거예요. 그뿐 아니라 매년 봄엔 봄맞이 꽃길 조성, 여름엔 피서지마다 깨끗한 우리 고장 만들기, 가을엔 독거노인 김장 담그기 봉사활동도 꾸준히 하고 있어요. 힘들 때도 있지만 그만큼 결실도 있죠."

살면서 봉사활동을 해본 기억이 없었다. 연말에 기부를 하는 게 다였던 시원에게 재희는 또 다른 것을 깨우쳐주었다.

"농사짓는 사람만 가입 가능한 건가요?"

"그렇지는 않아요. 봉사 활동을 목적으로 하니까 누구나 다 가입할 수 있어요."

"아, 네. 일단 다시 한 번 생각해볼게요."

탁자 위에 놓여 있던 계산서를 재희가 들고 일어나 계산을 하려고 하자 시원이 재희를 만류하며 잡았다.

"오늘은 제가 사기로 했잖아요. 제가 계산하게 주세요."

"다음에 더 비싸고 맛있는 걸로 사세요."

더 만류할 틈도 주지 않고 재희가 계산을 하고 나가버리자 시원은 하는 수 없이 재희의 뒤를 따라 나왔다. 어둠 속의 가로등 불빛이 두 사람을 은은하게 비춰주었다.

"그런데 그거 아세요? 절 호칭으로 부른 적 한 번도 없다는 거."

일부러 그런 것은 아니었지만 무슨 호칭으로 불러야 할지 애매해서 일부러 호칭 사용을 하지 않았다.

"그러게요. 뭐라고 불러드릴까요?"

"뭐라고 부르고 싶어요?"

"잘 모르겠어요. 나이 먹은 거 자랑하는 건 아니지만 재희 씨, 재희야, 두 가지 중 하나겠네요. 뭐가 마음에 드세요?"

재희가 시원보다 한 살이 어리다는 건 고기를 먹던 날 알았기에 시원은 웃으며 재희에게 선택할 수 있는 기회를 주었다.

"재희야도 좋지만 저도 시원아 하고 부르면 은호 형님 형수님과 맞먹는 격이라 좀 그렇겠죠?"

"누나라는 좋은 말을 두고 시원아 하고 부르는 건 좀 그렇지 않아요?"

"누가 보면 제 동생뻘로 보지, 누나라고 생각 못 할걸요? 나이든 거 티내지 말고 그냥 재희 씨라고 부르는 게 어때요?"

재희의 웃음 가득한 말에 이상한 억지란 생각도 들었지만 시원도 겨우 한 살 더 많이 먹은 걸 가지고 누나라는 소리를 듣길 바란 건 아니었기에 대답도 쉬웠다.

"알겠어요."

"가요. 데려다줄게요."

두 사람은 다시 트럭을 탔다. 트럭을 타고 시원의 집으로 가던 재희는 마늘을 뽑던 날 시원의 피로회복제를 산 약국 앞에서 잠시 정차를 했다.

"약 좀 사 올게요."

"네."

잠시 후 약봉지를 들고 트럭에 탄 재희는 다시 트럭을 몰아 시원의 집 앞으로 갔다.

"여러모로 감사해요."

"감사하면 꼭 밥 사세요."

못 먹고 죽은 조상이라도 있는지 뭐든 밥으로 갚으라고 말하는 재희 때문에 시원은 소리 내어 웃고 말았다.

"네. 꼭 살게요. 안녕히 가세요."

"이거 먹고 자요. 간병하느라 밥도 못 챙겨 먹었죠? 얼굴이 홀쭉해졌어요. 피곤해 보이기도 하고요."

시원에게 약봉지를 건넨 재희는 물끄러미 바라보는 시원에게 씩 웃어주고 트럭에 올라타더니 차를 몰고 사라졌다.

얼떨결에 받은 약봉지 안을 들여다보니 피로회복제가 들어 있었다. 사야 할 약이 있는가 보다 생각을 했지만 자신에게 또다시 피로회복제를 사주리란 생각은 전혀 하지 못했다.

새벽부터 강행군이라 사실 몹시 피곤했다. 병원에서 제대로 된 잠을 자지도 못했고, 밥을 잘 챙겨 먹지도 못했다. 그걸 마치 보기라도 한 듯 말하는 재희의 마음이 고마웠다.

재희가 주고 간 피로회복제를 먹자 이상하게도 마음이 따뜻해졌다.

이른 새벽 트럭을 타고 논과 밭을 한 바퀴 둘러보던 남자가 밭 아래 트럭을 주차하고 홀로 밭에 앉아 일을 하는 여자를 바라보았다. 차에서 내려 밭을 성큼성큼 질러 걸어간 남자는 누가 제 곁에 왔는지도 모르고 열심히 손을 놀리는 여자를 향해 물었다.

"잘 돼가요?"

재희였다. 이 새벽에 콩 밭에는 무슨 용무인지, 재희가 나타나자 시원은 어리둥절한 표정으로 재희를 바라보았다.

"어? 어쩐 일이세요?"

콩 밭에 쪼그려 앉아 콩을 심고 있던 시원이 서 있는 재희를 올려다보며 묻자 재희는 시원을 보며 얼굴을 찌푸렸다.

"왜 이러고 있어요?"

"뭐가요?"

"혼자 이 넓은 콩 밭에 이러고 콩 심으면 하루로는 턱도 없어요."

"오늘도 있고 내일도 있으니 쉬엄쉬엄 하려고요."

재희의 걱정에도 그녀는 태평하게 대꾸했다. 일꾼을 구할까 했지만 쉽지 않았고, 직원들에게 부탁하는 것도 직권 남용 같아 진작 그만두었다. 민준이도 봐야 하고 주말에는 친정과 시댁에 가야 하는 경선에게 부탁하는 것도 미안해 차라리 혼자 하고 말지 생각했다. 새벽 일찍 콩을 심기 시작했지만 혼자서 채 한 골도 하지 못한 채였다.

"농사도 과학이라고 했잖아요."

무슨 말인가 싶어 시원이 다시 재희를 올려다보자 재희가 땀 맺힌 시원의 얼굴을 보다 혀를 찼다.

"그럼 수고해요."

"네."

그냥 다니러 온 것인지 재희가 인사를 한 후 트럭을 타고 가버리자 시원은 옆에서 말동무나 해주지 하는 아쉬움이 들었다. 마늘을 뽑을 때는 경선이와 수다를 떨어가며 일을 해서 힘들어도 힘든 줄 몰랐지만, 혼자 하는 일은 사람을 빨리 지치게 만들었다.

영발이 병원에 있을 때 손 뼘으로 가늠을 하여 비닐을 뚫고 땅을 파서 세 알씩 넣은 다음 흙으로 덮으라고 가르쳐준 대로 콩을 심으며 시원은 바삐 손을 움직였다.

시원이 혼자 일을 하고 있을 무렵, 재희는 농기계 임대 은행에서 일하는 상우에게 전화를 걸었다.

- 이 시간에 웬일이고?

상우는 자다 깬 음성으로 전화를 받았다. 주말 이른 새벽, 아직 잠들어 있으리라 예상은 하고 있었지만 미안한 마음은 어쩔 수 없었다.

"안녕하세요, 형님. 이른 시간에 전화 드려 죄송합니다."

- 뭔 일 있나?

"죄송하지만 콩 심는 기계 여분 있으면 대여 좀 해주시면 안 되겠습니까?"

- 오늘 쉬는 날이데이.

하품 소리가 고스란히 재희의 귀에 들려왔다.

"부탁 좀 드릴게요. 대신 월요일에 맛있는 점심 대접하겠습니다."

- 내가 니 때문에 주말 하루도 편하게 쉬지를 못한다.

"죄송합니다, 형님."

- 지금 나갈 테니까 기다리라.

귀찮은 기색이 역력함에도 상우는 재희의 청을 마다하지 않고 들어주었다.

"고맙습니다, 형님."

농업기술센터 안에 있는 농기계 임대 은행에 도착한 재희는 상우를 기다렸다.

농업기술센터에서는 일정한 간격으로 농민들을 위한 영농 교육을 열고 있어 들를 일이 많았다. 그래서 농기계 임대 은행에서 일하고 있는, 형 재민의 친구 상우와는 자주 만나 친분이 두터웠다. 곧 상우의 차가 재희의 트럭 옆에 와 섰다. 급하게 나오느라 씻지도 못했는지 머리에 까치집을 지은 채였다.

"잠 깨워서 죄송합니다."

본의 아니게 주말 아침을 망치게 만든 것이 못내 미안했다.

"됐다. 나도 월요일 날 비싼 점심 함 무보자. 그런데 콩 심을라 카나?"

"예. 누가 쪼그리고 앉아 세월아 네월아 하고 있어서요."

아직도 더딘 속도로 혼자 콩을 심고 있을 시원을 떠올리며 대답하는 재희에게 상우가 무슨 말이냐는 듯 물었다.

"뭐라카노?"

"그런 게 있습니다."

"싱겁기는."

별다른 내색 없이 콩 심는 기계를 빌려준 상우에게 고마움을 표하고 재희는 다시 트럭에 올랐다.

트럭 소리가 들려와 고개를 돌리자 재희가 트럭에서 작은 기계하나를 내려 어깨에 메고는 시원에게 다가왔다.

"뭐예요?"

"농사도 과학이라고 몇 번을 말해요."

재희는 시원이 가져온 콩 포대 자루를 찬합처럼 생긴 투명한 기계 안에 넣더니 시원이 뭐라 할 새도 없이 덮어씌운 비닐 중간에 기계를 놓은 후 아주 쉽게 콩을 심기 시작했다.

"콩 심는 기계도 있어요?"

깜짝 놀란 시원에게 재희가 돌아보며 웃었다.

"앞으로는 모르는 게 있으면 먼저 물어봐요. 사서 고생하지 말고요."

기계로 했다면 벌써 몇 골을 하고도 남았을 것을, 재희의 말대로 지금껏 사서 고생한 격이었다.

"제가 지나가면 뒤에서 흙이 덮였는지 확인만 해요."

재희의 말대로 시원은 재희의 뒤를 따르며 기계로 콩을 심은 곳에 흙이 덮였는지 확인을 했다. 그러다 고개를 들자 재희의 뒷

모습이 시원의 눈동자에 들어왔다. 밀짚모자를 쓰고 작업복을 입고 기계를 끌고 가는 뒷모습이 아주 듬직했다. 재희가 아니었더라면 지금도 콩 밭에 쪼그려 앉아 고생이란 고생을 다 하고 있었을 텐데 재희 덕분에 편하게 콩을 심을 수 있어 여간 고마운 게 아니었다.

"시원한 물 좀 줄까요?"

몇 시간을 묵묵히 일만 하던 재희의 콧잔등에 송글송글 맺힌 땀방울을 보며 그녀가 물었다.

"좋죠."

잡초가 자라는 것을 막기 위해 검은 비닐을 씌운 밭고랑 사이를 걸어가 밭두렁에 놔둔 아이스백에서 얼음물을 꺼내 재희에게 가져다주자 그는 그제야 기계를 손에서 놓고 물을 꿀꺽꿀꺽 마셨다. 울렁거리는 재희의 목울대를 바라보던 시원은 갑작스러운 갈증을 느꼈다.

물이 넘어갈 때마다 섹시하게 움직이는 목울대에 마른침이 꿀꺽 넘어갔다. 물통을 잡고 있는 단단한 팔과 볼록하게 드러난 이두박근마저 그녀의 눈을 홀렸다. 마늘을 뽑은 후 오랜만에 고된 일을 해서 그런지, 외간 남자의 목울대와 근육에 사로잡힌 자신의 모습에 갑자기 얼굴이 확 달아오르는 걸 느끼고서 시원은 저도 모르게 뺨을 탁탁 쳤다.

"왜 콩을 세 알씩 심는지 알아요?"

그런 시원의 미묘한 감정을 눈치 채지 못하고 물을 마신 후 잠시 쉬던 재희가 넓은 콩 밭을 바라보며 그녀에게 물었다. 시원도 영발에게 세 알씩 심으라고만 들었지 왜 세 알인지는 들은 일 없고, 묻지도 않았었다.

"싹이 나지 않을까 봐 세 알씩 심는 거 아닌가요?"

그녀의 대답에 재희가 잔잔한 미소로 대답했다.

"한 알은 새가 먹고, 한 알은 땅 속의 벌레가 먹고, 나머지 한 알은 심은 사람이 거두는 거래요."

"아!"

자연과 어우러져 사는 농사꾼의 진정한 모습이 그려졌다. 그것은 시원이 그리던 자연과 하나 된 농사꾼의 모습이었다.

"그런데 말이죠, 그건 옛말이고, 이대로 놔두면 새가 와서 다 파 먹어버릴 거예요. 사람이 머리를 쓰듯 짐승들도 나름대로 머리를 쓰거든요. 콩 다 심으면 읍에 가서 망을 사 와서 덮어야 해요. 안 그러면 오늘 일은 헛수고가 될 테니까요."

"재희 씬 아는 것도 참 많네요. 콩 농사도 지어본 거예요?"

"고령에서 나고 자랐으니 농사에 문외한은 아니지만 콩은 저도 오늘 처음 심어보네요. 농기계 임대 사업소에 가니까 대충 이렇게 하는 거라고 가르쳐주던데요?"

"네? 오늘이 처음이라고요?"

눈을 동그랗게 뜨는 시원에게 재희가 어깨를 으쓱였다.

"못 미더워요? 시원 씨 콩 농사 안 망칠 테니까 걱정 마요."

재희가 씩 웃더니 물병을 고랑에 두고 다시 콩을 심기 시작했다. 못 미더운 것이 아니라 콩을 심는 것이 오늘 처음이라는 것이 놀라웠다. 능숙하게 기계를 조작해 콩을 심는 저 모습이 어찌 처음 콩을 심는 사람의 모습인지. 그걸 믿기엔 너무 잘한다는 게 문제였다.

아직 밭의 반 이상도 심지 못했는데 벌써 한나절이 지나 있었다. 점심으로 시킨 짜장면과 탕수육이 도착하자 두 사람은 일손을 놓고 밭두렁에 앉아 짜장면을 비볐다.

"밥 안 먹고 면을 먹어서 되겠어요?"

"저녁에는 밥 사주세요."

"그거야 당연하죠. 자꾸 이렇게 신세만 져서 미안해요."

그녀는 재희의 호의가 고마우면서도 미안했다.

"미안하면 다음에 저 좀 도와주세요."

"뭘요?"

"도와줄 일이 생기게 되면 전화할게요. 그런데 고향이 어디예요?"

"인천이요."

"그래서 사투리를 쓰지 않는군요."

"재희 씨는요?"

"전 고령에서 나고 자랐습니다."

"그런데 사투리를 전혀 쓰지 않네요?"

사투리를 쓰지 않는 건 재희도 마찬가지였다.

"안 쓰는 건 아닌데 서울에서 대학 다닐 때 하도 놀림을 받아서 많이 고쳤어요. 형님들 만나면 사투리 많이 씁니다. 그리고 존댓말 할 때는 원래 사투리인지 잘 모르잖아요."

재희가 서울에서 대학을 나왔다는 말에 시원은 내색하지 않았지만 조금 놀라고 말았다. 서울에서 대학을 나왔다면 회사를 다녀도 될 텐데 왜 농사를 짓고 있는지 묻고 싶었지만 실례가 될 듯하여 입을 벙긋거리다 그냥 다물어버렸다.

"시원 씬 다 먹고 읍내 나가서 밭에 덮을 망을 사 오세요."

재희가 짜장면을 입에 넣고 우물거리며 말했다. 맛있게 먹는 그의 모습에 침이 절로 꿀꺽 넘어갔다.

"네."

시원도 맛있게 비벼진 짜장면을 입에 넣었다. 허기가 져서인지, 아니면 재희와 함께 밭두렁에 퍼질러 앉아 먹어서인지 짜장면의 맛은 일품이었다.

해가 지고도 한참 후에야 콩 심기를 마친 두 사람은 각자의 트럭을 타고 먼지를 날리며 각자의 집으로 돌아갔다. 샤워를 하고 옷을 갈아입고 나서 다시 만난 두 사람은 전에 만났던 고깃집에서 저녁을 먹었다.

"재희 씨 아니었으면 밤을 새워도 다 못 했을 텐데 늦게까지 수고해줘서 고마워요."

"별말씀을요."

해질녘쯤, 시원이 내일 혼자 해도 되니 그만 철수하자고 했지만 이미 시작한 일이니 마저 하고 끝내야 한다며 재희는 어둠이 내리는 중에도 끝까지 콩을 심었다. 그래서 더욱 고맙고 미안했다.

"내일 비가 오겠죠?"

"아마도요. 왜요?"

"내일 병원에 가보려고요. 할머니 혼자 심심할 것 같아서요."

"그 할머니 손녀 참 잘 두셨네요. 그런데 인천에서 고령까진 왜 내려온 거예요?"

재희가 맛있게 구워진 갈비를 그녀의 앞접시에 놓아주며 물었다.

"인천에서 엄마랑 둘이 살았었는데 고등학교 때 엄마가 교통사고로 돌아가신 후 외할머니랑 같이 살게 되면서 내려오게 됐어요. 외할머닌 몇 년 전에 돌아가셨어요."

"그래요? 저도 아버지께서 대학교 3학년 때 돌아가시고 혼자 서울에서 살았는데 어머니마저 돌아가신 후 아예 내려와서 살게 됐어요."

괜히 물어봤다며 미안해할 거라는 시원의 예상과는 달리 재희는 대수롭지 않다는 듯 웃으며 말했다.

다른 사람들은 시원의 대답을 들으면 아픈 사연을 물어 미안하다고 하든가 안됐다는 듯 바라보곤 했다. 정민조차도 시원의 사연을 듣고는 가만히 어깨를 토닥여주었었다. 그런데 이 남자만이 유독 아무렇지 않은 얼굴로 시원의 말을 들어주었다. 그것이 물어보는 사람도, 대답하는 사람도 편하다는 걸 시원은 처음 알게 되었다.

"형제는 없어요?"

"네."

"그건 좀 외롭겠네요. 전 형이 하나 있어요. 형수님도 있고, 말 안 듣고 고집 센 조카도 둘이나 있어요. 전에 선 보러 나간 것도 형수님이 만든 자리였어요."

"전 병원에 계시는 할머니가 공무원이라고 하도 만나보라고 성화를 하셔서 나갔었어요. 기능성 된장이 실패로 돌아가는 바람에 그날 정신이 좀 없었어요. 경선이한테 뒷정리를 좀 부탁했더니 제 머리에 된장을 한 움큼 발라놓은 거 있죠."

재희가 알 만하다는 듯 큭큭 웃었다.

"그런데 오늘 콩 밭에 어떻게 오신 거예요?"

"일어나자마자 논을 한 바퀴 둘러보는 게 첫 일과예요. 둘러보는 길에 시원 씨가 오늘 콩 심는다고 한 게 생각나서 잘 돼가나 보려고 갔는데, 혼자 덩그러니 콩 심는 모습을 보니까 그냥 둘 수가 없더라고요."

다른 사람이었다면 그냥 지나치고 말았을 것이다. 하지만 시원이기에 지나칠 수 없었다. 홀로 콩 밭에 앉아 콩을 심는 그림 같은 모습에 자신도 함께 그려지고 싶었다.

"제가 운이 좋았군요. 덕분에 재희 씨가 고생은 했지만 전 오늘 안에 끝낼 수 있어 너무 좋은 거 있죠."

고기를 그녀의 앞접시에 놓아주며 재희가 다시 물었다.

"된장 개발하시는 건가요?"

"제 직업이 메주랑 된장, 간장 만들어 파는 거예요. '대가야의 장' 들어보셨어요?"

그러자 재희가 손에 들고 있던 집게를 놓고 스마트폰을 만지작거렸다.

"유명인이셨네요."

잠시 후 재희가 놀란 표정을 지었다.

"방송을 타서 좀 알려지긴 했지만 유명인은 아니에요."

시원은 겸손한 태도로 말했다.

"대단한데요? 직접 만들어서 마케팅까지 쉽지 않았을 텐데."

재희의 말대로 장을 만들었어도 찾는 사람이 없어 난감했던 시절이 있었다.

"제가 과외를 했었거든요. 어머니들에게 선물로 드리기 시작하다가 결국 소비자로 만들었죠. 아줌마 파워가 대단하더라고요. 모르는 게 있으면 아줌마한테 물어보라는 말도 있잖아요. 처음엔 된장만 만들어 팔았는데 그렇게 해서는 경쟁력이 없으니까 요즘 남녀노소를 막론하고 관심이 많은 다이어트에 중점을 두고 제품을 만든 게 큰 성과를 거둔 케이스죠. 블로그도 만들고 홈페이지도 만들어서 인터넷 주문도 받기 시작하고, 큰 식당마다 쫓아다니면서 홍보도 하고요. 다 말하면 몇 날 며칠도 모자랄 거예요. 아라비안나이트에 나가도 될걸요?"

지난 이야기를 이렇게 여유롭게 해보는 것도 처음이었다. 다이어트 된장물을 만들어 유통하기까지 코피까지 쏟아가며 개발과 노력을 한 시원이었다.

"좀 배워야겠어요."

"저한테 배울 게 뭐 있나요. 오히려 제가 농사일을 재희 씨한테 배워야 할 것 같아요."

"수업료가 좀 비쌉니다."

재희가 웃으며 술잔을 들자 시원이 재희의 술잔에 잔을 부딪쳤다.

오늘따라 술이 참 달게 넘어갔다.

영발의 퇴원 날짜가 정해졌다. 시원이 회사의 바쁜 일들을 끝내고 저녁이 되어서야 병원에 도착해보니 영발이 환한 웃음으로 맞이해주었다.

"할머니, 할머니 좋아하는 박하사탕 사 왔어. 나 없는 동안 아줌마랑 잘 지냈어요?"

시원이 간병인에게 인사를 하고 영발에게 물었다.

"어서 와요. 할매 이제야 얼굴 폈네. 말은 안 해도 아가씨가 보고 싶었던 모양이야."

"콩은 잘 심었나?"

"요즘 콩 심는 기계 있어서 그걸로 쭉 밀면서 가니까 하루 만에 다 심었잖아. 요즘은 농사도 과학이래."

"그랬나? 시상이 좋아지긴 좋아짓는갑다. 우리 때는 그런 게 어딨었노. 하기사 무릎도 잘라가 인공으로 넣는 시상인데 농사라꼬 뭐 다르겠나. 수고했다. 아가 고단새 새까마이 타뿟네."

새카맣게까지는 아니어도 영발의 말처럼 좀 그을긴 했다.

"우리 할머니 재활은 잘했어요?"

"처음에는 엄살을 좀 부리시더니 요새는 좀 나으신지 잘하시네예."

"잘 돌봐주셔서 감사해요."

"그게 내 일인데예. 저녁까지 잘 잡숫고 양치까지 했으니까 인자 푹 자기만 하면 됩니데이. 할매, 퇴원 잘하고 몸조리 잘하이소. 내 갑니데이."

"고맙데이."

가방을 들고 인사를 하는 간병인에게 영발도, 시원도 고마움을 표시했다.

"고생 많으셨어요."

경과가 좋아져 모레 퇴원이 가능하다 하여 시원이 다시 올라온 것이다. 영발은 이제 혼자서 화장실을 갈 정도로 호전이 되어 있

131

었다.

"내가 깝깝해가 죽겠다 마. 내일이라도 빨리 퇴원해야지 감옥이 따로 없다."

"참는 김에 하루만 더 참아. 모레 퇴원하니까. 알겠죠?"

병원 생활이 답답하다는 것은 말하지 않아도 알았다. 고령에 있을 때에도 조그만 텃밭을 일구거나 시원의 공장에 와서 택배상자를 접어주고 포장하는 일을 돕기도 했다. 무리하지 말고 쉬시라고 해도 몸을 가만히 두지 못하는 양반이었다.

초저녁잠이 많은 노인네라 일일드라마가 끝나고 나자 영발은 금세 잠이 들었다. 영발의 이불을 정리해준 시원은 간이침대에 털썩 주저앉았다. 연속적으로 피곤한 하루였다. 오늘은 더욱 그랬다. 대구에 있는 대형마트에 들러 홍보팀 사람을 만나 회의를 하고 다사에 들렀었다.

다사는 시원이 처음 과외를 시작한 곳이기도 하며 만든 된장을 최초로 판 곳이기도 했다. 지금은 단골이 꽤 많아 그 지역은 특별히 인터넷으로 주문을 받지 않고 석 달에 한 번씩 들러 배달을 해주었다. 대구가 아무리 좁다고 하지만 그곳에서 민 여사를 만난 것은 뜻밖의 일이었다.

"사장님! 여기요!"

차를 주차하고 관리 사무소 쪽으로 걸어가자 관리 사무소 정자 앞에서 우영이 시원을 향해 손을 흔들었다.

"우리 된장 사장도 왔나?"

걸어오는 시원을 발견한 부녀회장이 반갑게 아는 척을 해왔다.

"회장님 보고 싶어서 안 올 수가 있나요?"

"빈말이라도 기분은 좋네."

"민혁인 학교 잘 다니고 있어요?"

"죽을라 카지. 다른 애들은 대학 가면 펑펑 놀아재끼는데 우리 민혁이는 전문의 딸 때까지 공부만 해야 되는데 안쓰러 죽겠다 마."

민혁은 시원이 과외를 한 제자 중 하나로 시원의 모교인 의과대학에 합격해 공부 중이었다. 2학년 때 시원이 과외를 처음 맡았을 때만 해도 민혁은 교대를 목표로 하고 있었다. 성적이 쑥쑥 오르면서 다시 의과대학을 목표로 잡은 민혁이 무사히 합격을 하자 시원에게서 과외를 받겠다는 사람이 물밀 듯이 밀려와 당황한 적도 있었다.

돈 욕심이 나지 않는 건 아니었지만 과외를 더 이상 늘리지 않고 계속 맡던 아이들만 고집한 이유는 가르치는 아이들에게 소홀하지 않으면서 계속 장을 담기 위해서였다.

다시 장 담기에 성공했을 때 시원은 과외를 하는 학부모에게 선물로 된장과 간장을 돌렸다. 다행히도 장맛이 그들의 입에 맞았고 학부모들의 이어지는 소개로 주문량이 꾸준히 늘어났다. 말로만 듣던 대한민국 아줌마들의 힘을 처음 느끼던 순간이었다. 민혁이 대학에 합격하고 부녀회장이 된 민혁 어머니의 도움이 가장 컸다. 그래서 민혁이 살고 있는 아파트에서 주문하는 된장과 간장의 양만 해도 어마어마해서 배달을 올 때마다 시원이 직접 오려고 노력했다. 그것이 고마움에 대한 예의라고 생각했다.

지금이야 다이어트 된장물이 더 많은 매출을 올려주고 있었지

133

만 첫 고객은 잊을 수는 없는 법이었다. 첫 고객을 만날 때마다 초심을 잃지 않겠다고 다짐하는 계기도 되었다.

"민혁이 잘할 거예요. 며칠 전에도 통화했는데 힘들어도 재미있다고 하던걸요."

며칠 전 민혁이 첫 카데바를 본 소감을 전화로 시원에게 들려주었다.

"아이고, 그카드나?"

"그럼요."

"내가 장 사장한테 늘 고맙데이."

"고맙긴요. 제가 늘 고맙죠."

고마운 건 시원이었다. 이렇게 소문을 내주지 않았다면 시원이 발로 더 뛰어야 했을 텐데, 아줌마의 놀라운 힘을 발휘해 시원에게 큰 도움을 준 것이다.

"그런데 어디 갔다 오나? 오늘 와 이래 예쁘게 꾸미고 왔노."

늘 편한 차림으로 오곤 했는데 오늘 시원은 바지 정장을 차려입었다.

"대형마트에 납부하는 건 때문에 회의가 있었거든요."

"아이고, 이제 마트까지 납품하나? 우리 장 사장 그래 열심히 하디만 출세했다. 바쁜데 여까지 오고 고맙데이."

이미 납품 중인 마트도 있지만 상인동에 새로 생긴 대형마트는 이번 달 중에 납품하기로 승인을 받았다.

"바빠도 와야죠. 손님은 왕인데요."

시원의 말이 기특하다는 듯 부녀회장이 웃으며 시원의 어깨를 툭툭 쳤다.

"여 함 보이소, 이 아가씨가 이 된장을 만든 된장 사장 아인교. 우리 민혁이 의과대학도 보내준 선생님이 바로 이 사장님이라요. 의사 면허까지 있는데 때리치우고 이거 해가 돈을 그래 마이 벌었답니데이. 텔레비전에도 몇 번 나왔으예. 공부도 잘하제, 돈도 마이 벌제, 어른 공경도 잘해, 완전 일등 신부감 아인교."

된장을 주문했던 아파트 주민들이 모여 있는 곳으로 시원을 끌고 가며 부녀회장이 자랑을 늘어놓자 당황한 시원의 얼굴이 발갛게 달아올랐다. 그럼에도 불구하고 얼굴을 마주치는 어르신마다 깍듯하게 인사를 했다.

"아이고마, 이렇게 젊은 아가씨가 이 된장을 만든긴교? 하이고, 장하데이, 장해."

"얼굴도 참하구만 아직 결혼 안 했는교?"

"안 했다카이. 우리 민혁이가 십 년만 더 빨리 태어났어도 내사마 딱 며느리로 보쌈 해 올 낀데 아까워 죽겠다카이."

"우리 아들 소개시켜도고. 우리 아들 공무원 아이가, 어디 내놔도 안 빠진다."

갑자기 왁자지껄해진 정자 앞에서 시원은 한 사람 한 사람에게 꾸벅 인사를 하다 말고 움직임을 멈췄다.

민 여사였다.

손에 5킬로그램짜리 된장 항아리를 들고 있던 민 여사가 못마땅한 듯 시원을 바라보고 있었다. 인사를 하다 말고 시원은 얼음이 된 채 서 있었다.

"사장님, 주문대로 다 돌렸고예, 돈은 여기 있습니다."

때마침 우영이 시원을 불러주었다. 왁자지껄한 사이에도 우영이 주문서대로 전달을 하고 돈을 받아 와 확인 사인을 한 서류와 돈 봉투를 시원에게 건넸다.

"수고했어."

"별말씀을요. 제 일인걸요."

내년에 군대 가기 전 아르바이트로 들어온 우영이 뒷머리를 긁적이며 웃었다.

"장 사장, 인자 이거 다 먹으면 햇된장 맛보자이. 이래 배달 안 해주고 인터넷으로 배달해야 되는 거 아는데 맨날 이래 찾아와가 고맙데이."

이곳만큼은 손수 배달을 고집하는 것이 시원의 첫 거래처이기 때문이라는 사실을 부녀회장은 알면서도 늘 이렇게 고마움을 표시했다.

"아니에요. 이번에 제가 직접 콩도 심었어요. 그 콩으로 햇된장 만들어서 가지고 올게요."

햇된장을 맛보자는 부녀회장의 말에 시원이 웃으며 대답했다.

"이제는 농사까지 짓나? 된장 사장 몬 하는 게 뭐 있노? 아즈매, 맞지예? 이 아가씨도 아즈매 아들하고 우리 아들하고 나온 대학교 나와가 의사까지 안 했는교. 우리도 못 담는 된장을 젊은 사람이 얼마나 맛있게 담는지 내가 참 기가 막힌다카이, 참하지요?"

부녀회장이 하필 민 여사에게 다가가 시원의 자랑을 늘어놓자 시원은 낙담상혼(落膽喪魂)하고 말았다. 민 여사는 분명 황금동에 살았다. 그런 사람이 왜 황금동과 먼 이곳 다사에 있는지 알 수 없었다.

"그러네."

씰룩이는 입가를 보니 민 여사 또한 이 상황이 몹시 마음에 들지 않는 듯했다.

"우리 민혁이가 이런 며느리 데리고 오면 내가 업고 다닐 낀데 말입니데이."

두 사람의 관계를 알지 못하고 이야기를 늘어놓는 부녀회장에게 민 여사가 헛기침을 하며 돌아섰다.

사람들이 주문한 장을 가지고 돌아가고 부녀회장이 집에서 커피라도 한잔 하고 가라고 성화여서 시원은 우영을 먼저 돌려보낸 후 부녀회장의 집에서 이런저런 이야기를 나누었다.

"니 내 좀 보자."

부녀회장의 집에서 커피를 마시고 내려오는데 시원의 발목을 잡은 것은 민 여사였다. 일부러 시원을 기다린 것인지 아무도 없는 정자에 홀로 앉아 있었다. 시원이 다가가 민 여사를 향해 꾸벅 인사를 했다.

"그동안 안녕하셨어요."

"여 앉아봐라."

인사조차 받지 않고 앉으라며 손짓하는 민 여사의 행동에 시원은 머뭇거리다 정자에 앉았다.

"하, 니가 된장을 다 만들어 팔고 세상에 별일도 다 있다."

비꼬는 말투는 여전했다.

"여기 사시는지 몰랐어요."

말문이 막히는지 민 여사가 헛기침을 했다.

정민의 아버지 김 사장은 큰 섬유회사를 운영하고 있었다. 황

금동에서도 있는 사람들만 산다는 넓은 아파트에 살고 있었는데 다사 쪽으로 이사 왔으리라고는 생각지도 못했다. 같은 대구지만 땅값 제일 비싸고 부자들만 산다는 그곳과는 달리, 최근 지하철이 뚫리면서 땅값이 치솟기는 했지만 다사는 대구에서는 외곽지였다. 남의 시선을 중요하게 여기는 민 여사였다.

"우리 정민이하고는 연락하나?"

잘 지냈냐는 말도 없었다. 민 여사는 몇 년 만에 시원과의 만남에서 궁금한 것은 오로지 시원과 정민의 관계였다.

"한 번도 연락한 적 없습니다."

"니하고 정민이하고 결혼 틀어진 기 정민이는 내 탓이라꼬 아직도 내를 원망한다. 세상천지 물어봐라. 결혼 앞둔 신랑 신부가 남의 결혼식에도, 장례식에도 가는기 맞는지 말이다. 니가 부모 없이 자라가 그걸 우째 알겠노. 처음부터 나는 그런기 다 마음에 안 들었지만 어른 말 무시하고 니 멋대로 한 기 아직도 나는 괘씸타."

민 여사의 말을 어기고 시원의 주제에 먼저 파혼까지 선언한 그 괘씸함을 이제 와서 늘어놓고 있었다.

"제가 마음에 들었던 부분이 한 곳이라도 있었나요?"

사사건건 트집이었다. 처음에는 그녀도 자신이 부족해서라고 생각했지만 그것이 자신이 정민의 배우자감으로, 민 여사의 며느리 감으로 못마땅해서 그런 것임을 시간이 지나면서 알 수 있었다.

시원의 물음에 민 여사가 대답 없이 그녀를 바라보았다.

"저는 다시 그런 일이 생긴다 해도 할머니의 장례가 먼저지 결혼이 먼저가 아닙니다. 제가 아니면 장례를 치러줄 사람 없었다는 거 어머니도 아셨잖아요."

"그래가, 니가 지금 잘했다고 따박따박 말대꾸하는 기가? 할매 밑에서 자라가 가정교육 똑바로 안 된 거 자랑하는 기가?"

그것은 명백한 억지였다. 시원이 한 마디 할 때마다 가정교육을 들먹이며 저렇게 억지를 부렸다. 결혼 준비를 하면서도 민 여사는 그렇게 시원을 지치게 만들었다.

"처음부터 제가 마음에 안 드셨고, 제가 하는 말, 행동 다 마음에 안 드셨다는 거 알고 있었어요. 이젠 헤어졌으니까 저한테 그런 말씀 마세요. 정민이 옆에 얼씬거린 적도 없고 앞으로도 그럴 거예요."

헤어진 지금에 와서 그런 소리까지 듣고 싶지 않았다.

"하! 근본 모르는 애 데려왔을 때부터 내 딱 알아봤다. 니 같은 여시 때문에 우리 정민이는 아직도 마음을 못 잡고 있으이 내 억장이 무너진다. 우리 정민이 앞에 절대 나타나지 마래이, 우리 정민이 흔들지 말라는 말이다."

그럴 마음은 추호도 없었다.

"그만 가보겠습니다."

더 이상 듣고 있을 수가 없어 시원은 인사를 꾸벅 하고 주차장으로 급하게 발걸음을 놀렸다.

"우리 정민이는 절대로 안 된다이."

민 여사는 5년이란 시간에도 불구하고 변함이 없었다.

다사를 떠나 곧장 병원으로 오면서 시원은 억울함을 꾹꾹 눌러 참아야 했다. 민영과 김명댁을 욕되게 한 것부터가 억울했다.

헤어진 후 5년이나 지난 지금까지 그런 말을 들어야 하는지 분했다.

그 당시에는 사랑했기 때문에 이해하자고 생각했다. 나 하나만 참으면 괜찮을 거라고, 민영과 김명댁에게 미안했지만 그땐 사랑이 먼저였었다.

하지만 지금은 전혀 아니었다. 사랑이 먼저였던 애송이 장시원이 아니었다.

잠자리를 준비하려고 간이침대를 정리하던 시원은 정민에게 돌려주었어야 할 이불을 발견하고 서랍에 있는 종이가방을 꺼내 담았다. 수연이나 민재를 만나기 위해 병실을 나와 엘리베이터로 향하는 복도를 걷는데 엘리베이터에서 내리는 정민이 눈에 들어왔다. 곧 두 눈동자가 마주쳤다.

잠시 후 두 사람은 병원 옥상에서 도시가 켜놓은 불빛을 바라보며 서 있었다.

"어머니 전화하셨어. 만났다며?"

정민이 엘리베이터에서 내려 시원을 만난 건 우연이 아니었다. 민 여사의 전화를 받고 그녀를 찾아왔던 것이다. 민 여사의 성격에 또 아들에게 한바탕 퍼부어댔을 것이 뻔했다.

"미안해."

한숨 섞인 사과였다.

"거기가 내 활동 무대나 마찬가지였는데 이제야 만나게 된 걸 보면 대구가 좁으면서도 넓긴 한가 봐."

시원은 쓰게 웃었다.

"몇 년 전에 이사했어."

그럴 거라고 생각했었다.

"군의관으로 복무할 때 아버지 회사가 부도났거든. 다시 작게 나마 하시긴 해도 그때로 돌아가긴 힘들 거야. 너한테 뭐라고 그랬는지는 모르겠지만 어머니 대신 내가 사과할게. 미안해."

늘 그랬다. 결혼 준비를 할 때도 민 여사를 통해 민 여사와 시원의 공방을 정민이 알게 되고 민 여사 대신 정민이 늘 사과를 하는 그런 수순이었다.

"벌써 5년이야. 너도 그렇겠지만 나 너랑 어떻게 해볼 마음 없어. 퇴원하게 되면 우리 다시 볼 일도 없을 테니까 지금까지 살아왔던 것처럼 살면 돼."

그래, 지금까지 살던 대로 살면 그만이다.

"넌 어땠을지 모르겠지만 보고 싶었어. 어디에서 뭘 하고 있을까, 5년 사이 어떻게 변했을까 늘 궁금했어. 그래서 다시 만나게 되었을 때 반가운 마음이 들기도 했고."

시원 역시도 헤어지고 몇 년간은 정민의 말처럼 보고 싶은 마음이 불쑥불쑥 들어 병원으로 달려가고 싶었다. 그 마음이 지나가고 나자 무엇을 하고 있을까, 어떻게 변했을까 궁금하기도 했지만 그걸로 끝이었다. 지금은 그런 미련조차 버린 후였다. 그저 잘 지냈으면, 행복하게 살았으면 싶었다.

"너랑 헤어진 게 다 어머니 탓이라고 생각했었는데 시간이 지나고 나니 나 때문이란 걸 알겠더라. 힘들다는 이유로 비겁하게 피하려고만 한 내 잘못이었어."

지금 다시 그때를 떠올리고 싶지 않았다. 그 고통스러운 순간을 떠올리면 심장이 옥죄어오는 아픔이 몰려들었다.

"다 지나간 일인데 지금 와서 왜 이래. 그때의 기억들, 난 떠올리고 싶지 않아."

그녀의 말에 정민이 무슨 말을 하려다 말고 입을 닫아버렸다. 시원은 가지고 온 종이가방을 정민에게 내밀었다.

"가져가."

그녀가 내민 종이가방을 받아 안을 확인한 정민이 물었다.

"어떻게 알았어?"

"그냥."

그 한 마디로 모든 걸 설명해줄 수 있는 그냥이란 말이 이럴 때는 참 좋은 말이다.

"모레 퇴원이라며?"

"응."

퇴원을 하고 나면 이렇게 만날 일조차도 없을 것이다.

"네가 웃으면 나까지 행복했어. 끝까지 지켜주지 못해서 미안해. 난 네가 늘 웃으며 행복하게 살았으면 좋겠다."

"먼저 가볼게."

미련이 남은 정민의 눈빛 때문에 가슴이 아팠다.

"시원아!"

정민이 시원을 부르고, 시원의 손목을 낚아채며 끌어안은 것은 순식간의 일이었다.

"한 번만, 한 번만 더 기회를 주면 안 돼? 널 웃게 만드는 사람 내가 되면 안 돼? 널 잊을 수가 없었어, 난."

정민의 갑작스런 행동에 놀란 시원은 숨을 들이마시며 품에서 빠져 나오려 했지만 꽉 끌어안은 힘 때문에 그럴 수가 없었다.

"이러지 마. 그러기엔 우리 너무 멀리 와버렸잖아."

"다시 노력하면 돼."

"사랑이라는 게 노력한다고 되는 건 아니잖아. 난 널 사랑하지 않아."

널 사랑하지 않는다는 그녀의 말에 정민이 꽉 끌어안은 팔을 풀며 고개를 내려 안타까운 시선으로 그녀를 바라보았다. 정민의 흐려진 눈에서 눈물이 툭 떨어졌다. 그 모습을 올려다보면서 시원은 느슨하게 자신을 안고 있던 정민의 팔을 풀었다.

"살아가면서 세 가지 중요한 금이 있대. 소금, 황금, 그리고 지금. 나에게는 지금 내가 하는 일, 지금 내가 해야만 하는 일들이 중요해. 우리가 했던 사랑은 이미 과거일 뿐이야."

젖은 눈으로 말없이 시원을 안타깝게 바라보는 정민을 뒤로한 채 그녀는 병실로 돌아왔다.

정민의 눈에서 눈물이 툭 떨어지는 순간이 자꾸 생각 나 마음이 아팠다. 자신을 잊고 잘 살아주길 바랐다. 자신의 바람대로 미련 없이 잘 살고 있었더라면 얼마나 좋았을까. 시원은 간이침대에 모로 누워 눈을 감았다.

그렇게 얼마나 지났을까, 휴대전화가 부르르 떨며 문자를 알렸다.

- 4H 연합회 하계 수련교육 날짜가 잡혔어요. 1박2일 일정인데 같이 갑시다. 전에 저 도와주겠다고 한 말 잊은 건 아니죠? -

재희였다. 문자를 보자 불현듯 재희의 좋은 음성이 듣고 싶다는 생각이 들어 시원은 병실을 빠져나와 어두컴컴한 휴게실로 들어가 통화버튼을 눌렀다.

- 어, 어쩐 일이에요?

시원의 전화에 놀라면서도 재희가 반가운 목소리로 전화를 받았다. 재희의 목소리를 들으며 시원은 전화를 하길 잘했구나 싶었다. 그 목소리를 듣자마자 머릿속을 헤집고 다니던 생각들이 다 사라져버렸다.

- 시원 씨?

중저음의 안정된 목소리가 시원을 불렀다.

"네."

- 전화를 했으면 말을 해야죠. 어디 아파요?

"아니에요."

- 저한테 처음 전화한 거 알아요?

반겨주는 재희의 듣기 좋은 목소리 때문에 그녀의 얼굴에 슬며시 웃음이 돋아났다.

"하계 수련교육 어디로 가는 거예요?"

- 해인사로 가요. 같이 갈 거죠?

"안 가면 안 돼요?"

투정이었다. 그에게 괜한 투정을 부려보고 싶었다.

- 어? 한입 가지고 두말하는 사람이었어요? 아, 사람 그렇게 안 봤는데 안 되겠네. 오늘 밤 콩 밭에 멧돼지 풀어야겠어요.

콩 밭에 멧돼지를 풀겠다는 재희의 협박에 그녀는 그만 웃어버리고 말았다.

- 진짜예요. 이래도 안 갈 거예요?

"제가 거기 가서 뭘 해요? 아는 사람도 없는데."

- 아는 사람이 왜 없어요. 제가 있는데. 거기 가면 총각들도 많아요. 괜히 선보러 다니지 말고 같이 가는 게 어때요?

"잘생긴 총각 많아요?"

그제야 구미가 당긴다는 듯 시원이 진지하게 물었다.

- 우와. 멧돼지보다 잘생긴 총각에 넘어가다니. 이건 진짜 솔직하게 말하는 건데요, 솔직히 저보다 잘생긴 총각은 없어요. 혹시 실망할까 봐 정말 솔직하게 말하는 겁니다.

시원이 넘어갈 듯 깔깔깔 웃자 재희의 웃음소리가 휴대전화를 통해 들려왔다.

- 회사 일 하랴, 농사일 하랴, 간병 하랴, 정신없는 거 알지만 하루만 시간 내서 같이 다녀와요. 기분 전화도 할 겸. 돈 드는 것도 아닌데 어때요.

재희의 말대로 그동안은 회사 일만 하면 됐지만 지금은 간병에 농사일까지 그야말로 몸이 두 개라도 모자랄 정도긴 했다. 그러나 몸이 힘든 것보다 병원에서 동기며 선후배와 부딪치는 것이 더 힘들었다. 특히 정민은 더 그랬다.

"제가 도움이 될지는 모르겠지만 같이 가요. 정말 재희 씨보다 잘생긴 총각이 없는지 확인도 해볼 겸."

- 저보다 잘생긴 총각들은 절대 못 오게 날짜를 바꿔 문자 보내야겠어요.

그녀가 또 한 번 빵 터졌다. 재희가 이토록 고마운 적이 없었다. 이런 날 자신을 웃게 해준 재희가 너무나도 고마웠다. 재희와 이런저런 이야기를 나누다 보니 통화 시간이 한 시간이 가까워져 가고 있었다.

- 언제 퇴원해요?

"모레요."

"퇴원하고 콩 밭에 가서 콩 싹이 났는지 확인하는 거 잊지 마요. 싹이 안 난 건 다시 심든지 싹이 많이 난 콩을 옮겨 심어야 해요."

"네."

- 피곤할 텐데 이제 그만 자요.

"알았어요."

- 먼저 끊어요.

"네."

전화를 끊고 병실로 다시 들어와 간이침대에 들어오자 재희의 문자가 들어왔다.

- 잘 자요. -

문자를 확인한 시원은 미소를 지으며 눈을 감았다.

보고 싶다는 말 대신 잘 자라는 문자로 대신한 재희도 갓 연애에 빠져 잠 못 들던 풋풋한 시절처럼 쿵쿵거리는 가슴을 달래며 눈을 감았다.

본격적인 여름이 시작되자 불볕더위로 밖에 나가기도 싫은 날이 계속되었다.

폭염이 시작되기 전에 영발은 퇴원을 해서 읍내 병원에서 재활과 운동을 꾸준히 병행을 했다. 시원은 영발의 수술한 다리의 유연성과 근력을 도와주는 실내자전거를 장만해 퇴원 선물로 주었다.

퇴원하던 날 병원비를 계산하러 갔을 때 황 교수 덕분에 할인까지 받을 수 있었다. 황 교수에게 들러 감사하다는 말을 전하고 병실로 오자 수연과 민재가 기다리고 있었다. 짐을 손수 들어주며 배웅을 해주는 민재와 수연에게 고맙다는 말을 끝으로 고령으로 내려왔다. 그 후로 정민을 만나지 않은 것은 참 다행스러운 일이었다.

병원에 있을 때 재희와 전화로 한 약속대로 시원은 고령군에서 개최되는 4H 연합회 하계 수련교육에 참여했다.

약속 장소에 먼저 도착해 기다리던 시원은 재희의 모습에 깜짝 놀라고 말았다. 말끔하고 몸에 꼭 맞는 짙은 남색 슈트를 차려입고, 늘 타던 하얀 트럭이 아닌 출시된 지 얼마 되지 않은 SUV 차를 끌고 온 재희는 처음 만났을 때와 같이 모델처럼 깔끔한 모습으로 안구정화를 시켜주었다. 십대 소녀처럼 재희를 볼 때마다 가슴이 두근거렸다.

"선 보러 가세요?"

뜬금없는 시원의 물음에 재희가 소리 내어 웃었다.

"설마요. 갑시다."

떠밀 듯 시원을 조수석에 태운 재희가 도착한 곳은 회원들이 모여 있는 남자 중학교 운동장이었다.

"재희 왔나?"

"예. 형님! 다들 오셨어요?"

"니 사회 보지 말고 선보러 가도 되겠다."

"그럴까요?"

모여 있는 사람들과 일일이 인사를 하고 악수를 하는 사람 속에 시원은 우두커니 서 있었다. 재희는 모여 있는 사람 속에서도 단연 돋보였다.

"이리 와요, 시원 씨."

재희를 멍하게 주시하던 시원의 팔을 잡아당긴 재희가 회원들에게 시원을 소개했다.

"오늘 처음 4H에 가입하는 신입회원입니다."

가입한다는 말을 입 밖에 꺼내지도 않았는데 재희가 대뜸 그렇게 이야기하자 시원은 따질 생각도 못하고 넙죽 인사를 했다. 수많은 눈동자가 시원을 주목하고 있었다.

"안녕하세요, 장시원입니다."

남자회원들이 박수를 치며 좋아하는 바람에 시원은 얼굴을 붉히며 서 있었다.

"야, 어디에서 이런 예쁜 신입회원을 데려왔노. 반갑습니다, 시원 씨."

"재희 여자친구 데리고 왔나 싶었디만은 신입회원이었구나."

저마다 한 마디씩 하는 중에 전세버스가 운동장으로 들어왔다.

"오빠야!"

전세버스가 운동장 가운데 서자마자 버스에서 여자 두 명이 내렸다. 그중 귀엽게 생긴 한 명이 달려오더니 다짜고짜 재희에게 매달렸다.

"오빠야, 이래 쫙 빼입으니까 더 멋지네."

"더운데 그만 놓지그래."

"차 가지고 왔제? 나는 오빠야 차 타고 간데이. 어, 근데 처음 보는 사람이네?"

그녀가 시원을 발견하고 재희를 향해 물었다.

"시원 씨 인사해요, 친구 동생 유나예요. 이쪽은 유나 친구 미영이고요. 너희들도 인사해. 신입회원 장시원 씨야."

"안녕하세요. 장시원이에요."

"안녕하세요, 김미영이에요."

"정유나예요. 근데 오빠랑 아는 사이세요?"

재희를 발견하자마자 옆에 찰싹 붙어 친근함을 뽐내고 있는 긴 머리의 귀엽고 예쁘장한 유나가 당돌하게 물었다.

"그래. 내 손님이자 신입회원이야. 4H 모임은 처음이니까 잘 챙겨드려. 까불면 혼난다."

엄하게 말하는 재희에게 유나가 샐쭉한 표정으로 혀를 쏙 내밀었다. 두 사람의 대화와 표정에서 꽤 오랜 시간 동안 알고 지낸 사이라는 걸 알 수 있었다.

"어이, 재희야. 인자 출발하자."

누군가가 큰 소리로 부르며 재희를 재촉했다.

"네, 형님. 가자. 타요, 시원 씨."

시원이 머뭇거리는 사이 유나가 당연한 듯 조수석에 타자 미영과 시원은 뒷좌석에 올라탔다. 4H 영농회원과 4H 학생회, 4H 본부회원 등 백여 명이 모여 전세버스를 타고 출발을 하고, 재희처럼 개인차를 가지고 온 사람은 자가용으로 이동했다.

"이 차 간만에 타보네. 트럭만 끌고 다니더니 오늘은 무슨 바람이 불었대?"

"수리 들어갔다, 왜?"

대답을 하면서 선글라스를 꺼내 쓴 재희가 차를 출발시켰다.

"그럼 그렇지. 트럭 수리 들어간 덕에 편하게 가네. 집에만 처박아두지 말고 좀 타고 다녀."

새카만 선글라스 아래로 입꼬리를 올리며 웃는 그의 모습은 무척이나 매력적이었다.

미처 그렇게는 생각지 못했는데 유나의 말로 미루어 보아 재희의 차인 듯했다. 트럭만 있을 거라고 생각했는데 저 남자는 볼수록 새로운 남자였다.

재희가 가끔 시원에게 말을 걸기도 했지만 유나가 재희와 미영에게 번갈아 가며 시원이 알지 못하는 일상적인 일들을 이야기하자 대화에 섞일 수 없어 어색했던 시원은 잠든 척 눈을 감았다. 그러다 진짜 잠이 들어버린 시원은 문이 닫히는 소리에 간신히 눈을 떴다. 산 밑이라 해인사의 공기는 시원했다.

고령군 4H 연합회 하계 수련교육은 늦은 오후 합천 해인사의 학생 수련원에서 개최되었다. 수련원에 도착하자마자 학생부가 지, 덕, 노, 체로 나뉘어 색이 다른 티셔츠를 입고 맨 앞 한 줄을 비운 채로 자리에 앉자, 그 뒤로 4H 영농회원과 4H 본부회원이 앉았다. 앞줄을 왜 비우는가 싶었더니 고령 군수를 비롯한 4H 연합회장 등 윗사람들의 자리였다.

"재희 오빠야 진짜 멋있제?"

"그 말 몇 번 했는지 아나? 귀에 딱지 앉을라 칸다."

제일 뒷자리에 앉아 친구 미영과 속닥이는 유나의 곁에 시원이 앉아 있었다. 그들의 속닥임을 듣던 시원 역시 무대 위로 나와 마이크를 만지는 재희의 모습을 보자 유나의 말에 동의하고 말았다.

'오늘따라 멋지긴 하네.'

저렇게 차려입고 온 이유는 사회를 맡았기 때문인 듯했다. 재희는 무대 위에서 마이크를 제 키에 맞게 고정시키고 종이를 뚫어지게 바라보고 있었다. 이윽고 시간이 되었는지 재희가 입을 열었다.

"안녕하세요, 고령군 4H 청년회장 서재희입니다. 더운 날 여기까지 오시느라 수고가 많으셨습니다. 여러모로 도움을 주신 군수님과 각 기관단체장님 모두 감사합니다. 자, 그럼 고령군 4H 연합회 하계 수련교육 개회식을 시작하도록 하겠습니다. 먼저 고령 군수님의 인사 말씀 들어보도록 하겠습니다."

오늘 참 여러모로 시원을 놀라게 하는 재희였다.

'저 남자가 4H 청년회장이었다니!'

그저 4H 회원이라고만 생각했었다. 하긴 모인 사람 중에서도 단연 눈에 띄는 인물이었다.

재희의 말이 끝나자 무대 위의 강단에 올라선 군수가 흡족한 듯 학생들을 둘러본 후 말했다.

"더운 여름에도 불구하고 이렇게 자리해주신 여러분께 깊은 감사를 드립니다. 4H는 여러분들도 잘 알다시피 친환경적인 체험으로 농심을 알고 건전한 미래세대로 키우는 동시에, 지역사회와 국가 발전 기여를 목적으로 한 실천적 청소년 사회교육 운동입니다. 이번 수련교육을 계기로 4H의 결속과 발전을 기하고 대가야의 도읍지 아름다운 고령의 발전을 위해 많은 노력을 부탁드립니다. 4H 학생회는 그것을 본받아 농촌을 사랑하고 4H 이념을 실천할 수 있는 4H인이 되어주시길 당부 드리는 바입니다."

군수의 짧은 인사가 끝이 나자 재희가 다시 마이크를 이어 받았다.

"그럼 봉화식을 시작하도록 하겠습니다."

군수가 든 횃불에 불이 붙자 하계 수련교육 시작이 선포되었다. 불은 여러 사람의 횃불을 거쳐 학생부의 종이컵에 꽂힌 촛불로 옮겨지며 서로서로 다들 촛불을 나누어주었다.

"4H 서약을 시작하겠습니다."

모두 자리에 일어나자 재희가 오른쪽 손을 들었다. 그에 따라 모두 오른쪽 손을 들자 재희가 먼저 소리치고 회원들도 재희의 구령을 따라 크게 소리쳤다.

"나는 4H회와 사회와 우리나라를 위하여."

"나는 4H회와 사회와 우리나라를 위하여."

"나의 머리는 더욱 명석하게 생각하며."

"나의 머리는 더욱 명석하게 생각하며."

"나의 마음은 더욱 크게 충성하고."

"나의 마음은 더욱 크게 충성하고."

"나의 손은 더욱 위대하게 봉사하며."

"나의 손은 더욱 위대하게 봉사하며."

"나의 건강은 더욱 좋은 생활을 할 것을 맹세합니다."

"나의 건강은 더욱 좋은 생활을 할 것을 맹세합니다."

4H의 서약이 끝이 나고 지, 덕, 노, 체의 대장들이 가지고 있던 큰 불이 큰 봉화대로 옮겨지며 본 행사의 하이라이트가 시작되었다. 조금씩 어둠이 내려앉고 있는 저녁, 촛불을 든 사람들이 동그랗게 원을 그리며 돌기 시작했다.

시원에게 캠프파이어는 고등학교 야영 때와 설악산으로 떠난 대학교 졸업 여행 이후 처음이었다. 그게 팔 년 전의 일이었으니 그것은 시원에게도 아주 새롭게 와 닿았다.

캠프파이어가 끝나고 저녁을 먹고 나자 8시가 넘은 시각이었다. 9시 30분부터 조별 장기자랑이 있는데 청년회 여자팀의 조장 유나는 매년 하는 행사이기 때문에 예상했다는 듯 의상까지 챙겨 오는 열정을 보였다.

"우리 팀은 리나의 섹시 댄스로 승부를 봅시다!"

시원은 그게 뭐냐는 듯 어리둥절한 표정으로 유나를 바라보았고 나머지 멤버들은 엄지손가락을 치켜들었다.

"좋기는 좋은데 나는 좀 빼라이. 이래 띵띵해가 그 춤추면 내 쪽팔리가 내일 얼굴 몬 드는 거 알제?"

153

몸집이 제법 있는 민숙이 고개는 물론 손까지 내저었다. 민숙은 고령 군청에서 일하고 있는 공무원인데 나이가 마흔인 골드미스였다.

"언니, 작년에 언니 때문에 우리 꽃봉오리 예술단 해가 겨우 인기상 탔는데 올해는 내가 하자는 대로 쫌 하자."

"됐다마. 이 띵띵한 몸 움직이면 내가 스포트라이트 다 받는 거 알제. 그카고 어제부터 계속 배가 살살 아픈 기 춤은 죽어도 몬 추겠다."

"나도 몬 한다. 나는 몸이 막대기라 그거는 죽어도 몬 한다. 민숙이하고 내하고 빠지면 넷이 딱 맞네. 넷이 해라."

미혼 여자팀에서 가장 나이가 많은 두 사람이 강력하게 못 한다고 주장을 하자 남은 두 사람은 고개를 끄덕였고 영문도 모르는 시원은 그저 상황을 지켜만 보고 있었다.

"그럼 우리 넷이 골반이 으스러지도록 웨이브 넣어보자. 자, 됐나?"

유나가 허리에 손을 올리고 비장한 각오로 소리치자 미영과 나머지 한 명이 큰 소리로 대답을 했다.

"됐다."

"그런데 그 춤은 어떻게 추는 거예요?"

지켜보고만 있던 시원의 물음에 민숙이 스마트폰을 검색해 뮤직비디오를 보여주자 시원의 입이 쫙 벌어졌다. 요즘 잘나가는 아이돌 리나의 섹시 댄스였다. 골반과 엉덩이로 끊어지듯 웨이브를 넣는 춤을 보며 시원은 경악했다.

"저, 저, 이, 이거 못해요."

말이 절로 더듬어졌다. 이런 춤을 어찌 추라는 건지 시원은 대번 고개를 흔들었다. 연체동물이 아니고서야 가능하지 않은 일이었다.

"팀 장기자랑인데 더 이상은 안 돼요."

"전 몸이 막대기라 이런 춤은 정말 곤란해요."

진심으로 자신이 몸치라는 걸 알아주길 바랐다. 시원의 발악에도 불구하고 유나와 나머지 두 명이 시원의 손을 잡고서 끌고 가기 시작했다. 도살장 소처럼 끌려가며 시원은 민숙과 그녀의 친구에게 소리쳤다.

"살려주세요. 저 진짜 못한다고요!"

하지만 무슨 소용이 있겠는가. 시원의 말에 꼼짝도 않고 방에 드러누워 스마트폰을 보며 키득거리는 두 사람은 이미 시원은 안중에도 없었다. 그 순간 시원은 자신을 여기까지 데리고 온 서재희가 진심으로 미웠다.

악몽 같은 한 시간이 흘러 9시가 조금 넘은 시각. 대강당에 모인 사람들은 전국 4H 회장의 강연을 엄숙하게 듣고 있었지만 시원은 강당에는 들어가지도 못한 채 유나의 지시대로 화장실에서 춤의 순서를 외우고 있었다.

처음에는 완전 포기상태였는데 춤을 가르쳐주던 유나가 이 정도도 못하냐며 약을 바짝 올리는 바람에 시원의 전의를 불타오르게 했다. 어차피 해야 하는 일이라면 열심히 하는 게 맞았다. 그러나 의욕이 충만해도 유나가 가르쳐준 각이라도 잡은 듯 딱딱 끊어지듯 골반을 이리저리 움직이는 춤은 쉽지 않았다. 그 와중에 머리를 손질하고 화장을 해야 했고, 반은 벗은 것과 마찬가지인 옷까지 갈아입어야 했으니 시간이 짧아도 너무 짧았다. 그에 비해 집에서부터 이미 준비를 끝낸 듯한 유나 외 두 명은 한가롭게 자리에 앉아 강연까지 듣고 있었다. 그러니 시원의 눈에 유나가 곱게 보일 리 없었다.

"뭐 하세요?"

갑자기 화장실 문이 벌컥 열리더니 한 여학생이 춤을 추다 멈칫한 시원을 이상한 눈초리로 물었다.

"그러게. 내가 지금 뭐 하는 짓인지 모르겠다."

나오는 건 한숨뿐이었다.

"너, 나 좀 살려주라."

지푸라기라도 잡는 심정으로 학생의 팔뚝을 움켜잡자 황당한 표정으로 시원의 옷차림과 스마트폰의 동영상을 본 학생은 금세 상황파악을 끝냈는지 애처로운 눈빛이 되었다.

"내가 춤은 처음인데 이렇게 어려운 춤을 나보고 추라니 이보다 황당한 일이 어디 있니? 차만 있으면 지금이라도 집에 가고 싶어, 난."

춤을 연습하는 동안에도 차만 있었더라면 벌써 도망가고 남았을 텐데. 차가 없는 것이 이렇게 아쉬울 수가 없었다.

"제가 가르쳐주면 언니는 뭐 해줄 거예요?"

"뭘 해주면 되는데?"

창피하지 않을 정도만 된다면 뭐든 해줄 자신이 있었다.

"내가 이거 가르쳐드릴 테니까 언니는 내일 보물찾기에서 내 보물 대신 찾아주기예요."

"보물? 알았어, 알았어. 가르쳐만 주면 보물이건 금은보화건 다 찾아줄게."

"콜."

그리하여 강연이 끝날 동안 선아에게서 특급 지도를 받은 덕에 시원은 각목 같던 몸에서 조금은 부드러운 연체동물이 되어가고 있었다.

재희 덕분에 해인사까지 와서 춤을 춰야 한다는 사실을 아는지 모르는지, 재희는 이 와중에도 열심히 사회를 보고 있었다.

"전국 4H 회장님 강연 잘 들으셨나요? 여기까지 먼 발걸음 해주신 회장님께 큰 박수 부탁드립니다."

박수를 받은 회장이 마지막 인사를 하고 무대 밖으로 내려왔다.

"자, 이제 오늘의 마지막 순서, 장기자랑 시간이 돌아왔습니다. 준비는 많이 하셨습니까?"

"네."

큰 소리와 함께 휘파람 소리가 여기저기에서 들려왔다.

"아, 사회자인 저도 기대가 되는데요? 일, 이, 삼 등에게 소정의 상품권이 주어진다는 거 아시죠? 누가 가지고 갈지 기대가 됩니다. 그럼 1조부터 시작하겠습니다. 1조 학생부 지팀 나와주세요."

그러자 학생부 남자팀들이 나와 예전에 한창 유행했던 개그 프로그램의 지역 사투리 대결을 패러디 해 관객들의 배꼽을 잡게 했다.

지, 덕, 노, 체 팀과, 가족팀 그리고 미혼인 남자팀과 미혼 여자

157

팀 일곱 개의 조로 나뉘어 있는 가운데 제일 마지막 조인 시원은 그때까지도 선아와 함께 맹렬히 연습에 몰두하고 있었다.

거의가 노래를 부르거나 개그 프로그램을 패러디 했는데 가족 팀에서 다문화 가정이 많다보니 한국인 신랑과 외국인 아내가 함께 트로트를 부르는 모습이 인상적이었다. 마지막 조인 7조만 유일하게 섹시 댄스였다.

드디어 순서가 돌아와 7조가 무대로 올라가자 의상만으로도 관객은 압도당했다. 7조는 노래가 흘러나오자 저마다 섹시하게 골반을 움직이기 시작했다.

왼쪽 가장 끝에서 머리를 풀고 배꼽티와 핫팬츠를 입은 시원을 본 재희의 입이 저도 모르게 쩍 벌어졌다. 짙은 화장에 몸매를 드러내는 배꼽티와 핫팬츠만으로도 깜짝 놀랄 판인데, 아담한 체구로 노래에 맞춰 섹시하게 춤을 추는 시원의 모습에 재희는 제 눈을 의심해야 했다. 늘 단정하고 청순한 이미지만 보여오던 그녀가 섹시한 춤이라니!

재희의 입에서 실소가 터져 나왔다. 인정하고 싶지 않지만 섹시했다. 그녀의 유혹에 지금 당장이라도 빠질 것처럼.

시원의 색다른 매력은 재희의 심장을 뛰게 만들었다. 다른 누구도 재희의 눈에 들어오지 않았다. 오직 시원만이 재희의 눈동자에 고스란히 담겼다.

유나의 선택은 대성공이었다. 춤을 추는 내내 휘파람 소리가 끊이지 않고 환호가 멈추지 않았다. 춤이 끝나고 앵코르가 터져 나올 정도로 압도적인 반응이 나왔지만 시원은 춤이 끝나자마자 옷부터 갈아입었다. 도저히 반은 벗은 듯한 옷을 계속 입고 있을 수가 없었다.

유나의 바람대로 1등을 차지한 7조는 농협 상품권 십만 원권을 상금으로 받을 수 있었다. 힘은 들었지만 선아의 가르침 덕분에 무사히 임무도 완수했고, 1등까지 하는 쾌거를 거두게 되어 시원은 나름대로 뿌듯하기도 했다. 그래서 여기까지 자신을 데리고 온 서재희와 자신의 약을 바짝 올렸던 정유나에게도 자비를 베풀기로 했다.

그날 밤 몸은 극도의 피로감에 아우성치는데 정신은 더욱 말짱해지는 것이 도저히 잠을 이룰 수가 없었다. 시원은 부스럭거리다 말고 방을 빠져나왔다. 밤이 참 고요했다. 풀벌레 소리와 개굴개굴 울어대는 개구리의 울음소리가 고요한 밤을 운치 있게 만들어주었다. 벤치를 찾아 앉은 시원이 가만히 풀벌레 소리에 귀를 기울이고 있는데 뒤에서 부스럭거리는 소리가 들렸다.

"안 자고 뭐 해요?"

가만히 혼자 벤치에 앉아 있는 시원의 모습을 발견한 재희가 잘 어울리던 정장 대신 편한 옷차림으로 그림자를 만들며 시원에게 다가왔다.

"잠이 안 와서요."

뒤를 돌아보던 시원은 재희의 뒤에서 함께 걸어오는 남자를 발견하고 벤치에서 몸을 일으켰다.

"인사해요. 우리 형이에요."

"안녕하세요, 장시원입니다."

우리 형이라는 말에 시원은 당황하며 퍼뜩 인사를 했다.

"안녕하세요, 서재민입니다."

재희만큼은 아니었지만 형의 목소리도 만만찮게 좋았다. 재희보다 키가 약간 작은데다, 호리호리한 재희보다도 조금 마른 체형이었다. 재희와 많이 닮긴 했지만 사람 좋게 생긴 재희와는 다르게 날카로운 인상이었다.

"난 이만 갈 테니 마무리 잘하고 와."

"알았어. 어두운데 조심해서 가. 도착하면 문자하고."

"자식, 누가 보면 내 마누란지 알겠다."

누가 보아도 다정한 형제의 모습이 외동으로 자란 시원에게는 다소 생소하게 다가왔다.

"그럼 다음에 뵙겠습니다."

"네, 안녕히 가세요."

재민이 시원에게 인사를 하고 자리를 떠났다. 그의 뒷모습이 보이지 않을 때까지 바라보던 재희가 그제야 벤치에 앉았다.

"형님분도 4H 회원이신가 봐요?"

"회원은 아니고 농업기술센터에서 연구개발 일을 하고 있어요. 이런 자리에 빠지지 않고 참석하는 게 형의 일이죠, 뭐."

"우애가 좋으신 것 같아요."

형의 모습이 보이지 않을 때까지 바라보며 서 있던 모습은 보통 형제 사이 같지는 않아 보였다.

"어릴 때는 형이랑 많이 싸우기도 했는데 대학 다닐 무렵부터 떨어져 지내다 보니 싸우던 시절도 그립더군요. 아버지가 돌아가신 후 남은 대학 생활을 무사히 마치게 해준 것도 형이었고, 고혈압과 당뇨로 고생하시던 어머니를 모신 것도 형이었죠. 늘 형이라는 이유로 묵묵히 집안의 큰일을 도맡아 했어요. 장남이란 하늘에서 내리는 거라고 하던데 우리 형이 딱 그래요."

재희의 말에서 형을 생각하는 마음이 고스란히 녹아났다.

"부럽네요."

눈이 마주치자 둘은 빙긋 웃었다.

"왜 안 자고 나왔어요?"

"집을 떠나 오니 잠이 안 오네요."

할머니가 돌아가신 후 밖에 나가서 잠을 잔 것은 손에 꼽을 정도였다. 경선의 집에서 새벽까지 놀다가도 잠은 꼭 집에서 잤던 시원이었다.

"4H 청년회장님은 안 자고 뭐 해요?"

"아, 들켜버렸군요."

말은 그렇게 하면서도 표정은 웃고 있었다.

"형 가는 거 보고 애들 걱정이 돼서 한 바퀴 돌아보고 자려고요."

"거기 어른 한 명씩 보초 서고 있잖아요."

학생들이 있다 보니 혹시라도 무슨 일이 있을지 몰라 어른들이 한 명씩 각 방에 들어가 함께 자고 있었다.

"그래도 혹시 모르잖아요."

두 사람은 한동안 말없이 풀벌레 소리를 들었다.

"저보다 잘생긴 총각 찾았어요?"

"그러고 보니 깜박해버렸네. 내일 찾아볼게요."

사실 재희만 한 기럭지와 인물은 없었다. 그래서 재희가 잠깐씩 혼자가 될 때마다 유나와 미영을 비롯한 처녀들이 재희에게로 몰려 환심을 사려고 아양을 떨었다.

"아까 말이에요. 그 춤."

"아, 네."

춤 이야기에 시원은 갑자기 쑥스러워졌다.

"의외였어요."

"나이 많은 언니 두 명이 먼저 빠지는 바람에 기회를 놓쳤어요. 춤 같은 거 처음 춰봤는데 창피해서 미칠 것 같았어요. 아까까지만 해도 여기까지 데려와 이렇게 내팽개친 재희 씨가 너무 얄미웠는데 자비를 베풀기로 했어요. 이왕 일어난 일 후회해도 소용없으니까."

재희가 소리 내어 웃었다.

"머리에 된장을 척 바르고 나타난 시원 씨, 물고랑에 빠져 허우적거리던 엉뚱한 모습도 보았고, 복어탕을 먹던 날 비즈니스 우먼으로서 회사 앞에 서 있던 당당한 모습도 보았고, 그 차림새로도 낡은 트럭에 서슴없이 오르던 소탈한 시원 씨의 모습도 보았죠. 그런데 오늘은 정말 의외였어요. 그런 시원 씨가 섹시 댄스라니. 예뻤어요. 신경 써주지 못해도 여기에 동화되어가는 모습도 보기 좋았고요."

진솔한 말에 시원은 멍하니 재희를 바라보았다. 예쁘다는 말이 예사롭지 않게 느껴지는 것은 시원의 착각일까?

"시원 씨에게 이런 면도 있구나 싶었어요."

재희가 시선을 마주치자 시원은 갑자기 가슴이 덜컹 내려앉는 것 같았다. 이 남자는 가끔 이렇게 만들곤 했다. 가슴이 철렁 내려앉는, 꼭 바이킹을 타는 듯한 기분을 느끼게끔 만들었다.

"시원 씨는 한 사람인데 늘 다른 사람을 만나는 것 같아요."

그 말은 오히려 시원이 해야 할 말이었다. 늘 새로운 모습을 보여주는 건 자신이 아니라 재희였다. 선 자리에서도, 마늘 밭에서도, 특히 도시남자를 연상케 하는 오늘이 제일 그랬다.

"별로 좋은 말 같지는 않은데요? 늘 한결같은 게 좋은 거 아닌가?"

"그런가요?"

두루뭉술한 대답의 끝을 알 수 없었다. 색다른 분위기가 좋다는 것인지, 한결같음이 좋다는 것인지.

"농촌이라 워낙 여자들이 귀하기도 하지만 시원 씨 아까 춤추는 거 보고 형님들이 소개시켜달라고 난리도 아니에요. 그래서 제가 관심 두고 있는 아가씨라고 말씀 드렸어요."

그게 무슨 말이냐는 듯 눈을 동그랗게 뜨자 재희가 웃으며 말했다.

"가족이 있는 형님들도 몇 명 있지만 총각들이 더 많아요. 농사를 짓는다는 것만으로 선입관을 갖고서 보니 결혼하기가 쉽지도 않고. 농촌에는 젊은 여자가 귀해요. 동남아 여성과 결혼을 하는 것도 그런 이유 때문이죠. 옛날보다는 농사꾼을 바라보는 시선이 좀 나아져서 제가 아는 형님 중에는 피아노 학원 선생님과 결혼한 분도 계시고, 또 간호사와 결혼한 분도 계세요. 시원 씨는 충분히 매력적이고 또 결혼 적령기의 아가씨라는 사실을 안 순간부터 미혼인 형님들은 시원 씨를 주시하고 있을 거예요. 여러 형님들이 시원 씨를 두고 싸우느니, 미리 제가 관심 있는 아가씨라고 해두면 섣불리 시원 씨에게 어쩌지 못할 거예요."

그런 깊은 뜻이 있으리라고는 생각지 못했다.

"하여간 이놈의 인기는 너무 많아도 탈이라니까."

시원의 농담조에 재희가 껄껄 웃었다.

"재희 씨도 만만치 않던데요? 농촌 총각치고 너무 인기가 좋은 거 아니에요? 재희 씨 좋아하는 친구들은 어떻게 하죠? 아까 보니 재희 씨만 졸졸 따라다니던데?"

"아, 그 생각을 못했네. 제가 한 인기 하죠?"

자아도취를 해대는 재희의 말에 이번엔 시원이 쿡쿡 웃었다.

"할 수 없이 시원 씨가 책임지셔야죠, 뭐. 저도 시원 씨 위해서 방어벽을 쳐뒀으니 시원 씨도 그렇게 해주세요."

시원은 농담으로 생각하겠지만 그 말은 농담을 가장한 재희의 진심이었다.

"그럼 잘생긴 총각 찾을 때까지만 서로 상부상조하죠."

"저보다 잘생긴 총각들 없다니까요? 제가 날짜 바꿔서 확실하게 문자를 보냈거든요."

"하하."

웃음이 터져 나왔다. 이 사람과 있으면 왜 이렇게 편한 마음이 되는 걸까?

"오빠야!"

고즈넉한 밤을 깨우는 목소리에 두 사람의 고개가 목소리의 주인공을 향해 돌아갔다.

유나였다. 편한 고무줄 바지에 티셔츠를 입은 시원과 달리 유나는 여전히 짧은 핫팬츠에 민소매 티를 입고 있었다.

"두 사람 여기에서 뭐 해?"

가늘게 뜬 눈으로 의심쩍다는 듯 물어오는 유나를 보며 재희가 벤치에서 일어섰다. 그러자 덥지도 않은지 유나는 어느새 팔짱을 끼며 재희에게 꼭 달라붙었다.

"왜 안 자고 나왔어?"

"진수 오빠가 맥주나 한잔 하재."

새초롬한 눈빛을 시원에게 마구 쏘아주는 유나의 손을 재희는 떼어냈다.

"내일 가야산 가야 하는데 술은 무슨 술."

"딱 한 잔인데 뭘."

"가서 자자. 시원 씨, 가죠."

재희의 말대로 잠은 오지 않았지만 피곤하기도 할뿐더러 내일 산행을 위해 휴식을 취하는 편이 좋을 것 같아 시원은 일어섰다.

"전 먼저 갈게요."

"네, 들어가요."

딱 한 잔만 하자며 재희를 붙들고 늘어지는 두 사람의 실랑이를 들으면서 시원은 자신의 숙소로 돌아왔다. 낯선 공간이어서인지, 같은 방을 쓰는 유나가 돌아오지 않아서인지 시원은 쉽사리 잠들지 못했다.

거의 뜬 눈으로 밤을 지새우다시피 한 시원은 아침밥을 먹자마자 운동장에 모인 회원들과 함께 가야산 등반을 시작했다. 아이가 있는 가족 회원과 배가 아프다는 민숙과 몸이 좋지 않다고 꾀병을 부리는 유나를 비롯한 몇몇이 빠지기는 했지만 시원은 어제 선아와 한 약속 때문에라도 선택의 여지가 없었다.

가는 중간 곳곳에서, 또 정상에서 보물들이 기다리고 있어 학생회원들은 보물을 찾으려고 신나게 올라가기 시작했지만 삼십 분쯤 지나자 지치기 시작하는지 서서히 뒤처지기 시작했다. 선아와 시원이 서로를 끌고 올라가고는 있었지만 보물은 도저히 눈에 띄어주질 않았다.

"너 보물은 찾아서 뭐 할래?"

헉헉거리며 시원이 물었다. 닦아도 닦아도 땀이 줄줄 흘렀다.

"문화상품권 적힌 보물 찾아내서 책 사고 싶어요."

"무슨 책이 그렇게 사고 싶은데?"

책을 사고 싶다는 선아의 말이 시원의 호기심을 자극했다.

"도서관에서 책을 읽었는데 그중에서 소장하고 싶은 책이 몇 권 있거든요. 특히 파트리크 쥐스킨트의 '향수'랑 '좀머 씨 이야기'요."

좀머 씨 이야기는 기억에 나지 않지만 향수라면 기억이 났다. 향수를 만드는 살인자의 이야기였는데 그 남자의 죽음이 너무 인상적이어서 시원의 머릿속에 남아 있었다.

"그냥 나한테 사달라고 하지 정상까지 올라가야 해? 넌 젊고 젊어서 어떨지 몰라도 삼십 대 초반인 나는 힘들다."

저도 모르게 어린 선아에게 엄살을 피우고 있었다. 산에 올랐던 적이 있었나 싶을 정도로 오랜만의 산행이었다. 이런 더위에 산행은 사람을 더욱 지치게 만들었다.

"보물은요, 원래 찾으러 떠나는 맛이거든요. 악당을 만나고 이런저런 일에 휩싸이다 결국 천신만고 끝에 보물을 찾아내는 진부한 스토리 있잖아요."

선아의 말에 시원은 웃어버렸다. 순수한 아이 같으면서도 아이 같지 않은 말을 하는 선아는 정말로 매력적인 소녀였다.

"야호!"

먼저 정상에 도착한 사람들이 야호를 외쳤다.

"그래, 보물은 찾으러 떠나는 맛이지. 가보자."

선아의 말에 힘을 낸 시원은 헉헉거리며 가야산을 올랐다. 먼저 산에 오른 사람이 보물을 다 찾아버린 것인지, 올라가는 길에 둘은 결국 보물을 찾지 못했다. 가야산은 정상이 가까워질수록 험한 산이었다. 이를 악물고 정상에 오른 두 사람은 땀을 닦아내며 야호를 외쳤다.

이렇게 무더운 여름날에 땀을 비 오듯 흘리며 이를 악물고 왔지만, 막상 정상에 서자 언제 힘이 들었냐는 듯 야호를 외치는 두 사람의 목소리에는 힘이 가득 차 있었다.

"야호!"

"야호!"

덤으로 메아리까지 들은 두 사람은 정상을 샅샅이 뒤지며 보물을 찾기 시작했다. 그러다 시원은 작은 돌멩이 밑에 있는 흰 종이 쪽지를 발견했다.

올레!

"심봤다!"

너무 기쁜 나머지 절로 튀어나온 소리에 모두 시원의 주위로 몰려들었다.

"문화상품권 오만 원. 시원 씨 제일 큰 산삼 캐셨네예."

참외 농사를 짓는다던 현우가 함께 기뻐해주자 시원은 현우와 하이파이브까지 나누며 기쁨에 동동거렸다.

"언니, 보물 찾았어요?"

시원의 소리에 저쪽에서 뛰어온 선아가 시원이 가지고 있는 보물을 보자 활짝 웃었다.

"천신만고 끝에 찾았다. 자, 받아."

그것을 넘겨주자 선아는 기뻐하면서도 미안한 표정을 지었다. 시원이 찾았지만 어제의 약속대로 보물의 주인은 선아였다.

"진짜 저 주셔도 돼요?"

"당연하지. 너 아니었음 나 죽어도 이 자리에 못 있었을 거야. 춤추다 쪽팔려서 벌써 집에 가고 없을걸?"

"그래도 이건 생각보다 더 큰 건데요?"

눈치 빠르고 약삭빠른 요즘 애들답지 않게 받아야 하나, 말아야 하나 고민하고 있는 선아의 머리를 쓰다듬으며 시원이 말했다.

"그럼 나한테도 '향수' 책 한 권 선물해줘."

"좋아요!"

"보물 하나 더 찾아볼까?"

필을 받은 시원은 다시 사방을 뒤지고 다니며 찾았지만 다음 보물은 결국 찾지 못했다.

산에서 내려오는 길에 학생부 남자 회원들이 더위에 계곡물에 뛰어드는 것을 보니 시원은 그들의 청춘이 부러웠다.

"뭘 그렇게 넋을 놓고 봐요?"

재희였다. 4H 청년회장이라 해야 할 일이 많은 재희는 아침을 먹을 때 잠깐 인사를 나눈 게 전부였다.

"전 저렇게 신나게 놀았던 적은 없었던 것 같아요. 지나고 나니 후회가 되네요. 저렇게 천진난만하게 놀 수 있는데 난 왜 인생을 그렇게 진지하게 살았나 몰라요."

밝고, 천진난만한 아이들의 모습은 지난날 애어른 같던 자신의 모습을 떠올리게 했다.

"다시 돌아가볼래요? 용돈 줄게요."

무슨 말인가 싶어 올려다보자 재희가 바지 주머니에서 하얀 종이쪽지를 내밀었다.

매점 이용권 삼천 원.

시원은 웃음을 터뜨렸다. 재희가 찾은 보물은 매점 이용권이었는지, 어서 받으라는 듯 시원의 코앞에 척 들이대는 모습이 나이답지 않게 귀여웠다.

"매점 가서 맛있는 거 실컷 사 먹어요."

"주는 거니까 받을게요. 근데 그거 알아요? 요즘 과자 값 완전 비싼 거? 실컷 사려면 이거 가지고는 턱도 없겠지만 일단 주는 거니까 받긴 할게요."

사양하지 않고 재희가 준 보물을 날름 받아 주머니에 쏙 넣었다. 그런 시원의 모습에 재희가 호탕하게 웃었다.

재희와 함께 물놀이가 끝난 아이들을 통솔하여 해인사로 내려와 함께 팔만대장경을 구경하고 사진을 찍었다. 이제 수련원으로 돌아가 점심을 먹고 남은 일정을 소화할 시간이었다.

내려가는 길이 올라가는 길보다 더 힘들었다. 다리가 부들부들 떨려 미끄러질 뻔한 시원을 재희와 선아가 잡아준 덕분에 간신히 창피스럽게 넘어지는 것은 면했다. 수련원으로 돌아와 점심을 먹으려고 줄을 서는데 유나가 재희를 불렀다.

"오빠야, 민숙이 언니 아무래도 병원 가봐야 할 것 같다. 자꾸 배가 아프다는데 아까는 똘똘 구불기까지 하더라."

유나의 말에 재희가 대꾸도 없이 급하게 민숙이 있는 방으로 뛰어가자, 걱정이 된 시원도 재희를 따라 쫓아갔다.

"누나, 어디가 아파요?"

"배가 아팠다가 안 아팠다가 미치겠데이. 아까는 똘똘 구불 정도로 아프디만은 또 지금은 개안타이가. 와 이카는지 모르겠다, 나도."

배를 잡고 모로 누워 있는 민숙의 말에 재희가 뭐라 말하기도 전에 시원이 민숙의 앞에 앉으며 말했다.

"바로 누워보세요."

"와?"

민숙이 어리둥절한 모습으로 시원을 바라보며 눈을 동그랗게 치켜떴다.

"언제부터 아팠어요? 메슥거리고 토하는 증상은 있었나요?"

"그저께부터 조금씩 아팠는데 메슥거리거나 토하진 않았고, 소화가 잘 안 되더라카이."

민숙이 똑바로 눕자 시원이 두 손을 모아 민숙의 우하복부를 눌렀다 뗐다. 아픈지 민숙이 얼굴을 찡그렸다.

"아파요?"

"그래, 아프다."

시원은 다시 민숙의 오른쪽 다리를 잡고 들어 올리며 돌렸다.

"아파요?"

"아프다 카이."

"옆으로 누워보세요."

시원의 말에 민숙이 옆으로 누웠다. 얼굴을 찌푸리면서도 민숙은 시원의 말대로 움직여주었다.

"의사도 아니면서 뭐 하는 거예요? 이럴 게 아니라 병원 가는 게 가장 빠르다니까, 언니야!"

지켜보고 있던 유나가 답답한 듯 짜증을 내며 말하자 옆으로 누웠던 민숙이 다시 바로 누우며 시원을 바라보았다.

"저 의사 면허 있어요. 그러니까 옆으로 누워봐요."

"니가 의사라꼬?"

민숙이 눈을 휘둥그렇게 뜨고 시원을 바라보자 시원은 웃으며 민숙의 등을 밀며 옆으로 눕혔다.

"언니 진짜 의사 맞아요? 거짓말이죠?"

유나의 물음에 대답하지 않고 시원은 옆으로 누운 민숙의 오른쪽 다리를 뒤로 틀었다.

"아프다, 야야."

"압빼(Appe), 급성충수염 같아요. 병원 가서 CT 찍어보고 맞다면 바로 수술해야 해요. 충수가 터지면 복막염으로 발전해 문제가 심각해지니까 빨리 병원에 가보는 게 좋겠어요. 혹시 밥 먹었어요?"

"소화가 잘 안 돼서 어제 저녁부터 굶었다이가."

"잘하셨어요. 재희 씨, 민숙 언니 빨리 병원에 데려가야 할 것 같아요."

"제가 가겠심더. 재희 야는 일이 많으이 제 차로 가는 게 낫겠심더."

언제 왔는지 덩치가 큰 우락부락하게 생긴 진수가 민숙을 일으

171

컸다.

"저도 같이 갈게요."

유나의 옆에 서 있던 미영이 자신의 짐과 민숙의 짐을 챙겨 함께 일어섰다.

"형님, 부탁 좀 드릴게요. 병원 가셔서 진단 받으시고 연락 한통 주십시오."

"오야, 알았다."

차까지 그들을 배웅했다. 차가 떠나자 유나가 못 믿겠다는 듯 시원의 팔을 붙들고 의심쩍은 눈길로 물었다.

"의사 면허 있다는 말 거짓말이죠?"

당돌한 유나의 말과 행동을 재희가 제지했지만 귀에 들어오지 않는지 유나는 여전히 시원의 팔을 놓지 않았다.

"유나 너, 그만해."

"웃기잖아. 지가 의사도 아니면서 잘난 척은."

예의 없는 말투에 시원은 유나의 팔을 뿌리쳤다.

"너, 또 말 함부로 한다?"

재희가 나무라자 유나는 기분이 상한 듯 입을 삐죽였다.

"저 의대 나왔어요. 의사 면허도 있고요. 비록 전문의는 되지 못했지만 일반의로 지금이라도 개업은 가능해요. 그럴 생각은 전혀 없지만요. 이제 됐어요?"

시원의 말에도 불구하고 유나는 못 믿겠다는 얼굴로 서 있었다. 시원은 개의치 않고 점심을 먹으러 식당으로 들어갔다.

식당에서 나오는 길에 입술을 잘근잘근 씹으며 기다리고 있던 유나가 또다시 시원의 손을 잡아끌었다.

"잠깐 저 좀 봐요."

막무가내였다.

"무슨 일이에요?"

식당 뒤까지 시원을 끌고 간 유나가 그제야 시원의 손목을 놓았다.

"재희 오빠랑 무슨 사이예요?"

뜬금없는 물음에 시원은 어리둥절한 표정으로 유나를 바라보았다. 버릇없는 유나의 태도에 시원의 기분이 점점 상하고 있다는 것도 모른 채 유나는 또 따지듯 물었다.

"재희 오빠가 언니한테 관심 있다고 했다던데, 둘이 사귀어요?"

비로소 어젯밤 시원에게 눈독 들이는 형님들 때문에 재희가 시원에게 관심이 있는 거라고 말해뒀다는 말이 떠올랐다.

"안 사귀어요."

"정말 안 사귀는 거 맞죠?"

"네. 재희 씨가 저한테 관심 있다고 했지, 사귄다고 하던가요?"

"아니요."

"그러니까 사귀는 사이는 아니에요."

그녀가 재희를 좋아하고 있다는 걸 처음 본 순간 알 수 있었다. 유나가 당돌하고 삐딱하게만 나오지 않았어도 그런 사이가 전혀 아니라고 해명했을 텐데, 자꾸 이렇게만 구는 유나가 얄미워 굳이 변명도, 해명도 하지 않았다. 하지만 솔직한 대답이었다. 사귀는 사이가 아닌 건 확실하니까.

"언니, 재희 오빠랑 앞으로도 안 사귈 거죠?"

173

심문하는 것도 아니고 유나가 팔짱까지 끼고 말하는 태도가 또한 번 못마땅했다. 스물일곱 살이면 한참까지는 아니어도 시원보다 다섯 살이나 어린 아가씨였다. 어린 아가씨에게 이런 심문을 당해야 하다니, 자신의 처지가 모자라 보이기까지 했다.

"그것까지 유나 씨에게 말해야 하나요?"

"재희 오빠 제가 찍었어요. 그러니까 절대 사귀면 안 되는 거예요. 오빠가 좋다고 해도 받아주지 마세요. 그건 명백한 배신이라고요."

하, 명백한 배신이라니!

"유나 씨, 배신이라는 건 서로 믿음이 있는 상태에서나 가능한 말 아닌가요? 그런 말은 재희 씨한테 해야 하는 말 같네요."

"언니는 오빠보다 나이도 더 많잖아요. 오빠 그냥 동생처럼 생각해주세요."

시원의 짜증스러운 말투에 아까까지만 해도 당당하던 유나는 어디로 간 것인지 이젠 부탁조였다.

"유나 씨 행동 너무 비겁하다는 거 알아요? 재희 씨가 저한테 관심이 있다고 한 거지, 제가 관심 있다고 말한 게 아니잖아요."

원하는 답이 아니었는지 시원을 노려보며 더 이상 말을 하지 못하는 유나를 두고 시원은 그 자리를 벗어났다. 아무 생각 없는 한 남자를 두고 아웅다웅하는 모습이 어쩐지 바보 같아 보였다.

더위에도 불구하고 일정은 계속되었다. 학생부 회원들과 압화로 열쇠 고리 만들기 체험을 한 후에야 끝이 났다. 폐회식을 한 후 짐을 꾸려 나오자 전세버스가 그들을 기다리고 있었다.

"언니, 문자할게요."

학생 대열에 끼어 있던 선아가 시원을 발견하고 쪼르르 쫓아왔다.

"그래. 방학 잘 보내!"

선아와 연락처를 주고받은 후, 내키지 않았지만 시원은 재희의 차 뒷좌석에 탔다.

"앞에 타요."

재희가 뒷문을 열며 말했다.

"유나 씨 타야죠."

"버스 태워 보냈어요."

짐은 그대로 둔 채 조수석에 앉자 재희가 문을 닫은 후 운전석에 앉았다.

"유나 때문에 기분 상했죠?"

"조금 그러네요."

아니라는 말이 나오지 않은 건 그만큼 시원이 기분이 상했다는 거였다.

"친구 동생이라 까불어도 귀엽다고 그냥 뒀더니 조금 제멋대로인 면이 있어요. 그래도 착한 애니까 오해하진 마세요."

유나를 두둔해주는 재희의 말이 시원에게는 변호해주는 말로만 들려 서운했다.

"우리 서로 방어벽 쳐주기로 한 거 그만해요. 유나 씨까지 오해하고 있던데 저 때문이라면 전 괜찮아요."

막무가내로 끌고만 가던 어린 아가씨에게 다시 오해받고 싶지 않았다.

"알겠어요."

바로 들려온 재희의 대답이 시원이 원하는 대답임에도 불구하고 실망감이 몰려들었다. 그 순간 비로소 시원은 깨달았다. 자신이 재희에게 조금은 특별한 존재로 느껴지길 바란다는 사실을. 이 사람은 원래부터가 모든 사람을 시원을 대하듯 하는 사람인데, 편하고 말이 잘 통한다는 이유로 조금은 자신을 특별하게 생각해주길 바랐다. 사람에게 정을 준 것이 참 오랜만이었지만 당장이라도 이 감정을 칼같이 끊어내야겠다는 생각을 하며 시원은 창 밖을 빤히 바라보았다.

"진수 형님 전화 왔는데 급성 충수염이 맞대요. 수술할 거래요."

두 사람 사이에 흐르는 어색한 침묵을 깬 건 재희였다.

"다행이에요."

"왜요?"

"맹장이라고 판단하고 개복 수술을 했는데 정상적인 충수를 보는 일도 생기거든요. 그럴 땐 뜻하지 않게 돌팔이 의사가 되어버리는 경우가 생겨요. 처음엔 메슥거리고 체한 증상 때문에 소화제를 처방하는 의사도 있고, 충수염인 줄 알고 개복 수술을 했는데 장간막 임파선염이나 대장암인 경우도 있어요. 충수염이 맞다니 돌팔이는 면해서 다행이에요."

충수염을 쉽게 판단하고 수술하는 것 같아도 뭐든 쉬운 일은 없는 것이다.

"사실 저도 깜짝 놀랐어요. 시원 씨가 의사라니."

"인턴 하다가 그만뒀어요. 할머니가 돌아가셨거든요."

"방황했군요."

방황이라기보다는 정신을 놓았다는 게 정확했다. 그때의 일을 이야기하려던 시원은 입을 닫았다. 특별한 감정의 끈을 칼같이 정리해야겠다고 생각한 게 불과 몇 분 전이었다.

"저 좀 잘게요. 도착하면 깨워줘요."

"네."

시원의 대답을 기다리던 재희는 말을 끊어버리고 눈을 감는 시원을 보며 실망감을 느꼈다. 유나의 버릇없는 행동 이후로 시원이 자신을 피하고 있다는 생각을 지울 수가 없었다. 재희의 차를 타고 가겠다는 유나를 억지로 버스에 태워 보낸 것은 시원과 도란도란 이야기를 나누며 집으로 가고 싶은 바람 때문이었다.

시원을 보자마자 호기심을 보이는 형님들에게 자신이 관심 있는 여자라고 한 것은 시원을 위한 방어벽이기보다는 자신을 위한 방어벽이었다. 그냥 자신만 지켜볼 것을 시원과 함께 하고픈 마음에 데리고 와 괜히 힘들게 만든 것은 아닌지 후회하던 중이었다. 그런데 그 방어벽조차 없애라니……. 그녀가 원하는 대로 대답은 그렇게 하겠다고 했지만 재희는 전혀 그럴 생각이 없었다.

알고 싶었다. 이 여자의 모든 것을. 왜 의사를 그만두고 된장녀가 되었는지 전처럼 스스럼없이 말해주길 기다렸다. 하지만 입도, 눈도 닫아버리는 시원을 보며 재희는 본능적으로 그녀가 자신에게서 멀어지려 한다는 것을 알 수 있었다.

처음부터 눈에 박힌 여자였다. 그래, 끊임없이 이 여자를 생각하고, 보고 싶고, 전화를 하고 싶은 마음. 인정하자.

나 서재희는 된장녀 장시원을 좋아하는 것 같다.

아니, 좋아한다!

재희의 그런 마음도 모른 채 시원은, 직원들이 번갈아 여름휴
가를 가게 되어 바쁘다는 핑계로 될 수 있으면 재희와의 소통을
차단하며 지내던 차에, 민숙의 연락을 받고 나간 자리에서 오랜
만에 그를 만날 수 있었다.

"오랜만이데이."

"안녕하세요. 수술하셨다면서요? 건강은 어때요?"

술집으로 들어가자마자 민숙이 먼저 반갑게 아는 척을 해왔다.

"수술하고 아파가 움직이도 못했는데 지금은 다 나았다이가.
어서 앉아라. 같이 맥주 한잔 하자."

4H 하계 수련교육에서 장기자랑으로 받은 상품권 십만 원으로
7조의 회식이 있다고 민숙이 어서 나오라고 해서 나온 자리였다.
민숙의 부탁을 거절하기가 뭣해서 7조 사람들만 모이는 자리인
줄 알고 나왔더니 민숙을 병원으로 데리고 간, 덩치가 큰 우락부
락하게 생긴 진수와 참외 농사를 짓는다던 현우, 그리고 재희까
지 나와 함께 술을 마시고 있었다.

"왔어요? 여기 앉아요."

끝자리에 앉아 있던 재희가 자신의 옆자리를 톡톡 치자 유나의
눈길이 사나워지는 것이 느껴졌다. 그 눈길에 시원은 현우 옆의
빈자리에 앉아서 민숙이 따라주는 술을 받았다. 머쓱해진 재희가
실망한 손을 거두어 들이는 것을 모른 채.

"이제 다 모인 것 같으니 건배나 하입시다."

민숙의 말에 모두들 잔을 들었다.

"민숙 씨의 빠른 쾌유를 위하여!"

"진수 오빠, 그건 아니잖아요. 그래도 여기 나온 건 우리 조 회식 때문인데."

미영이 태클을 걸자 현우가 중재에 나섰다.

"뭐든 어떻노. 이래 만나가 얼굴 보고 신나게 놀면 그만이지. 자, 위하여!"

"위하여!"

술잔을 내려놓자마자 민숙이 기다린 것처럼 다시 시원의 술잔에 술을 따라주었다.

"고맙데이, 덕분에 병원 가서 바로 수술 안 했나."

"맞습니데이, 덕분에 우리 민숙 씨 고생도 마이 안 하고 다행이지예. 시원 씨가 의사라니 재희가 사람 보는 눈 하나는 있다 카이."

갑자기 우리 민숙 씨라는 진수의 말이 나오며 둘의 관계에서 깨소금 냄새가 슬슬 나기 시작했다.

"별말씀을요."

"시원 씨 콩 농사 하신다면서요?"

옆에 있던 현우가 아는 척을 해왔다.

"네."

"이제 제법 컸을 낀데 순은 잘라줬는교?"

"순을 잘라줘야 하나요?"

그냥 열매를 맺기만 기다리는 게 아니었던 모양이었다. 가끔 콩 밭에 가서 잡초를 뽑기는 했지만 순 칠 생각은 전혀 못 하고 있었다.

"그것도 몰랐는교. 안 잘라줘도 되는데 순을 잘라줘야 열매도 더 많이 맺는데."

"아, 그렇군요. 농사가 처음이라 몰랐어요."

"그럴 줄 알고 물어봤으예. 모르는 거 있으면 우리한테 물어보이소. 우리가 모르는 것 빼고 물심양면으로다가 가르쳐드릴께예."

"고맙습니다."

"니가 안 가르쳐줘도 재희가 다 가르쳐준다. 안 그렇나, 재희야?"

진수의 말에 재희는 말없이 웃었다.

"에이, 형님도 민숙이 누나랑 사귀고, 재희도 시원 씨랑 사귄다고 재는 깁니꺼. 애인 없는 사람 서러워서 몬 살겠네. 유나야, 우리도 어떻노?"

현우의 말에 당황한 시원은 마시고 있던 맥주를 뿜어낼 뻔했다. 시원과는 다르게 사귄다는 말에도 재희는 전혀 동요가 없는 모습이었다.

"재희 오빠야가 왜 언니랑 사귀는데! 아니거든!"

당사자인 시원과 재희보다 유나가 펄쩍 뛰다시피 했다.

"재희가 시원 씨한테 관심 있다 카면 그걸로 게임 끝이지."

"관심 있음 다 사귀나? 나도 재희 오빠야한테 관심 있은 지가 언젠데. 그럼 오빠야랑 나는 사귀어도 벌써 사귀었겠다."

유나가 눈에 쌍심지를 켜고 현우에게 대들었다.

"야, 니하고는 차원이 다르지."

"뭐가 다른데. 그카고 재희 오빠가 저 언니보다 더 어리다."

두 사람의 공방에 시원은 아니라는 말도 하지 못한 채 멍청하게 두 사람을 바라보았다.

"요즘 세상에 한 살 어린 건 어린 축에도 못 끼는 거 모르나?"

"어린 건 어린 거지, 어린 축에도 못 끼는 건 또 뭔데?"

두 사람의 이야기를 현우와 유나가 나서 아옹다옹하자 시원은 이 자리가 더 어색해졌다.

"시끄럽다마. 둘 다 그만 안 하나."

민숙이 나서주어 두 사람의 대립이 끝이 났다.

자리를 파하고 나오자마자 유나가 재희의 팔에 찰싹 달라붙었다.

"오빠야, 집에 데려다 줄 거지?"

"재희는 시원 씨 데려다 줘야지, 야가 무슨 소리 하노. 니는 내가 데려다 줄게. 어서 가자."

현우의 말에 유나가 또다시 기겁을 하며 소리를 빽 질렀다.

"오빠야는 자꾸 왜 그라는데!"

"내가 왜!"

"현우 형 말대로 해. 난 시원 씨 데려다 줘야 해."

재희의 말에 유나가 입을 벌리며 어버버거렸고, 현우는 승자의 웃음을 지었다.

"시원아, 잘 가래이. 다음 주 봉사활동 때 보자이."

유나와 현우의 모습에 혀를 차던 민숙이 시원에게 인사했다.

"네, 안녕히 가세요."

"다들 들어가자이."

"네. 형님, 안녕히 가세요."

민숙이 진수와 함께 사라지고 모두 뿔뿔이 흩어지기 시작했다.

"저도 이만 가볼게요."

먼저 가려고 인사를 하는 시원을 재희가 붙잡았다.

"같이 가요."

시원의 팔목을 붙잡은 재희를 보며 믿겨지지 않는 듯 유나가 소리를 질렀다.

"오빠야! 진짜 그냥 가나?"

"니 자꾸 재희한테 그칼래? 니 때문에 시원 씨가 재희 싫타 카면 그 감당 우예 할라고 그카노."

"오빠가 무슨 상관인데!"

다시 둘의 실랑이가 시작되자 재희가 고개를 흔들며 앞서 걸었다.

"저 혼자 가면 돼요."

시원의 말을 듣지 못한 사람처럼 재희는 말없이 걸었다. 재희에게 붙잡힌 손목 덕분에 내키지 않는 얼굴로 시원은 재희를 따라갔다.

"사실대로 이야기하지 왜 그래요?"

두 사람의 문제를 다른 사람이 나서서 왈가왈부하는 것이 못마땅했다. 이번에도 시원의 대답을 못 들은 척 재희는 묵묵히 걸었다.

"사실대로 이야기 안 했어요?"

해인사에서 돌아오던 날 서로의 방어벽을 해제하기로 해놓고 아직까지 회원들이 그렇게 알고 있는 이유가 궁금했다.

"사실이 뭔데요?"

그제야 걸음을 멈추고 머리를 쓸어 올리며 말하는 재희의 음성에 시원의 가슴이 다시 쿵 내려앉았다. 이런 상황에서도 머리를 쓸어 올리는 그 손짓이 멋져 보이기만 했다.

"서로 방어벽 쳐주는 거 그만하기로 했잖아요."

재희의 낮은 한숨소리.

"시원 씬 정말 그러고 싶어요?"

"네?"

무슨 소리냐는 듯 시원은 재희를 올려다보며 물었다.

"그럴 수가 없었어요."

"네?"

"저, 시원 씨한테 관심 있는 거 사실이니까 굳이 변명하지 않아도 된다고요."

"네?"

아니, 이 남자는 관심 있다는 말도 마치 안녕하세요, 라고 말하듯 아무렇지 않게 내뱉었다. 그럼에도 불구하고 시원의 가슴이 휘모리장단이라도 치는 듯 쿵쾅거리기 시작했다.

"된장 바르고 선 자리에 나왔을 땐 별 된장녀도 다 있다고 생각했어요. 논으로 은호 형님과 찾아왔을 때 인연이라는 생각이 들었고요. 물고랑에 빠진 시원 씨조차도 예쁘게 보였으니까. 돈 있어 땅이나 사는 한량인 줄 알았는데 열정을 가지고 살아가는 당신이 참 예뻐 보였어요. 사실 제 눈에는 처음 본 순간부터 예뻐 보이긴 했지만요. 최근 시원 씨만큼 절 웃게 하는 사람은 없었어요. 당신이 볼수록 더 예뻐 보이고, 자꾸 보고 싶은 건 시원 씨를 좋아하는 감정 이상이니까 다른 사람에게 아니라고 말하지도 못

하겠더라고요. 시원 씨 보자마자 하이에나처럼 달려드는 형님들 때문에 솔직하게 말한 것뿐이에요."

갑작스런 재희의 폭풍 고백에 이번엔 바이킹이라도 탄 듯 가슴이 빠르게 뛰다 오그라드는 것을 반복하며 슬쩍 어지러움까지 느꼈다.

"그런데 제 전화도 안 받고 피하는 거 보니 시원 씨는 그 마음이 아닌 것 같고, 요즘 시원 씨 때문에 좀 심란하긴 하네요. 아까 제 옆에 앉으라니까 현우 형 옆에 앉은 것도 일부러 그런 거죠?"

물음에 대답도 하지 못하고 멍청하게 서 있는 시원에게 재희가 또다시 물었다.

"그동안 저 피한 거 맞죠?"

그제야 재희의 눈을 피하며 시원은 고개를 끄덕였다.

"왜 그랬어요?"

"제가 재희 씨와 유나 씨 사이를 방해하는 건 아닌가 해서요."

"유나가 왜요? 그 앤 동생 같은 애인데. 현우 형이 유나를 좋아해요."

아, 괜히 현우가 재희에게서 유나를 떼어놓으려는 것은 아니었구나.

"가요, 늦었어요."

아까 폭풍 고백을 한 사람이 맞는지 재희가 등을 돌리며 걸었다. 멍하니 그 걸음을 쫓아가자 재희가 시원의 보폭에 걸음을 맞춰주었다. 어느새 두 사람은 가로등이 비춰주는 길을 나란히 걷고 있었다.

"진수 형님, 민숙이 누나 좋아한 지 꽤 오래됐어요. 누나 저래 보여도 꽤 눈이 높았는데 결국은 넘어가네요. 둘이 덩치도 비슷한 게 잘 어울리지 않아요?"

시원이 고개를 끄덕였다. 한 덩치씩 하는 외모도 그랬지만 동그란 얼굴 생김새도 비슷했다.

"시원 씨는 언제쯤 넘어와줄 거예요?"

재희가 아무렇지도 않게 물으면서 역시 아무렇지도 않게 시원의 손을 잡아오자 심장이 벌컥 튀어나올 것처럼 벌렁거렸다.

이 사람 진짜 선수 아냐?

시원의 손을 잡고 조용히 걷기만 하던 재희는 무슨 말을 해야 할지 몰라 주저하는 시원의 앞을 막아서고 내려다보았다. 가로등을 등지고 선 탓에 재희의 얼굴이 잘 보이지 않았다.

"고민 많이 했어요. 나 같은 사람이 시원 씨를 좋아해도 되나. 시원 씨 직업과 능력에 비하면 농사꾼인 전 보잘것없다는 거 알아요."

마주친 시선을 떨구는 재희의 모습에서 의기소침함이 묻어났지만 그것도 잠시, 재희는 다시 고개를 들어 시원과 눈을 마주쳐 왔다.

"하지만 저, 나름대로 돈 많이 벌어요. 수박 농사만 해도 웬만한 월급쟁이 연봉보다 낫고요, 마늘 농사도 짓죠, 거기다 트랙터로 남의 집 일 해주는 돈까지 꽤 벌어요. 원한다면 더 벌어다 줄 수도 있어요. 농촌 신흥재벌이란 말 들어봤어요? 전에 일하던 직장에서 벌어놓은 돈도 좀 있고요. 집도 있고 차도 있어요. 이만하면 나름대로 괜찮은 조건 아닌가요?"

아까와는 다르게 진지한 재희의 음성에 시원은 그만 웃어버리

185

고 말았다. 좋아한다는 고백은 아무렇지도 않게 하면서 돈 잘 번다는 고백은 이렇게도 진지하게 하니, 쿵쾅거리던 마음이 비로소 안정을 찾으며 시원을 웃게 만들었다. 아무렇지 않게 좋아한다고 했지만 정작 마음은 새빨갛게 타고 있었던 듯 시원의 환심을 사기 위해 돈 잘 번다는 고백까지 서슴지 않는 이 남자가 오히려 귀여워 보이기까지 했다.

재희에게 향하는 마음을 잡아보려 애쓴 몇 주가 수포로 돌아가 버렸다. 대화가 잘 통하던 사람, 그래서 정이 가던 사람. 이것을 좋아한다는 것으로 정의 내릴 수는 없지만 재희의 고백은 그동안 복잡했던 시원의 마음을 깨끗하게 정리해주었다.

"웃지만 말고 말 좀 해봐요. 아, 진짜 이럴 땐 정말 사랑도 과학이었으면 좋겠네요."

이 남자가 실망스런 표정을 지은 건 처음이었다.

"재희 씨 조건을 저울질한 적은 없어요. 자기 일을 즐기며 노력할 줄 아는 모습은 충분히 매력적이에요. 연매출이 억이 넘지만 아직 갚아야 할 대출이 얼마인지 안다면 재희 씨와 저, 비교도 안 되는 조건일지도 몰라요. 하지만 그런 것보다 중요한 건 제가 재희 씨에게 느끼는 확신이에요. 아직은 모르겠어요. 그 확신이 반듯하게 자리 잡고 있는지."

오랜만에 느끼는 낯선 감정이니만큼 신중하고 싶었다. 덜컥 이 사람과 연애를 시작했다가 이별하게 된다면 서로에게 마이너스로 작용할 것이 먼저 염려가 되고 걱정도 되었다.

"기다릴게요. 확신이 설 때까지. 대신 무조건 긍정적으로 생각해야 해요!"

"네."

재희가 마음에 드는 대답이라는 듯 시원의 머리를 쓰다듬었다.

"들어가요."

"네."

시원이 집으로 들어가고 잠시 후 그녀의 방에 불이 들어왔다.

전혀 조급하지 않던 마음이 시원에게 대놓고 고백을 하자마자 조급해지기 시작했다.

그녀가 재희의 전화와 문자를 피하던 지난 몇 주 동안은 일이 손에 잡히지 않았다. 이대로 시원과 멀어지게 될까 덜컥 겁이 났다. 오랜만에 보는 얼굴임에도 반가운 기색 없이 현우의 옆에 앉아 재잘거리는 모습에 재희는 애꿎은 맥주만 마셔댔다.

계급사회가 주는 환멸에 갈등하다 결국 사직서를 내고 고향으로 내려온 것이 처음으로 후회가 되었다. 하지만 농사를 지으며 부끄럽다는 생각을 해본 적이 없기에 오히려 당당할 수 있었다. 그 당당함을 시원은 받아주었고 긍정적으로 생각한다고 했으니 조급하게 생각하지 말고 기다려야 했다.

재희는 시원의 긍정적인 마음을 믿고 기다려보기로 했다.

- 잘 자요. -

아직은 말로 하면 서로가 부담스러울 수 있는 말. 그래서 아직은 잘 자라는 말을 문자로밖에 표현할 수 없었다.

- 네, 조심해서 가요. -

그녀의 답장이 긍정에 한 발자국 가까워진 듯 느껴져 재희는 환하게 불이 켜진 시원의 방을 올려다보며 미소를 지었다.

"시원 씨, 참 먹고 해요."

콩 밭에서 순을 치고 있는데 언제 온 것인지 재희가 손을 흔들며 시원을 불렀다. 아침에 문자로 뭘 할 거냐고 묻기에 콩 밭에서 순을 칠 거라고 문자를 했었다.

재희와의 긍정적인 확신을 기다리는 동안, 계절이 바뀌었다. 후끈한 여름의 열기가 점점 사라지며 선선한 가을이 다가오고 있었다.

"온다는 말도 없이 웬일이에요?"

불쑥 찾아온 재희가 반가워 시원은 저도 모르게 눈웃음을 지었다.

"일찍 와서 도와주고 싶었는데 농업기술센터에서 교육이 있어 다녀오는 길이에요. 혼자 언제 다 하려고 그래요?"

"쉬엄쉬엄 하면 돼요."

"추수철 시작되면 도와주고 싶어도 못 도와줘요. 내가 도와준다고 할 때 많이 부려먹어요. 나 점수도 딸 겸."

아이처럼 배시시 웃는 재희 때문에 또 웃음이 터졌다.

"어젠 선아랑 데이트 잘했어요?"

어제 데이트를 하자는 재희의 문자를 매몰차게 거절했다. 선아와 선약이 있는 상태였기 때문에 어쩔 수가 없었는데 그것 때문에 아직도 삐친 듯 재희가 입을 쭉 내밀며 물었다.

"네, 만나서 책도 선물받고 오랜만에 떡볶이랑 팥빙수도 먹었어요."

"떡볶이랑 팥빙수 내가 사줄 수 있는데 같이 가자니까."

같이 가자는 재희를 억지로 떼어놓고 가서 그런지 선아와 저녁을 먹으며 재희가 마음에 걸리긴 했다. 하지만 여고생의 재잘거림을 들으며 함께 수다를 떠는 것은 무척 즐거운 일이었다.

"이렇게 밭에서 데이트 하는 것도 나쁘진 않네요."

데이트라는 말에 시원이 눈을 동그랗게 뜨고 물었다.

"에? 이게 데이트라고요?"

"데이트란 게 꼭 영화 보고 밥 먹고 차 마시는 것만은 아니잖아요. 콩 순 자르면서 하는 데이트, 낭만적이지 않아요?"

아니, 도대체 뭐가 낭만적이라는 건지! 그럼에도 웃음이 터져 나왔다.

"낭만적이진 않지만 지겨울 것 같지도 않네요."

재희가 시원한 물을 주자 그녀는 밀짚모자를 벗고 물을 받아 마셨다.

"왜 그렇게 봐요?"

"예뻐서요. 시원 씨랑 함께 있다는 것만으로 전 낭만적이라 생각해요."

시원에게 폭풍 고백을 한 후로 재희는 달달한 말들을 서슴지 않고 내뱉어 틈만 나면 시원의 피부를 닭살로 만들어주었다. 밀짚모자를 쓰고 작업복을 입은 시원에게 예쁘다는 말을 아무렇지도 않게 하는 재희의 눈에는 분명 커다란 콩깍지가 쓰인 게 틀림없었다.

"콩 타작할 때 재희 씨 눈에 쓰인 콩깍지 떼줄게요."

"콩깍지가 너무 단단해서 힘들걸요."

이 남자, 시원의 심장을 떨리게 하는 탁월한 재주를 가진 남자였다.

초록의 콩 밭에서 도란도란 이야기를 나누며 순을 치는 두 남녀의 모습이 가을빛 속에서 빛나고 있었다.

아직은 시원의 감정에 확신이 서기까지 묵묵히 기다려주는 인내심 강한 재희였다. 조급하게 조르지 않는 대신 시간이 날 때마다 시원을 찾아와 시간을 함께 보내려고 노력했다. 눈에서 멀어지면 마음도 멀어진다나? 틈만 나면 보고 싶다고 했고, 예쁘다고 했다. 진심이라는 걸 알면서도 시원은 곱게 재희를 흘겨주었다.

추석과 추수철이 다가오기 전 4H에서 주최한 가을의 마지막 봉사활동은 독거노인을 찾아가 이동 목욕차로 목욕을 시켜드리고 집안 청소와 미리 준비한 반찬을 전달하는 것이었다. 이번에 처음으로 3킬로그램짜리 된장을 독거노인들에게 기부하게 되어 시원에게는 더 의미가 있는 봉사활동이었다.

봉사활동이 생각보다 일찍 끝이 나고 진수가 다리 밑에서 고기나 구워 먹자고 했지만, 재희는 자꾸 시비를 거는 유나 때문에 시원을 데리고 나와 대구로 향했다.

"어디 가요?"

고속도로로 차를 진입시키는 것을 보고 시원이 물었다.

"어디 가고 싶은 곳 없어요?"

갑자기 물어오니 생각이 나지 않기도 했지만 늘 회사가 아니면 도서관이나 서점이었던 일상이었기에 떠오르는 것이 없었다.

"영화나 봐요. 남들이 다 하는 데이트도 가끔은 해야죠."

문화시설이 갖추어져 있지 않은 고령에서 살다 보니 만나면 드라이브를 하고 저녁을 먹고 헤어지는 것 외에는 딱히 할 일이 없었다. 영화관을 가보는 게 몇 년 만인지…….

재희가 고른 영화는 재미있었다. 영화를 보고 난 후 근처에서 저녁을 먹고 재희와 광장코아 거리로 들어서자 시내도 아닌데 나름대로 도시를 방불케 하는 사람들의 거리라 꽤 놀라웠다.

"여기가 원래 이렇게 번화가였던가요?"

"예전에는 영화를 보려고 시내로 사람들이 많이 몰렸지만 요즘은 멀티플렉스가 곳곳에 생기다 보니 굳이 시내까지 나가지 않죠."

조용한 고령과는 다르게 사람들로 복잡한 거리를 보는 것도 꽤 재미가 있었다.

"아, 괜히 데리고 왔네. 밖은 그만 보고 이제 나도 좀 봐줘요."

카페에 들어온 뒤부터 내내 지나가는 사람들을 구경하는 시원에게 재희가 자신을 좀 봐달라며 마치 어린아이처럼 떼를 쓰자 시원은 소리 내어 웃고 말았다.

"내일 뭐 할 거예요?"

"별일 없음 도서관에 가려고요."

묻지 않아도 회사와 집 그리고 주말엔 도서관이라는 일과를 재희도 알고 있었다.

"내일도 나랑 놀러 가요."

"어딜요?"

"그냥 가까운 곳으로 가죠, 뭐."

"좋아요."

달달한 생크림이 곱게 얹혀 있는 커피를 사이에 두고 두 사람
은 마주보며 웃었다.

가깝다고 했지만 청도는 고령에서 썩 가까운 거리는 아니었다.

재희의 차로 청도로 가는 길, 감으로 유명한 청도답게 빨갛게
익은 감이 주렁주렁 달려 있었고 다른 곳과는 다르게 가로수도
감나무여서 장관을 이루고 있었다.

후드 티에 청바지를 입고 야구 모자를 눌러쓴 재희는 오늘도
시원에게 색다른 매력을 보여주고 있었다. 선글라스를 쓰고 운전
하는 모습은 그렇잖아도 두근거리는 심장에 기름을 쏟아 부었다.

예전에 유명했던 한 개그맨이 한다는 레스토랑에서 파스타와
피자를 먹고 난 후 재희가 데리고 간 곳은 청도의 와인터널이었
다. 열차 터널을 카페로 만들어 청도 특산품인 감으로 빚은 와인
을 팔고 있는 곳이었다.

"너무 예쁜데요?"

"저도 처음 오는데 볼 만하네요."

병마다 사연이 적힌 와인 병들이 빽빽이 들어서 있는 것이 인
상적이었다. 주말이라 사람이 많았지만 한쪽 구석에 겨우 자리를
잡은 그들은 감 와인을 맛보았다. 투명한 잔이 부딪치고 두 사람
은 서로의 눈을 바라보며 와인을 마셨다.

"어때요?"

"맛있어요. 하지만 제 입은 저렴해서인지 소주가 더 맞는 것 같아요."

솔직한 대답에 재희가 치즈를 건네며 웃었다.

"하하, 솔직해서 좋아요. 감 와인 생각보다 맛있네요."

"여기 분위기도 있고 참 좋은 것 같아요. 고령에도 뭔가 색다른 이색적인 데이트 장소가 있으면 좋을 텐데 말이죠."

동굴 안이어서 조금 춥기는 했지만 어둠 속에서 빛나는 화려한 조명과 예쁜 탁자 그리고 그 위에 놓인 작은 와인 잔은 보는 것만으로도 사람을 즐겁게 해주고 있었다.

"맞아요. 대가야의 도읍지라고는 하지만 아직 대가야 역사테마 관광지나 박물관, 주산 외에는 가볼 만한 곳이 없어서 좀 아쉬워요. 그래서 회의를 할 때마다 의견을 모으고 있긴 하지만 아직 이렇다 할 만한 게 없어서 늘 고민이에요."

하나에 만족하지 않고 다른 방향으로 생각하며 고민하는 재희의 모습은 시원을 더욱 설레게 만들었다.

"성산 멜론, 쌍림 딸기, 그린 수박 세 개 중에 하나로 통일한다면 더 좋은 홍보 효과를 얻을 수 있을 텐데 말이죠."

"성산 멜론이나 쌍림 딸기는 봄에 출하를 하니까 4월마다 열리는 대가야 축제 때 납품해서 팔 수가 있어 홍보 효과가 있지만 수박은 빨라야 5월 말쯤에 나오니까 축제에서도 홍보를 못 하는 단점이 있죠. 그래서 수박 아가씨라도 해야 하나 형님들하고 고민하고 있어요."

농사도 농사만 열심히 짓는다고 능사는 아닌 모양이었다. 하지만 이렇게 고민하고 노력하는 재희와 수많은 농민이 있기에 발전하는 농촌이 되는 게 아닐까.

"수박은 수박 그대로 잘라 먹는 것 외에는 수박화채로 먹는 일반적인 방법밖에는 없잖아요. 말려서 먹기도 힘든 과일이고, 잼으로도 만들지 않는 걸 보면 썩 맛있지는 않은 것 같고, 또 즙을 내거나 엑기스로 만들기도 힘든 과일이라 수박 자체만으로 홍보 효과를 높이는 게 가장 좋을 것 같네요."

어느덧 재희의 고민에 시원까지 물들어 있었다.

"맞아요. 그래서 형과 함께 실험적으로 속이 노란 수박이나 씨 없는 수박을 심었는데 씨 없는 수박이 인기가 많더라고요. 애들이 먹기에도 좋고 말이죠. 노란 수박은 노란 수박대로 인기가 있긴 하지만 아무래도 선입관을 깨기는 힘든 단점이 있죠."

그저 농사를 지어 돈을 벌자는 목적뿐만이 아니라 여러 가지 품종의 수박을 개발하고 홍보하려는 재희의 생각이 묻어났다.

"형님도 수박 농사를 하세요?"

"아뇨. 전에 말했듯이 형은 농업기술센터에서 연구개발을 맡고 있죠. 형이 연구하고 개발한 품종들을 함께 키우고 있어요. 성공한 적보다 실패한 적이 더 많지만 그런 과정들이 꽤 재미있어요."

다정한 형제가 함께 연구하고 개발하는 과정들이 머릿속에 그려졌다.

"그럼 씨 없는 대가야 그린 수박으로 밀고 나가는 건 어때요?"

"하하, 시원 씨가 그린 수박의 홍보 담당을 맡으면 딱 좋을 것 같아요. 자문위원 어때요?"

"여기까지가 제 한계예요."

"겸손하시기까지? 역시 제가 보는 눈은 있네요."

이젠 제법 능청스러워지기까지 하는 재희를 보며 시원은 픽 웃고 말았다.

"뭐가 그리 재미있다고 웃노? 니 요새 내 몰래 연애하나?"

저도 모르게 웃고 있었는지 경선의 말에 시원은 표정 관리를 하며 헛기침을 했다. 퇴근을 하기 위해 정리하는 중에 재희의 문자가 들어왔다.

- 내일 오후에 데이트해요. -

금요일 오후, 내일이 쉬는 날이라는 걸 안 재희가 여지없이 데이트 신청을 한 것이다.

- 어디에서요? -

- 산에 밤이 주렁주렁 열렸어요. 밤 주우며 데이트, 완전 낭만적이죠? 집으로 데리러 갈 테니 장화 신고 나와요. -

이런 재희의 문자에 어찌 웃지 않을 수 있으랴. 밤을 주우며 데이트를 하는 커플이 세상에 몇이나 될까마는 그 색다름이 오히려 좋았다.

"아직 연애는 아니고."

혼자 휴대전화를 보고 실실 웃는 모습을 미쳤냐는 듯이 바라보는 경선에게 시원이 애매모호한 대답을 남기자 경선은 대번에 눈을 동그랗게 뜨고 물었다.

"연애 아니면 뭔데? 니 수상쩍데이."

"연애하면 바로 너한테 알릴 테니 걱정 마. 준비 다 했으면 빨리 가봐. 민준이 올 시간 다 됐잖아."

시계를 확인한 경선이 쏜살같이 사무실을 나갔다.

"엄마야, 늦었다. 내 먼저 간데이."

민준이가 올 시간이 다 된 이유로 오늘은 경선에게서 벗어날 수 있었지만 월요일 출근 후에는 도저히 벗어나지 못할 듯싶었다. 그렇지 않아도 재희와의 일은 경선에게 제일 먼저 털어놓을 생각이었다.

그들이 밤을 주우러 간 곳은 덕곡에 있는 산이었다. 물감을 찍어놓은 듯 노랗게 물든 가을 산에 벌써 누군가가 다녀갔는지 밤을 따 간 흔적이 보였다.

장화를 신고 바구니를 들고 재희를 뒤따라 오솔길로 올라가려니 가시와 삐죽이 나온 나뭇가지들이 그들이 가는 길을 방해했다.

"조심해요. 가시에 찔리면 약도 없어요."

"네."

산을 오르는 중간중간에 재희는 삐죽이 뻗어 나온 가시나무가 보일 때마다 낫으로 치며 시원의 안전을 먼저 생각해주었다.

"아, 저기 완전 많은데요?"

오래 지나지 않아 재희가 손가락으로 가리킨 곳에는 바닥에 떨어진 밤들이 수북했다.

"우와! 정말이네요."

노다지를 발견한 것처럼 기뻐하며 시원은 달려가 떨어진 밤을 정신없이 줍기 시작했다.

"이렇게 줍다 주인한테 들키는 거 아니에요?"

애처럼 신나게 밤을 줍던 시원의 갑작스런 물음에 재희가 무덤덤하게 대답했다.

"들키기 전에 도망가야죠."

"네?"

농촌이 인심이 좋다고 하지만 요즘은 농작물을 훔쳐 가는 도둑들이 많아서 그 말도 옛말이 된 지 오래였다. 남의 산에서 밤을 줍다가 경찰에 잡혀 가는 건 아닐까 문득 걱정이 된 시원은 신나게 밤을 줍다 말고 허리를 들었다.

"우리 그냥 가요. 이거 줍다 경찰서에 가는 것보다 그냥 사 먹는 게 좋을 것 같아요."

걱정스런 시원의 말에 재희는 태연하게 웃으며 밤을 줍기만 했다.

"그냥 가요."

재희가 너무 태연하기만 해서 시원은 더 걱정스러웠다.

"여기 주인이 우리 형이에요. 선산 물려받았거든요. 우리 형이 설마 우리를 경찰서에 넘기기야 하겠어요?"

"네?"

진작 그렇다고 할 일이지, 꼭 이렇게 시원을 놀리는 재희였다.

"이만 하면 정말 괜찮은 조건이죠? 장남이 아닌 차남이죠, 어른들 모실 필요도 없지, 돈도 잘 벌지, 나이도 시원 씨보다 한 살 어리니 힘은 또 얼마나 장사겠어요. 그러니 속 그만 태우고 나랑 연애하는 거 어때요?"

놀란 시원의 가슴을 더 깜짝 놀라게 만드는 재희의 고백에 머릿속이 하얗게 물들었다.

밤을 주우며 하는 고백이라니! 전혀 속 태우고 있는 사람으로는 보이지 않았다. 오히려 더 태연자약했다. 그러니 더 황당할 수밖에.

"농촌 총각들이 다 이렇게 고백하는 건 아니죠?"

고백을 한 사람이 맞을까 싶을 정도로 밤 줍기에 열중인 재희에게 물었다.

"비슷비슷한 건 너무 식상하지 않아요?"

그제야 밤 줍기를 멈추고 시원과 눈을 마주친 재희가 집게와 바구니를 내려놓고 다가왔다. 그 때문에 당황한 시원이 침을 꿀꺽 삼켰다.

"연애할 거예요, 말 거예요?"

너스레를 떨며 협박하듯 말하는 재희의 귀여운 모습에 당황하던 것도 잠시, 시원은 웃음을 터뜨렸다.

"대답하라니까 왜 웃어요?"

"정말 돈도 잘 벌고 힘도 센 거 맞아요?"

놀리듯 물어오는 시원의 말에 함께 웃던 두 사람이 웃음을 멈출 무렵, 마주치고 있던 두 눈동자에서 잠시 어색함이 묻어났다. 그 어색함에 시원이 눈길을 피하려는 찰나. 시원의 뒷덜미를 잡은 재희가 시원의 입술로 자신의 입술을 내렸다.

느닷없는 키스에 시원의 몸이 잠시 경직되는 듯했지만 시원은 곧 재희의 따뜻한 혀를 받아들였다. 살짝 입술을 핥던 부드러운 입맞춤은 재희가 시원의 허리를 똑바로 안자 깊은 키스로 바뀌었다.

"내가 더 애탔으면 좋겠어요?"

입술을 떼고 열망 가득한 눈동자로 물어오는 재희를 바라보며 시원은 얼굴을 붉히면서 고개를 저었다.

"연애할 거죠?"

부끄러움으로 재희와 얼굴을 마주치지 못한 채 시원이 고개를 끄덕이자 그녀의 턱을 들며 재희가 눈을 마주쳐왔다.

"확신이 선 거예요?"

그를 만날 때마다 하나 둘씩 심장을 간질이는 느낌들은 늘 시원의 가슴을 요동치게 만들었다. 그러나 그것보다는 재희에 대한 믿음이 더욱 가슴을 두드렸다.

"제가 마음을 준 사람, 사랑하는 사람은 떠난 후 지독한 상실감과 패배감을 가져다주었어요. 그래서 두려웠어요. 누군가에게 마음을 열고 또 받아들인다는 게. 하지만 당신이라면 괜찮을 것 같아요. 당신이 주는 믿음과 신뢰를 믿어보기로 했어요."

그래, 재희라면 마음을 주어도 괜찮을 것 같다. 이미 재희에게로 뛰어가고 있는 마음이었지만 그것을 멈추지 않기로 결정했다.

"상처 주지 않을게요. 제가 잘할게요."

시원의 얼굴을 어루만지는 재희의 낮은 목소리.

"저도 잘할게요. 노력할게요."

부끄러운 듯 새빨개진 얼굴로 재희의 얼굴을 바라보지도 못하고 고개를 숙여 말하는 모습이 너무 사랑스러워서 재희는 시원을 그대로 안아 올리며 소리쳤다.

"야호! 야호!"

빨갛게 물든 산중에서 재희가 시원을 안아 들고 소리치며 즐거워하는 모습에 밤나무 위에 앉아 밤을 갉아먹던 다람쥐가 깜짝 놀라 저 멀리 줄달음질을 쳤다.

"그래서, 둘이 사귄단 말이가?"

"응."

"축하합니다, 시원 씨. 재희 니도 축하한데이."

바구니에 밤을 수북이 채워 내려오는 길에 경선에게 전화를 걸어 함께 저녁을 먹자고 했다. 마늘을 뽑은 날 만났던 고깃집에서 함께 저녁을 먹으며 시원은 재희와 연애를 경선에게 가장 먼저 전해주었다. 축하해줄 거라고 생각했던 경선이 마땅치 않은 표정을 지으며 젓가락을 내려놓자 시원이 당황했다.

"재희 씨, 혹시 우리 시원이 돈 때문에 그러는 건 아니지예? 솔직히 이야기해서 야가 학벌도 좋고 지금 돈도 잘 번다고 소문났지마는 아직도 갚아야 하는 대출이 더 많아예. 그거 알고 지금 사귄다 카는교?"

경선이 정색을 하고 재희를 노려보며 말하자 옆에 있던 은호가 당황한 나머지 경선을 말렸다.

"니는 둘이 파토낼라 카나, 와 카노?"

"오빠야는 가만 있어봐라. 나중에 사귀다가 그것 때문에 헤어지는 것보다는 미리 아는 게 안 낫나."

"알고 있습니다. 하지만 시원 씨가 돈을 잘 벌고 못 벌고를 떠나서 시원 씨 자체로 저는 좋습니다. 뭐든 했다 하면 열심히 하는 모습도 좋고요. 그러니 대출이 있어도 함께 열심히 해서 갚아나가면 되지 않겠습니까? 그것 때문이라면 염려 놓으셔도 될 것 같습니다."

재희의 대답이 만족스러웠는지 경선이 사납던 말투를 가다듬고 다시 물었다.

"어른들은 살아 계시고예, 형제는 어떻게 돼요?"

마치 인사 온 예비사위 대하듯 재희에게 말하는 경선의 태도에 은호와 시원은 황당해하면서도 풋 웃어버렸다.

"어른들은 돌아가셨고, 위로 결혼한 형님 한 분 계십니다. 조카도 둘이고요."

"조건은 참 괜찮네요. 우리 시워이 눈에 눈물 나게 안 할 끼지예?"

"눈물도 아까워서 그렇게 하기는 싫은데요?"

재희가 시원의 뺨을 쓰다듬으며 사랑스럽게 바라보며 미소를 짓자 그제야 경선이 진지한 가면을 벗어 던지며 말했다.

"이 연애 찬성일세. 대신 우리 시원이 눈에 눈물 나게 하면 궁디를 주 차삘 낍니더."

"고마해라. 시원 씨도 잘난 사람은 맞지만 재희도 서울에 있는 대학 나와가 대기업 다니다 그만둔 인물이다. 둘이 딱 어울리니 나는 무조건 찬성이다, 찬성. 그런 의미에서 우리 한 잔 하자."

"고맙습니다. 형님, 형수님."

네 사람이 높이 든 잔이 허공에서 부딪쳤다.

그렇게 재희와 시원의 공식적인 연애가 시작되었다.

맥주잔을 앞에 두고 홀로 탁자에 앉아 있는 유나가 시원을 보더니 가자미눈으로 쏘아보았다. 퇴근길에 유나의 전화를 받고 오는 길이었다.

"오랜만이네요. 무슨 일이에요?"

유나의 맞은편에 가방을 내려놓고 시원도 자리에 앉았다.

"재희 오빠야랑 사귄다면서요?"

사귄 지 이제 일주일도 지나지 않았는데 언제 유나의 귀에까지 들어갔는지 일사천리였다.

"네."

네, 라는 대답에 유나가 콧방귀를 뀌며 팔짱을 꼈다.

"전에 제가 했던 말 허투루 들었어요? 제가 오빠랑은 절대 사귀면 안 된다고 했잖아요. 오빠가 좋다고 해도 받아주지 말라고요."

붉으락푸르락 하는 그녀가 시원을 잡아먹을 것처럼 으르렁거렸다.

"왜 그래야 하는데요?"

"배신이잖아요, 배신."

"이것 봐요, 유나 씨. 저도 말씀 드렸죠? 배신이라는 건 믿음이 있는 상태에서나 가능하다고요. 유나 씨 나 믿어요?"

대답하지 못하고 시원만 노려보던 유나가 앞에 놓여 있던 맥주를 마셨다.

"제가 언니를 믿지는 않지만 그래도 배신이 맞아요. 제가 오빠를 좋아하는 걸 뻔히 알면서 재희 오빠 뺏어갔잖아요."

막무가내로 나오던 유나가 어느덧 가자미눈을 풀고 울상을 지었다.

"재희 오빠는 내 첫사랑이자 10년간 짝사랑해온 사람이라고요. 우리 오빠야랑 우리 집에 놀러 온 재희 오빠한테 제가 한눈에 반했는데 어쩜 이럴 수가 있어요? 이게 배신이 아니면 뭐예요?"

급기야 그녀가 눈물까지 뚝뚝 떨어뜨리자 시원은 조용히 한숨을 내쉬었다. 차라리 아까처럼 시원을 잡아먹을 듯 으르렁거리는 게 나을 듯싶었다.

미안하지 않다면 거짓말이었다. 당돌하고 예의 없게 따지고 들면 얄밉기라도 할 테지만 눈물을 보이는 그녀를 보니 미안함은 배가 되어 시원의 가슴을 찔렀다. 10년간의 짝사랑에 첫사랑이니 그녀가 이렇게 시원을 원망하는 것은 당연했다.

"여기요, 오백 한 잔 더 주세요!"

눈물을 닦은 유나가 잔을 들며 주문을 했다.

"두 잔 주세요."

시원이 정정을 했고 종업원이 곧 맥주를 가져다주자마자 유나는 속이 타는지 한 번에 반 이상을 마셔버렸다.

"미안해요, 유나 씨. 하계 수련교육 땐 재희 씨와 사귀는 사이는 아니었지만 만나면서 서로의 마음을 알게 되고 여기까지 오게 됐어요. 유나 씨도 알다시피 누군가를 마음에 품는다는 건 마음대로 되는 일은 아니잖아요."

"그걸 아시는 분이 왜 오빠를 빼앗아가는 거예요?"

시원은 앞에 놓고 있던 맥주를 마셨다.

"유나 씨 평행선 이론 알죠? 직선 k와 직선 y는 평행하다, 직선 k와 직선 y는 항상 마주보고 있다, 한 평면 위에서 평행한 두 직선은 마주 볼 수는 있지만 만날 수는 없다. 유나 씨와 재희 씨가 그런 것 아닐까요?"

"그럼 평행선은 결코 만나지도 않지만 결코 멀어지지 않는 관계라는 것도 알고 있겠네요. 누구도 장담하지 못하는 게 사람 마음이에요. 오빠 놔주세요."

시원은 할 말을 잃었다.

"정말 사랑해요. 앞으로도 그럴 거예요. 그러니까 포기해주세요."

눈물을 흘리며 간절하게 애원하는 유나에게 한 마디 말도 없이 시원은 애꿎은 맥주잔만 비웠다.

재희를 사랑하는 마음의 무게는 시원보다 유나가 더 크다는 걸 모르지 않았다. 10년의 사랑을 이제 갓 시작한 두 사람의 마음에 비교할 수 있을까.

두 사람은 침묵으로 일관하면서 맥주를 마셨다.

드르르륵, 드르르륵.

시원의 휴대전화가 진동을 하며 두 사람의 침묵을 깼다. 재희였다. 받기를 망설이는 시원의 손에서 휴대전화를 뺏어든 유나가 전화를 받았다.

"오빠!"

가까이에서 재희의 음성이 고스란히 시원에게 들려왔다.

- 시원 씨 전화를 왜 네가 받아?

"오빠가 나한테 어떻게 이럴 수가 있는데?

유나의 원망은 곧 재희에게 달려들었다.

- 어디야?

"어디면 뭐 하게?"

- 술 마셨어? 시원 씨랑 술 마신 거야?

"응. 내가 헤어지라고 했어, 두 사람."

- 어딘지 말해.

"안 헤어지면 어딘지 말 안 해줄 거야."

어린아이 같은 대답에 재희의 화난 음성이 고스란히 들려왔다.

- 정유나!

일방적으로 전화를 끊어버린 유나는 시원의 휴대전화 전원을 아예 꺼버렸다.

"재희 오빠가 서울에 있는 대학교에 입학하면서부터 끊임없이 기다린 사람도 저고, 군대 갔을 때 편지했던 사람도 저예요. 오빠가 서울에서 다니던 직장을 그만두고 고령으로 내려왔을 때 저도 대구에서 다니던 대학병원 간호사 생활을 접고 고령으로 내려왔어요. 페이 차이 같은 건 눈에 들어오지도 않았다고요. 그런데 단 몇 개월 만에 언니가 뺏어간 거예요."

시원은 유나의 원망을 고스란히 들어주기로 작정했다. 재희는 왜 이렇게 예쁘고 재희밖에 모르는 이 어린 철부지 아가씨의 마음을 받아주지 않은 것일까?

"미안해요."

"미안하단 말 들으려고 나오라고 한 게 아니라고요. 제가 원하는 대답을 할 때까지 여기에서 나가지 않을 거예요."

"재희 씨가 날 사랑하는 이상은 헤어지지 않을 거예요. 그러니까 원망하려거든 해요."

비교할 수 없는 마음이라는 걸 알지만 재희와 시원의 마음을 확인한 이상 유나 때문에 물러날 생각은 추호도 없었다.

"진짜 이럴 거예요?"

이젠 애원도 소용없다고 생각한 그녀가 다시 가자미눈을 치켜뜨고 시원을 쏘아보았다.

"무릎이라도 꿇을까요?"

유나의 말에 시원은 다시 한숨을 내쉬었다.

"그런다고 해결될 일이 아니라는 건 유나 씨도 잘 알잖아요."

"그럼 제가 어떻게 하면 되겠어요?"

끝나지 않는 그녀의 징징거림에 시원은 지쳐버렸다.

"유나야, 시원 씨!"

두 사람을 부른 것은 재희가 아닌 현우였다.

"얼마나 찾았는지 압니꺼? 고령에 있는 술집은 다 찾아댕깄네."

"오빠가 여긴 왜 왔는데?"

유나의 말에 대답도 않고 유나의 옆에 앉은 현우가 어딘가로 전화를 걸었다.

"어, 재희야. 여기 농협 사거리에 있는 술집에 있다. 오야, 이리 온나."

곧 전화를 끊은 현우를 유나가 매섭게 쏘아보았다.

"여긴 왜 왔냐고!"

"기차 화통을 삶아 먹었나? 귀청 찢어지겠다. 재희가 시원 씨 찾는다 캐가 안 찾았나. 와 여서 둘이 이카고 있노."

"오빠 가. 언니랑 둘이 할 말이 있어서 그래."

유나의 말이 끝나기도 전에 출입문을 열고 재희가 들어왔다.

"정유나!"

앉을 생각도 않고 유나를 노려보는 재희의 퍼런 서슬에 유나는 눈을 마주치지도 못하고 고개를 떨어뜨리더니 훌쩍거렸다.

"유나 니 와 우노. 울 일도 쎄비렸다, 니는."

현우가 어깨를 토닥여주자 유나는 서럽게 엉엉 울기 시작했다.

"앉아요."

가만히 서 있는 재희를 위해 자리를 내주자 재희가 한숨을 쉬며 자리에 앉았다.

"괜찮아요?"

가만히 고개를 끄덕이는 시원의 손을 잡아주는 재희의 손에서 따뜻함이 전해졌다.

"운다고 해결될 일 아니야. 앞으로 한 번만 더 이러면 가만 안 둔다."

"가만 안 두면 어쩔 건데? 내 마음도 몰라주는 멍청이 주제에! 내가 언니보다 훨씬 더 예쁘고 착하고 오빠를 더 사랑하는데 뭐가 문제야, 응?"

"내가 시원 씨를 사랑하니까."

재희의 대답에 화가 난 유나가 두 주먹을 쥐고 벌떡 일어났다.

"이, 씨."

차마 욕을 하지는 못하고 가방을 챙겨 나가버리자 현우가 잽싸게 유나의 뒤를 따라 나갔다.

"미안해요."

"날 사랑한다는 고백을 왜 유나 씨한테 하는 거예요? 날 보고 해야지."

웃으며 말하는 시원의 대답에 재희가 걱정하던 표정을 풀고 픽 웃더니 시원의 얼굴을 잡고는 입술에 쪽 하고 뽀뽀를 했다.

"갈수록 이렇게 예뻐서야 원."

그러고는 다시 빠르고 가볍게 입술을 훔치더니 시원을 끌어안고 토닥여주었다.

두 사람이 나왔을 때 유나는 구석에서 쪼그리고 앉아 울고 있었고 현우는 옆에 앉아 달래주고 있었다.

"엉엉엉."

"그러게 내가 재희 포기하라고 몇 번을 이야기했노. 애태우지 말고 고마 오빠야한테 온나. 오빠야가 다 감싸주께."

그 말에 울던 유나가 눈물을 딱 멈추고 현우의 옆구리를 밀자 현우가 그대로 바닥에 넘어졌다.

"어어. 아, 가스나. 성질은 있어가."

현우는 다시 일어날 생각도 않고 원망스러운 눈초리로 유나를 바라보았다.

"니 진짜 내까지 놓치면 우짤라고 이카노. 고마 울어라. 오빠야 마음 아프다."

다시 일어선 현우가 유나의 옆에 다시 붙어 앉았다.

"형."

재희가 가까이 다가가 부르자 현우가 느리게 일어섰다.

"그만 가요."

"그래, 내가 유나 데려다 줄 테니까 걱정하지 말고 드가라."

현우의 말에도 차마 유나를 그냥 두고 갈 수 없었던 시원은 울고 있는 유나의 옆에 가서 쪼그리고 앉아 말없이 등을 어루만져 주었다. 너무 미안해서 차마 미안하다는 말은 할 수가 없었다. 10년의 사랑을 미안하다는 말로 끝낼 수는 없었으므로.

"유나 씨 잘 부탁해요."

"예, 시원 씨도 잘 가이소."

두 사람을 뒤로하고 그들은 말없이 걸었다. 재희의 큰 손이 시원의 손을 따뜻하게 감쌌다.

"잘난 재희 씨랑 연애하기 참 힘드네."

"제가 좀 잘나긴 했죠."

농담으로 되받아치는 재희를 시원이 물끄러미 올려다보았다.

"'사랑의 지옥'이라는 시 아세요? 꿀벌 한 마리가 호박꽃의 달콤한 유혹에 빠져 들어가지만 그 꽃의 입구를 막아버리는 짓궂은 장난을 치죠. 낙원은 곧 감옥이 돼버린 거예요. 나가지도, 들어가지도 못하게."

시원은 잡고 있던 재희의 손을 자신의 가슴에 얹었다.

"지독한 마음의 잉잉거림이 들려요? 나, 아무래도 서재희라는 황홀의 캄캄한 지옥에 빠진 것 같아요."

시원의 고백에 재희의 심장이 미친 듯 세차게 뛰기 시작했다.

"환장할 것 같아요."

뜬금없는 대답에 시원이 무슨 말이냐는 듯 올려다보자 재희가 환한 웃음을 지으며 말을 이었다.

"시원 씨가 너무 예뻐서 환장할 것 같다고."

웃음을 터뜨리는 그녀의 허리를 안은 재희가 조용히 입술을 내렸다.

은은한 가로등 불빛을 향해 뛰어가던 두꺼비 한 마리가 조용히 그들을 지나쳐 갔다.

시원이 재희에게 뜻밖의 고백을 한 며칠 후, 뜻밖의 손님이 불쑥 찾아왔다.

"장 사장, 손님 오셨데이."

선희의 말에 사무실에서 나간 시원은 순간 당황했다.

"여긴 어쩐 일이세요?"

갑작스런 방문에 당혹스러워하는 시원의 모습에도 불구하고 민 여사는 천천히 공장을 둘러보았다. 민 여사의 옆에 있던 정민의 아버지 김 사장과 눈이 마주치자 시원은 고개 숙여 인사를 했다.

"정민이한테 이야기 들었다. 너거 병원에서 만났다카데."

벌써 두 달 전 일이었다. 왜 지금 와서 그 이야기를 하는 것인지 시원은 도무지 이해할 수가 없었다.

"할머니 수술 때문에 병원에 갔다가 우연히 보게 된 것뿐이에요."

우연히 만난 것뿐인데 그것으로 트집을 잡을까 시원은 지레 걱정스러웠다.

"생각보다 공장이 크네. 직원이 몇 명이나 되노?"

시원은 민 여사의 질문에 대답하지 않고 멀뚱히 바라만 보았다.

"야가, 어른이 물어보는데 대답이 없노."

호통 소리에 정신이 번쩍 든 시원이 그제야 입을 열었다.

"무슨 일 때문에 오셨는지 모르겠지만 여긴 직장이니까 일단 나가서 말씀하세요."

그들을 사무실까지 들이고 싶지 않았다.

"나가기는 어딜 나가! 니가 지금 우릴 내쫓는 기가?"

눈을 희번득거리는 민 여사에게 시원이 차분하게 설명을 했다.

"지금 근무시간이에요. 무슨 말씀이신지 모르겠지만 읍내에 있는 조용한 카페로 가서 이야기하는 게 좋을 것 같아 말씀드렸습니다."

"됐다. 일 방해 안 할 끼니까 안에 들어가서 차 한 잔 도."

막무가내였다. 무작정 문을 열고 사무실로 들어가는 민 여사 때문에 시원은 어쩔 수 없이 사무실 안으로 들어갈 수밖에 없었다. 김 사장도 헛기침을 하며 시원의 뒤를 따라 사무실로 들어왔다.

경선이 인사를 하면서 누구냐며 눈빛으로 시원에게 물었다.

- 정민이 부모님이셔. -

전달할 방법이 없어 휴대전화로 문자를 보내자 확인을 한 경선의 눈이 동그래졌다.

"차 좀 부탁해."

사무실로 들어오자마자 소파에 앉은 민 여사를 보고 시원이 체념한 듯 차를 부탁하자 경선이 고개를 끄덕였다.

"보기보다는 번듯하네. 티비에도 여러 번 나왔다 카데?"

사무실을 둘러 본 민 여사가 만족스러운 표정으로 물었다.

"네."

"연매출이 20억이 넘는다고?"

"네."

그녀가 기계적으로 대답했다.

"의사 때리치고 할 만하네."

흡족한 듯 말하는 민 여사에게 시원이 궁금한 건 한 가지였다.

"어쩐 일로 여기까지 오셨어요?"

경선이 시원한 둥굴레 차를 내오자 민 여사는 목이 탔는지 한 번에 들이켰다.

"우리 정민이가 며칠 전에 술을 먹고 들어와서는 내를 원망하더라. 니하고 결혼 못한 게 다 내 잘못이라고, 내 원망을 그래 하데. 니하고 다시 만나고 싶다 카더라. 헤어지고도 니 생각밖에 안 난다 카이 우야노. 그래서 이래 찾아왔다."

민 여사의 긴 서론을 시원은 가만히 듣고 있었다.

"내가 좋은 선 자리 그래 물어 와도 시큰둥한 이유가 니 때문이라 카이 우짜겠노. 자식 이기는 부모 없다 안 카나."

본론을 파악하기 힘든 시원이 물었다.

"무슨 말씀이신지?"

"서로 좋으면 다시 만나라 안 카나. 젊은 아가 말을 못 알아묵노."

한순간 실소가 터져 나오려는 걸 시원은 꾹 참아야만 했다. 다사에서 우연히 만났을 때 정민이는 절대 안 된다고 말하던 민 여사의 모습이 떠올랐다.

"정민이는 절대 안 된다고 말씀하신 지 채 두 달도 되지 않았습니다. 저도 다시 만날 일 없다고 말씀드렸고요."

시원의 말에 민 여사가 눈을 치켜떴다.

"다시 안 만난다 캐도 우쨌든 간에 병원에서 안 만났나. 우리 정민이가 니를 보고 또 마음이 흔들렸는지 아 얼굴이 말이 아이다. 내 자식 하나 잡는 거보다는 내가 양보하는 게 안 낫겠나. 너거 대학 때부터 연애해가 결혼까지 할 뻔했는데 잊기가 그리 쉽겠나. 내 더 이상 반대 안 하기로 했으니 니도 우리 정민이 아직 못 잊었으면 다시 만나라. 결혼한다 카면 바로 식장 알아보고."

아이를 달래듯 살살 달래는 저런 말투는 여지껏 들어본 적이 없었다.

"아니요. 그럴 일 없습니다."

"와, 내가 또 혼수 마이 해 오라 칼 것 같아서 그카나?"

바로 거절하는 시원의 대답에 민 여사가 예상했다는 듯 묻더니 또 말했다.

"마이 해 오면 나쁘지는 않지만 니 형편도 있고 그냥 식만 올리는 게 안 낫겠나. 정 마음에 걸리면 정민이 전문의 따가 안과 하나 차려줘도 되고, 정민이 아버지 사업하는 데 좀 보태도 안 되나."

하, 이제야 여기까지 찾아온 목적을 알 수 있었다.

"안과 하나 차려주는 것쯤은 일도 아니죠."

213

시원의 말에 민 여사의 얼굴이 쫙 펴졌다.

"그런데 정민이와 제 인연은 5년 전에 끝났습니다. 어머님이 말씀하신 것처럼 어머님 말씀 듣지 않고 제 하나뿐인 핏줄인 할머니 장례를 치렀고, 정민이와 헤어졌습니다. 그 이후로 정민이와 한 번도 연락한 적 없어요. 저 마음에 안 들어 하셨잖아요. 이제 와서 이러시는 이유가 이해가 되질 않습니다."

단호한 시원의 목소리에 당당하던 민 여사가 당황했는지 말을 더듬었다.

"그, 그렇지. 내가 다 너거 위해서 그랬지, 내 좋자꼬 그랬겠나. 정민이랑 결혼하면 내 며느리 될 낀데 지나간 일은 다 묻어뿌면 안 되나."

"저는 아니라고 말씀 드렸습니다. 이제 와서 왜 이러세요?"

"정민이가 저래 좋다카는데 내라고 별수 있겠나. 그라이 결혼하라고 허락 안 하나."

"그때도 허락은 하셨어요. 그런데 결혼 준비하면서 얼마나 많은 일들이 있었는지 잘 아시잖아요."

시원의 말에 민 여사와 김 사장이 헛기침을 했다.

"그것 때문에 오셨다면 다시 생각하고 싶지 않으니 돌아가주세요."

"니, 돈 좀 번다고 지금 유세하나?"

민 여사가 갑자기 부드럽던 말투를 180도 바꾸며 톡 쏘았다.

"네, 혼자 힘으로 이 정도까지 왔으면 유세해도 되지 않겠어요?"

시원의 대답에 민 여사가 어이없다는 듯 입을 쩍 벌렸다.

"니가 그카이 근본 없다는 말을 듣는 기다, 알겠나?"

여지없이 그 말이 또 나오고야 말았다. 아버지가 누구인지 모르고 어머니가 안 계시다는 이유로 민 여사에게 지긋지긋하게 들어야만 했던 그 말.

"네, 근본 없는 저랑 정민이 결혼하는 거 원하지 않으시니 근본 좋은 여자랑 정민이 결혼시키세요. 저도 지금 만나는 사람 있습니다."

"하이고, 그러면 그렇지. 니 까짓 게 별수 있겠나."

"아지매, 말이 너무 심하네예. 아지매 아들이 재벌이라도 됩니꺼? 개업도 안 한 의사 주제에 어딜 갖다 붙이는 깁니꺼? 무슨 막말을 그래 하시는기라예? 의사도 내팽개치고 사업 성공해서 연 몇억씩 버는 며느리 아무나 데리고 가는지 아십니꺼?"

상황을 지켜보고만 있던 경선이 민 여사의 태도에 참지 못하고 불쑥 끼어들었다.

"돈이 암만 많아봐라. 근본을 돈으로 살 수가 있나? 옛날에 돈 많은 천한 것들도 돈을 쏟아 부어가 양반 가문을 샀어도 그게 올바른 양반이가?"

"요즘 세상에 아직까지 근본 따지는 집이 있나보지예. 그것보다 돈 아닙니꺼. 아지매도 돈 때문에 우리 장 사장하고 아지매 아들하고 다시 엮어볼라꼬 그카는 거 아입니꺼?"

경선이 작정을 하고 쏘아붙이자 민 여사가 입을 닫았다.

"부모 없다고 근본이 있니 없니 무시하는 집에 시집가서 평생 시집살이 하느니 혼자 사는 게 천만 번 낫지예. 할매 돌아가셨을 때도 한 번 안 찾아오던 양반들이 돈 좀 버는 거 알고 이래 찾아온 거 아입니꺼. 결혼 깨진 게 언젠데 찾아와가 감 내놔라 배 내놔라 카는 긴데예?"

"어데서 고함을 지르고 난리고. 니는 가정교육도 몬 받았나?"

경선이 대드는 폼이 못마땅한 듯 아예 삿대질까지 서슴지 않는 민 여사에게 경선도 지지 않고 따지고 들었다.

"잘 배웠지예. 잘난 의사 아들 뒀다는 이유로 우리 시워이 힘들 때는 다이아에, 모피코트에, 예단비까지 터무니없이 요구하면서 은근히 헤어지라 안 캤으예, 이제 돈 잘 번다 싶으이 아까운 갑지예. 암만요, 아깝지예. 야가 버는 돈이 얼만데 안 아깝겠습니꺼. 얼마 전에는 다리 인공관절 넣은 할매 병원 델꼬 가서 지가 직접 간병하고 지 돈으로 수술비까지 낸 압니더. 친할매도 아인데 그래 하는 아가 시집가서 시부모한테는 오죽 잘하겠습니꺼. 나이 그만큼 드시고 그렇게 사는 거 아입니데이. 돈보다 사람이 되야지예. 남의 눈에 눈물 빼면 지 눈에 피눈물 난다 안 캅니꺼."

"뭐라꼬? 피눈물? 니 내한테 하는 말이가?"

"그라마 여기 누가 또 있는데예."

민 여사가 독기 어린 눈으로 바라보며 경선에게 다가가자 중간에 있던 시원이 말렸다.

"그만해, 경선아."

"그만하고 가자 마."

지켜보던 김 사장도 민 여사의 손목을 잡아끌었다.

"가마이 있어 보이소, 저 말하는 꼬락서니 그냥 두고는 몬 갑니데이."

"그라입시더, 이참에 아지매 아들까지 함 불러보이소. 결혼할 여자 할매 장례식 때 낯짝 한 번 안 비쳐놓고는 결혼을 한다고 예? 그 할매가 그냥 할매라예? 시원이 키워준 할맵니더. 시상에 온 국민들이 돌팔매질 할 일 아입니꺼? 밖에 나가서 함 물어보이 소. 시어머니 될 양반은 할매 장례식에 부정 탄다고 가지 마라 카고, 결혼할 남자는 장례식장에 오지도 않았는데 뭘 믿고 야가 결 혼하겠으예? 아입니꺼? 그때 인연 끝났으면 그걸로 됐지 와 찾아 와가 되도 안 하는 말 하시는 긴데예."

"고마 가자 마."

경선의 말에 새파래진 얼굴로 눈만 휘둥그레 뜬 민 여사를 김 사장이 잡아끌어 사무실을 나갔다.

두 사람이 나가자마자 골반에 두 손을 얹고 씩씩거리던 경선이 목이 타는지 냉장고를 열어 생수를 꺼내 마셨다.

"이게 뭔 일이고?"

밖에서 고함 소리를 들은 모양인지 선희가 사무실로 뛰어 들어 왔다.

"그 양반들 갔으예?"

물을 마신 경선이 입을 손등으로 닦으며 물었다.

"갔다, 여자가 안 갈라 카는 거를 남자가 억지로 태워 안 갔 나."

선희의 말이 끝나자마자 시원은 소파에 털썩 주저앉았다. 몸이 부들부들 떨려왔다.

"뭔 일인데 이카노? 장 사장 개안나?"

"네. 괜찮아요."

"대단한 양반이다. 니 결혼 깬 거 천만 번 잘한 기다. 저런 시어머니 밑에 들어갔으면 니는 말라 죽을 끼다. 그 인간 전화번호 뭐고? 내 이 인간을 그냥 두면 사람이 아니다. 저거 부모까지 보내가 일을 이 지경으로 만드나."

아마 정민은 모르는 일일 것이다. 정민이 알았다면 민 여사는 여기까지 오지도 못 했을 것임을 시원은 알고 있었다.

"이제 됐어."

"지랄한다. 니는 썽도 안 나나? 진짜 기가 막히고 코가 막힌다. 헤어지고 벌써 몇 년이 흘렀노. 돈 잘 버는 거 보니까 아까웠는갑지. 이제 와서 결혼하라니 미친 거 아이가, 정말? 노망 났는지 병원 함 가보라캐라."

신랄하게 쏟아내는 경선의 말에 시원이 속없는 여자처럼 낄낄 웃었다. 긴장이 풀리자마자 웃음이 터져 나오자 경선과 선희가 시원을 미친년 보듯 바라보았다.

"니는 웃음이 나나?"

"장 사장, 니 실성했나?"

"고맙다, 경선아. 나한테는 역시 너밖에 없네. 그래도 노망 났냐니 말이 좀 심하긴 하다."

"심하긴, 개뿔 같은 소리 한다. 진심이거든!"

시원은 다시 깔깔거리고 웃었다.

경선이 없었다면 하루 종일, 아니, 며칠을 그 기억을 붙잡고 있었을지도 몰랐다. 자신의 편이 있다는 건 이렇게나 큰 위안이 된다는 것을 다시 한 번 깨달았다.

"다시 오시면 내가 병원 가라고 전해드릴게. 열 내지 말고 나가자."

"어딜 가는데?"

"이모, 우리 어디 잠깐 들렀다가 바로 퇴근할 테니까 뒷정리 부탁해요."

"오야, 오야. 회사는 걱정 마라."

선희는 제정신으로 보이지 않는 시원을 걱정하며 손을 휘이휘이 내저었다.

경선을 억지로 차에 태운 시원은 가속 페달을 밟았다.

"어디 가는데?"

"열 내지 말고 술이나 마시자."

술이라는 말에 경선이 깜짝 놀란 눈으로 시원을 바라보았다. 평소에 회식이 아니면 먼저 술 마시러 가자는 말을 꺼낼 사람이 아니었다. 그런 시원의 입에서 술이라는 말이 나왔으니 이상할 법도 했다.

"오야, 가자. 이런 날 안 마시면 또 언제 마시겠노."

두 사람이 간 곳은 은호와 언젠가 한 번 가본 적 있는 주점이었다. 오후 5시도 채 되지 않은 시각, 두 여자가 나란히 지하에 위치한 주점으로 들어갔다. 이 시간에 여자 둘이 오픈된 곳에서 술을 마시면 손가락질을 당할 게 뻔하니, 주점이야말로 술 마시고 노래도 부를 수 있는 최적의 장소였다. 해도 기울지 않은 대낮부터 주점에 떡하니 나타난 시원과 경선 때문에 아르바이트를 하는 젊은 남자 직원이 얼굴을 찌푸렸지만 둘은 신경 쓰지 않았다.

처음엔 함께 술을 마시며 이야기를 하다가 어느 정도 술기운이 오르자 시원이 술을 마실 동안 경선이 노래를 불렀고, 반대로 경선이 술을 마실 동안에는 시원이 미친 듯 노래를 불렀다. 어찌나 고함을 질러댔던지 목이 쉴 정도였다.

"아, 이렇게 노는 거 진짜 오랜만이다."

거칠거칠한 목소리로 시원이 실실 웃으며 말했다.

"그래, 똥 밟은 셈 치고 이자뿌라. 우리 시워이 니, 진짜 잘 살고 있다. 내 친구지만 내 친구라는 게 자랑스럽다. 앞으로 쭉 이렇게만 살자, 우리. 알았제?"

"사랑한다, 썬아."

한 사람이라도 나를 믿어주는, 나를 응원해주는 친구야말로 세상에 둘도 없는 재산이 아니던가.

술에 취한 경선과 시원은 실실거리며 끌어안고 천천히 빙글빙글 돌았다. 예약해놓은 붉은 노을의 1절 반주가 흘러가고 2절 반주가 나오자 시원이 마이크를 들고 소리치듯 노래를 불렀다.

"난 너를 사랑하네. 이 세상은 너뿐이야. 소리쳐 부르지만 저 대답 없는 노을만 붉게 타는데."

시원을 따라 마이크를 든 경선이 함께 소리쳤다.

"난 너를 사랑하네. 이 세상은 너뿐이야. 소리쳐 부르지만 저 대답 없는 노을만 붉게 타는데."

"사랑한다, 친구야."

시원이 실실거리며 다시 한 번 경선을 끌어안자 경선도 꼭 안아주었다.

"나도 사랑한다, 친구야."

그러는 사이에 반주가 끝나고 음악이 꺼졌다.

"두 번만 더 사랑했다가는 내하고 이혼하고 시원 씨랑 결혼하겠다이."

은호였다. 언제 왔는지 은호가 자리에 앉아 경선과 시원을 보고 있었다.

"오빠야, 언제 왔노?"

은호를 보자마자 경선은 시원을 놓고 은호에게 뽀르르 달려가 안겼다.

"너무 사랑해서 내 오는 것도 안 보이제?"

"와, 질투하나? 그래도 내한테는 우리 오빠밖에 없다이가."

경선이 뺨에 뽀뽀 세례를 하자 은호는 얼굴을 찌푸리다가 결국 웃어버렸다.

"민준이는?"

"니 전화 받고 엄마한테 봐달라 캤다. 회사에 무슨 일 있었나?"

"그러니까 미친 척하고 이 시간에 단란주점 왔지, 달리 이까지 왔겠나. 같이 한잔 하자, 오빠야. 오늘 시워이하고 내하고 사고 쳐도 오빠야가 다 알아서 해라이. 대신 술값은 시워이가 낸단다. 먹고 싶은 거 다 시키라. 맞제, 친구야?"

"네, 네."

경선이 은호를 끌어내 어깨동무를 하고 노래를 부를 동안 시원은 흐뭇한 눈으로 두 사람을 바라보며 술을 마셨다. 시끄러운 노랫소리 때문에 가방 안에서 휴대전화가 재희의 이름을 반짝반짝 빛내며 울리고 있다는 것도 모른 채.

정확히 한 시간이 흐른 후, 경선과 시원이 어깨동무를 한 채 비틀거리며 밤거리를 걸어가는 모습을 은호가 기가 막힌다는 표정으로 바라보았다.

"형님?"

"왔나?"

다른 술집으로 가기 전에 찾아온 재희에게 은호는 가방을 턱 내밀었다.

"무슨 일이에요?"

"니 이거 들고 따라 온나."

은호가 재희에게 건넨 것은 여자 가방이었다. 다른 쪽 손에도 큰 빅백이 들려 있었다. 은호가 빅백을 어깨에 걸쳐 메고 성큼성큼 걸어가자 재희도 작은 여자 가방을 어깨에 걸고 은호의 뒤를 따라갔다.

오후에 문자를 해도 답이 없고, 전화를 해도 받지 않아 걱정을 하던 차에 은호에게 연락을 했더니 여기로 나오라고 해서 부랴부랴 달려온 길이었다.

재희의 오른쪽 어깨에 걸린 작은 가방은 아마도 시원의 것일 확률이 높아 보였다.

"어, 어."

함께 어깨동무를 하고 걸어가다가 경선이 돌부리에 걸려 비틀거리는 바람에 시원과 함께 넘어지려 했다. 재빨리 경선은 은호가, 시원은 재희가 부축을 했다.

"어?"

자신을 부축한 재희를 발견하고 시원은 놀라면서도 반가운 표정을 지었다.

"언제 왔어요?"

발음이 꼬이지는 않았으나 많이 취한 듯한 음성이었다. 목소리가 거끌거끌한 것이 목까지 쉬어 있었다.

"연락이 안 돼서 은호 형님께 물어봤어요."

"네에. 오늘 제가 풀로 쏘기로 했어요오. 재희 씨도 같이 가요. 경선아, 어디로 갈까아?"

술에 취한 시원은 기분 좋은 듯 과장된 몸짓으로 환하게 웃으며 경선에게 물었다.

"재희 씨도 왔네? 잘됐다. 우리 저기 가서 한잔 더 해요."

경선이 가리킨 곳은 24시간 감자탕 집이었다. 네 사람은 경선이 우기는 대로 일단 들어가 앉았다.

"이모, 여기 감자탕 중자랑 참 하나 주세요."

경선이 알아서 주문을 하자 시원은 비틀거리며 화장실로 향했다.

"대체 무슨 일이 있었길래 이라노? 큰 계약이라도 파기됐나?"

"아니."

시원이 화장실에 간 사이에 은호가 경선에게 물었다. 경선이 술이 취한 와중에도 재희의 눈치를 보며 망설이던 그때 재희가 내려놓은 작은 가방에서 휴대전화가 울렸다. 경선이 전화를 꺼내어 저장되어 있지 않은 낯선 번호를 보며 고개를 갸웃거리다 전화를 받았다.

"여보세요?"

- 장시원 전화 아닙니까?

"맞습니다만, 누구세요?"

- 시원이 좀 바꿔주세요.

"누구신지 말씀부터 하세요."

- 김정민입니다.

정민이라는 이름을 듣는 순간, 경선의 눈에 불이 확 켜졌다.

"참내, 저 시원이 친구 경선입니더. 무슨 염치로 전화하셨는데 요? 왜요? 그 집 부모님 찾아오는 걸로 모자랐나보지예?"

시원이 정민과 연애를 시작하면서 정민에게 가장 먼저 소개시 켜준 친구가 경선이었다.

- 죄송합니다. 시원이 좀 부탁드립니다.

"술 먹고 자는 아를 우째 바꺼주겠으예. 당신 부모님들 찾아와 가 회사 한바탕 뒤집어놓고 가신 거 알고 전화한 깁니꺼?"

- 죄송합니다.

"죄송하면 앞으로 찾아오시게 하지 말고, 우리 시원이한테 전 화하지 마이소. 안과 하나 차려주고 사업 자금 보태달라고 카시 데예. 이제 와서 말이 된다고 생각합니꺼? 오늘도 근본이 어쩌고 저쩌고 하는데 당신이 그 잘난 의사였을 때도 우리 시원이도 똑 똑한 의사였으예. 지금은 당신보다 더 잘나가는 사장님이고! 할 매 장례식장에 낯짝 한 번 비추지 않았으면서 무슨 염치로 찾아 오고 전화질인지 내가 도저히 이해가 안 간다캉께네."

- 미안하다는 말밖에 할 말이 없습니다.

"미안한 거 알면 됐고, 앞으로 전화하지 마이소. 그라고 우리 시원이 애인 있으니까 앞으로는 이런 일 안 생기구로 해주이소."

정민의 말을 듣지도 않고 경선이 휴대전화를 끊었다.

"그 사람 부모님이 찾아왔다고?"

옆에서 통화 소리를 듣고 있던 은호가 대충 상황 파악을 했는 지 어이없다는 듯 물었다.

"그래, 찾아와 가 말도 안 되는 소리 해쌌길래 내가 안 따지고 들었나. 시워이 혼자 있었으면 그 말 가만히 듣고만 안 있었겠나. 예나 지금이나 뻔뻔스럽기는 매한가지더라."

"별일도 다 있다."

"재희 씨는 알랑가 모르겠는데, 지금 제가 했던 이야기는 궁금해도 궁금해하지 말고 나중에 시워이한테 들으이소."

"네."

시원과 재희의 사이를 걱정한 경선의 말에 재희가 고개를 끄덕이며 대답했다.

곧 화장실을 다녀온 시원이 자리에 앉자마자 주문한 감자탕이 나왔고 다들 소주를 마시기 시작했다.

시원과 경선은 취한 상태임에도 둘이 무슨 이야기가 그리 재미있는지 킬킬 웃어가며 술을 마셨고 그런 모습을 보며 은호와 재희는 어이없이 웃을 수밖에 없었다.

웃고는 있었지만 재희의 온 신경은 시원에게 가 있었다. 과거에 어떤 일이 있었는지는 모르지만 오늘 같은 봉변을 당한 시원이 안타까우면서도 속이 상했다.

걱정스러웠다. 자신의 여자가 그런 일을 당했다는 것도, 그것 때문에 인사불성으로 술을 마셔대는 것도 속상했다.

결국 경선이 화장실에 가서 지금껏 먹은 것을 다 게워내자 은호가 재희에게 시원을 부탁한다는 말을 남기고서 경선을 데리고 집으로 먼저 가버렸다. 계산을 치르고 두 사람은 감자탕 집을 나왔다.

"걸을 수 있겠어요?"

"당연하죠오."

발음이 길게 늘어지는 걸 보니 시원은 만취 상태였다. 그녀가 비틀거리며 걸어가자 재희가 그녀의 가방을 어깨에 메고 뒤를 따랐다. 가을밤이라 날씨가 쌀쌀했지만 시원은 느끼지 못하는 듯했다.

"재희 씨?"

술 때문에 조금은 흐리지만 반짝이는 시원의 두 눈동자 때문에 재희는 숨이 막혔다.

"네."

"우리 얘기 좀 해요."

"술 깨고 나서 내일 해요."

경선이 시원의 휴대전화를 받은 후부터 내내 궁금했다. 하지만 만취한 시원이 술이 깬 후 대화를 하는 것이 더 효율적일 것이다.

"지금 해야 해요. 네?"

위태롭게 걷던 시원이 결국 제풀에 쓰러지자 재희가 일으켜 세웠다. 자신을 올려다보는 시원의 두 눈 때문에 재희의 가슴이 열대야를 맞은 듯 답답증을 호소하며 심하게 울렁거렸다.

"업혀요."

"아니요오. 걸을 수 있어요."

"업혀요."

"제가 얼마나 무거운지 재희 씬 몰라서 하는 소리 같은데 후회할걸요오."

"힘세다고 제가 몇 번 말했을 텐데 오늘 시험해보는 게 어때요?"

"아, 맞다. 그럼 그럴까요?"

시원이 업히자 재희는 가뿐하게 일어나 걸었다. 시원의 숨소리가 귓가를 간질였다. 얼마 지나지 않아 재희의 목에 두르고 있던 손에서 힘이 스르륵 빠지더니 숨소리가 일정해졌다. 주점 앞에 주차되어 있던 시원의 자동차 문을 열고서 잠든 시원을 조수석에 눕혔다. 이런 상황이 생길까 일부러 술을 마시지 않은 재희였다.

시원의 집 앞에 도착해 내리려는 순간, 재희는 한 남자가 원룸 빌라 앞 차에 기대어 시원의 집을 바라보며 담배를 피우는 남자를 발견하고 차 안에서 굳어버렸다. 직감적으로 시원과 관계가 있는 사람이라는 걸 알 수 있었다.

잠시 생각에 잠긴 재희는 내리지 않고 곧장 차를 돌렸다. 무작정 자신의 집으로 데려온 시원을 침대에 바로 눕히고 머리에 베개를 받쳐주자 시원이 인상을 썼다.

그래, 이것은 질투였다.

낯선 남자가 시원의 옛 연인이라는 확신이 왔을 때 울컥거리는 감정은 질투였다. 하염없이 시원을 기다리는 그 남자를 본 순간 시원을 잃어버릴까 걱정스러워졌다.

작고 동그란 얼굴에 귀여운 이목구비, 어깨 아래까지 오는 긴 생머리의 시원을 바라보던 재희는 참지 못하고 시원의 동그란 이마를 쓰다듬었다. 이 작은 여자에게 도대체 무슨 일이 생긴 건지 궁금했지만 인내하기로 했다.

자신의 못난 감정에 한숨을 푹 내쉰 재희는 시원에게 뻗었던 손을 거두어들이며 문을 닫고 거실 소파로 가서 누웠다.

통통통, 기분 좋은 소리와 고소한 냄새에 눈을 스르르 뜨던 그
녀는 주위를 훑어보다 갑자기 몸을 일으켜 세웠다. 그러자 밀려
드는 두통으로 오만상을 찌푸리며 눈을 꼭 감았다.

어제 감자탕 집에 갔다가 나온 것은 기억나는데 그 후의 기억
은 암전이었다. 여기는 분명 시원의 집도 아니고 경선의 집도 아
니었다. 그렇다면?

억지로 눈을 떠 주위를 둘러보자 침실에는 연한 파랑색 침구가
덮인 침대만이 덜렁 있을 뿐이었다.

똑똑.

노크 소리에 방문 쪽으로 고개를 돌리자 조심스레 문을 밀고
재희가 얼굴만 쏙 내밀었다.

"일어났네요? 잘 잤어요?"

시원이 끄덕이며 부끄러운 나머지 고개를 푹 숙이자 재희가 문
을 다 열고 시원에게 다가왔다.

"얼른 씻고 아침 먹어요."

강아지를 쓰다듬듯 시원의 머리를 몇 번 쓰다듬고는 나가버린
재희를 물끄러미 보던 시원은 방에 딸려 있는 욕실로 들어가 세
수를 하고 주방으로 나갔다.

재희가 국을 뜨고 있었다. 깔끔한 나무 식탁에 김치와 계란말이, 김, 멸치볶음이 다였지만 재희의 새심하고 깨끗한 손길이 묻어났다.

"북엇국 끓였어요. 입맛에 맞을지는 모르겠지만 한술 떠요. 집까지 데려다 줄게요."

"제가 뭐 실수한 건 없어요?"

세수를 한 말간 시원의 얼굴이 빨갛게 변하자 재희가 웃으며 고개를 저었다.

"비틀거려서 업어줬더니 곯아떨어지던걸요? 제 등이 그렇게 편했나 봐요? 집 비밀번호 몰라서 우리 집으로 왔어요. 전 소파에서 잤고요."

상황 설명을 듣고 나자 시원은 안도의 숨을 내쉬었다. 혹시 자신이 실수를 한 건 아닌가 계속 고민하던 차였다.

"어서 먹어요."

"네."

북엇국을 한입 떠 넣자 고소하고 맑은 국이 시원의 입맛을 자극했다.

"맛있어요."

"아, 시원 씨 이제부터 어쩌려고 그래요?"

무슨 말이냐는 듯 시원이 눈을 크게 떴다.

"차남에 모실 시부모님도 없어, 돈도 잘 벌어, 나이도 시원 씨보다 한 살 어린데다 힘도 장사야, 집도 있는데다 살림 다 있으니 몸만 오면 돼, 술 먹은 애인 집에 데려와 고이 재우고 맛있는 해장국까지 끓여줘. 저한테 푹 빠지는 거 아니에요? 이런 남자 밖에 내보냈다가 시원 씨 걱정돼서 어디 잠이나 자겠어요?"

너스레를 떨며 능청스레 웃는 재희의 모습에 시원은 걱정스러운 마음도 잊고 큰 소리로 웃어버렸다.

이 남자, 자화자찬이 심하긴 하지만 그렇게 해서라도 시원을 웃겨주려고 노력하고 있었다. 고마웠다. 이 남자의 배려가. 재희의 집에 와서 잔 것도 잔 것이지만 어제의 일을 재희에게 설명하는 일이 막막하게만 느껴졌는데 일부러 시원을 위해 너스레를 떠는 모습이 더 사랑스럽게 느껴졌다. 슬프게도…….

선선한 아침, 두 사람이 마주보고 밥을 먹는 이 아침이 시원에게는 너무도 소중한 시간이었다.

"혼자 사는 거예요?"

"네."

농사를 짓는 사람들은 대부분 단독주택에 살고 있었다. 농기구를 넣어둘 수 있는 창고가 붙어 있는 주택에서 살 거라 생각했는데 재희는 빌라에서 혼자 살고 있었다. 깨끗한 거실에는 LED 텔레비전이 걸려 있었고, 맞은편에는 4인용 소파가 놓여 있었다. 자질구레한 짐도, 장식도 없는 것이 더 깔끔하고 집이 넓어 보이는 효과를 주었다.

"오늘 점심 먹고 뭐 해요?"

"오전에 농업기술센터에서 교육 있는데 그것만 들으면 별일 없어요. 왜요?"

"2시쯤 만나서 같이 팔공산 올레길 걷지 않을래요?"

그 말을 하는 시원의 모습이 어쩐지 슬퍼 보여 재희는 부러 농담을 걸었다.

"오늘 땡땡이치는 거예요? 나랑 놀고 싶어서?"

"2시까지는 일 처리할 수 있을 것 같아요."

"그래요, 가요."

재희의 집에서 아침을 먹은 후 집으로 돌아와 샤워를 하고 출근을 하자 은호가 전화를 걸어와 경선이 술병이 났다는 말을 전했다. 경선에게 오늘은 푹 쉬라는 문자를 보내고 컴퓨터를 켜 메일을 확인한 시원은 발주서 작성을 시작으로 빠른 퇴근을 위해 바삐 움직여야 했다.

정확히 2시에 만난 두 사람은 팔공산 올레길 1코스를 걷기로 했다. 1코스부터 8코스까지 시간이 날 때마다 시원과 함께 걷고 싶다는 재희의 오글거리는 말 때문에 두 사람은 시원의 차를 타고 공산터널과 백운삼거리를 지나 방짜유기 박물관에서부터 시작하는 1코스를 함께 걸었다.

등산도 다니는 모양인지 몸에 붙는 등산복을 입은 재희의 모습이 가을빛에 더 눈이 부셨다. 등산복 광고를 찍어도 손색없을 만큼 멋진 전문 산악인의 모습이었다.

북지장사를 향하여 가는 길에 탱자나무 길과 소나무 숲이 나오자 재희가 사진을 찍자고 졸라 둘은 지나가는 사람에게 양해를 구하고 스마트폰으로 사진을 찍었다.

"선남선녀가 여기 있네요."

사진이 마음에 드는지 재희가 자화자찬을 시작하자 시원은 어이없이 웃었다.

"재희 씨, 나 할 말 있어요."

웃음을 멈추고 물끄러미 재희를 바라보며 말하자, 재희가 고개를 끄덕이며 시원의 손을 잡고 올레 길을 걷기 시작했다.

"해봐요."

재희의 손이 너무 따뜻해 가슴이 울컥한 시원은 한참 만에 이야기를 꺼냈다.

"전 고등학교 때 엄마가 돌아가신 후로 외할머니와 함께 살게 되었어요. 인천에서 고령으로 내려온 이유가 그 때문이고요. 아버진, 아버진 제가 어렸을 때부터 계시지 않았어요. 어떤 이유인지는 모르겠지만 엄만 아마 제가 성인이 될 무렵 이야기해주려고 했던 것 같은데 그 전에 갑작스런 교통사고로 돌아가셔서 듣지 못했어요. 스무 살이 되면 만날 수 있을 거라는 희망을 막연히 가지고 살았는데 이젠 그런 희망 따위는 버린 지 오래예요. 외할머니는 엄마가 이야길 해주지 않으니 자세하게 모르고 계셨어요. 그저 결혼하지 않고 저를 낳았다는 것만 알고 계셨어요. 아버지가 궁금했지만 한 번도 저를 찾아오지 않은 걸 보면 원하지 않는 자식이었던 것 같아요."

스무 살이 되면 아버지를 만날 수 있을 거라던 민영의 말을 믿었다. 만날 수 없는 절박한 상황이 있을 거라고 생각했다. 시간이 지나면서 그것이 쓸데없이 인생을 낭비하는 것임을 깨닫고는 더이상 아버지에 대해 생각해보지 않았다.

시원의 손을 잡고 올레 길을 걸으며 조용히 듣고만 있던 재희가 물었다.

"시원 씨 어머니는 어떤 분이셨어요?"

민영의 얼굴이 아득히 떠올랐다. 늘 웃는 모습만 보여주려던 그녀, 힘들어도 내색 않고 웃기만 하던 얼굴.

"엄마는 참 고운 분이셨어요. 얼굴도, 마음도. 커갈수록 친구 같은 엄마였죠."

"그건 시원 씨랑 똑같네요."

재희의 말에 시원은 피식 웃어버렸다.

"홀로 저를 키우시느라 일을 손에서 놓은 적이 없었어요. 생각 해보면 그게 가장 안타까워요. 한 번쯤은 몸도 마음도 고될 때 신 세한탄을 하실 만도 했을 텐데 늘 저를 사랑스러운 눈길로 바라 봐 주셨어요. 그런 엄마가 퇴근길에 사고로 돌아가셨어요. 무면 허로 운전한 대학생의 차가 갑자기 인도로 올라와 엄마를 덮쳤대 요. 수업 중에 그 말을 들었을 때는 꿈인 줄 알았어요."

그때 느꼈을 시원의 고통이 재희의 가슴에 고스란히 전해졌다. 재희는 시원을 잡은 손에 힘을 바짝 주었다.

"장례가 끝나자마자 고령으로 내려와 외할머니와 살았어요. 할 머니는 하나뿐인 딸이 죽고 나자 저를 딸처럼 키우셨어요. 공부 는 곧잘 했던 터라 할머니 기대에 부응하고 싶은 마음에 의대에 지원을 했죠. 의대에 입학한 손녀딸 자랑이 할머니의 낙이었어 요."

여태껏 재희에게 차마 하지 못했던 이야기를 시원은 계속 이어 갔다.

"본과를 다닐 때 같이 스터디 그룹을 하던 친구와 사귀게 되었 어요. 첫사랑이었어요. 본과를 함께 졸업하고 같은 병원에서 인 턴 시절을 보낸 후 결혼하기로 약속했는데 남자 쪽에서 제가 마 음에 들지 않았던 모양이에요. 부모가 없다는 이유로 근본 없는

233

집이라 했고, 의사인 아들은 열쇠 세 개는 기본이라는데 그럴 만한 재력이 있는 것도 아니고, 아무튼 이래저래 제가 마음에 들지 않던 차에 할머니가 돌아가셨어요. 그런데 결혼을 앞두고 부정이 탄다는 이유로 할머니 장례식에 절대 참석해서는 안 된다고 하시더라고요. 외할머니라서 괜찮대요. 외할머니 장례를 치러줄 사람은 나밖에 없는데."

정신없이 택시를 타고 고령으로 달려가는 길, 민 여사와의 통화를 끝낸 뒤 시원은 두 번 생각하지 않고 정민에게 전화를 걸었다.

"그 사람에게 파혼을 하자는 말을 전하고 장례를 치렀어요. 할머니만큼은 제 곁에 있어주실 거라고 생각했어요. 그렇게 빨리 가실 거라고 생각하지 못했어요."

시원은 그 시절을 떠올리며 다시 울컥하는 감정을 가라앉혔다.

"정신이 나간 상태였어요. 물도 한 모금 넘기지 못하고 시름시름 앓았는데 영발 할머니는 그러다 제가 죽기라도 할까 봐 억지로 죽도 먹이고, 물도 먹이고 했어요. 그렇게 심하게 앓았던 건 처음이었던 것 같아요. 엄마가 돌아가셨을 때도 그 정도는 아니었거든요. 교수님이 찾아와서 병원으로 복귀하라고 말씀하셨지만 병원으로는 다시 돌아가고 싶지 않았어요. 할머니가 안 계시니 더 이상 병원을 나갈 이유가 없었어요. 그저 죽고 싶다는 생각으로 살았죠."

그 말에 시원을 붙잡은 재희의 손에 힘이 바짝 들어갔다.

"그냥 멍한 상태로 지내던 중에, 영발 할머니가 볕이 좋다고 나를 억지로 마루로 끌어냈는데 할머니가 베어놓고 간 콩대가 보이는 거예요. 할머니가 계셨으면 벌써 콩 타작을 하고, 메주 담글 준비를 하셨을 텐데 하는 생각이 들자마자 콩 타작을 했어요. 타작을 하고 나서 영발 할머니에게 콩을 팔아달라고 했더니 한 되에 이천오백 원이라는 거예요. 그 돈에 우리 할머니 땀을 팔 수 없겠다 싶어 영발 할머니 가르침대로 메주를 담그고 된장을 만들었죠. 그땐 웬일인지 된장이 너무 맛있게 담가져서 불티나게 팔렸는데 다음 해는 쫄딱 망해버렸지 뭐예요. 그래서 과외를 하며 돈을 벌어 다시 된장을 만들었어요. 과외하는 엄마들에게 된장을 팔아 입소문이 난 게 기회가 되기도 했죠. 또 다이어트 된장물을 개발하고 유통시키면서 매출이 많이 늘었고요. 몇 번의 실패를 거듭한 덕에 이제 궤도에 오른 거예요."

천천히 걷고 있었지만 걸으면서 꽤나 긴 이야기를 하는 시원은 저도 모르게 헐떡이고 있었다.

"영발 할머니 다리 수술 때문에 병원에서 우연히 마주쳤어요. 또 다사에 된장 납품을 하러 갔다가 그 사람 어머니와 마주쳤고요. 섬유회사를 크게 했는데 부도가 났대요. 어제 찾아와서 결혼을 하겠다고 하면 허락을 하겠다는 말에 경선이가 저 대신 말도 안 되는 그 소리를 받아쳤고요. 어제 일은 그래서 일어난 일이에요."

잠시 틈을 주고 시원은 말을 이었다.

"솔직히 결혼을 한 건 아니지만 결혼까지 할 뻔한 일을 재희 씨에게 말을 했어야 하는데 그러지 못했어요. 미안해요."

그리고 꼭 해야 하는 말.

"실망했다고 해도 어쩔 수 없어요. 이미 되돌릴 수 없는 과거니까요. 지금 멈추고 싶다고 해도 괜찮아요. 다 받아들일 각오를 하고 왔으니까."

그녀의 긴 이야기가 끝이 났지만 재희는 말없이 걷기만 했다. 그녀도 묵묵히 걸었다.

"시원 씨는 멈추고 싶어요?"

반짝이는 가을빛이 재희를 아름답게 비추고 있었다. 시원은 천천히 고개를 저었다.

"멈추고 싶지 않지만 재희 씨가 원한다면 그래야 한다고 생각해요."

슬프게도 그래야 한다고 생각했다.

"자랑은 아니지만 형도, 저도 꽤 공부를 잘했어요. 시골에선 다 그만그만하게 살아가듯 저희 집도 그랬어요. 형은 장남이라는 멍에를 늘 짊어지고 살았던 것 같아요. 서울에 있는 대학에 갈 성적임에도 대구에 있는 국립대학에 간 것도 집안과 저를 위한 불가피한 선택이었던 것 같아요. 그땐 몰랐지만."

재희의 말에 일전에 보았던 재민의 모습이 아련히 떠올랐다. 비슷하게 닮았던 다정한 두 형제.

"대학교 3학년 때 아버지가 돌아가시고 남은 대학 등록금에 생활비를 형이 다 감당했어요. 빡빡한 서울 생활에도 뒤에서 돌봐주는 형이 있어 힘을 낼 수 있었어요. 뭔가 뜯고 조립하는 걸 좋아했던 전 명원그룹에 들어가서 하이브리드 연구팀에서 자동차를 연구하고 경쟁하며 쳇바퀴 돌듯 살았어요. 잦은 야근, 잦은 출장. 여자를 만나도 시간이 없었어요. 기다린다던 여자들도 결국은 나가떨어지더군요."

재희가 처음 꺼내는 그의 이야기를 시원은 가만히 들어주었다.

"하이브리드 차를 출시하고 해외 출장이 잦았는데 그날은 미국 출장 중이었어요. 바이어들과 장시간 회의가 끝나고서야 고혈압과 당뇨병이 있으셨던 어머니가 돌아가셨다는 소식을 들었어요. 벌써 하루가 지난 뒤였죠. 회의 때문에 일부러 전달을 하지 않았던 거예요. 마지막 가시는 길, 어머니 곁에 있지 못한 것도 불효지만 저 때문에 4일장을 해야 했어요. 비행기 표를 구해 서울에서 다시 대구로, 대구에서 다시 고령으로 긴 여정 끝에 도착하고서야 어머니는 아버지 곁에서 잠드셨죠. 가장 큰 불효를 저질렀어요. 돌아가신 어머니를 기다리게 했으니."

시원은 그가 느꼈을 충격과 아픔을 이해할 수 있었다.

"다시 서울로 가지 않으려는 저를 형이 보냈어요. 형 말은 법이라고 생각하고 살았으니 전 다시 제자리로 복귀했죠. 그리고 몇 달 지나지 않아 형수님 전화를 받았어요. 회사에서 2년마다 정기적으로 받는 건강검진에서 위암이라는 진단을 받았다고. 청천벽력이었죠. 아버지 같은 형마저 떠날 수 있다는 불안감에 잠이 오지 않았어요. 그리고 서울 생활을 청산하고 내려왔죠."

"형은 괜찮으신 거예요?"

"다행히 1기라 수술도 성공적이었고 예후도 좋았어요. 살이 많이 빠지긴 했지만 지금은 건강해요. 올해 건강검진 결과도 재발은 없었다고 하니 참 다행이죠."

형이 사라질 때까지 내내 지켜보던 재희의 모습이 이제 이해가 되었다. 그만큼 형을 믿고 따랐을 재희.

"서울에서 내려와 형 일을 도와 농사를 지으면서 한 번도 후회한 적은 없었어요. 헌데 시원 씨를 만나고 딱히 내세울 것이 없다 보니 그 시절의 제가 약간은 아쉽더군요. 그랬다면 고민하지 않고 시원 씨에게 더 당당하게 고백하지 않았을까 하고."

재희가 갑자기 발걸음을 멈추었다. 손을 잡고 있었으니 시원도 덩달아 발걸음을 멈출 수밖에 없었다.

시원에게는 늘 당당하게만 보이던 재희가 그런 생각을 하고 있었다니 뜻밖이었다. 시원은 지금 그대로의 재희의 모습도 충분히 매력적이었다.

"과거란 그런 거예요. 이미 지나간 때, 이미 지나간 일이에요. 저, 그런 것에 집착하는 놈 아니에요. 시원 씨가 지금 멈추자고 해도 멈추고 싶지 않아요. 그런 것 때문에 미안해하지 않아도 돼요."

눈물이 뚝뚝 떨어졌다. 재희가 손을 들어 그녀의 볼에 떨어지는 눈물을 닦아내고 팔을 잡아 당겼다. 그리고 품에 꼭 안았다.

"그 사람은 어차피 과거의 사람이잖아요. 시원 씨가 사랑한다고 고백한 사람은 당신 앞에 있는 사람, 바로 서재희고요."

재희가 깊이 울리는 좋은 목소리로 시원의 귀에 조용히 속삭였다.

그래, 그녀가 지금 사랑하는 사람은 그녀를 꼭 안고 있는 서재희였다.

"당신이 그 사람이랑 결혼했으면 내가 얼마나 땅을 쳤을지 생각만 해도 미칠 것 같은걸요. 그 사람과 결혼하지 않고 나한테 당신을 만날 기회를 줘서 오히려 내가 고마워요."

아, 이 사람은 늘 따뜻한 말로 시원을 감싸주고 감동하게 만들었다.

"그런 일로 마음 쓰지 마요. 내가 말했듯이 난 당신의 어떤 조건보다 당신 자체로 좋아요. 그러니 우리 연애는 그것과 무관해요."

재희의 말에 손을 들어 그 등을 꼭 껴안는 시원의 눈에서 눈물이 주르륵 흘러내렸다.

싫어할 거라 생각했다. 연애를 하다 헤어진 것이 아니라 결혼까지 약속한 사람과 헤어졌으니 어쩌면 재희가 싫어할 수도 있을 거라 생각했다. 헤어짐을 감수하고 여기까지 온 시원인데 재희는 오히려 시원을 위로하고 있었다.

"고생 많았어요. 그런데 말이죠, 시원 씨가 그렇게 힘들었던 그 모든 과정은 어쩌면 저를 만나기 위한 시련이 아니었을까요? 그러니 앞으로 제가 시원 씨 즐겁고 행복하게만 해줄게요. 나 믿죠?"

따뜻하게 귓전을 파고드는 재희의 고운 음성에 시원의 눈에서 눈물이 뚝뚝 떨어지다 못해 아예 줄줄 흘러내렸다. 모든 것이 자신 때문이라며 시원의 짐을 대신 짊어지려고 하는 재희의 말이 진실로 다가와 가슴에 파고들었기에 감동적이지 않을 수 없었다.

"믿어요."

재희가 주는 믿음에 대한 확신. 그 확신이 없었더라면 시작도 못 했을 관계였다.

"사랑해요. 저 역시 장시원이라는 황홀의 캄캄한 지옥에 빠진 것 같아요. 아주 깊이."

그의 고백에 얼굴은 웃고 있는데 눈에서는 눈물이 멈추지 않았다.

　과거의 조각들이 뾰족하게 찔러대는 통증을 재희가 다가와 어
루만져주고 닦아주었다. 서서히 아물어가는 상처 속에 두 사람은
깊은 입맞춤을 나누었다.

　서로의 마음을 다시 한 번 확인하게 된 두 사람은 올레길을 내
려와 고령으로 돌아왔다. 그리고 지금 맛있는 고기를 먹여주겠다
는 재희를 따라가보니 도착한 곳이 2층 주택 앞이었다.

　"여기가 어디예요?"

　맛있는 고기를 먹여주겠다기에 고령에 있는 맛집으로 가는 줄
알았더니 주택 앞에 서기에 어리둥절해하던 시원이 물었다.

　"시원 씨 맛있는 고기 먹여줄 집."

　오는 길에 들러 사 온 한우를 시원의 눈앞에 내밀며 재희가 씩
웃었다.

　딩동.

　벨을 누르자 확인도 없이 은색 철제 대문이 열렸다.

　시원의 손을 잡아채 대문을 열고 들어간 재희를 따라가자 잔디
가 깔려 있는 마당에서 의젓하게 생긴 남자아이와 아직 솜털이
보송보송한 어린 여자아이가 달려 나왔다.

　"삼촌!"

　"삼촌, 삼촌!"

　어느새 재희에게 매달린 두 아이 때문에 재희는 시원의 손을
놓고 둘을 번쩍 안아 빙빙 돌렸다. 까르르 웃으며 넘어가는 아이
들 덕분에 보는 시원까지 마음이 흐뭇했다.

"어지러워, 삼촌!"

"내려줘, 내려줘!"

한참을 빙글빙글 돌린 후에야 놓아주자 중심을 잡지 못한 아이들이 비틀거렸다.

"어, 어!"

넘어지려는 여자아이의 허리를 시원이 붙잡아 중심을 잡아주자 아이가 초롱초롱한 눈망울을 시원에게로 들며 물었다.

"아줌마는 누구세요?"

아이의 급작스런 물음에 시원은 당황했지만, 한 팔로 아이를 번쩍 안아 올린 재희가 마당으로 걸어가며 대신 말했다.

"삼촌 여자친구다, 왜! 삼촌 여자친구 예쁘지?"

"에? 삼촌 여자친구? 정말이야?"

비틀거리며 재희를 따라가던 남자아이가 눈을 동그랗게 뜨고 물었다.

"저 왔습니다!"

아이의 물음에 대답도 않고 걸어가던 재희가 소리쳤다.

"도련님 오셨어요? 그렇잖아도 기다리고 있었어요."

"왔어?"

마당 한구석에서 불을 피우고 있던 남녀가 재희를 반겼다.

재희는 들고 있던 고기를 테이블에 내려놓고서 품에 안고 있던 여자아이를 의자에 앉혀둔 후 멀뚱히 대문 앞에 서 있는 시원에게 다가와 손을 잡았다. 그리고 불을 피우고 있던 두 사람 앞으로 데려갔다.

"전에 우리 형은 만났으니 안면이 있을 테고, 여기 계신 미모의 여자분은 우리 형수님이신 오가혜 여사님이세요. 인사해요, 시원 씨."

당황스러움을 감추며 시원은 재희의 형과 형수에게 인사를 했다.

"안녕하세요, 장시원입니다."

"어서 와요."

"반가워요, 시원 씨. 우리 도련님이 이렇게 예쁜 아가씨를 데려올 줄은 꿈에도 몰랐어요. 온다기에 전화 받고 어찌나 놀랐는지, 반가워요. 정말 반가워요."

무덤덤하게 인사를 하는 재민과 달리 가혜는 민망스러울 만큼 기뻐하며 그녀를 반겨주었다. 한쪽 보조개가 쏙 들어가는 귀엽고 예쁜 웃음이 시원을 절로 웃게 만들었다.

"여긴 여섯 살 지훈이, 네 살 지민이. 인사해, 지훈이, 지민이."

아이들까지 소개를 해준 재희가 의자에 앉아 있던 지민이를 안아 그녀의 키에 맞춰주자 아이는 까르륵 웃으며 인사를 했다.

"안녕하세요."

"안녕, 지민아."

낯가림 없이 시원을 반기며 인사하는 모습이 사랑스러웠다.

"진짜 삼촌 여자친구야?"

"지훈이 인사부터 해야지."

재민의 나지막한 목소리에 지훈이 소리 없이 인사를 꾸벅 했다.

"배고프다. 우선 저녁부터 먹자."

"그래요, 두 사람 배고플 텐데 전 밥부터 퍼 올게요."

재민이 재희가 테이블에 내려놓았던 고기의 랩을 벗겨내자 가혜가 집게를 재민에게 가져다주며 분주하게 움직였다.

그 틈을 이용해 시원이 재희의 팔을 아프게 꼬집었다. 그러자 재희는 비명을 지르지도 못하고 아픈 표정을 지었고 시원은 그런 재희를 쏘아보았다.

"한 마디 언급이라도 했으면 좋았잖아요. 빈손으로 오게 하면 어떻게 해요."

알았다면 잠시 빵집에라도 들러 케이크라도 사 왔을 텐데, 무안하기 짝이 없어 재희에게 조용하게 속삭였다.

"고기 사 왔잖아요. 저건 시원 씨가 사 온 거예요. 알겠죠?"

재희가 정육점에 들어갔을 때 시원은 버젓이 차만 지키고 있었건만, 재희는 웃으며 시원의 귀에 속삭이고는 걱정 말라는 듯 어깨를 톡톡 두드렸다. 그러고는 그녀의 말은 듣지도 않고 지민을 안은 채 고기를 굽는 재민의 곁으로 가 잡담을 나누었다.

이렇게 시원을 덩그러니 내버려둔 채로.

형의 곁에서 무슨 이야기가 그리 즐거운지 조잘거리는 재희와 그 이야기를 들으며 빙긋이 웃는 두 형제의 모습에서는 시원조차도 범접할 수 없는 형제애가 묻어났다. 그 모습에 혼자 내버려둔 재희가 야속하면서도 부러웠다.

"근데 몇 살이에요?"

홀로 된 시원을 지켜보고 있던 지훈이 물었다.

"서른두 살."

"우리 엄마랑 똑같네요. 우리 아빠는 서른일곱 살이에요. 그런데 왜 아직까지 결혼 안 했어요?"

순수하게 물어오는 지훈의 말에 무슨 대답을 어떻게 해야 할지 어쩔 줄 몰라 하던 시원은 화제를 돌리며 물었다.

"엄마 힘드실 텐데 우리 같이 가서 엄마를 도와드리는 건 어때?"

"좋아요!"

두 번 생각도 않고 집 안으로 들어가는 지훈을 따라 그녀도 몸을 움직였다.

재희의 말대로 고기는 맛있었다. 숯불 앞에 둘러서서 구워 먹는 고기 맛은 지금껏 먹어보았던 어떤 비싼 고기보다도 훌륭했다.

세 사람이 약속이나 한 듯 맛있게 구운 고기를 시원의 앞에 놓아주는 바람에 거절하지도 못하고 먹다 보니 끝내 배가 부르다 못해 터질 지경이었다.

고기를 다 먹은 후 두 남자가 뒷정리로 분주하게 움직일 때 아이들과 두 여자는 빨갛게 꺼져가는 숯을 뒤적여 호일로 감싼 고구마를 덮어두고 있었다.

"자, 다 됐다. 고구마가 다 익을 때까지 기다리자."

"엄마, 고구마 다 익으면 부르세요. 전 들어가서 레고 할래요."

"그래, 아들."

지훈이 들어가고, 가혜는 아까부터 엄마 다리에 매달려 있던 지민을 안아 올려 등을 쓰다듬으며 토닥였다.

"우리 지민이 잠 오면 자."

졸렸는지 아이는 가혜의 어깨에 머리를 기대 눈을 감을 듯 말 듯 하다가 잠에 빠졌다.

"시원 씨, 미안한데 과일 좀 깎아주세요."

"아, 네."

아까 가혜가 테이블에 내놓은 복숭아와 사과를 둘러싸고 두 사람은 의자에 앉았다.

"저녁 준비 하려는데 재희 전화 받고, 아! 실수."

혼자 말하다 말고 가혜는 멋쩍게 웃었다.

"도련님이 2월생이라 일찍 학교를 들어오는 바람에 도련님이랑 저랑 초등학교 동창이에요. 가끔 이렇게 실수를 하네요."

묵묵히 과일을 깎으며 시원은 재희에 대한 새로운 사실을 또 한 가지 알게 되었다.

"저녁 준비 하려는데 도련님 전화 받고 깜짝 놀랐지 뭐예요. 지훈이 아빠한테서 시원 씨 이야기 스쳐 지나듯 들은 적이 있는데 집으로 데려오리라고는 생각도 못 했어요. 아가씨를 집에 데려온 적은 처음이라 어찌나 반갑던지."

끈끈한 정이 묻어나는 이 집에 데려온 첫 번째 여자라는 사실이 시원은 못내 행복했다.

"지훈이 아빠가 아플 때 아이들과 저 대신 곁에서 병간호를 도맡아 해준 것도 미안하고, 좋은 직장까지 그만두고 농사를 짓고 있는 게 다 제 탓 같아 늘 미안하고 죄송스러웠어요. 그래서 좋은 아가씨 만나 행복하게 살면 좋겠다고 생각했는데 시원 씨를 보니 도련님 걱정은 그만해도 될 것 같아요."

그녀가 얼마나 재희를 걱정하는지 충분히 알 수 있었다.

위암인 형을 위해 남들이 부러워하는 직장까지 그만두고 내려와 형의 병수발을 했으니 가혜의 마음이 오죽 편치 않았을지 이

해가 갔다.

"도련님은 어릴 적부터 공부를 잘해서 늘 반장을 도맡아 했어요. 인물도 멀끔하지, 거기다 자상하기까지 해서 여자아이들에게도 인기가 참 많았어요. 전 도련님보다는 지훈이 아빠를 쫓아다닌 쪽이었지만요."

가혜는 아련한 추억을 이야기하며 수줍게 웃었다.

"우리 도련님 잘 부탁해요."

다시 보조개를 피우며 웃는 가혜를 따라 웃으며 시원은 복숭아와 사과가 얌전하게 놓여 있는 접시를 내밀었다.

"지훈이 아빠, 도련님, 과일 드세요."

마침 현관문을 열고 나오는 두 남자를 가혜가 손짓으로 불렀다.

"이리 줘. 내가 눕히고 올게."

잠에 빠진 지민을 안고 있는 가혜를 보고 재민이 대신 아이를 안아 올렸다. 아이를 둘 낳은 몸 같지 않게 삐쩍 마른 그녀를 걱정하는 남편의 모습이 어쩐지 부러워져 시원은 두 사람에게서 눈을 떼지 못했다.

"같이 가요. 이불 깔아야 눕히지."

두 사람이 다시 집 안으로 들어가자 재희가 시원의 옆에 앉으며 어깨에 머리를 기댔다. 비로소 둘만의 시간이 허락되었다.

"맛있는 고기 많이 먹었어요?"

"너무 많이 먹어서 돼지 될 것 같아요."

부러 무뚝뚝하게 이야기하는 시원에게 재희가 손으로 턱을 괴고 빤히 바라보았다.

"돼지가 되어도 시원 씬 예쁠 거예요."

능청스러운 재희의 말에 시원은 오톨도톨 돋아나는 닭살을 문질러야 했다.

"형수님 참 예쁘신 분이네요."

"별명이 스토커였어요. 하도 형을 따라다녀서 제가 지어줬었죠."

귀엽고 예쁘게 생긴 가혜가 스토커라는 별명이 붙을 정도로 재민을 따라다녔을 생각을 하자 잔잔한 웃음이 터져 나왔다.

"참 다정한 부부네요."

재희도 인정하는 듯 고개를 끄덕이며 말했다.

"형은 좋아도 좋은 척, 싫어도 싫은 척 표현하지 못하는 사람이었어요. 그런데 아프고 나더니 딴 사람이 되었어요. 그렇게 가혜가 쫓아다닐 때는 꿈쩍도 안 하더니 요즘은 반대가 된 것 같다니까요. 뭐, 가혜가 덜 억울하긴 하겠지만."

그러더니 다시 빤히 바라보는 재희의 시선.

"나도 저만 한 나이가 되면 시원 씨가 날 졸졸 쫓아다니려나?"

그의 말에 시원은 실소를 터뜨리며 접시 위에 놓여 있던 복숭아를 재희의 입 안에 넣어버렸다. 복숭아를 씹으며 웃는 그를 지켜보던 시원도 결국 웃어버렸다.

재민의 집을 나올 때, 가혜는 시원의 팔을 붙들며 소곤거렸다.

"우리 잘 지내봐요. 자주 놀러 와야 해요!"

"네."

가혜의 예쁜 웃음에 따라 웃으며 시원은 아쉬운 마음으로 집을 나섰다.

비록 어른들은 계시지 않지만 시원이 어린 시절 꿈꾸어오던 따뜻하고 행복한 집이었다. 서울 생활을 미련 없이 접고 내려온 재희가 지키고 싶어 했던 것이 무엇인지 시원은 어렴풋이 알 수 있을 것 같았다.

서로의 고백으로 마음까지 풍요로운 가을날의 논과 밭은 그야말로 황금 밭을 연상케 했다. 하지만 노랗게 물든 평화로움 속에서 홀로 시원만이 가을 들녘이 주는 아름다움을 느끼지 못하고 있었다. 콩알이 탁탁 튀며 꼬투리를 까고 나오는 소리에 귀를 기울이며 상념에 휩싸여 있는 중이었다.

멧돼지가 파헤쳐놓은 콩밭은 난장판이 따로 없었다.

집에서 노는 것이 적적하다고 영발이 쉬엄쉬엄 익은 콩대를 베겠다며 밭으로 갔는데 멧돼지가 밭을 파헤쳐놓았다는 것이다. 연락을 받은 시원이 부랴부랴 밭으로 달려온 길이었다.

알찬 꼬투리를 잔뜩 달아놓은 콩밭을 멧돼지란 놈이 엉망으로 만들어놓았으니 나오는 건 한숨뿐이었다. 그나마 다행인 건 일부분이라는 것이었다. 그러나 멧돼지가 언제 다시 내려와 또 밭을 엉망으로 만들어놓을지도 모르기에 안심할 수 없었다.

밭에 앉아 멀리 보이는 논밭을 바라보며 시원은 휴대전화를 꺼내들었다. 언젠가 콩 밭에 멧돼지를 풀겠다던 재희의 말이 생각나 사진을 첨부한 문자를 보냈더니 깜짝 놀란 재희가 바로 전화를 걸어왔다.

- 멧돼지가 틀림없네요.

"재희 씨가 어젯밤 멧돼지 푼 거 아니었어요?"

- 설마 경찰에 신고하는 건 아니겠죠?

이 상황에서도 농담이 술술 나왔다.

- 현장 그대로 남겨둬야 해요. 나중에 보상받으려면 현장이 그대로 남아 있어야만 하거든요. 멧돼지가 또다시 내려올 확률이 높으니까 빨리 콩 타작을 하는 게 좋겠어요.

그렇다고 채 익지 않은 콩을 벨 수도 없는 노릇이었다. 그래도 보상을 받을 수도 있다니 완전히 절망적인 것만은 아니었다.

'그래, 처음부터 다 잘되면 재미가 없지.'

멧돼지가 파헤쳐놓은 곳을 현장 그대로 남겨두라는 재희의 말대로 그 부분은 손도 대지 않은 채 그대로 두고 시원은 가지고 온 낫으로 노랗게 익은 콩대를 베기 시작했다.

"쉬운 일이 시상천지 어딨노. 농사가 사람이 짓는 거 같아도 다 하늘이 허락하고 자연이 허락해야 하는 기라."

익은 콩대를 주섬주섬 베기 시작한 영발이 위로의 말을 꺼냈지만 그동안의 정성이 날아간 것 같아 시원은 못내 섭섭했다.

"망할 멧돼지들, 한 번만 더 내려오면 다 잡아먹어버린다!"

진심이다, 이놈들아.

"쯧쯧."

산을 향해 경고를 날린 시원을 바라보며 영발이 혀를 찼다.

"해 지기 전에 어여 하자."

꼬투리 속에서 콩알이 탁탁 튀는 소리를 들으며 시원이 영발과 함께 익은 콩대를 베어내며 바쁘게 일하는 동안, 마찬가지로 추수철이라 남의 집 추수까지 도맡아 하는 재희 역시 논에서 바쁜 일과를 소화하고 있었다.

추수철이 끝나면 논을 갈아 다시 수박 농사를 지을 준비를 해야 하는 재희에게는 지금부터가 농사의 시작이라고 할 수 있기에 바쁜 두 사람은 전처럼 데이트가 자유로울 수 없었다.

대충 익은 콩을 벤 후 뒷정리를 영발에게 맡긴 시원은 트럭을 몰고 고령 일대를 돌기 시작했다. 벌써부터 콩 타작을 하는 노인들이 드문드문 보였다.

이 시기부터 고령 일대를 샅샅이 돌며 즉석에서 바로 콩을 사는 것은 시원만의 노하우였다. 시장에서 사면 발품을 많이 팔지 않아도 되고 편리하겠지만 드문드문 국산 콩과 중국산 콩을 섞어 팔거나 아예 중국산을 국산으로 속여 파는 사기꾼들이 있어, 발품을 팔더라도 농가를 직접 찾아가 콩 타작을 하는 현장에서 바로 콩을 사는 것은 가을철 시원의 주된 일이 되었다.

어둑해져서야 집으로 돌아온 그녀는 온몸에 쌓인 먼지를 샤워로 깨끗이 털어내고 인터넷으로 농기계 임대 사업소 홈페이지에 들어가 콩 탈곡기를 임대했다. 생각난 김에 멧돼지 퇴치법을 검색하던 시원은 블로그 몇 군데를 보자마자 약국으로 쫓아가 크레졸 열 병을 사서 콩 밭으로 갔다. 이미 날이 어두워졌지만 멧돼지들이 콩 밭을 쑥대밭으로 만들까 걱정이 되어 이대로 잠들 수가 없었다. 멧돼지란 놈이 크레졸 냄새를 싫어한다고 하니 일단 오늘은 급한 대로 생수와 섞은 크레졸을 밭고랑에다 뿌려두고 갈 생각이었다. 그런데 중요한 손전등을 가져오지 않았으니 아쉬운 대로 휴대전화 손전등 모드를 사용할 수밖에 없었다.

산과 인접한 깜깜한 콩 밭을 올라가자니 무섭기도 했지만 시원은 밭고랑을 걸어가며 크레졸을 조금씩 뿌렸다.

그런데 그때!

"저기 사람 아이가?"

깜깜한 밤 들려오는 남자의 목소리에 귀신이라도 본 듯 화들짝 놀란 시원은 얼음이 되어 자리에 멈춰 섰다.

이 상황에 밭에서 나는 남자의 목소리라면 도둑이 틀림없었다. 멧돼지에 이어 도둑까지!

요즘 농가에 도둑이 들어 수확을 앞둔 농작물을 훔쳐가는 일이 종종 발생하곤 했다. 그 상황에서도 시원은 도둑에게 자신의 신변을 노출시키지 않기 위해 얼른 휴대전화를 주머니에 넣고 주저앉았다.

분명 가까이에서 들려온 목소리였다. 마을과 인접하지 않은 콩밭이기에 도둑이 자신과 대면하게 된다면 분명 위협을 가할 것이 뻔했다.

"어, 여기쯤에 빛이 보였는데 어디 갔노?"

남자의 목소리가 점점 시원에게로 다가오고 있었다. 이도저도 못 하고 두려움에 덜덜 떨고 있는데 손전등이 시원을 딱 비추었다.

"으, 으악! 사, 사람 살려!"

시원은 크레졸이고 뭐고 손에서 내팽개치고는 손전등을 든 남자의 반대쪽으로 내달리기 시작했다. 목이 터져라 소리를 지르는 것도 잊지 않은 채.

"도둑이야! 도둑! 살려주세요!"

그렇게 살려달라고 소리쳤거늘 결국 쫓아온 남자에게 붙잡힌 시원은 말문을 잃고 허공에서 헛손질을 하며 버둥거렸다.

"시원 씨?"

재희의 목소리에 순식간에 두 사람의 움직임이 멈췄다.

누군가가 이쪽을 손전등으로 비추었고, 그제야 두 사람 다 어리둥절한 눈으로 서로를 바라보았다.

"어, 시원 씨 아인교?"

현우였다. 그렇다면 아까 처음 들은 목소리는 현우의 목소리였던 것이다.

"아까 도둑이 시원 씨였는가배?"

서로가 도둑이었다고 오해한 데서 비롯된 일이었다.

"여길 어떻게?"

어리둥절한 표정으로 그녀가 물었다.

"이 밤에 여길 혼자 온 거예요?"

화가 난 듯한 재희의 음성이 시원의 정신을 제자리로 돌려놓았다.

"시원 씨 콩 밭에 멧돼지가 내려왔다 캐가 일 끝내고 보러 왔다 입니꺼. 그런데 못 보던 트럭 한 대가 서 있기에 혹시 도둑인가 싶었디만은 시원 씨였구만은."

오해의 소지가 충분했다. 야밤에 트럭까지 끌고 왔으니.

"아, 콩 싣는다고 일부러 트럭 타고 왔어요. 잠깐 크레졸만 뿌리고 갈 생각이었는데 전 현우 씨가 도둑인 줄 알고."

"그래서 살리달라 카면서 도망 갔는교? 목소리 한번 우렁차데예. 오늘 밤은 시원 씨 무서워서라도 멧돼지들도 못 내려오겠는데예."

현우가 상황을 정리하다 웃음을 참지 못하고 넘어갈 듯 웃어댔다.

"왜 이렇게 무모해요!"

재희는 여전히 붙잡은 허리를 풀어주지 않은 채 시원을 내려다보았다.

"여기가 어디라고 이 야밤에 혼자 와요. 멧돼지라도 내려오면 어떻게 하려고 겁도 없이. 손가락 없어요? 전화할 줄 몰라요?"

화를 내는 재희 때문에 현우가 웃음을 멈추었고 시원도 예상치 못한 상황에 눈만 끔벅거리며 재희를 올려다보았다.

"이것만 뿌리고 갈 생각이었는데 제 생각이 짧았나 봐요."

계획 없이 무작정 시작한 일이기에 뒷일까지 생각지 않았다. 바쁜 재희에게 폐를 끼치고 싶지도 않았다. 그럼에도 불구하고 재희의 말이 옳았기에 반박할 수 없었다.

"그건 재희 말이 맞습니더. 그래도 이 야밤에 여자 혼자 오는 건 위험하지예."

야행성인 멧돼지라도 내려왔다면 끔찍한 일은 순식간일지도 몰랐다.

"시원 씨도 갑자기 나타난 우리 때문에 얼마나 놀랐겠노. 그만 하고 내려가자."

하고 싶은 말이 많은 재희였지만 현우의 말에 입을 다물고는 시원을 놓아주었다.

"크레졸 어디 있어요?"

놀라서 내팽개친 크레졸 병을 찾아 논두렁에 조금씩 뿌린 후 세 사람은 밭을 내려왔다.

"형, 오늘 고마워요. 전 시원 씨 차로 갈 테니 내일 뵙겠습니다."

"오야, 아까 마이 놀라신 것 같던데 잘 다독여드리라. 시원 씨, 가입시데이."

"고맙습니다."

자신의 밭이 아님에도 이 늦은 밤에 순찰을 해준 현우에게 시원은 꾸벅 인사를 했다.

"뭘요."

현우의 트럭이 떠나고 어두운 밤 찻길에 선 두 사람은 한동안 말이 없었다.

"갑자기 화를 내서 미안해요."

사과를 하면서도 아직 화가 풀리지 않았는지 재희는 시원과 눈을 마주치지 않고 먼 산을 바라보았다.

"하지만 잘못한 건 잘못한 거예요. 무서운 세상이잖아요. 이럴 땐 무조건 전화해요. 시원 씨 일이라면 무조건 달려올 준비가 되어 있는 사람이니까."

그제야 재희가 시원과 눈을 마주치며 이야기했지만, 재희가 화난 음성으로 말하던 순간부터 시무룩해졌던 시원은 고개를 끄덕이며 이렇게만 대답했다.

"네."

"저녁은 먹었어요?"

그녀의 뺨을 쓰다듬으며 묻는 재희에게 이번에도 고개를 끄덕이며 대답했다.

"네."

"하나에 빠지면 먹을 생각도 않는 사람인데 설마 먹었을라고."

집으로 가자마자 다시 밭으로 오느라 저녁 먹을 생각도 하지 못한 게 사실이었다. 그걸 뻔히 보고 있기라도 한 듯 말하는 재희를 의아한 눈길로 바라보자 재희가 피식 웃었다.

"내가 시원 씰 몰라요? 하나에 빠지면 그것만 생각하는 사람이란 거 진작 알았어요. 그러니 걱정이 안 되겠어요? 저녁도 안 먹고 여길 혼자 와서 멧돼지를 때려잡겠다니.”

설마 때려잡으려고 여기까지 왔을까.

“그런 거 아니에요. 약만 뿌려놓고 갈 생각이었어요. 재희 씨에
게 폐 끼치고 싶지 않아요. 지금 충분히 바쁜 사람이잖아요.”

“시원 씨니까 바빠도 달려올 수 있다고요. 원한다면 지금이라
도 멧돼지도 때려잡을 수 있어요.”

그 말에 시무룩하던 시원도 피식 웃고 말았다.

“진짜 잡아줄 거예요?”

“시원 씨가 원한다면 기꺼이 잡아야죠.”

이 남자는 정말 한다면 하는 남자이기에 더욱 그의 진심이 느
껴졌다.

“아까 화내서 미안해요. 하지만 앞으로도 그런 일이 생기면 또
화낼 거예요.”

“알겠어요.”

농사철에 끊임없이 일을 한 재희의 까맣게 탄 얼굴에는 고단함
이 묻어났다. 시원의 손을 움켜잡은 재희는 시원을 품에 끌어당
겨 쏙 안고 한숨을 푹 내쉬었다.

“아, 여름이 좋았는데 벌써 바쁜 가을이고, 겨울에는 더 바쁜데
예쁜 애인 누가 잡아갈까 너무 겁이 나네.”

재희에게서 나는 청량한 스킨 냄새를 맡으며 시원은 흐뭇하게
웃었다.

“걱정 마요. 나 예쁘다는 사람 재희 씨밖에 없으니까.”

“안 들려요? 저기 있는 별도, 달도 다 우리 시원 씨 예쁘다고
말하는 거?”

능청스런 말투에 시원은 재희의 가슴을 때리며 눈을 흘겼다.

"밥 먹으러 가요. 멧돼지까지 우리 시원 씨를 속상하게 만들었으니 밥 많이 먹고 힘내야 멧돼지도 때려잡을 거 아니에요. 나 오늘 돈 많이 벌었는데 맛있는 거 사줄게요."

그녀의 손을 잡고 어서 타라는 듯 트럭의 조수석 문을 열어주었다.

"힘들게 고생한 돈 허투루 쓰면 안 돼요."

"힘들게 고생한 건 맞지만 시원 씨 먹일 생각 하니까 힘이 불끈불끈 나던걸요?"

이 남자의 능청스러움에 당해낼 재주가 없는 시원은 그저 웃을 수밖에 없었다.

"집 나간 며느리도 돌아온다는 전어회 먹으러 갈까요?"

"콜."

시원의 트럭을 타고 횟집으로 간 두 사람 앞에 모듬회가 등장하자 시원은 감탄을 쏟아내며 젓가락을 들었다. 배가 고픈 줄도 몰랐는데 막상 음식이 나오자 급하게 허기가 몰려들었다. 먹기에 몰두한 시원을 재희가 흐뭇하게 바라보았다.

"뭐예요? 그 아빠 같은 미소는?"

"제 새끼 입 속으로 음식이 들어가면 부모는 안 먹어도 배부르다더니 그게 제 이야기 같은데요?"

대답 대신 피식 웃는 시원을 보던 재희가 얼굴을 찌푸렸다.

"이렇게 잘 먹을 거면서 왜 굶고 다녀요. 속상하니까 밥 굶지 마요. 얼굴이 더 홀쭉해진 거 알아요?"

"얼굴이 더 홀쭉해진 건 재희 씨예요. 술 그만 마시고 회 먹어요. 저녁도 안 먹었다는 사람이 밥은 안 먹고 술만 홀짝홀짝 마셔."

툴툴거린 시원이 상추와 깻잎에 회를 한 움큼 싸서 재희의 입 안에 밀어 넣었다. 우물우물 씹어 넘긴 재희가 물로 입을 헹구어 내며 말했다.

"나 저녁 먹었어요. 오늘 현우 형네 추수를 해줬는데, 일 끝나자마자 수고했다고 돼지국밥 사주셨어요."

"재희 씬 저녁 먹었다면서 여긴 왜 온 거예요?"

"이렇게라도 밥 먹여야죠. 그 김에 얼굴도 더 오래 보고요. 콤바인을 몰다가도 시원 씨가 생각나고 트랙터로 논을 갈다가도 시원 씨가 생각나는데, 이거 불치병 같죠?"

재희의 말 한마디 한마디에 녹아 있는 시원을 위한 마음이 느껴졌다. 그것이 못내 고맙고 미안했다. 막내라는 사람이 어찌 이리 배려심이 깊은 것인지, 그를 키워준 얼굴도 모르는 부모님께 절로 감사의 마음이 들었다.

"그 불치병엔 약도 없으니까 약 먹고 나을 생각일랑 마요."

재희가 넘어갈 듯 웃었다.

"의사 선생님 말씀 잘 듣겠습니다."

매운탕까지 먹고 나온 두 사람은 서늘한 밤공기를 맞으며 걸었다. 도시처럼 번쩍이는 네온사인의 불빛은 없지만, 듬직하게 길을 지키는 가로등 불빛 아래에서 가끔씩 마주치는 느릿한 걸음의 두꺼비도, 가로등에 줄을 치고 잠을 자는 거미에게도 익숙해져 두 사람은 그것이 일상인 듯 도란도란 이야기를 하며 걸었다. 가을밤이 깊어가고 있는 것도 모른 채.

김명댁이 작고한 뒤 마당에 널려 있던 콩을 손수 털었던 것에 비하면 기계를 이용한 콩 타작은 일도 아닐 정도로 시간과 일손을 줄여주었다. 재희의 말대로 농사도 힘이 아니라 과학이었다.

주말에 경선과 영발의 도움을 받아 수확을 다 끝내고 임대한 콩 탈곡기로 콩을 터느라 힘은 들었지만 직접 키운 노란 메주콩과 검은 쥐눈이콩들을 바라보니 흐뭇해서 웃음이 나왔다.

비록 멧돼지 때문에 생각지도 못한 콩들이 허무하게 사라지긴 했지만 이만큼 수확을 하게 된 것도 행운이었다. 멧돼지 때문에 일대의 고구마 밭이나 김장에 쓸 배추밭이 죄다 엉망이 된 것치고 시원의 콩 밭은 그나마 양호한 편에 속했던 것이다.

멧돼지의 분탕질로 한 해 농사를 망친 농민들은 억울할 수밖에 없었다. 사냥철이 아니고서는 잡지도 못하는 실정이니 농사는 영발의 말대로 하늘이 허락하고 자연이 허락해야 한다는 말이 딱 맞았다.

정부에서 보상이 이루어지기도 하지만 그것은 한 해 농사와 바꿀 수 없는 턱도 없는 금액이었다. 그런 상황에서도 애써 키워서 거두어 바구니에 담아놓은 노랗고 검은 콩들을 보면 시원은 흐뭇했다.

자신이 처음으로 농사를 지은 콩이었다. 콩을 심을 때도 이 넓은 땅에 쪼그리고 앉아 콩을 심다가 재희가 콩 심는 기계로 하루만에 다 심어주었고, 순을 잘라주는 것도 4H 회원인 현우가 알려준 덕분에 많은 결실을 맺을 수 있었다. 그 모든 사람에게 감사하며 이 콩으로 만들 된장을 생각이었다.

월요일 아침, 직원들이 출근하자마자 시원은 수확한 콩을 자랑하기 바빴다. 그리고 지금까지 고심해온 블루베리 된장을 만들기 위해 회의를 하고 다음 날 샘플을 만들기 위해 콩을 삶아 메주부터 만들었다.

원래 장은 정월 보름에 담가야 가장 맛이 좋다고 하지만, 메주가 잘 발효되도록 황토방으로 설계된 메주 발효실과, 된장이 잘 숙성될 수 있도록 만든 저장고를 만들어놓아서 공장은 365일 된장을 만들 수 있었다.

시원은 직접 수확한 콩을 삶아 분쇄기에 넣어 갈았다. 기계로 성형한 메주를 다시 손으로 정성스럽게 매만져 겉말림을 한 후 볏짚으로 묶어 발효실에 매달아두자 비로소 그동안의 밀린 숙제가 끝난 듯했다. 그래서인지 시원은 다음 날부터 지독한 몸살로 앓아누워야 했다.

콩을 수확하며 틈틈이 고령 일대를 돌아다니며 콩을 사 들였고, 그 와중에도 블루베리 된장 샘플을 위해 직접 메주를 만들며 무리한 탓인지 이틀이 지나도 몸살은 사그라지지 않았다. 경선과 함께 내과로 가 주사를 맞았지만 고열이 내리지를 않아 거의 탈진 상태나 다름없었다. 혼자라는 사실이 몸이 아플 때만큼은 지독히도 서러웠다.

259

- 몸살은 좀 괜찮아요? -

재희의 문자에 답해줄 수도 없을 만큼 힘이 없었다. 흐리멍덩한 눈으로 전화기만 내려다보고 있는데 전화가 울렸다. 힘이 없는 손을 들어 슬쩍 터치를 하자 전화가 연결되었다.

- 시원 씨? 괜찮은 거예요?

말을 할 힘도 없을 정도로 탈진 상태였지만 시원은 힘겹게 입을 열었다.

"지독한 몸살이에요."

- 그러게 링거 한 대 맞으라니까 말 안 들을 때부터 알아봤어요. 혼자 괜찮겠어요?

"네."

재희가 묻기 전까지만 해도 견딜 수 있을 것 같던 혼자라는 서러움이 재희의 전화를 받고 나자 외로움까지 가중되어 득달같이 달려들었다.

고열 때문에 오한과 두통으로 괴로운 와중에도 어째서 그런 감정이 생기는 것인지, 시원의 눈에 눈물이 울컥 솟았다.

- 힘들면 지금이라도 응급실 가서 링거 맞을래요?

"아뇨, 내일 일어나면 가볼게요."

응급실에 가봤자 몸살 환자는 환자도 아니라는 것을 알기 때문에 시원은 내일까지 기다리기로 했다.

- 정말 괜찮겠어요? 힘들면 내가 그리로 갈게요.

마음은 재희가 옆에 있어주었으면 했지만 지금이 제일 바쁜 시기라는 걸 알기 때문에 그럴 수 없었다. 또 고열로 씻지도 못한 자신의 누추한 모습을 보여주기도 싫어 시원은 거절했다.

"괜찮아요. 그 정도는 아니에요."

- 후, 알았어요. 혹시 안 좋으면 무조건 전화해요. 알겠죠?

"네에."

다음 날 시원이 깨어났을 때는 병원이었다.

"정신 드나? 그렇게 아프면 전화를 해야지, 혼자 죽을라꼬 작정했나? 내가 니 때문에 제 명에 못 살지 싶다."

병원이었다. 언제 실려 왔는지 기억조차 없었다.

"암만 의사 면허 있음 뭐 하노. 지 병도 모르는데. 니 쯔쯔가무시란다. 빨리 안 왔으면 큰일 날 뻔했다 안 카나."

하! 설마 설마 했는데 쯔쯔가무시라니! 말할 힘조차 없는 시원은 다시 눈을 감았다.

"그놈의 콩 농사가 사람 죽이겠다마."

경선의 쨱쨱거리는 소리가 아득하게 들려왔지만 아무리 눈을 뜨려고 해도 눈꺼풀이 천근만근이었다.

다시 정신을 차렸을 때는 주위가 깜깜했다.

"깼어?"

정민이었다. 밤인지 사방이 컴컴했지만 입구에 켜놓은 조명 때문에 얼굴을 볼 수 있었다.

"너 의사 면허 딴 거 맞아? 잘못하다간 너 죽을 뻔했어! 알아?"

사소한 병 같아도 늦으면 합병증으로 사망할 수도 있는 병이 쯔쯔가무시였다.

처음에는 시원도 감기 몸살일 거라 생각했지만 며칠이 지나도 고열이 내리지 않을 때는 그게 아니라는 걸 알았다. 알면서도 혼자 병원에 올 수 없을 만큼, 전화를 걸 수 없을 만큼 아팠다.

"나 안 죽었잖아. 그럼 됐어."

정민이기에 더 모질게 말해야 했다.

"뭐? 지금 그걸 말이라고 하는 거야?"

"자고 싶어. 그만 가."

뭔가 더 말하려던 정민이 시원의 말에 입을 꾹 닫았다. 그리고
눈을 감아버린 시원을 한참 바라보다가 발길을 돌렸다.

"뭐가 어떻게 되고 있는 기고?"

경선의 목소리에 잠이 깬 시원이 힘겹게 눈을 뜨고 껌벅거렸
다.

"괜찮나?"

고개를 끄덕이며 주위를 둘러보던 시원이 물었다.

"왜 1인실이야?"

"죽다 살아난 중에도 1인실비가 아깝나. 아이고, 돈부터 생각
하는 거 보이 아직 죽을 때는 안 됐는갑다."

"병실이 없는 거야?"

죽을 병도 아니고 병실료가 아깝긴 했다.

"나는 2인실이나 3인실 있으면 넣어달라고 했는데 1인실이라서
놀랬다이가. 누가 1인실에 넣으라 했다는데 그기 누군지는 나도
모르겠다. 간병하는 아줌마까지 불렀던데 모르나?"

"몰라."

곰곰이 생각하던 시원은 어젯밤 병실을 찾아온 정민을 생각하
며 한숨을 푹 내쉬었다.

"또 웬 한숨이고. 이참에 푹 쉬라마. 나도 회사 일 때문에 니 옆에서 간병 해주고 싶어도 몬해주는데 간병인이라도 있어야지."

자신도 회사를 비우고 있는데 경선까지 회사를 계속 비울 수는 없는 노릇이었다.

"내가 알아서 할 테니까 신경 쓰지 말고 회사 가. 이제 많이 나았어. 고맙다, 경선아."

"고마워야지, 내가 니 생명의 은인 아이가. 아가 출근도 안 하고 전화를 안 받아서 집에 찾아갔더니 의식은 없제, 내가 얼마나 놀랐는지 아나. 우영이 불러서 응급실 오면서 내 간이 발밑에 톡 떨어졌다. 책임지라, 니가."

말하지 않아도 경선이 얼마나 놀랐을지 짐작이 갔다. 미안함에 시원은 아픈 중에도 농담을 했다.

"신랑 있는데 내가 책임질 순서까지 올까 몰라."

"말이나 못하면. 참, 재희 씨한테는 연락했나?"

"아니, 내가 할게. 내 휴대전화 가지고 왔어?"

정신이 오락가락하는 와중에도 재희가 생각나 몸을 움직일 수 있게 되면 먼저 연락을 할 작정이었다.

"가져왔는데 배터리가 한 개도 없더라. 충전해놓고 갈 테니까 나중에 전화하든지. 걱정하지 싶다."

그러고도 남을 사람이었다. 이 상황에서도 자신을 걱정하고, 상황을 이렇게까지 몰고 간 것에 화를 낼 재희가 걱정되었다. 밖에서의 일도 얼마 되지 않았는데 괜히 사고를 친 것 같은 기분에 휩싸였다.

집에서 챙겨 온 물건들을 서랍 위에 정리해둔 경선이 회사로 돌아가자마자 간병인이 들어와 시원에게 인사를 했다. 정황이 궁금해 간병인에게 묻고 싶은 것이 많았지만 더 이상 말할 여력이 없었다.

기운이 빠져 다시 잠이 들고 깨어나기를 반복하다 겨우 정신을 차리고 나자 시원은 간병인에게 정민을 불러달라고 부탁했다.

"좀 괜찮아? 차트 보니까 이제 많이 좋아졌던데."

"응. 많이 좋아졌어. 그러니까 간병인 돌려보내고 다인실로 넣어줘."

"무슨 말이야?"

무슨 말인지 전혀 모르겠다는 정민의 표정에 시원이 물었다.

"네가 간병인 불러준 거 아니었어?"

"아니."

그럼 누구란 말인가?

"뭔가 오해가 있었나 봐. 미안해."

"지금 네 얼굴이 어떤 줄 알아? 인턴 돌 때도 너 이 정도는 아니었어."

속이 상한다는 듯 정민이 화를 내며 말했지만 시원은 아무런 대답도 하지 않았다. 그러자 한숨을 푹 내쉰 정민이 말을 이었다.

"얼굴이 많이 상했어. 푹 쉰다 생각하고 편하게 그냥 여기 있어."

"내가 알아서 해."

"필요한 거 있으면 지금처럼 바로 연락해. 난 괜찮으니까."

무턱대고 정민이라고 생각한 시원의 실수였다. 이렇게 엮이면 안 될 일인데.

"아니야. 담당의 부르면 되지. 바쁠 텐데 이제 그만 가봐."

시원의 말이 발걸음이 떨어지지 않는 정민을 밀어냈다.

물끄러미 바라보던 정민이 나가고 나자 다시 들어온 간병인에게 시원은 간호사를 불러달라고 부탁했다.

간호사에게 다인실로 옮겨달라고 부탁을 하자 간호사는 위에서 지시한 일이라며 단호하게 안 된다고 했다. 어리둥절했다. 위에서 지시한 일이라니?

간병인도 마찬가지였다. 이제 그만 오라는 시원의 말에 퇴원할 때까지 있어달라고 했다며 돈까지 선불로 이미 받았다고 했다. 이거야말로 귀신이 곡할 노릇이었다. 주위에서는 아무도 한 사람이 없는데 어찌 된 영문인지 모르니 기가 막혔다.

돈을 받았건 말건 간병인을 돌려보낸 시원은 그날 오후 경선에게 부탁한 노트북을 건네받았다.

"메주는 어때?"

"지금 이 상황에서 메주가 생각나나? 조금만 늦게 왔으면 합병증으로 죽을 수도 있었다 카는데 니 뭐 믿고 그래 태평하노. 간병인도 돌려보내고 우짤라고."

"안 죽어. 걱정 마. 이제 사지 멀쩡한데 간병인 필요 없어. 혼자 있는 게 더 편해."

수족을 못 움직이는 것도 아니고 혼자가 더 편했다.

"니를 우째 말리겠노."

혀를 차며 고개를 내젓는 경선을 모른 척 시원은 채 마치지 못한 일을 물었다.

"메주는 어떠냐니까?"

메주를 다시 된장으로 담을 때 물엿과 조청 대신 들어가는 블루베리 엑기스를 넣는 것이 가장 큰 관건이라는 것은 모르지 않았지만, 일단 메주의 상태도 확인해두어야 했다.

"메주야 늘 똑같지. 된장 담글 때가 문제지. 메주는 처음부터 문제없었다. 된장 담가봐야 안 알겠나. 할매가 니 걱정돼가 잠도 못 주무시더라. 괜찮아지면 전화 한 통 해라."

"그래."

아픈 상태에서도 회사 일을 신경 쓰는 시원을 타박하면서도 경선은 회사 일을 보고하고 고령으로 내려갔다.

그제야 혼자가 된 시원이 충전된 휴대전화를 만지작거리며 재희에게 전화를 하려는 찰나였다. 노크소리가 들려 고개를 들자 재희가 어두운 얼굴로 병실에 들어섰다.

보고 싶은 얼굴이었다. 병실에 누워서도 가장 생각나는 사람이었다.

"왔어요?"

병실에 들어서자마자 말없이 바라보는 재희 때문에 시원은 재희의 눈치만 보고 있었다.

"내가."

말을 하다 말고 한숨을 쉰 재희가 다시 말을 이었다.

"내가, 몸이 안 좋으면 전화하라고 했잖아요. 계속 연락이 안 돼서 얼마나 걱정한 줄 알아요? 내가 왜 은호 형님한테 시원 씨 죽을 뻔했다는 소식을 들어야 하는 거예요?"

화를 억누르고 있는 재희의 음성에 시원은 미안해서 죽을 것만 같았다.

"미안해요. 너무 아파서 전화 걸 힘도 없었어요. 이제 막 경선이가 가고 재희 씨에게 전화를 하려던 찰나였는데. 진짜예요, 재희 씨에게 전화 걸다 말았다니까요?"

하얗게 질려 형편없는 시원의 얼굴을 보며 재희가 더는 화를 내지 못하고 참는 모습에, 시원은 자신의 휴대전화까지 내보이며 변명을 했다.

"화내지 말고 나 좀 안아줘요. 나, 당신이 제일 보고 싶었단 말이에요."

물끄러미 바라보던 재희가 성큼성큼 다가오더니 허리를 낮추어 시원을 품에 꼭 안았다. 청량한 재희의 스킨 냄새가 시원의 머리를 맑게 해주었다.

"화내지 마요. 의식이 없는 나를 경선이가 응급실에 데리고 와줬어요. 너무 아파서 재희 씨한테 연락을 하려 해도 할 수가 없었어요. 재희 씨가 가장 보고 싶었는데 난 이렇게 재희 씨 얼굴을 볼 수 있어서 너무 좋아요. 당신이 너무 좋아요, 난."

재희를 보자 없던 힘도 벌떡 생기는 기이한 현상이 일어났다.

"후회했어요. 그날 응급실로 바로 데리고 갈 걸 그랬다고 얼마나 후회한 줄 알아요? 조금만 더 늦었으면 큰일 날 뻔했다면서요?"

"이제 괜찮아요."

"뭘 믿고 그렇게 태평한 거예요?"

재희는 시원을 품에서 떼어내고 내려다보며 얄밉다는 듯 시원의 코를 비틀었다.

"이렇게 찾아와주는 재희 씨 믿고."

어이없는 웃음을 짓는 재희를 따라 시원도 웃었다.

"얼굴 많이 상했어요. 정말 속상해 죽겠네."

얼굴과 머리를 쓰다듬는 손길에 또 잠이 쏟아졌다.

"잠 오면 자요."

"아니, 아니요, 나 재희 씨 갈 때까지 보고 있을 거야."

그 말에도 불구하고 재희는 시원의 무릎에 있는 노트북을 침대 옆에 있는 선반 위에 놓아두고 시원을 눕혔다.

"아플 땐 푹 쉬고 푹 자야 해요."

재희답지 않게 단호한 말투였다.

"그럼 재희 씨 갈 거잖아요."

"안 가요. 나."

"그럼 내 옆에 누워 같이 자요."

"아프더니 응석만 늘었네."

말은 그렇게 하면서도 재희는 시원의 말대로 시원의 곁에 누웠다. 침대가 좁아 모로 누운 두 사람은 서로의 허리를 끌어안으며 웃었다. 약 기운 때문인지 금세 잠이 든 시원을 바라보던 재희 역시 끊임없이 쏟아지는 농사일로 고단했던 눈이 스르륵 감겼다.

그 밤, 시원이 잠든 모습을 보러 온 정민이 시원의 곁에서 함께 잠든 장신의 남자를 바라보며 허탈감과 질투에 휩싸인 채 문을 닫고 나왔다.

시원의 곁에 자신 외에 다른 남자가 있는 것은 생각해본 적이 없었다. 시원에게 정민은 첫사랑이었고, 정민 역시도 그랬다.

잡고 싶었다.

병원에서 다시 만났을 때 시원을 향해 다시 뛰던 가슴이었다.

시원이 응급실로 실려 왔을 때 내려앉던 가슴이었다. 정민은 병실 문에 기대어 가슴을 붙잡고 눈을 감았다.

"재희 씨?"

눈을 뜨자마자 시원은 어젯밤의 일이 꿈인가 싶어 재희를 불렀다.

"잘 잤어요?"

시원이 부르는 소리를 들었는지 수건을 목에 감고 화장실에서 나오는 재희를 보자 비로소 어젯밤 일이 꿈이 아니었음을 알 수 있었다.

시원을 마주보고 침대에 앉은 재희는 세수를 했는지 앞머리에 물이 그대로 묻어 있었다. 시원은 재희의 목에 걸려 있는 수건을 당겨 머리에 묻은 물기를 털어주었다.

"일 가야 하는 거 아니에요?"

함께 있는 게 좋으면서도 그의 일이 걱정이 되었다.

"오늘 오후로 미뤘어요."

"난 괜찮으니까 그만 가요. 일 미루면 내일 할 일이 더 많아지잖아요."

"일보다 시원 씨가 더 소중해요, 난."

재희의 말에 시원의 얼굴이 발갛게 달아올랐다. 마침 아침밥을 주는 아주머니가 들어오지 않았다면 재희를 끌어안을 뻔했다.

"아, 해요."

수족은 멀쩡한데도 재희가 밥을 떠서 입에 대주자 시원은 다시 얼굴을 붉히며 입을 벌렸다.

"같이 먹어요."

혼자 먹기가 미안해 함께 먹자 해도 굳이 시원의 입에만 밥을 넣어주는 재희였다. 마치 아기 새가 되어 재희의 보호를 받는 것 같아 기분 좋으면서도 부끄러웠다.

"나이 서른둘에 잘하는 짓이다."

언제 들어왔는지 수연이 두 사람의 모습을 보고 혀를 쯧쯧 찼다.

"누구니?"

"인사해. 내 남자친구야. 재희 씨, 의대 동기예요. 인사해요."

창피함에도 불구하고 시원이 상황을 정리했다.

"안녕하세요, 서재휩니다."

침대에서 일어선 재희가 수연에게 인사를 건넸다.

"네, 안녕하세요, 한수연이에요. 멀쩡하게 생기신 분이 왜 밥까지 떠먹이고 그러세요. 시원이 손발 멀쩡해요."

"그것도 너무 아까워서요."

재희의 능청스런 대답에 시원의 얼굴이 더 발갛게 달아올랐다.

"걱정돼서 와봤더니 이제 걱정 안 해도 되겠다. 계속하세요. 시원아, 나중에 다시 올게."

수연이 시원의 어깨를 툭툭 치고 병실을 나가자 재희가 다시 시원의 맞은편에 앉아 해맑게 웃으며 말했다.

"남자친구라 소개하니까 기분 좋은데요?"

"남자친구 맞잖아요."

"그러게."

시원의 입술에 재희가 입을 쪽 맞추자 시원이 눈을 동그랗게 떴다.

"예뻐서요."

"며칠 머리도 감지 못해 떡진 머리에, 샤워도 못해 냄새 나는 나한테 예쁘다고 말하는 재희 씨 눈에 콩깍지 제대로 쓰인 게 분명해요. 그럴 줄 알았으면 콩 타작할 때 재희 씨 눈에 쓰인 콩깍지도 함께 타작을 하는 건데 그랬어요."

"타작으로 안 될걸요? 어느 유능한 의사 선생님이 불치병이래요."

재희의 넉살에 시원은 울며 웃었다.

아침을 먹고, 시원의 머리도 감겨주고, 얼굴뿐 아니라 손과 발도 깨끗이 씻겨준 재희를 쫓아내듯 고령으로 보낸 다음, 시원은 노트북으로 메일을 확인하고 있었다.

똑똑.

밀린 일을 하라고 억지로 보냈더니 다시 재희가 온 건 아닌지 싶어 고개를 들던 시원은 초로의 중년 남자가 병실 문을 열고 들어서자 눈을 동그랗게 뜨고 물었다.

"누구세요?"

아는 사람이 아니었다. 병실을 잘못 찾은 것이라 생각했는데 머리가 희끗희끗한 남자는 뚜벅뚜벅 다가와서는 시원의 앞에 섰다.

고급스러운 양복에 먼지 하나 묻어 있을 것 같지 않은 검은색 구두가 반짝였다. 꽤나 높으신 양반의 근엄함까지 갖춘 남자는 도통 시원이 본 적이 없는 사람이었다. 그런 남자가 다가와 시원을 내려다보았다.

"누구, 세요?"

어리둥절한 표정을 지으며 다시 한 번 물었지만 남자는 대답도 않고 한동안 시원을 바라보았다.

"닮았구나. 많이 닮았어."

무슨 소리인지 알 수가 없었다.

"눈은 네 엄마지만 오똑한 코만큼은 나를 닮았구나."

아, 설마. 말하지 않아도 알 수 있을 것 같았다.

"누구세요?"

뜻하지 않은 신경질적인 목소리가 튀어나왔다.

"내가, 네 아비다."

목소리에 아무런 긴장감도 없었다. 아무렇지도 않다는 그 목소리. 마치 지금까지 아무런 일도 없었다는 듯.

하, 정말 기가 찰 노릇이었다.

서른두 해 평생 처음으로 들어본 아버지라는 말이었다. 처음으로 본 아버지였다. 그런데도 떨림조차도 없이 떳떳하게 말하는 모습이라니. 실로 믿어지지 않았다.

스무 살까지 기다리던 아버지였다. 아니, 그보다는 더 오래 기다린 아버지였다. 스무 살이 되면 만날 거라는 민영의 말에 죽지는 않고 살아 있을 거라고 생각하며. 하지만 찾아오지 않는 아버지에 대한 기대를 버렸을 때는 차라리 죽었다고 생각하는 편이 오히려 더 좋았을 거라 생각했다. 그랬다면 쓸데없는 기다림은 하지 않았을 것이다.

헌데 이런 만남이라니!

"누가요?"

되묻는 시원의 말에 남자는 잠시 아무런 말도 하지 않았다.

"혼란스러울 거라는 거 안다. 잘 살아가고 있다는 거 알고 있었지만 위독한 상태라는 소식을 듣고 그냥 둘 수는 없었다. 그래도 너는 내 핏줄이니까 말이다."

핏줄이라는 말에 잠시 머리를 벗어나 있어 멍하던 정신이 돌아왔다.

"핏줄이라니요? 제가요?"

"네가 내 성을 따라 장 씨 성을 가진 것은 부정할 수 없겠지. 나는 장상현이다."

민영은 이름조차도 알려주지 않았었다. 시원이 아버지에 대해 알고 있었던 것은 장 씨 성을 가진 사람이라는 것뿐이었다.

장상현. 처음 알게 된 생물학적 아버지의 이름.

"혼란스러울 거라는 거 잘 알고 있다. 나도 네 존재를 알고 난 후 한동안 혼란스러웠으니까 말이다."

"네, 아주 혼란스럽긴 하네요."

기가 막힌 날벼락을 맞은 기분이었다.

시원의 냉정한 말투에도 불구하고 남자는 옆에 있는 의자를 끌어다 앉으며 시원과 눈높이를 맞췄다.

"의대까지 졸업해놓고 사업을 한다는 말을 들었을 때는 놀랐다만 네 힘으로 여기까지 오리라고 생각지는 못했다. 일도 일이지만 사람이 쉬어야 할 때는 푹 쉬어야지. 간병인 그냥 보냈다고 들었는데 내일 다시 나오라고 일러뒀다."

하, 참. 그러니까 이 사람은 시원의 존재를 훨씬 전부터 알고 있었다는 말이다.

그것은 내가 네 아비라는 말보다 더 충격이었다.

"그러니까 절, 이미 알고 있었다는 말이군요?"

"그래."

역시 쓸데없는 기다림이었다.

"이제 와서 절 찾아오신 이유가 뭔가요? 송장 치우러 오셨어요?"

"흥분을 가라앉히고 대화를 나누는 게 좋을 것 같구나."

침착한 장상현에 비해 시원은 갑작스런 상황에 흥분한 상태였다. 그런 시원의 혼란스런 마음을 이해한다는 듯 장상현은 의자에 앉은 채 미동조차 않고 시원을 바라보았다.

"큰형님이 돌아가신 후에야 나도 너의 존재를 알았다. 형님의 호적에 올라가 있는 네가 형님이 바깥에서 본 자식인 줄만 알았지, 민영이의 아이일 거라는 생각은 추호도 못 하고 있었다. 돌아가신 형님을 원망했었지."

이제야, 서른두 해가 지나서야 출생의 비밀이 벗겨지고 있었다.

"네가 태어난 걸 알았더라면 너를 형님 호적에 두진 않았겠지."

"돈 때문에 엄마를 버리신 건가요?"

침묵은 긍정을 뜻했다.

"그러니까 전 원치 않은 자식이었군요. 버려진 자식이었군요."

끝내 묻고 싶지 않았던, 듣고 싶지 않았던 말을 꺼냈다.

"원하진 않았더라도 네가 태어난 걸 알았더라면 이리 내버려두진 않았을 게다. 형님이 네 이름을 시원이라고 원 자 돌림으로 지어준 걸 보면 어쨌든 장 씨 집안의 핏줄로 인정했다는 뜻이다. 다 내가 저지른 일이긴 하다만 인생이란 게 뜻대로 다 되지 않는다는 것을 그만 한 나이면 너도 알 거라고 생각한다."

그것은 시원이 원한 대답이 아니었다. 원치 않는 자식이었더라도 말만은 그렇지 않다고 부정해주길 바랐다. 홀로 자식을 키워낸 민영과 그 자식인 시원의 삶이 헛되지 않도록.

잠시 멍하게 넋을 잃은 시원을 보며 장상현이 다시 입을 열었다.

"기억할까 모르겠다만, 네 외할머니의 장례식 때 널 처음 보았다."

기억에 없었다. 그땐 할머니의 갑작스러운 죽음만으로도 벅차 실신 직전까지 갔던 시원이었기에 어떤 정신으로 문상을 받았는지조차 생각나지 않았다.

"나가주세요."

시원을 원하지 않았다고 당당하게 말하는 아버지, 이 사람은 지금껏 기다린 아버지가 아니었다.

"너에게 시간을 더 주고 싶다마는 나도 서울에서 어렵게 시간을 내어 온 터라 시간이 얼마 없으니 기다려줄 수가 없구나."

첫 만남에서 시간조차 없다고 말하는 이 사람을 어찌 인정할 수 있으랴. 갈수록 가관이었다.

장상현의 말들은 모두 시원의 가슴에 비수가 되어 꽂혔다.

"시간 없다는 분 붙든 적 없습니다. 원하지 않아 버린 자식이니 찾아와준 걸로 감사해야 하나요? 차라리 만나지 않은 편이 더 나을 뻔했네요. 가세요."

시원은 자신도 모르게 이를 악물었다.

275

"맹랑하구나. 자식 중에 네가 제일로 맹랑한 녀석일 게다."

"하, 제가 왜 당신 자식인가요? 당치도 않은 말씀 집어치우시죠!"

자식이라는 말에 참지 못한 시원은 결국 소리를 내지르고 말았다.

"날 많이 기다린 게냐?"

나가달라는 시원의 뜻을 무시하고 뚫어져라 바라보는 장상현의 물음에 시원은 죽어도 진실을 말할 수 없었다. 그 언젠가는 아주 많이 기다렸다고 말할 수 없었다. 그저 사람을 굴복시키는 저 시선을 외면하고만 싶었다.

"설마요. 그랬다면 한 번쯤 찾으려고 노력이라도 했겠죠. 하지만 찾지 않기를 잘했다는 생각은 들어요."

마음만 먹었다면 찾을 수도 있었을 것이다. 하지만 그렇게 하지 않은 것은 일말의 자존심을 지키기 위해서였다. 어쩌면 원치 않았을 자식일지도, 죽어도 보고 싶지 않은 자식일지도 모른다는 예감. 그 예감이 맞을까 두려웠다.

"원치 않은 자식이었다면 앞으로도 전 없다고 생각하세요. 성 때문이라면 지금이라도 엄마의 성으로 옮기면 될 테니 걱정 마시고요. 저도 아버지는 없는 분이라 생각하며 살았고 앞으로도 그럴 겁니다."

"널 부정할 생각은 없다. 그랬다면 찾아오지도 않았을 테니까."

"원치 않은 자식이라고 하셨을 때 벌써 부정하신 거와 다름없습니다."

인정하고 싶지 않지만 인정해야 할 사실이었다.

"일단은 몸을 추스르는 게 먼저인 것 같구나. 간병인 다시 부르마."

"그럴 권리 없으세요. 제 일, 제가 알아서 합니다. 남이 끼어들 일 아닙니다. 그러니 나가주세요."

확실하게 선을 긋는 시원을 장상현은 못마땅한 시선으로 바라보았다.

"혹시 돈 때문에 오셨어요? 돈 좀 잘 번다는 소문 들으셨나보죠? 원하는 금액 있으시면 말씀하세요. 웬만하면 맞춰드리도록 노력은 해보죠."

"성격은 확실히 나를 닮았구나."

"아, 돈 때문에 엄마를 버리셨으니 돈은 신물이 날 정도로 많으실 수도 있겠군요."

시원은 나직한 목소리로 비아냥거렸다.

"그럼 돈이 없어서 엄마와 월세를 전전하며 살 때 좀 도와주지 그러셨어요. 공장에서 고생만 하다 재수 없게 교통사고로 돌아가시게 하지 말고 한몫 떼서 호강이라도 하고 죽게 하지 그랬어요."

"알았더라면 그렇게 살게 하진 않았을 게다."

그것조차도 시원이 원한 대답이 아니었다. 미안하다는 사과를 해야 옳았다.

"가세요. 더 이상 할 말 없습니다."

그런 시원의 말에도 불구하고 장상현은 시계를 보았다.

"아직 십 분 정도 시간은 낼 수 있을 것 같구나."

장상현에게는 제 자식을 만나러 온 것조차 완벽한 비즈니스였다. 인내심이 드디어 바닥을 쳤다.

시원은 거침없이 자신의 왼손에 꽂혀 있는 링거 바늘을 빼냈다. 거친 손길에 흔들리던 지지대가 쓰러지며 링거 병이 바닥에 부딪혀 깨졌다.

"무슨 짓이냐?"

철가면을 뒤집어쓴 듯 뻔뻔하고 당당한 꼬락서니를 도저히 두고 볼 수 없었다.

"나갈 생각이 없으시니 제가 나갈 수밖에요. 당신과는 십 분의 시간조차 마주하고 싶지 않습니다."

말이 끝나기도 전에 맨발로 바닥에 선 시원은 와장창 깨져 파편이 이리저리 돌아다니는 링거병 조각 위를 걸어갔다. 그제야 당황한 장상현이 손목을 붙들려 했지만 시원은 그 손길마저 쳐내고 말았다.

"김 비서! 김 비서!"

장상현이 소리쳤다. 문을 열고 피투성이 발로 발자국을 찍으며 나가는 시원과 마주친 김 비서는 시원을 보고 당황한 듯 연신 외쳤다.

"간호사! 간호사!"

당황하는 사람들 사이로 걸어가던 시원은 병실 복도를 지나며 쓰러졌다.

"너 도대체 무슨 일이야? 미쳤어?"

수연이 깨어난 시원을 보자마자 소리를 내질렀다.

"퇴원 좀 시켜줘. 부탁이야."

담담한 목소리로 말을 꺼낸 시원은 다시 눈을 감았다.

"죽다 살아난 걸로도 모자라서, 발 그렇게 만들어놓고 퇴원 얘기가 나오니? 유리가 몇 개나 박힌 줄 알아? 독한 계집애."

"부탁이야. 이제 나 많이 나았잖아. 약 잘 챙겨 먹을게. 발도 며칠 지나면 아물 거니까 퇴원 좀 시켜줘."

막무가내로 퇴원을 시켜달라는 시원을 보며 수연이 한숨을 내쉬었다.

"무슨 일인데 그래? 말을 해야 도와줄 거 아냐."

눈을 감은 채 대답하지 않는 시원을 보며 수연이 답답하다는 듯 가슴을 쳤다.

"너 때문에 멘붕이다, 멘붕이야. 오늘은 무리고 내일 아침에 퇴원시켜줄 테니까 기다려."

"그럼 면회 금지라도 해줘. 아무도 만나고 싶지 않아."

"알았어. 무슨 일인지 모르겠다만 넌 무조건 진정해야 해. 좀 자둬."

수연이 이불을 정리해주고 나가자 시원은 눈을 감았다.

면회 금지인지도 모르고 시원을 찾아온 재희는 면회 금지 팻말을 보고 고개를 갸우뚱했다. 시원에게 전화를 했지만 전화는 연결이 되지 않았고, 간호사는 절대 안정을 취해야 한다며 면회가 안 된다는 말뿐이었다.

"잠깐 저 좀 보시죠."

시원의 병실을 뚫어져라 바라보고 있는 재희에게 의사 가운을 입은 한 남자가 다가와 말했다. 재희가 술에 취한 시원을 집에 데려다주려던 그날 시원의 집 앞에서 서성이던 그 남자였다. 역시 재희의 직감은 정확했다.

"어떻게 된 거죠?"

병원 앞 카페에 마주앉아 커피를 주문하자마자 재희가 정민에게 물었다.

"시원이와 어떤 사이죠?"

"사랑하는 사입니다."

"언제부터요?"

"시원 씨 왜 면회 금지인지 말해주세요."

두 남자는 서로 엇갈리는 물음과 대답을 하고 있었다. 재희의 물음에 대답은 않고 시원과의 사이를 물어오는 정민을 재희는 빤히 바라보았다.

"아직 미련이 남아 있습니까?"

"사랑하고 있습니다."

재희의 물음에 정민이 망설임 없이 대답했다.

"사랑에도 타이밍이 중요하다는 말이 있지요. 이미 두 사람은 그 타이밍을 벗어났습니다. 접으세요. 그렇지 않으면 아름답던 추억도 잔인한 추억으로밖에 남지 않을 겁니다."

단호하게 말하는 재희를 정민이 빤히 바라보았다.

시원을 사랑하고 있다는 정민의 말에도 흔들림 없이, 전혀 비꼬지 않고 당당하게 충고를 할 줄 아는 이 사람이 시원의 남자친구라니, 정민은 암담해졌다.

"우린 서로 첫사랑이기도 하고 꽤 오랜 연애를 했습니다. 그러니 그 추억 때문에라도 다시 돌아올지도 모르는 일이지요."

"아니요, 다시 돌아가지 않을 겁니다. 제가 시원 씨의 따뜻한 가족이 될 생각이거든요. 당신은 시원 씨의 가족이 될 뻔한 기회를 이미 놓쳤습니다."

가족, 가족이라는 말에 정민은 더 암담해졌다.

근본이 없다는 이유로 시원을 밀어내기만 했던 부모님이 시원이 정작 대기업 대표이사의 딸이었다는 사실을 알게 되면 또 어떻게 돌변하게 될지 자신이 없었다. 시원이 사업으로 많은 돈을 벌고 있다는 것을 알았을 때 무작정 시원을 찾아갔던 자신의 부모님이었다.

사랑했었다. 다시 만난 후, 보면 볼수록 욕심이 생겼다. 갖고 싶었다. 그녀와 헤어진 것을 후회하지 않은 날이 없었다. 아직 그녀를 사랑하고 있고, 그녀의 사랑을 받고 싶었다. 시간을 돌릴 수만 있다면 다시 제자리로 되돌려놓고 싶었다. 하지만 따뜻한 가족이 되어줄 수 있을까? 자신도 어쩌지 못하는 민 여사의 얼굴이 떠올랐다.

앞에 앉은 남자의 말대로 이 남자야말로 시원의 따뜻한 가족이 되어줄 수 있을 것 같았다.

"시원이 아버지라는 사람이 찾아왔어요. 명원그룹 대표이사 장상현의 딸이더군요, 시원이가."

명원그룹이라는 말에 재희가 헉, 하고 숨을 들이쉬었다.

"충격이었겠죠. 병실을 나가려고 링거병도 깨고 그 유리까지 밟았습니다."

더 이상 듣지 않아도 대충 짐작이 갔다. 시원으로서도 예상치 못한 습격인 것이 분명했다. 충격을 받았을 시원이 너무도 걱정스러우면서도 자신에게 연락조차 없다는 사실에 섭섭함이 앞섰

281

다.

　조금은 특별하다고 생각했다. 특별하고 싶었다. 다가왔다고 생각했는데 다시 물러나는 시원의 행동들이 재희의 가슴을 아프게 했다.

　아침 일찍 수연과 민재의 도움으로 퇴원 수속을 밟은 시원은 가방을 둘러메고 서랍 위에 얌전히 놓여 있는 금색 명함을 집어 들었다.

　명원그룹 대표이사 장상현.

　이 명함을 지키기 위해 민영과 시원을 버렸을 장상현.

　시원은 명함을 그대로 휴지통에 구겨 넣은 후 병실을 나섰다.

　하얀 붕대로 친친 감아놓은 발에 들어가는 신발이 없어 경선이 화장실 갈 때 편하게 신으라고 가져다 준 슬리퍼를 신고 쩔뚝거리며 걸어가는데 정민이 팔을 붙잡았다.

　"그 몸으로 혼자 어딜 가겠다고 그래? 집까지 데려다 줄 테니 가방 이리 줘."

　아픈 몸보다 더 부담스러운 건 정민이었다.

　"택시 타면 돼. 신경 쓰지 마."

　"신경 쓰지 않고 싶지만 지금 네 모습 충분히 신경 쓰여."

　거절하려고 했지만 시원의 손에 있는 가방을 뺏어 저벅저벅 걸어가는 정민의 발걸음을 쫓아가지 못해 결국 시원은 포기하고 말았다. 실랑이를 벌일 힘조차 남아 있지 않았다.

　"나 공항에 좀 데려다줘."

　차 창틀에 팔꿈치를 기대어 턱을 괴고 창 밖을 바라보던 시원이 갑자기 급하게 소리쳤다.

"뭐?"

급작스런 시원의 말에 정민이 갑자기 속도를 늦추자 뒤에서 따라오던 차가 빵빵거렸다.

"나, 공항에 좀 데려다 달라고."

"그 몸으로 어딜 가겠다고 그래?"

"못 데려다 주겠으면 갓길에 세워줘. 택시 탈 거야."

당장에라도 달리는 차의 문을 열고 내릴 기세였다.

"데려다줄게."

정민은 한숨을 쉬며 시원을 제자리에 앉혔다. 유턴을 한 차가 대구 공항 쪽을 향해 가기 시작했다.

대구 공항 앞에 내려준 정민이 기어이 따라오겠다는 걸 만류한 시원은 의자에 앉아 잠시 생각에 잠겼다.

차 안에서 푸른 가을 하늘을 날아가는 비행기를 보고 무작정 공항에 오기는 했지만 목적지를 정한 것은 아니었다. 어차피 여권도 없으니 국내선밖에 타지 못할 테고 생각나는 건 제주도뿐이었다.

제주행 비행기는 20분 후 출발 예정이었다. 바로 표를 사고 비행기에 탄 시원은 잠시 재희와 경선을 생각했지만 고개를 저으며 휴대전화 전원을 끈 후 가방에 밀어 넣고 눈을 감았다. 이 순간만큼은 아무것도 생각하고 싶지 않았다.

제주 공항에서 짐을 찾자마자 택시를 타고 호텔에 도착해 짐을 푼 시원은 냉장고에 있는 양주를 꺼내어 마시고 죽은 듯이 잠이 들었다. 다시는 깨어나지 않을 사람처럼.

깨어나고 싶지 않은 잠에서 깨어났을 때는 어슴푸레한 새벽이었다.

의자에 앉아 창밖으로 보이는 제주도의 새벽 풍경을 바라보며 시원은 장상현을 떠올렸다.

차라리 영원히 만나지 않았으면 좋았을 것을. 그랬다면 삶이 이렇게 초췌하다는 생각이 들진 않았을 것이다.

부정한 존재.

깊은 슬픔이 시원의 가슴을 잠식했다.

그런 만남을 원한 게 아니었다. 이제야 찾아온 것에 대한 미안함까지 바라지도 않았지만 당연하다는 듯한 그 태도를 바란 것도 아니었다. 차라리 노숙자의 신세로 뻔뻔하게 돈을 요구했더라면 하등 나았을 것이다.

명원그룹 대표이사라니, 이건 정말 예상치 못한 시나리오였다.

새벽이슬을 밟으며 나간 시원은 렌터카를 대여해서 해안도로를 하염없이 달렸다. 어디인지도 모른 채 달려가다가 차를 멈춰 세운 곳은 수월봉이었다.

차에서 내려 천천히 걸어가던 시원은 푸른 바다를 배경으로 한 풍광을 바라보며 그만 생을 놓고 싶어졌다.

이대로 푸른 바다로 빠져들고 싶은 이기심.

태어나자마자 짊어진 삶의 모순을 이제 그만 놓고 싶었다. 그러나 한 발짝 더 낭떠러지로 내딛지 못하고 시원은 주저앉아 울었다.

"장시원!"

수월봉을 내려와 다시 해안도로를 달려 호텔에 도착해 엘리베이터를 기다리던 시원은 자신을 부르는 소리에 몸을 돌렸다. 눈 앞에 재희가 서 있었다.

대답도 못하고 멍하게 재희를 바라보던 사이에 엘리베이터가 도착했고, 시원의 팔목을 움켜잡고 엘리베이터에 탄 재희는 그대로 호텔방으로 직행했다.

문이 찰칵 닫히는 순간 시원은 저도 모르게 손을 동그랗게 움켜쥐었다.

"어쩐 일이에요?"

눈을 마주치지 않고 덤덤하게 물어오는 시원의 모습이 낯설었다.

"하고 싶은 말이 고작 그 말뿐이에요?"

무섭게 불타오르는 눈동자에 비해 감정을 절제하고 있는 재희의 말투.

"시원 씨가 원한다면 언제든 달려갈 준비가 되어 있다고 했잖아요. 시원 씨에게 나란 인간은 아직도 확신이 부족한 겁니까?"

정민과 헤어지고 서둘러 하던 일을 정리하고서 다음 날 아침 병원으로 갔을 때 이미 시원은 퇴원한 상태였다. 아찔했다. 영영 떠나버린 것은 아닌지 미칠 것만 같은 혼란 속에서 빠져 나올 수가 없었다.

생각지도 못한 생부가 찾아왔으니 시원의 혼란을 이해하면서도 문자 한 통 남기지 않은 채 사라져버린 것이 야속했다. 공항에 내려주었다는 정민의 말을 듣고 전화가 오면 바로 떠날 준비를 하고서 공항에서 경선의 연락을 기다렸다.

어렵게 만나서 이렇게 눈앞에 있는데 눈도 마주치지 않는 냉랭한 시원을 보자 재희는 암담해졌다.

"부족하지 않아요. 오히려 넘친다는 거 잘 알고 있어요."

당장이라도 달려가 그 넓은 등에 숨고 싶었다. 시원이 무슨 짓을 할지라도 다 받아줄 단 한 사람. 낭떠러지로 한 발자국 더 내디디지 못하게, 생을 놓치지 않게 만든 사람.

"무슨 말이 하고 싶은 거예요?"

"헤어져요."

시원의 말에 말을 잃은 재희가 멍하니 시원을 바라보았다.

"재희 씨와 함께하기엔 나란 사람 너무 복잡한 인간이라는 걸 알았어요. 당신이 원하는 걸 줄 수 없을지도 몰라요, 난."

무너지고 있었다. 깊어지는 혼란들이 그녀를 숨도 쉴 수 없게 만들었다. 자신 때문에 재희의 일상까지 무너지게 되는 걸 시원은 원치 않았다.

"내 눈 똑바로 보고 이야기해요! 갑자기 이러는 이유가 뭐예요?!"

두 손으로 시원의 어깨를 잡은 재희가 노여움 가득한 눈동자로 바라보며 소리쳤다.

"늘 그랬던 것처럼 혼자가 더 편하다는 걸 깨달았을 뿐이에요."

태어나기도 전에 버려지고, 사랑하는 사람들은 안녕도 고하지 않은 채 곁을 떠나버렸다. 재희가 옆에 있다는 것이 더럭 겁이 났다. 또 떠나갈까 무서웠다.

"그만 나가줘요."

어느새 시원은 바늘 하나 들어가지 않을 바리케이드를 쳐놓고 있었다. 재희는 그녀가 받았을 상처가 자신의 생각보다 더욱 깊고 험하다는 것을 알 수 있었다.

"좋아요, 서로 흥분한 것 같으니 내일 다시 만나서 이야기합시다."

그녀에게 더 이상의 혼란을 야기시키고 싶지 않았다.

"아니, 그럴 필요 없어요. 더 이상 만나고 싶지 않아요."

시원의 진심은 아닐 것이다. 하지만 더 이상 할 말이 없다는 단호한 말투는 그래도 비수가 되어 재희의 가슴에 날아와 꽂혔다.

"그게 시원 씨가 원하는 거예요?"

"네."

"내 눈 똑바로 보고 이야기해요."

돌아서 있던 시원이 몸을 돌리고 고개를 들어 재희를 빤히 바라보았다. 그리고 서늘한 목소리로 조용히 말했다.

"헤어져요, 우리."

한동안 시원을 노려보던 재희가 큰 걸음으로 문을 열고 나갔다.

비로소 다시 혼자가 된 순간 시원은 주저앉았다.

원치 않은 생명.

민영과 김명택이 주고 간 사랑에 가려 여지껏 몰랐을 뿐, 그것은 태어나기 전부터 자신이 가진 삶의 굴레이자 멍에였다.

시원에게 삶은 살아가는 것이 아니라 살아내야 하는 것이었다. 산다는 것 자체가 고통이었다. 재희만은 자신처럼 아픔이 더 많았던 삶이 아닌 즐거운 인생을 살아가길 바랐다.

참았던 눈물을 쏟아내며 시원은 소리 내어 울었다.

287

서재희.

늘 자신을 따뜻하게 바라봐주던 사람, 어디든 달려올 준비가 되어 있다던 사람, 마음까지도 착해빠져 시원으로 아파할 그 사람.

상처받았을 재희를 생각하자 가슴이 욱신거렸다.

후회할 걸 알면서도 보내야만 했다.

시원은 저도 모르게 재희가 열고 갔던 문을 열었다. 재희를 따라 나가려던 순간 시원의 발걸음이 멈추었다.

문 앞에 재희가 서 있었다.

마치 신기루처럼!

놀라 움직임을 멈춘 시원에게로 걸어온 재희가 시원의 뒷덜미를 잡아채 입술을 삼켰다. 갑작스러운 키스에 시원이 재희의 가슴을 밀어내자 재희는 사정을 봐주지 않고 벽으로 밀어 붙이며 시원의 몸을 압박했다. 난폭한 키스가 언제 그랬냐는 듯 부드러워지자 반항하던 시원의 손길이 재희의 등과 허리를 감싸 안았다.

그가 나눠주는 따뜻한 숨결을 놓치고 싶지 않았다. 그것이 생명수라도 되듯 매달린 건 시원이었다.

밀어내면서도 잡아주길 바랐던가!

그래, 그랬다. 시원의 감정이 무너지는 순간 재희는 열정적인 시원의 키스를 받아들이며 입고 있던 재킷을 벗어던졌다. 그리고 곧장 시원의 가슴을 감싸 쥐었다. 터질 것 같은 심장 고동소리가 흥분의 촉매제가 되어 강렬한 열망을 깨웠다.

그를 정말로 원했다, 그녀를 정말로 원했다. 서로가 서로를 열망했다.

　서로의 옷을 벗기는 손길에 두 사람은 곧 태초의 모습으로 침대 앞에 섰다. 불이 켜지지 않은 침실에 은은한 달빛이 쏟아져 들어왔다. 그 달빛 아래 시원을 눕힌 재희가 부드러운 손길로 시원의 붉은 뺨과 입술을 어루만졌다.

　"사랑해요."

　그가 던진 말에 다시 툭 떨어지는 눈물을 재희가 입술을 움직여 닦아냈다.

　누구보다 강인해 보여도 그 강인함 뒤에 숨겨둔 연약한 본성을 재희가 모를 리 없었다. 그렇기에 그냥 두고 갈 수 없었다. 혼자 울게 둘 수 없었다. 그녀가 느꼈을 절망을 혼자 짊어지고 가게 할 수 없었다.

　그녀가 다가와 안기는 순간 재희는 생각했다.

　무슨 일이 있어도 이 여자와 함께하겠다고.

　무슨 일이 있어도 이 여자의 가족이 되어야겠다고.

　열망과 애틋함이 가득한 눈빛으로 시원을 내려다보는 재희의 시선과, 금방이라도 툭 떨어질 듯 눈물 가득한 시원의 시선이 얽히자 그의 입술이 시원의 입술로 파고들었다.

　키스가 깊어질수록 욕망도 깊어졌다. 재희의 몸이 시원에게 겹쳐지며 두 사람의 따뜻한 체온이 섞였다. 그의 손길이 얼굴을 내려와 봉긋하고 말랑한 가슴을 감싸 쥐자 시원은 저도 모르게 신음을 흘렸다.

　"흐음."

　신음에 홀린 그가 갑작스런 흥분을 참지 못하고 그녀의 조그마

한 엉덩이를 그러쥐었다.

"아!"

자극적인 손길에 어깨를 떠는 시원을 누르며 재희의 손이 다시 움직였다. 가슴을 지나 갈비뼈를 조심스레 두드리다 배꼽 아래로 내려가자 긴장한 시원이 저도 모르게 다리에 힘을 주었다. 그런 그녀의 허벅지를 그는 부드럽게 어루만져주었다. 그리고 키스를 하던 입술을 들어 귓불로 목덜미로 옮겨가며 낙인을 찍었다.

어느새 깊은 곳까지 파고들어 온 그의 손가락에 그녀의 몸이 흠칫 굳어지는 것이 느껴졌다. 재희는 고개를 들어 그녀의 입술을 부드럽게 핥으며 파고들었다. 혀가 휘감기자마자 그의 따뜻한 손길이 그녀의 깊은 곳을 침범하더니 곧 촉촉한 단비를 뿌렸다. 그리고 그가 밀고 들어왔다.

"아흑."

순식간에 찾아온 고통에 등을 휘며 신음하는 시원을 꽉 끌어안은 재희가 움직임을 멈추고 가만히 내려다보았다.

"지금부터 나만 믿어요."

고통 어린 그녀의 눈동자가 또다시 촉촉하게 젖어들었다. 시원은 고개를 끄덕이며 그의 목에 팔을 감았다. 그리고 재희가 움직였다.

고통과 함께 찾아온 열락이 시원의 호흡을 점차 거칠게 만들고, 여린 살이 조여오는 감각에 재희는 참을 수 없는 쾌감을 느끼며 신음했다.

"아, 시원 씨."

부르는 목소리에 그녀는 대답 대신 재희의 목에 두른 팔에 힘을 주었다. 그러자 억누르고 있었던 열정을 폭발시키듯 재희의 움직임이 점차 빨라지기 시작했다. 그 속도를 따라가기 위해 그녀도 순수한 욕망을 깨워 함께 움직였다.

"아!"

그녀가 먼저 몸을 떨며 입술을 깨물자, 허리를 빠르게 놀리면서도 깨문 입술이 안타까워 시원의 입술을 삼킨 재희가 시원의 안에서 필사적으로 움직였다. 그리고 잠시 후 움직임을 우뚝 멈추며 신음을 토하고 쓰러졌다. 그녀의 깊은 속에 따뜻한 기운이 몰려들었다.

"하아, 하아."

거친 숨을 몰아쉰 재희가 몸을 굴려 시원의 옆에 누우며 그녀를 꼭 끌어안았다.

"이젠 후회해도 소용없어요. 당신을 내 품에서 놓을 생각은 추호도 없으니까."

애정 어린 손길로 등줄기를 쓰다듬는 재희의 품을 시원이 바르작거리며 파고들었다.

"문을 열어주지 않으면 부술까 했죠."

그런데 문을 두드리기도 전에 눈물 가득한 시원이 문을 열었다. 그 순간 재희의 머릿속이 하얗게 변했다.

거짓말일 거라고 생각했다. 하루 사이에 얼음처럼 차가워진 그녀의 모습을 믿을 수가 없었다. 거짓인 줄 알면서도 그녀의 말들이 재희의 가슴에 비수를 꽂았을 때 아파서 견딜 수가 없었다. 하지만 곧 깨달았다.

이대로는 그녀를 두고 갈 수 없다는 것을. 상처받은 그녀가 자신을 밀어냈을 때 따뜻하게 안아주었어야 했다. 후회하며 다시 돌아왔을 때 그녀를 보고서야 알 수 있었다.

정작 상처받은 사람은 자신인데 피를 쏟아내는 사람은 시원이라는 것을. 울음 가득한 눈동자가 재희의 가슴을 울렸다.

"걱정했어요. 갑자기 면회 금지에 쥐도 새도 모르게 퇴원까지 하고 사라졌으니."

조용하게 속삭이는 재희의 목소리.

"다행이에요. 이렇게 내 앞에 있어서."

시원의 눈에서 다시 눈물이 툭 떨어졌다. 가을날처럼 쓸쓸하기만 했던 마음은 재희가 마른 장작에 불을 붙여놓은 듯 따뜻해졌다. 시원은 재희의 가슴에 파묻혀 엉엉 울어버렸다.

등을 어루만져주고 토닥여주던 재희는 시원이 조금 진정하자 눈물에 젖은 얼굴을 닦아주고 침대에 앉혔다. 무릎을 꿇고서 시원의 발에 감겨 있는 붕대를 조심스럽게 풀고는 유리조각으로 찢어진 발바닥을 살피며 안타까운 표정으로 시원을 올려다보았다. 그런 그가 발바닥에 입술을 가져다 대고 조심스럽게 호호 불고 입을 맞추자 시원의 가슴이 아파왔다.

다친 아이에게 조심스레 호 하고 불어주며 괜찮다고, 괜찮다고 달래주듯 재희는 시원에게 그러고 있었다. 다시 눈물이 차오르기 시작하자 시원은 눈물을 꾹 참으며 재희의 얼굴을 들어 올렸다.

괜찮아, 괜찮아. 다 괜찮아질 거야.

빛나는 재희의 눈동자가 그렇게 말하고 있었다. 시원은 더 이상 참지 못하고 입술을 내려 키스했다. 입술이 부딪치고, 아랫입술을 부드럽게 빨아들이며 애를 태우자 재희가 참지 못하고 커다란 손을 들어 시원의 얼굴을 붙잡고는 입술을 파고들었다. 깊은 입맞춤에 혼이 빠질 지경이었다.

침대 위로 쓰러진 두 사람은 여전히 입술을 떼지 않은 채 약속이나 한 듯 다시 서로에게 파고들었다. 손에 만져지는 재희의 단단한 근육들을 쓸며 시원은 오로지 재희만을 바라보았다. 재희만을 생각했다.

숨소리가 거칠어지다 못해 격정적으로 변했다. 신음이 그들의 방 안에서 맴돌다 스며들었다.

"어떻게 알았어요? 여기 있는 거?"

격정적인 순간이 끝나자마자 혼절하듯 잠이 들었는데 등 뒤에서 시원을 끌어안고 머리를 쓰다듬는 손길 때문에 무거운 눈꺼풀을 치켜뜬 시원이 조용히 물었다.

"체크인 할 때 법인카드 썼잖아요."

아, 거기까지는 생각지 못했다.

저도 모르게 비행기 표를 계산할 때도, 호텔에 체크인 할 때도 늘 쓰던 법인카드를 썼으니 경선이 아는 것이 당연했다. 인터넷으로 조회만 해보면 뚝딱 나왔을 것이고, 재희에게 알려주었을 것이다.

"이제 어떤 일이 있어도 떠나지 마요."

시원은 말없이 그의 손을 꼭 잡았다.

"나와 함께 가는 길은 가시밭길일 수도 있어요."

"그럼 내가 그 가시밭길 다 낫으로 베어주면 되지 않겠어요."

아, 갑자기 생각이 났다.

293

밤을 따러 산으로 가던 길, 그가 앞장서서 걸으며 시원이 찔리기라도 할까 봐 삐죽이 뻗어 나온 가시나무를 낫으로 다 쳐주던 그때.

왜 몰랐을까. 그런 남자라는 것을.

"일은 어떻게 하고 온 거예요?"

"일이야 내년 가을에도 하고, 후년 가을에 또 하면 되지만 도망간 시원 씨는 내가 찾지 않으면 돌아오지 않을 것 같아서 데리러 왔죠."

그 마음이 고마우면서도 한없이 미안했다.

"아버지라는 사람이 찾아왔어요. 32년 만에 처음으로요. 내 존재를 이미 알고 있었대요. 그런데도 날 찾지 않았어요. 내가 부정한 자식은 아니길 바랐는데 결국은……."

얼마나 큰 상처를 받았을지 눈에 선했다. 유리조각 위를 걸어갈 만큼 끔찍했을 시원의 찢어진 마음이. 재희는 그녀를 안고 있던 손에 힘을 주어 틈새 하나 없이 꼭 안아주었다.

"그럼 엄마의 삶이 의미 없게 되는 거잖아요. 저만 보며 살아오신 분인데. 할머니 역시도 저만 보며 살다 돌아가셨는데 난 결국 원치 않았던 생명이었던 거죠."

"아니, 시원 씨 어머니는 시원 씨 자체로 그 의미를 두셨던 거지 그 사람의 자식이라서가 아니잖아요. 할머니 역시도 마찬가지예요."

재희의 진심이 시원에게 고스란히 전해졌다.

"내가 당신을 당신 자체로 사랑하는 것처럼."

재희에게 그녀는 그녀 자체만으로 재희의 가슴을 뚫고 들어와 마음을 훔쳐간 사람이었다.

"죽고 싶었어요. 엄마가 돌아가셨을 때도, 할머니가 돌아가셨을 때도 나도 두 분 곁으로 가서 따뜻하게 안겨 편하게 쉬고 싶었어요. 죽으려고 했어요. 죽고 싶다는 생각을 하면서도 그럴 수가 없었어요. 지금껏 살아낸 인생이 억울해서 견딜 수가 없었어요. 어쩔 수 없이 난 욕심 많은 인간인가 봐요."

그래서 낭떠러지 앞에서 한 발자국 더 내밀지 못하고 주저앉아 버렸다.

"시원 씨는 더 억울해하고 욕심 내도 괜찮아요. 더 욕심 내봐요. 세상을 살아가고 있는 이상 삶에 대한 욕심을 내는 건 당연해요."

재희의 말에 시원이 몸을 돌려 재희를 마주보고 누웠다. 부드럽고 그윽하게 시선을 마주쳐 오는 재희의 눈동자.

"특히 당신 앞에 있는 나를 더 욕심 내요."

"두려웠어요. 내가 사랑하고 의지하는 사람이 떠나갈 때마다 혼자 남겨진 그 순간엔 나도 살기가 싫어졌어요. 그래도 살아야 한다는 게 끔찍했어요. 태어난 건 내 의지가 아닌데 살아야 하는 건 내 의지가 필요한 거니까."

시원을 안은 재희의 팔에 힘이 들어갔다.

"이유가 필요하다면 내가 그 이유가 되어줄게요. 사랑해요, 시원 씨."

이유가 필요하다면 이유가 되어주겠다는 재희의 말에 가슴이 뭉클해왔다.

"애인한테 말 한마디 없이 제주도로 온 거 잘못했죠? 거기다 헤어지자는 말까지 했으니 정말 잘못했죠?"

시원은 말없이 고개를 끄덕였다.

"그럼 벌 받아야죠. 앞으로도 계속 욕심 많은 장시원으로 살아줘요."

재희가 내리는 벌이라면 달게 받아야겠지. 재희의 은은한 살냄새가 전해지자 시원은 재희의 품에 파고들며 숨을 깊이 들이쉬었다.

"보고 싶었어요."

"난 죽을 것 같았어요."

"집으로 가려고 했는데 갑자기 하늘에 떠 있는 비행기를 보는 순간 떠나고 싶었어요. 노랫말처럼 모든 걸 훌훌 버리고 떠나고 싶었어요. 푸르메가 살고 있는 곳이 궁금했는데 내내 후회했어요. 당신이 문 앞에 서 있을 때 알았어요. 나에게 푸르메란 낯선 제주도가 아니라 당신이 살고 있고, 내 꿈이 있는 곳이라는 것을. 당신과 마늘을 뽑고, 콩을 심고, 또 산에서 알밤을 줍고, 당신의 고백을 듣는 일이 내 푸르메라는 것을 알았어요."

시원의 말들이 떨어지는 별똥별이 되어 그의 가슴에 날아와 박혔다. 늘 아름다운 꿈을 꿀 수 있도록.

"내게도 푸르메는 당신이에요."

재희는 그녀에게도 그 별똥별이 그녀의 가슴에 떨어지길 바랐다. 함께 아름다운 꿈을 꿀 수 있도록.

"사랑해요, 재희 씨."

고백이 끝나자마자 재희가 시원의 입술을 삼킬 듯 키스했다. 곧 두 사람에게 다시 격정의 파도가 몰려들었다.

　제주도에서 돌아와 며칠 몸살을 앓은 시원은 영발의 집에 머물
며 몸과 마음을 추슬렀다. 영발의 집으로 찾아온 재희를 보고 영
발은 흡족한 미소를 지으며 따뜻하게 맞아주었다.

　재희와 영발, 그리고 경선 덕분에 빠르게 몸을 추스른 시원은
회사로 복귀하자마자 미친 듯이 일에 빠졌다. 블루베리 된장 때
문이기도 하지만 심신을 안정시키기 위해 더욱 자신을 몰아치고
있다는 걸 재희가 모를 리 없었다. 그래서 재희는 무슨 일이 있어
도 저녁은 함께 먹어야 한다는 약속을 받아냈다.

　- 퇴근하고 집으로 와요.

　군대 시절 취사병이었다는 재희는 요리에도 일가견이 있어 시
원에게 저녁을 먹이고 설거지까지 자청했다.

　오늘도 재희의 집에서 간단하게 오므라이스를 해 먹은 뒤, 설
거지를 하겠다는 시원을 만류하고 재희가 설거지를 하는 중이었
다.

　"재희 씨."

　설거지를 하는 재희의 뒷모습을 식탁에 턱을 괴고 바라보던 시
원이 불렀다.

　"네."

"정민이가 사라졌대요."

물소리가 딱 그쳤다. 재희가 설거지를 하다 말고 걱정스러운 표정으로 시원을 돌아보았다.

출근하자마자 수연의 전화를 받은 시원의 마음도 한없이 무겁기만 했다.

- 정민이 어머니 또 너 찾아가셨다며? 그것 때문에 집안이 좀 시끄러웠나 보더라. 한동안 몹시 힘들어했었어. 너한테 미안해서 말하기도 괴로웠겠지. 네가 이해해라.

민재에게 병원을 그만두겠다는 문자를 남기고 사라진 지 이틀째라고 했다. 혹시 시원에게 연락을 했을까 싶어 전화를 했다는 수연은 괜히 전화해서 걱정거리만 안긴다며 미안하다는 말을 남기고 전화를 끊었다.

설거지를 끝내지 못한 채 재희가 수건에 손을 닦고 시원을 안은 채 소파에 앉았다. 재희의 손은 차가웠지만 품에 안겨 귀로 고동소리가 전해지는 재희의 심장은 따뜻하게 뛰고 있었다. 시원은 재희가 주는 따뜻함에 그의 품으로 더 파고들었다.

"이런 이야기 꺼내서 미안해요."

"아니요, 오히려 이야기해줘서 고마워요. 혼자서 끙끙 앓고 있었다면 난 더 속상할 거예요."

"어디로 사라진 걸까요? 정말 병원으로 돌아가지 않으면 어쩌죠? 빨리 복귀하지 않으면 병원에서 받아주지 않을 거예요."

걱정스러운 건 그것이었다. 재희는 말없이 시원의 등을 쓰다듬어주었다.

"정민이 엄마가 나를 찾아온 게 계기가 되었으니 마음이 편치 않아요."

"사춘기 소년도 아닌데 너무 걱정 마요."

재희의 위로에 고개를 끄덕이긴 했지만 걱정스러웠다.

정민이 병원을 그만두겠다는 말을 남기고 사라졌다는 말을 듣자마자 마치 그가 가슴에 돌덩이 하나를 얹어두고 간 것처럼 답답해졌다. 병원을 그만두겠다는 말은 모든 것을 포기하겠다는 말이었다. 누군가가 원해서 의사가 된 시원과는 다르게 정민은 자신의 의지로 안과 의사가 되려고 했던 사람이었다. 그런데 이제 와서 그만두겠다니.

다시 만나는 일이 없었다면 어땠을까? 처음으로 영발의 수술을 모교 병원에서 한 것이 후회되었다.

"자고 갈래요?"

걱정스럽게 재희가 물어왔다.

"그냥 집에 갈래요. 나 혼자 일어나기 싫어요."

요즘 재희는 한창 수박 때문에 정신이 없었다. 성탄절을 앞두고 사람들이 송년회로 한 해의 마지막을 즐길 무렵, 재희는 비닐하우스 안에서 수박을 키우느라 바쁜 하루하루를 보내고 있었다.

"그럼 일어나요. 데려다줄게요."

시원의 재킷을 입혀주고, 자신의 목도리를 시원의 목에 꼼꼼하게 둘러준 재희가 시원을 안전하게 집으로 데려다주었다.

"잘 자요. 무슨 일 생기면 전화하는 거 잊지 말고요."

"네."

시원의 입술에 가볍게 입맞춤을 한 재희가 어서 올라가라며 손짓을 했다. 시원이 올라가 방에 불을 켠 후에야 안심하고 돌아가는 재희임을 알기에 시원은 얼른 집으로 올라가 방에 불을 켰다.

  드르르륵, 드르르륵.

  새벽녘, 진동으로 해놓은 휴대전화를 잠결에 받은 시원의 귀에 민재의 목소리가 전해졌다.

  - 부탁 좀 하자.

  그 말에 시원은 감고 있던 눈을 억지로 떴다.

  - 미친 새끼, 진짜로 병원으로 복귀 안 할 생각인지 꿈쩍도 않는다. 더 이상 시간 끌면 병원에서도 받아주지 않을 텐데.

  민재의 한숨 소리에 땅이 꺼질 것만 같았다.

  - 네가 와서 이놈 설득 좀 해줘. 부탁이다.

  신새벽부터 잠에서 깨어 정민의 소식을 듣는 것은 유쾌한 일이 아니었다.

  "내가 왜? 도대체 가만히 있는 나한테 왜들 이러는 거야?"

  - 미안하다. 하지만 정민이 병원 복귀하지 않으면 그야말로 인생 좆 되는 거 아니냐. 한참도 더 된 이야기지만 솔직히 정민이한테 너밖에 없었다는 거 너도 모르지는 않겠지. 시원이 너 결국 병원 복귀하지 않았을 때 정민이가 느꼈을 상처 생각해봤어? 떠난 사람도 힘들지만 남은 사람도 힘들었다. 병원에서 오죽 수군거렸겠냐. 그래서 쫓기듯 군의관으로 간 거였고.

  혼자 남은 시원이 견디기 힘든 만큼, 정민도 힘들 거라는 것을 알고 있었다. 하지만 그 당시의 시원은 정민을 생각할 만큼 온전한 정신이 아니었다.

  - 솔직히 난 너희 둘 다시 될 줄 알았다. 하지만 사람 인연이란 게

참 웃기더라. 이 녀석 병원 복귀할 수 있도록 좀 도와줘. 너밖에 부탁할 사람이 없다.

무슨 말인지 알면서도 시원은 대답할 수 없었다.

- 정민이 녀석, 어머니가 다시 널 찾아가신 거 알고 미치려고 하더라. 네게 피해 주는 거 죽기보다 싫겠지. 이 새끼 병원으로 복귀는 안 한다고 하지, 나도 내일 병원으로 들어가봐야 하는데 어떻게든 해줘. 보기 싫겠지만 한 사람 인생 구하는 셈 치고, 응?

"거기 어디야?"

- 덕유산.

"뭐?"

잘못 들은 줄 알고 다시 물었지만 시원의 귀가 잘못된 것이 아니었다.

- 미친놈, 진짜 복귀 안 할 생각인지 덕유산에 꽁꽁 숨어 있더라. 찾은 것도 다행이다 싶다니까.

덕유산이면 고령에서 세 시간쯤 가야 하는 거리였다. 한숨이 절로 나왔다.

침대에서 일어나 불을 켠 시원은 다시 침대에 주저앉았다.

- 미안하다, 시원아. 그런데 나도 어쩔 수가 없다.

"생각해볼게."

- 부탁한다.

전화를 끊은 후, 계속 고민하던 시원은 겨울 파카를 꺼내 입었다.

새벽 2시. 지금쯤 재희는 곤히 잠들어 있을 것이다. 새벽 5시면 일어나 비닐하우스로 가는 재희인데 지금 깬다면 하루가 더 고단

할 것이다.

본격적인 수박 농사가 시작되면서 재희는 하루하루가 바쁜 농사꾼이 되었다. 이중으로 철재를 세우고, 비닐을 씌우고, 다시 수박을 심을 고랑마다 철사를 심어 거기에도 비닐을 씌운 후, 비닐 아래 수박 모종을 따뜻하게 감싸줄 부직포를 넣었다.

보는 사람에게도 전해지는 고단함이었다. 모종을 심고 나자 바쁜 것은 좀 나아지긴 했지만, 아침마다 부직포와 비닐을 벗겨냈다가 해 지기 전에 다시 덮어야 했다.

수박이 자라면 순을 쳐야 하고, 열매를 맺기 위해 손으로 직접 수정도 시켜야 했다. 일은 끊임없이 쏟아지는데 재희 혼자 그 모든 일을 다 해내고 있었다. 그런 고단한 하루를 보내는 재희의 곤한 잠을 깨우고 싶지 않아 시원은 휴대전화를 주머니에 넣었다.

속도를 내지 않고 천천히 달렸다. 라디오를 들으며 가는 길, 눈이 내릴 거라는 예보가 시원을 더 걱정스럽게 만들었다. 설상가상으로 가는 길에 눈까지 휘날리기 시작하자 초행길인 시원은 긴장감을 멈출 수가 없었다.

그렇게 어렵사리 도착을 했을 때는 벌써 동이 트고 있었다. 차에서 내리자 함박눈이 머리에 고스란히 내려앉았다.

민재는 눈이 내린다는 예보에 이미 병원으로 떠난 상태였고, 민재가 예약해놓은 콘도의 열쇠만이 시원을 반겨주었다. 열쇠를 받아 방에 들어가자마자 침대에 누웠다.

이불도 덮지 않고 바로 잠이 드는 바람에 한기에 잠이 깼을 때는 훤하게 날이 밝아 있었다. 긴장 상태로 장시간을 운전하고 온

지라 더 눕고 싶었지만, 꿈틀거리며 일어나 창 밖의 풍경을 봤을 때는 정신이 싹 들면서 낭패감에 젖어버렸다.

세상이 온통 하얗게 변해 있었다.

이렇게 하얗게 온 산과 마을을 덮었다니!

그림 같은 풍경이었지만 다시 돌아갈 길이 걱정이 되어 시원은 눈을 마냥 즐겁게 바라볼 수만은 없었다. 눈은 산과 마을뿐 아니라 도로까지도 두껍게 뒤덮었을 것이다. 그렇다면 눈이 녹을 때까지는 여기에서 움직일 수 없다는 말이었다.

눈 때문에 잠이 번쩍 깨서 콘도 밖으로 나가자 하얗게 눈꽃이 핀 나무들이 시원을 반겼다. 새하얀 눈이 햇살을 받으면서 나뭇가지에 빛이 피어나기 시작하는 것은 그야말로 장관이었다.

"장시원?"

몸을 돌려 서자 정민이 의아한 눈으로 시원을 바라보고 있었다.

얼굴이 까칠했다. 며칠이나 면도를 하지 못했는지 제멋대로 난 수염이 턱을 뒤덮었고, 피부는 생기를 잃은 채 거칠했다. 그런 정민의 모습은 학교를 다닐 때도, 함께 병원에서 근무를 할 때도 본적이 없었다. 인턴 때조차 저런 몰골은 아니었다.

"얼굴 많이 상했네."

민재가 왜 그토록 걱정을 하고 떠났는지 알 것도 같았다.

설마 시원일까 했는데 장시원이 맞았다. 말없이 나타나 자신을 걱정해주는 시원을 보자 정민의 가슴에 슥 하고 칼날이 지나갔다. 처음엔 아무렇지도 않지만 시간이 흐를수록 피가 나기 시작하고 통증이 느껴지는 것처럼.

아무런 말도 없는 정민이 걱정스러워 다가간 시원이 애써 밝은 목소리로 말했다.

"아름답긴 한데 너무 춥다. 들어가자. 아침을 먹든지, 따뜻한 커피라도 한 잔 마셔야 할 것 같아. 지갑 들고 나왔어?"

정작 참지 못하는 것은 둘이 함께 있는 것이면서 어색하게 웃으며 콘도 안으로 들어가는 시원을 정민이 못 이기는 척 따라갔다.

간단하게 아침을 먹은 두 사람은 카페에 마주 앉아 커피를 마시며 눈이 내린 풍경을 바라보았다.

"민재가 연락한 거야?"

어색한 침묵을 정민이 깨뜨렸지만 시원은 정작 아무 대답도 하지 않았다.

"미안해."

고개를 떨구는 정민의 어깨는 힘이 쭉 빠져 있었다. 지금껏 알던 정민은 이런 남자가 아니었다. 늘 자신 있고, 당당하고, 남과 스스럼없이 이야기하던 남자였다. 그런 남자가 이렇게 풀이 죽어 형편없는 몰골로 앉아 있다는 것 자체가 속상했다.

왜 미안하다는 말밖에 할 말이 없는지는 시원도 알고 있었다.

며칠 전 다시 사무실에 나타난 민 여사가 또다시 한바탕 패악을 부리고 끌려 나간 것이다.

다짜고짜 찾아온 민 여사 때문에 시원은 또다시 긴장해야 했다. 경선조차 민준의 재롱잔치 때문에 일찍 퇴근을 한 참이었다.

퇴근 시간이 임박했기 때문에 직원들에게 몇 가지 지시사항을 말해두고 민 여사를 회의실로 데리고 간 것은 또다시 쏟아질 말들 때문이었다.

"차 드릴까요?"

"됐다. 차 마시러 온 거 아니니 그냥 앉아라."

그냥 앉으라는 소리에도 대추차 한 잔을 민 여사의 앞에 놓은 후에야 시원은 민 여사의 맞은편 의자에 앉았다.

"우리 정민이는 아직도 니 못 잊었단다. 니는 우리 정민이 다 이자뿐 거 맞나?"

민 여사는 아직도 미련을 버리지 못한 듯했다.

"네."

그러자 민 여사가 코웃음을 쳤다.

"니 애인도 생겼다 카데?"

"네."

"고작 농사꾼하고 결혼을 한다꼬?"

고작 농사꾼이라고 말하는 민 여사의 말투에 빈정거림이 묻어났다. 이미 다 알고 찾아오는 길이었던 것이다.

"겨우 우리 정민이 거절하고 만나는 사람이 농사꾼이라고?"

또다시 코웃음이 흘러나왔다.

"알량한 자존심 때문에 나한테 시위해볼라꼬 그런 되도 안 한 인간 만나는 거라면 아서라. 지난번에도 말했듯이 우리 정민이하고 결혼만 한다 카면 내 허락할 끼다. 니, 정민이하고 결혼하고 싶어가 내한테 설설 기다시피 안 했나."

설설 기다시피 한 것은 아니지만 정민과 결혼을 앞두고 못마땅해하는 민 여사의 마음을 돌려놓기 위해 노력한 것은 사실이었다.

"그때 저를 내치신 건 사모님이셨어요."

"사모님?"

"제가 어머님이라고 하는 거 싫어하셨잖아요."

어머님이라는 호칭에서 사모님이라고 바꾼 것은 물론 그 전에도 그랬지만 정민에게 아무런 미련이 없다는 뜻이었다. 민 여사가 그걸 알아주길 바랐다.

"그래, 그때 내 판단이 틀렸다는 걸 인정한다. 이제라도 그걸 알았으니 다시 시작해도 안 되겠나."

억지였다.

"그만하세요."

"대신 결혼 전에 정민이 아버지 회사부터 좀 도와도."

억지에다 저런 뻔뻔함까지! 민 여사가 바라는 것은 시원이 아니라 시원이 가진 경제적 능력이었다.

"제가 왜 그래야 하는데요?"

"니 우리 정민이하고 결혼하고 싶어 안 했나?"

"그게 벌써 몇 년 전 일인지 아세요? 부모 없고 돈 없다고 그렇게 무시하시면서 반대를 하셔놓고, 이제 제가 돈 좀 번다고 하니 아까우신가요? 결혼은 사랑하는 사람과 하는 거지 돈 때문이 아니잖아요. 저, 절대로 정민이랑 결혼 안 해요. 알아들으셨으면 이만 나가주세요."

늘 고분고분 민 여사의 말을 들어만 주던 예전의 시원이 아니었다. 이렇게 하지 않으면 민 여사는 결코 시원을 놓지 않을 것이다.

"이기 어른한테 무슨 말버릇이고? 니 부모가 그래 가르쳤나? 하긴 부모가 없었으니 니를 똑바로 가르쳤기야 했겠나?"

그러면 그렇지, 그대로 물러날 민 여사가 아니었다.

"도대체 저한테 왜 이러세요? 저 마음에 안 들어하셨잖아요. 왜 이제 와서 이러세요?"

폭발하려는 감정을 애써 참은 시원이 두 주먹을 꼭 쥐었다.

"내가 그래 좋은 집안 아가씨 선 자리 물어 와도 정민이가 줄줄이 퇴짜를 놓더니 니 아니면 결혼 안 한다 카다가 요즘은 아예 술에 쩔어 산다이가. 니가 우리 아들 조종하고 있는 거 아이가!"

쩌렁쩌렁하게 울려 퍼지는 민 여사의 노기에 시원은 할 말을 잃었다.

"내라고 니처럼 근본 없는 아를 내 며느리로 들이고 싶겠나? 겨우 농사꾼하고 붙어먹은 주제에 왜 이러세요 카는 말이 주디에서 나오나?"

"그 사람 그런 식으로 비하하지 마세요!"

재희까지 끌어들이고 싶지 않았다. 아무 잘못 없는 재희가 도마 위에 오르는 것은 죽기보다 싫었다.

"하, 니가 진짜 농사꾼하고 결혼이라도 하겠다 카는기가?"

기가 막힌다는 저 말투.

"농사꾼이랑 결혼하는 게 뭐가 어떻다고 이러세요?"

"의사도 내팽개치고 농사꾼하고 결혼하면 퍽이나 좋겠다. 니가 아직 세상물정을 몰라도 너무 모른다. 니 부모가 살아 계셨으면 농사꾼한테 니를 시집보내겠나? 내 말이 틀렸나?"

민 여사의 말이 끝나기도 전에 회의실 문이 벌컥 열렸다.

장상현이었다. 이 상황에서 자신의 생물학적 아버지라는 사람이 짠, 하고 나타났으니 그야말로 기가 막힌 등장이라고밖에 설명이 되지 않았다. 두 사람 다 약속을 한 적도 없이 갑자기 나타나 시원을 사시나무 흔들듯 흔들고 있었다.

노여움 가득한 장상현이 민 여사를 눈빛으로 찔러 죽일 것처럼 무섭게 노려보다 입을 열었다.

"제가 누군지 아십니까?"

민 여사가 장상현의 눈빛에 움찔하면서 대답을 했다.

"내, 내가 우째 압니꺼?"

"지금 당신이 근본 없다고 말한 아이 아비 됩니다."

그 말에 민 여사가 눈을 휘둥그렇게 뜨고 시원과 장상현을 번갈아 바라보았다.

"겨우 하나 있는 아들 의사로 만들어놓았다고 지금껏 우리 시원이한테 유세 부리셨습니까? 제가 누군지 알고 이 따위 짓을 우리 딸에게 하는 겁니까?"

노여움 가득한 장상현의 말에 민 여사가 몸을 움찔 떨었다.

정민의 말에 설마, 설마 했었다. 술을 마시고 들어온 정민이 민 여사에게 시원이 명원그룹 대표이사의 딸이라고 했을 때 도저히 믿을 수가 없었다. 하지만 자신이 굴러들어온 복덩이를 놓쳤다는 것만은 확실히 알 수 있었다.

자존심을 구겨서라도 시원을 정민과 붙여놓고 싶어 찾아온 길이었다. 5년 동안 사랑한 사이였는데 이제 막 시작한 사랑과 비교가 될 수 있겠는가. 하지만 자신의 불처럼 화르륵거리는 다혈질 성미 때문에 생각과는 다르게 일이 꼬여버리고 말았다.

"당신 그 잘난 아들까지 산산이 부셔놓기 전에 나가세요. 이 시간 이후부터 시원이 앞에 다시 나타나는 날엔 당신 아들은 물론이고 당신까지 가만두지 않을 겁니다."

완전한 협박에 민 여사는 겁을 집어먹었으면서도 알량한 자존심 때문인지 부들부들 떠는 목소리로 고함을 질렀다.

"와요, 시워이 야가 아끼던 첩년 자식이라도 됩니까? 키우지도 않은 주제에 아버지는 무신."

"다시 한 번 경고 드립니다. 당신 그 잘난 아들 부셔놓고 싶으십니까?"

무섭게 울리는 경고에 민 여사가 다시 눈을 치켜떴다.

"우리라고 가만히 있을 줄 압니꺼? 이래 봬도 우리 소싯적에 잘 나가던 집안인데 가만두지 않으면 어쩔 건데! 첩년 자식이라니까 기분은 나쁜갑지!"

"김 비서!"

장상현의 부름에 회의실 밖에 서 있던 비서가 달려왔다.

"이 사람 여기에서 당장 끌어내고 아들부터 밟아놔."

장상현의 명령에 비서가 움직였다.

"뭐라꼬? 우리 아들을 우얀다꼬? 내가, 내가 가만 둘지 아나?"

질질 끌려가면서도 미친 듯 패악을 부려대는 민 여사를 보며 시원은 진이 다 빠질 지경이었다. 민 여사가 끌려 나가고 나자 비로소 주위가 조용해졌다. 하지만 그 적막함이 시원의 가슴을 쿡쿡 찌르고 있었다.

"굿 타이밍이네요. 보시다시피 더 이상의 대화는 무리인 것 같아요. 제가 지금까지 어떻게 지냈는지는 이 일로 압축 요약이 된 거 같으니 설명하지 않아도 아시리라 믿어요."

아무 일도 없었던 듯 시원의 목소리는 의외로 담담했다.

오늘은 민 여사의 패악이 가장 정점을 찍은 날이었다. 지금까지 내내 그런 모욕을 듣고 살아온 것은 아니었다.

일찍 아버지가 돌아가셨다는 거짓말에 사람들은 두 모녀를 안쓰럽게 바라봐주었다. 어릴 적 가끔 아버지 없는 아이라는 놀림을 받은 적이 있지만 무시했다. 상대하지 않고 아예 무시해버리는 것이 가장 좋은 방법이라는 것을 어린 나이에 이미 깨달아버렸던 것이다.

미혼모였지만 민영과 시원이 손가락질을 받지 않고 살 수 있었던 것은 시원의 성 덕분이었다. 민영의 성을 따랐다면 두 사람을 바라보는 시선이 더 나빠졌겠지만 그나마 성이 다르다는 것만으로도 모녀는 겨우 사람들의 손가락질에서 벗어날 수 있었다. 하지만 그것을 일일이 설명해주고 싶지도 않고 설명하기도 싫었다.

양심의 가책은 아니더라도 자신이 다하지 못한 책임에 대한 회한은 느낄 수 있을 거란 생각이 들었다.

"미안하다."

첫 만남에서는 전혀 듣지 못한 그 말.

"그 말을 들으려고 꺼낸 말은 아니었어요. 또 그 말은 지금이 아니라 제 존재를 알았을 때 찾아와서 할 말이었지 싶네요. 어차피 아버지란 사람에게 버려진 존재인데 남들의 생각도 마찬가지겠죠. 더 이상 찾아오지 마세요. 제 뒷조사도 그만두시고요. 누군가 제 사생활을 파헤치는 것, 생각만 해도 끔찍하니까."

장상현이 이미 정민의 존재를 안다는 것은 재희와 자신의 관계까지도 다 알고 있다는 뜻이었다.

"제 옆에 있는 사람들 건드릴 생각 마세요. 그럴 권리 없다는 거 본인이 더 잘 아실 테니까."

그 말은 정민은 물론이고 재희도 가만히 두라는 말이었다.

"안녕히 가세요."

시원이 공손하게 인사를 하자 장상현은 더 이상 아무 말도 할 수가 없었다.

내쫓긴 것은 아니지만 크게 다를 것 없이 장상현은 사무실을 나갔다.

그렇게 두 사람을 보냈는데 정민이 갑자기 사라진 것이다.

"아직 너를 잊지 못한 건 사실이야. 하지만 네 마음이 이미 나를 떠났다는 걸 알면서도 잡고 싶었어. 그 하소연을 어머니에게 하지 말았어야 했는데, 나로 인해 늘 네가 고통받게 되네. 그걸 알게 되니까 네가 포기가 돼. 아파하는 거 보고 싶지 않아. 네가 행복하면 좋겠어."

사랑은 날개를 꺾어버리는 것이 아니라 날개를 달아주는 것이라 했던가.

"나도 네가 행복하면 좋겠어. 그래야 나도 두 발 뻗고 잘 거 아냐."

"어쩌면 5년 전 병원을 그만둬야 했던 사람은 네가 아니라 나였을 거야. 결혼은 취소됐지만 네가 병원으로 복귀하지 않을 거란 생각은 하지 못했어. 난 너무 안이하게 너를 기다렸어. 당연히 올 거라고 생각했거든. 그때 무조건 너를 붙잡았어야 했는데. 지금 네가 나에게 온 것처럼, 나도 너를 찾아내서 끌고라도 병원으로 왔어야 했는데. 시간이 갈수록 후회했어."

"내 의지였어. 그리고 내가 하고 싶은 일을 찾은 거였고."

"하지만 그러기까지 네가 한 고생, 네가 겪은 괴로운 기억들이 나를 짓눌러. 널 그렇게 만든 건 나라고."

아니, 정민의 탓이 아니었다. 정민을 원망한 적은 없었다.

"그렇다면 지금의 내 심정 잘 알겠네. 병원으로 다시 돌아가. 나 때문에 네가 이런 고통을 받는 건 나도 원하지 않아."

정민을 병원으로 다시 돌려보내기 위해 찾아온 것이다. 눈 속을 뚫고, 여기까지. 다른 이유는 없었다.

"너 때문이 아니야. 우리 어머니가 돈으로 사람을 판단하시는 분이라는 게 부끄러워. 부도가 나고도 한동안 그 사실을 받아들이지 못하셨는데 내가 움직여주질 않으니 답답해서 널 찾아가신 것 같아. 어머니와 난 지금껏 현실을 똑바로 받아들이지 못하고 있었던 거야. 하지만 이젠 받아들여야지. 이건 나와 어머니가 풀어야 할 숙제야."

"그 숙제 병원으로 돌아가서 풀어."

병원으로 돌아가라는 말에 정민은 입을 다물어버렸다.

"병원 그만두고 앞으로 뭘 할 생각인데?"

"천천히 생각해볼 거야."

"네가 병원을 그만둔 게 나 때문이 아니라면 그런 것들 다 병원으로 돌아간 뒤 생각해. 지금 이대로 병원 그만둬버리면 난 나 때문이라는 죄책감을 가지고 살아가야 해. 나한테 그런 고통 주지 마."

어찌 됐건 정민이 병원을 떠난 발단은 시원과 민 여사였다.

"그런 죄책감 가질 필요 없어."

"넌 그렇게 생각할지 모르지만 네 어머닌 아니실 거야. 네가 이러는 거 다 내 탓이라고 생각하지 않을까?"

정민은 그렇게 생각하지 않을지라도 민 여사는 달랐다.

"난 지금 이 생활이 좋아. 병원 일이 지금의 일만큼 좋진 않았어. 그냥 내가 해야 하는 일이니까 한 거지만 이건 달라. 내가 좋아서 하는 일이야. 절대 너 때문에 병원을 그만둔 건 아니야. 그때까지는 살아가면서 뚜렷한 목적이 없었어. 할머니의 희망이 내 희망이었고, 할머니의 기쁨이 내 기쁨이었어. 너를 사랑했지만 그 당시는 어쩔 수 없는 선택이었어. 너를 버리지 않으면 할머니에게 갈 수 없었으니까. 그리고 운이 좋게도 내가 살아가야 하는 이유를 찾았어. 어쩔 수 없이 나는 혼자여야만 했으니까 무서울 것도, 겁날 것도 없었어. 그것이 나를 더 강하게 만들었어. 여기까지 오는 길에 내 옆에 누군가가 있었다면 나는 거기에서 안주하고 의지하려 했을 테니까."

공을 들여 만든 메주에 검은 곰팡이가 피어 다 버려야 했던 일도 있었고, 거래처를 뚫기 위해 찾아갔다가 회의 중이라는 말로 다섯 시간이 넘게 꼬박 기다리기도 했고, 노골적으로 훑어보며 성접대를 하라는 최악의 인간쓰레기를 만나기도 했다. 그런 것들을 시원은 울며 웃으며 견뎌냈다.

"즐거워. 이제야 좀 사는 게 재미있어. 앞으로도 난 이렇게 재미있게 살고 싶어. 너도 그러길 바라. 그러니 병원으로 돌아가. 네가 있어야 할 곳은 병원이야."

장상현의 등장만 없었더라면 사는 게 더 즐겁고 재미있었을 것이다. 하지만 산다는 건 늘 즐겁고 재미있는 일만 있는 것이 아니라는 것을 다시 한 번 깨우칠 수 있었다.

"운전해 오면서 그런 생각이 들더라. 우리가 헤어질 때 서로가 너무 정신없는 상태여서 제대로 된 이별을 하지 못한 거 같다는. 이별에도 예의가 있었어야 했는데 5년의 세월을 고작 1분으로 이별했으니 예의가 아니었던 것 같아. 그 이별 지금 제대로 하자."

김명택의 갑작스러운 죽음으로 고령으로 내려왔을 때 시원은 정민에게 전화를 걸어 결혼을 하지 않는 것과 동시에 헤어지겠다고 했다. 5년 동안의 사랑이 전화 한 통으로, 그것도 1분도 걸리지 않는 동안에 막을 내렸다.

5년을 사랑한 연인으로서 바람직하지 못한 이별이었다. 적어도 한 번은 만나서 헤어짐에 관한 이야기를 해야 옳지 않았을까?

그것이 헤어짐에 대한 그들의 예의였으리라.

"20대의 가장 빛나는 청춘에 사랑을 알게 해줘서 고마워. 네가 아니었다면 나는 사랑조차 하지 못하고 공부에 파묻혀 지냈을지도 몰라. 우리가 헤어진 건 인연이 거기까지였겠지, 네 탓이 아니야."

진심이었다. 늘 마음을 닫고 살던 시원에게 먼저 다가왔고, 처음 사랑을 주었던 남자였다.

"이런 너라서 내가 널 놓기가 힘든가보다. 처음엔 덤덤하게 받아들이려 애썼지만 너를 다시 만나고 나서야 내 안에 꽁꽁 숨겨두었던 사랑이 다시 깨어난 것 같았어. 너를 힘들게 할 생각은 없었어. 나로 인해서 네가 더 힘들어지는 거 다시 보고 싶지 않아."

민 여사와 정민의 사이에 어떤 일이 있었는지는 알 수 없었지만, 확고한 정민의 말을 믿을 수 있었다.

　"내가 힘든 거 다시 보고 싶지 않다면 넌 병원으로 복귀해야 해."

　말없이 커피를 마시던 정민이 창 밖에서 눈싸움을 하는 커플에게서 눈을 떼지 않은 채 말했다.

　"네 옆에 있는 그 사람, 참 좋은 사람 같더라."

　"맞아. 더없이 좋은 사람이야. 네 옆에도 좋은 사람 생길 거야."

　"그래."

　"병원으로 돌아갈 거지?"

　곰곰이 생각하는 정민에게서는 대답을 들을 수 없었다.

　"돌아가자."

　그렇게 말은 했지만 두 사람은 말없이 함께 눈 내리는 창 밖을 내다보았다.

　"무슨 수로?"

　정민의 말에 두 사람은 어이없이 웃어버렸다. 눈 때문에 꼼짝없이 갇힌 신세였다.

　정민과 이야기를 끝내고 다시 방으로 돌아왔을 때 휴대전화가 밥 주세요, 라는 말로 시원을 재촉했다.

　낭패였다. 여분으로 가져온 배터리도, 충전 잭도 없었다. 간당간당하는 배터리로 시원은 재희에게 전화를 걸었다.

　- 시원 씨?

　재희의 음성이 시원의 가슴 깊숙이 파고들었다.

"네, 저예요."

- 잘 잤어요?

"네, 그런데 지금 배터리가 얼마 없어요. 저 지금 덕유산에 와 있어요."

말없는 재희 때문에 시원은 초조해졌다.

- 그 사람 찾으러 간 거예요? 덕유산까지?

갑자기 착 가라앉은 재희의 목소리가 신경 쓰였다.

"네, 방금 전에 만났어요. 화, 났어요?"

말이 없는 재희도 재희지만 휴대전화는 계속 밥 주세요를 연발하고 있었다.

"배터리가 얼마 없어서 끊길지도 몰라요. 병원으로 복귀하지 않으면 그만둬야 하는데 보고만 있을 수 없었어요."

- 그런 거라면 나한테 꼭 알리고 갔어야죠. 나랑 같이 가도 되잖아요. 거기가 어디라고 혼자 운전을 해서 가요?

"미안해요. 여기 폭설이 내렸어요."

그 말을 끝으로 배터리가 나가버렸다. 시원이 저절로 꺼져버린 휴대전화를 보며 거친 한숨을 내쉬었다.

"휴대전화 충전 잭 있으면 좀 빌려줘."

옆방의 문을 두드려 정민에게 부탁을 했지만 정민도 자신의 꺼져버린 휴대전화를 흔들며 멋쩍게 웃었다.

함께 편의점으로 내려온 두 사람은 계산을 하고 휴대전화를 충전했다. 한 시간쯤 걸리니 곤돌라를 타고 덕유산 정상에 다녀오면 어떻겠냐는 편의점 점원의 말에 두 사람은 점원이 일러준 대로 곤돌라를 타는 곳으로 갔다.

"왜 하필 이런 곳에 숨었니?"

"그냥 달리다가 무심결에 핸들을 꺾은 거야. 누가 여기 설경이 아주 장관이라기에 오긴 했는데 그 말이 사실이긴 하네."

아래로 내려다보는 설경이 장관이긴 했지만 너무 추웠다. 케이블카를 타기 전과 탄 뒤의 온도 차이가 심해지자 얼굴이 얼어붙을 것만 같았다. 매서운 겨울바람이 피부를 사정없이 때렸다. 설천봉 곤돌라 종점에 도착하자 눈을 하얗게 뒤집어쓴 만세루 정자가 보였다. 여기에서 향정봉까지 25분이면 간다고 했지만 두 사람은 등산복도 입지 않았고 등산화도 신지 않은 채였기에 포기하고 다시 추운 바람을 맞으며 곤돌라를 타고 내려왔다.

그 사이 휴대전화는 충전이 다 되어 있었고, 시원은 다시 재희에게 전화를 걸었다. 하지만 재희는 전화를 받지 않았다. 편의점 안에 앉아 설경을 보며 시원은 한숨을 내뱉었다.

재희의 마음을 모르는 건 아니지만 이해해주길 바란 건 욕심이었던 걸까.

"커피 마셔."

전화를 거는 사이에 몸을 녹일 따뜻한 커피를 가져온 정민이 시원의 얼굴에 어린 걱정을 보고 미안한 표정을 지었다.

"나 때문에 싸우기라도 한 거야?"

고개를 내저었지만 불안했다.

"오후가 되어야 눈이 다 녹을 거래."

그 말은 오후까지는 이곳에 머물러야 한다는 말이었다.

"사랑, 하니?"

317

조심스러운 정민의 질문에 비해 시원의 대답은 쉽게 나왔다.

"응."

두 사람은 말없이 커피를 마셨다.

"올라가 있을게. 눈 다 녹으면 출발하자."

"그래."

정민이 편의점을 나간 후 휴대전화를 만지작거리며 생각에 빠진 시원은 결심을 한 듯 휴대전화 버튼을 눌렀다.

- 편의점에서 충전했어요. 여기 폭설이 내려 눈이 녹는 대로 출발할 예정이에요. 재희 씨에게 연락을 하지 않은 건, 일 때문에 힘든 당신의 달콤한 잠을 깨우고 싶지 않아서였어요. 출발하면 당신에게 먼저 달려갈게요. -

장문의 메시지를 보낸 후 시원도 자리에서 일어섰다.

두 사람이 각자의 목적지로 출발한 것은 점심을 먹고도 한참 후였다. 질척하게 녹아내린 눈을 밟고 선 두 사람은 마지막 인사를 나누었다.

"병원으로 곧장 갈 거지?"

수염을 말끔하게 깎은 정민이 고개를 끄덕였다.

"행복해라."

"그래, 너도."

다시 고개를 끄덕이는 정민을 뒤로하고 시원은 자신의 차에 올랐다.

눈이 녹는 도로를 천천히 달려 고령에 도착했을 때는 이미 저녁이었다.

딩동딩동.

문자대로 재희의 집으로 곧장 달려간 시원이 벨을 누르자, 잠시 후 재희가 문을 열어주고 곧장 주방으로 가 감자를 볶았다.

늘 문을 열어준 후 시원을 꼭 안아주던 재희가 오늘은 알은척도 하지 않자 시원은 가만히 재희에게로 다가가서 그의 넓은 등에 얼굴을 기대어 꼭 안았다.

"나, 왔어요."

대답 없이 감자만 볶고 있는 재희의 움직임이 시원에게 전해졌다.

"다 해결하고 돌아왔는데, 나 안 봐줄 거예요?"

또 대답이 없는 재희 때문에 시원은 재희를 더 힘주어 안았다.

감자를 다 볶았는지 가스레인지 불을 끈 재희가 미동도 없이 서 있었다.

"나 보기 싫은 거예요?"

정말 그런 것인지 아무 말이 없었다. 천천히 재희를 안은 팔을 풀었다.

"쉬어요. 내일 다시 올게요."

지금 당장 재희의 얼굴을 보고, 다정하게 이야기를 나누고, 재희와 키스하고 싶으면서도 마음에 없는 소리를 내뱉으며 몸을 돌렸다. 재희가 잡아주기를 바라면서.

"밥 안 먹을 거예요?"

돌아보지도 않은 채 그대로 서서 툭 내뱉는 재희의 말에 시원은 활짝 웃으며 다시 재희의 등을 바라보고 섰다.

넓은 등이 삐쳤으니 위로해달라고 시원에게 말하고 있었다.

"재희 씨랑 같이 밥 안 먹을래요. 체할 것 같아."

웃음을 삼키며 새침하게 말하는 시원에게 재희가 돌아서며 사나운 눈으로 바라보았다.

"어, 이제 나 봐주는 거예요? 내가 얼마나 보고 싶었는지 알아요?"

재희의 눈매가 풀어지는 것 같았지만 여전히 말은 없었다.

"화내지 마요. 죄책감을 가지고 살긴 싫었어요."

재희의 품에 안기며 매달리자 가는 한숨을 내쉬며 재희는 그제야 시원을 꼭 안아주었다.

"왜 전화 안 받았어요?"

"말없이 덕유산까지 간 시원 씨가 얄미워서."

"이젠 안 그래요. 미안해요, 재희 씨."

재희의 품에 파고들며 그녀가 속삭였다.

"아무래도 나, 불치병인 거 같아요. 재희 씨가 안아주지 않으면 불안해요. 큰병 같죠?"

"얄미워서 안아주지도 않으려고 했는데 말은 또 왜 이렇게 잘하는 거야?"

어이없다는 표정으로 시원의 코를 비튼 재희가 결국 웃었다.

"그 병엔 약도 없다는데 어쩌려고 그래요?"

"재희 씨가 꼭 안아주면 되잖아요."

그가 주는 안도감. 편안함, 그리고 따뜻함.

"사랑해요, 재희 씨."

둥지를 찾은 새처럼 시원은 재희의 가슴에 얼굴을 문지르며 더 꼭 안겼다.

두 남자가 서로를 탐색하는 시선으로 바라보고 있었다.

"학교 성적도 꽤 좋은데다 근무 태도도 아주 우수한 걸로 알고 있는데, 왜 명원을 그만둔 거지?"

다짜고짜 반말을 하는 지나친 당당함이었다.

어제 만나자는 장상현의 전화를 받았다. 시원에게 알리지 말라는 요구에 따라 시원에게는 회의가 있다는 핑계로 대구로 나온 길이었다.

우연인지 필연인지 모르겠지만 그는 명원그룹에서 약 2년간 일을 했었고, 명원그룹의 대표이사가 시원의 생물학적 아버지라는 사실을 알았을 때 시원과 기가 막힌 인연이라는 생각을 했었다.

"처음엔 열정을 가지고 시작했지만 지나친 경쟁과 욕심을 견딜 수 없었습니다. 또한 저는 돈보다도 사람이 먼저라고 생각합니다."

계기는 어머니가 돌아가신 것이었다.

"어머니가 돌아가신 것에 대해서는 미안하게 생각하네."

"늦은 사과지만 받아들이도록 하겠습니다."

늦은 부고를 받고 미국에서 달려왔을 때의 그 허망함은 지금도 가슴에 사무쳐 있었다.

"하지만 지나친 경쟁이 없으면 발전도 없지 않나?"

"수단과 방법을 가리지 않고 원하는 것을 얻어내는 것만이 발전을 가져오는 것은 아니지요. 저는 농사를 지으며 끊임없이 새로운 품종을 개발하고, 색다른 마케팅을 위해 노력하고 있습니다. 시원 씨 역시도 거기에서 안주하지 않고 기능성 장을 만들기 위해 개발 중에 있고요. 의지와 노력만으로도 발전할 수 있습니다. 깨끗하게."

명원에서 근무하던 시절, 다람쥐 쳇바퀴 도는 듯하던 일상과 지나친 경쟁은 오히려 재희를 허무하게 만들었다.

"시원이와 결혼할 건가?"

"그럴 생각입니다."

구체적으로 계획을 세우지는 않았지만 재희가 결혼을 하게 된다면 상대는 시원이 당연했다.

"시원이와 함께 내 밑으로 들어올 생각은 없나?"

갑작스런 물음에 재희가 장상현을 의아하게 바라보았다.

"그 애를 데리고 와준다면 자네에게도 큰 것 하나를 떼어줄 생각이네."

"제가 왜 그래야 합니까?"

이번에는 장상현이 재희를 의아해하며 바라보았다.

"저희 두 사람 지금 충분히 행복합니다. 큰 것을 가져야 행복한 것은 아닙니다. 또 돈이 많아야 행복한 것은 아니지만 그렇다고 제가 돈을 많이 못 버는 것도 아닙니다. 농사를 짓는다고 하면 무시하고, 예전처럼 결혼도 못하고 노총각이 되어 베트남 여자 데리고 와서 결혼을 하는 그런 시대는 지났습니다. 저는 농사도 일

322

종의 사업이라고 생각합니다. 자신의 노력과 판단 여하에 따라 수확량도 달라지니까요. 저는 지금처럼 시원 씨와 오순도순 살고 싶습니다."

전혀 기죽지 않고 자신의 할 말을 하는 재희를 보며 장상현의 얼굴에 희미한 미소가 서렸다.

"소박한 삶을 살아가기엔 시원이의 사업적 안목이 높다고 생각하지 않나? 과연 그 삶이 시원이를 만족시켜줄 수 있을 것 같나?"

재희의 입에서는 선뜻 대답이 나오지 않았다. 사업적 안목이 높은 건 그도 인정하는 바였다.

"설득시켜주게."

"설득시킬 생각 없습니다. 시원 씨의 삶은 자신이 개척해왔고, 그것에 만족하고 있다고 생각합니다. 저는 시원 씨가 하고 싶은 일을 하면서 살게 하고 싶습니다. 그게 장을 만드는 일이라고 했고요. 시원 씨는 누구의 도움도 없이 여기까지 왔습니다. 욕심이 있는 사람이었다면 쉽게 인턴도 그만두지 않았을 테지요. 큰 거하나 떼어준다고 하시면 시원 씨가 좋아하며 받을 것 같습니까? 그게 아니라는 걸 알기 때문에 저를 찾아오신 거 아닙니까?"

장상현은 재희의 물음에 말없이 커피를 마셨다.

"어머니와 할머니가 돌아가시고 삶의 이유를 잃어버렸던 사람입니다. 그제야 자신이 원하는 걸 찾았고, 즐겁게 살아가는 사람입니다. 그런 사람을 흔들지 말아주십시오. 한동안 많이 힘들어했습니다. 시원 씨를 딸로 생각하신다면 기업가로 딸을 대하지 마시길 바랍니다."

대놓고 충고까지 날리는 재희를 보며 장상현은 쓰디쓴 웃음을 지었다. 두 사람의 확고한 신념과 고집이 장상현을 더욱 욕심나게 만들었다.

장상현과 헤어진 후 재희는 피자를 사들고 시원의 사무실로 찾아갔다.

"안녕하세요."

"연락도 없이 웬일이에요?"

깜짝 놀라 눈을 휘둥그렇게 뜨는 시원이 귀여워 무의식적으로 볼을 쓰다듬는데 경선이 그 모습을 보고 혀를 찼다.

"쯧쯧, 나이 먹어서 하는 연애도 오글거리기는 매한가지네. 직원들 불러올 테니까 그 전에 할 거 빨리 해라이. 시원이가 립스틱을 안 바르니까 재희 씨가 편하긴 하겠다."

경선이 둘을 신나게 놀려 먹고 사무실을 나가자 둘은 웃어버렸다.

"이렇게 쫙 빼입고 회의 다녀오는 길이에요?"

정장을 차려입은 재희를 자주 볼 수 있는 것이 아니라서 입을 때마다 새로웠다.

"네, 오는 길에 보고 싶어서 왔어요."

그 말과 동시에 재희가 시원의 입술에 가볍게 뽀뽀를 하고 꽉 끌어안았다. 그에게서 겨울바람 냄새가 났다.

"정말 나 보고 싶어서 온 거예요?"

고개를 끄덕이는 재희를 보며 그녀가 기분 좋은 듯 소리 내어 웃었다.

"참, 재희 씨 이거 한 번 먹어봐요."

시원이 재희의 품을 빠져나와 하얀색 통을 열어 뭔가를 꺼내더니 다짜고짜 재희의 입 안에 밀어 넣었다.

"씹어요."

영문도 모른 채 재희가 입 안에 들어온 동그란 것을 씹자 달콤함이 입 안에 번졌다.

"뭐예요?"

"맛있어요?"

대답은 않고 물어오는 시원의 눈이 초롱초롱 빛나고 있었다.

"된장 맛이 좀 나긴 하지만 먹을 만은 하네요."

"그렇죠? 그거 블루베리 된장환이에요."

"블루베리 된장 만든다더니 환으로 만든 거예요?"

"된장을 담그긴 했는데 실패했어요. 버리기 아까워서 환으로 만들어봤는데 먹을 만은 하더라고요. 그래서 아예 된장 말고 환으로 만들어볼까 싶어요."

블루베리 엑기스를 넣을 때 혼합이 잘못되었는지 블루베리의 단맛이 너무 강했다. 된장찌개를 끓여도 단맛이 강해 된장찌개 본연의 맛을 흐리게 만들었다.

된장을 다이어트로 접목시켜 개발하고부터 시원은 기능성 장을 개발하고 싶은 욕심이 들었다. 솔잎 된장, 마늘 된장, 뽕잎 된장 등 여러 가지 된장들이 있긴 하지만 활성화되지는 못하고 있었다. 원재료비가 많이 드는 기능성 장의 소비가 드물기 때문이지만 잘만 하면 충분히 성공을 거둘 수 있을 거라는 희망은 계속 가지고 있었다.

블루베리 된장의 맛에 실망한 시원을 보고 경선이 재빨리 버리려고 가지고 나가는데 시원이 붙잡았다. 그리고 환으로 만들었는데 된장 맛보다 블루베리의 달콤한 맛이 더 강해 비타민 대신 먹기에도 안성맞춤이라는 생각이 들었다. 비릿함도 없었고, 된장 맛도 덜한 게 자꾸 손이 가게 만들어 다시 환으로 개발을 해봐야겠다는 생각에 시원은 들떠 있었다. 성공과 실패를 떠나 또 다른 상품을 개발했다는 사실만으로 신이 났다.

그런 시원을 보며 재희는 다시 한 번 시원이 즐거워하며 만족스러운 삶을 살고 있다는 확신을 가졌다. 장상현과의 만남은 영원히 비밀로 간직할 것이다.

"우리 산에 갈까요?"

"네?"

재희의 말이 너무 뜬금없어서 시원이 다시 한 번 물었다.

"산에 가요, 우리."

"이렇게 추운 날 무슨 등산을 하자고요?"

시원이 신이 나서 반짝이던 눈을 휘둥그렇게 떴다.

"해보러 가요. 소원 빌어야죠."

12월 31일. 한 해의 마지막 날, 두 사람은 새해 첫 태양이 떠오르는 것을 보기 위해 수많은 사람들과 함께 야간 산행을 했다.

너무 많은 일들이 닥친 한 해였다. 그 모든 일들을 훌훌 털어버리려고, 강추위에도 불구하고 찾은 산이었다.

처음 야간 산행을 한 시원에게는 색다른 경험이었다. 헤드랜턴을 차고 줄을 지어 어두운 산을 올라가는 것은 생전 처음 한 경험이라 두고두고 잊지 못할 것 같았다. 힘들게 정상에 오르자마자 함께 야호를 외친 두 사람은 재희의 배낭에서 나온 돗자리에 앉았다. 재희는 앉자마자 배낭에서 모포를 꺼내어 시원을 덮어주고는 보온병을 꺼내어 커피를 건넸다.

"고마워요."

대답 없이 씩 웃어 보인 재희가 자신의 커피를 들고 시원의 옆에 앉았다. 넉넉한 크기의 모포로 재희의 몸을 덮어주며 시원은 재희의 어깨에 머리를 기대었다.

"춥죠?"

내복에 파카까지 입고 왔지만 귀와 볼이 얼어붙을 것처럼 추웠다.

"조금."

시원이 하고 있는 목도리를 풀어 꼼꼼하게 다시 둘러주는 재희의 세심함 앞에서는 이 정도 추위 따위 이겨내고도 남을 것 같았다. 그런 세심한 배려에 시원은 늘 특별한 대접을 받고 있는 것 같았다. 무슨 큰 선물을 받은 것처럼 특별한 기분을 느끼게 했다.

"해가 떠오르면 무슨 소원을 빌죠?"

"올해도 한 해 농사 대박 나게 해달라고 빌려고요. 시원 씨는?"

"나도 맛있는 된장으로 대박 나게 해달라고 빌죠, 뭐."

"그것뿐이에요?"

미간을 찌푸리며 물어오는 재희 때문에 시원은 알면서도 모르는 척 눈을 동그랗게 떴다.

"뭐, 또 다른 거 있어요?"

"아니, 됐어요."

커피를 홀짝이는 재희를 보며 시원은 몰래 슬쩍 웃어버렸다.

"시원 씨는 서른세 살, 나는 서른두 살이 되었네요. 나이도 있는데 우리 빨리 아기부터 가지는 게 어때요?"

에? 이 남자가 지금! 프러포즈도 없이 아기부터 낳자니!

"요즘은 서른다섯 살 넘어가야 노산이래요. 아직은 괜찮으니 걱정 마요."

능청스럽게 웃으며 하는 재희의 말을 받아치자 재희가 낭패감이 든 얼굴로 시원을 빤히 바라보았다.

"가만 보면 위기의식이 너무 없다니까."

투덜거리는 재희를 보며 시원은 낮게 웃었다.

"해가 떠오르려나 봐요."

산 주위가 새빨갛게 타오르기 시작했다.

두 사람은 앉아 있던 자리를 정리하고 해가 잘 보이는 곳에 자리를 잡았다.

해가 떠오르기 시작하자 흩어져 있던 사람들이 일제히 새해 처음으로 떠오르는 태양을 바라보며 각자의 소원을 빌기 시작했다.

"우리도 소원 빌어요."

재희의 말에 시원이 고개를 끄덕였다. 두 손을 꼭 모은 시원이 눈을 꼭 감고 소원을 빌기 시작했다.

'올 한 해 무탈하게 보내게 해주시고, 맛있는 장으로 고객들에게 보답할 수 있도록 해주시고…….'

여기에서 시원의 소원이 끊겨버린 것은 재희 때문이었다.

"된장녀 장시원 사랑한다! 결혼하자!"

빨갛게 떠오르는 해를 바라보며 재희가 두 손으로 손나팔을 만들어 크게 소리쳤다. 그 소리에 깜짝 놀라 눈을 번쩍 뜬 시원이 재희를 올려다보았다. 여기저기에서 사람들의 박수소리가 그들을 감쌌다.

"시원 씨랑 매일 같은 침대에서 일어나고, 사랑스러운 우리 아기들과 농사를 짓고, 된장을 만들면서 그렇게 살고 싶어요. 그게 내 소원이에요. 내 소원 들어줄 거죠?"

소리를 지르며 결혼을 하자던 재희가 시원의 손을 꼭 잡고 시원만이 들을 수 있는 목소리로 속삭였다. 그 고운 목소리가 속삭일 때는 더 감미롭고 섹시하다는 것을 처음 알게 되었다.

"대답 안 해요?"

멍하니 재희를 바라보던 시원이 침을 꿀꺽 삼키고 고개를 끄덕였다.

"사랑해요, 시원 씨."

언제 준비했는지 재희가 장갑을 벗고는 시원의 장갑도 벗기더니 새끼손가락에 끼고 있던 반지를 왼손 약지에 끼워주었다. 반지가 떠오르기 시작하는 해의 빛을 받아 반짝거렸다. 반지를 받고 저도 모르게 흘러내리는 시원의 눈물 또한 햇빛을 받아 반짝거렸다. 손가락에 끼워진 반지도, 그것을 흐뭇하게 웃으며 바라보는 재희도 너무 좋았다. 미칠 것처럼 좋았다. 추위도 잊어버릴 만큼 좋아서 다시 장갑을 낄 생각도 하지 않고, 반지를 바라보며 쿵쾅거리는 가슴을 진정시켜야 했다.

"연애를 하자고 할 때도 산에서 밤 줍다가 갑자기 그러더니 결혼하자는 말도 산에서 하는 거예요? 농촌 총각들이 다 이렇게 고백하는 건 아니겠죠?"

329

아무리 농촌에 산과 밭이 많다고 하지만 두 사람에게 산은 떼려야 뗄 수 없는 배경이었다.

"설마, 나만. 그래서 싫어요?"

"아니, 좋아요."

눈물이 그렁그렁한 채로 재희를 올려다보던 시원이 고개를 끄덕이자 재희가 시원의 허리를 껴안고 빙빙 돌리기 시작했다.

훌쩍 떠오른 태양이 재희와 시원을 찬란하게 비추었다.

결혼행진곡이 울려 퍼지며 검은 턱시도를 입은 남자와 하얀 웨
딩드레스를 입은 여자가 함께 입장을 했다. 두 사람을 축복하며
하객들이 손바닥이 아플 만큼 박수를 쳤다.

두 사람이 주례 앞에 멈추어 서자 둘의 덩치에 자리가 너무 비
좁은 듯 보였다.

"잘 어울리네요, 두 사람."

뒤에 서서 재희와 함께 진수와 민숙의 결혼식을 지켜보던 시원
이 저도 모르게 가만히 속삭였다. 시끌벅적한 와중에도 그 말을
용케 알아들었는지 재희가 시원의 어깨를 감싸 안았다.

"저 두 사람보다 우리가 더 잘 어울리는데 말이죠. 우린 언제
저기 서보나. 결혼할 날만 기다리다 죽는 건 아닌지 몰라요."

들으라는 듯 일부러 더 크게 앓는 소리를 내는 재희에게 시원
이 곱게 눈을 흘겼다.

"저보다 나이도 적고 힘도 세신 분이 저보다 먼저 죽기야 하겠
어요?"

재희가 입에 달고 사는 레퍼토리를 시원이 대신 했다.

"그거야 그렇지만 나는 데는 순서가 있어도 가는 데 순서가 없
다는 말 있잖아요. 돈도 잘 벌지, 나이도 어려, 힘까지 센데 시원

씨는 뭘 믿고 이런 나를 자꾸 기다리게 하는 거예요?"

"그 말은 제가 하고 싶은데요?"

새해 첫날 떠오르는 해를 바라보며 프러포즈를 한 후로 계속 결혼 결혼 노래를 불렀지만 실상은 결혼을 할 수 있는 처지가 아니었다.

재희는 추수가 끝나자마자 밭에는 양파와 마늘을 심고 논에는 수박을 심어 가꾸느라 아침도 거른 채 새벽 5시부터 일을 하느라 바빴다. 그 와중에 틈틈이 새로운 품종을 심어 관찰 중에 있어 하루가 눈코 뜰 새 없이 돌아가고 있었다.

시원 역시도 블루베리 된장환 유통과 정월 보름에 장 담글 준비를 하느라 정신이 없었다. 이런 상황에서 결혼은 꿈도 못 꿀 일이었다.

그걸 알면서도 않는 소리를 하는 재희 때문에 시원은 가자미가 되도록 눈을 흘길 수밖에 없었다. 그러면서도 순백의 웨딩드레스를 입은 큰 덩치의 민숙을 부러운 눈길로 바라보았다.

"결혼이 어려우면 아기라도 먼저 가지는 건 어때요? 열 달 정도라면 기다릴 수 있는데."

시원이 눈을 크게 뜨더니 재희의 등짝을 찰싹 때렸다.

"오늘부터 내 옆에 접근 금지예요."

"아, 농담을 진담으로 받아들인 거예요? 시원 씨 없으면 나 잠 못 자는 거 알면서 이러기예요?"

"어제 코 골고 잘만 자던걸요?"

"난 전혀 생각 안 나는데 자꾸 그러면 나 삐칩니다?"

끝나지 않을 것 같던 두 사람의 사랑싸움은 사회자의 말 한마디에 일단락되었다.

"다음으로 친구분들과 함께 사진 촬영이 있겠습니다. 앞으로
나와주세요."

어느덧 결혼식이 막바지에 이르고, 남은 것은 친구들과 함께
사진을 찍고 부케를 받는 것이었다.

결혼식 전에 민숙이 부케를 시원에게 주고 싶다고 했지만 시원
이 대답도 하기 전에 옆에 있던 유나가 날름 자신이 받을 거라고
막아섰다. 그리하여 부케를 받기 위해 앞으로 나간 유나가 시원
을 보자마자 혀를 쏙 내밀었다.

"언니, 저 부케도, 재희 오빠도 제 거예요."

아직도 재희에게 미련을 버리지 못한 유나의 말에 시원은 피식
웃기만 했다. 부케를 빼앗아 간다지만 괜찮았다. 자신의 옆에 재
희가 있으니까 그것으로 됐다.

"자, 신부님 부케 던지세요!"

사진사의 말과 함께 부케가 날아올랐다. 그와 동시에 재희가
몸을 날렸다.

"오빠!"

재희가 몸을 날려 공중에서 낚다시피 하여 부케를 받은 것이
다. 재희 때문에 약이 오른 유나가 벌겋게 상기된 얼굴로 소리를
질렀다.

그 상황을 지켜보던 사람들이 크게 웃으며 박수를 치며 휘파람
을 불었고, 신경질적인 유나의 부름에도 모른 척 싱글벙글 부케
만 바라보던 재희가 갑자기 시원의 앞에 무릎을 꿇고 소리쳤다.

"내, 니 역시 사랑한데이. 내 아를 나도."

휘파람 소리와 사람들의 박수소리가 두 사람을 감쌌다.

"와!!"

이젠 정말 빼도 박도 못하게 생겼다.

빨갛게 달아오른 얼굴로 순백의 부케를 받은 시원이 재희를 일으켜 세웠다.

남의 결혼식에 와서 뭐 하는 짓인지. 이 남자가 정말.

"그러니까 우리도 빨리 결혼하자고요."

결혼식장을 나오자마자 재희가 어린아이처럼 떼를 쓰듯 입을 댓발은 내밀었다. 민숙의 결혼식에서 느닷없이 프러포즈를 한 것에 대해 앞으로 절대 사람들 앞에서 그러지 말라고 당부에 당부를 했더니 돌아오는 건 이런 어린아이 같은 모습이었다. 하지만 이렇게 어리광을 부리는 재희도 사랑스러운 걸 보면 시원의 눈에도 콩깍지가 쓰인 게 분명했다. 그것도 아주 두꺼운 콩깍지가.

"나 삐쳤어요. 화났어요."

"그러세요."

어린애 같은 말에 시원은 들은 척도 하지 않았다.

"나 삐쳤다는데 안 풀어줄 거예요?"

"어떻게 풀어줄까요?"

"정 풀어주시겠다면야 가방이라도 하나 사주시든지."

시원은 제 귀가 잘못된 줄 알고서 다시 물었다.

"네?"

"가방 사달라고요, 가방. 명품백 몰라요?"

그런 말은 흔히 여자들의 입에서 나오는 말이라고 알고 있는데 역으로 된 이 상황이 그녀로선 진심으로 황당했다.

그리하여 그들이 간 곳은 백화점이었다. 다짜고짜 명품백이라니. 재희의 갑작스런 말과 행동은 시원을 어리둥절하게 만들었다.

명품백을 사달라더니 재희는 스포츠용품 매장 안으로 들어가 가방을 꼼꼼히 살폈다.

"복학생이신가 봐요?"

매장 직원이 몸에 꼭 맞는 슈트를 입은 재희를 훑어보고 상냥하게 웃으며 가방을 보여주자 시원의 얼굴이 금세 어그러졌다.

직원의 말에도 일언반구 하나 없는 재희 때문에 시원은 입을 쑥 내밀었다.

결혼식은 진수가 하는데 머리를 다듬고 길쭉한 롱다리를 앞세워 기가 막힌 옷발을 자랑하는 재희가 오늘만큼은 못마땅했다. 짧게 다듬은 머리 때문에 더 어려 보이는 게 사실이긴 하지만 서른이 넘은 나이에 복학생이라니!

'눈이 삐었나 봐.'

가만히 지켜보던 시원은 콧방귀를 뀌었다.

"이거 어때요?"

재희가 고른 카키색의 네모난 가방은 멋스러웠다. 어찌 이리 물건을 보는 안목도 탁월한지, 누가 봐도 이 남자는 타고난 도시 남자처럼 보였다.

"뭐, 예쁘네요."

"이걸로 할게요."

"네, 손님. 십사만팔천 원입니다. 결제는 어떻게 해드릴까요?"

335

상냥한 직원의 물음에 재희가 시원을 돌아다보았다. 시원이 지갑 속 카드를 꺼내 직원에게 건넸다.

"그렇게 좋아요?"

가방이 든 종이가방을 받아 매장을 나오는 길에 재희는 뭐가 그리 좋은지 입이 귀에 걸려 있었다. 그 모습이 꼭 돈 많은 사모님을 홀린 제비 같아 보여 시원은 다시 한 번 얼굴을 구기며 물었다.

"네. 시원 씨에게 처음 받은 선물이라 기분 좋은데요?"

시원의 카드로 샀으니 시원이 산 게 맞지만 엎드려 절 받기로 받은 거였다.

"반대인 거 같지 않아요? 명품백 같은 건 내가 사달라고 졸라야 맞는 것 같은데."

"하나 사줄까요?"

진짜 사줄 것처럼 물어오는 재희를 보며 시원이 고개를 설레설레 저었다.

"시원 씨도 선물받고 싶구나? 가요, 기분도 좋은데 비싼 거 골라도 두말없이 사줄게요."

다시 매장으로 발걸음을 하려는 재희의 팔을 잡으며 시원이 만류했다.

"괜찮다니까요."

"그럼 다른 선물 하나 줄까요?"

그러더니 재희가 슈트 안주머니에서 하얀 봉투를 꺼내 시원에게 주었다. 돈인가 싶어 꺼내 보았더니 그 속에는 A4 용지가 곱게 접혀 있었다. 용지를 펼쳐본 시원은 깜짝 놀라고 말았다.

"뭐예요, 이거?"

제 눈으로 보면서도 믿을 수가 없었다.

"보면 몰라요? 농업 경제학과 대학원 합격 통지서잖아요."

재희의 말대로 대학원 합격 통지서였다.

"그러니까 재희 씨가 대학원을 다닐 거란 말이에요?"

"그렇죠. 그래서 가방도 산 거고."

재희가 집게손가락에 종이가방을 딸랑 걸고서 들어 보였다.

"그렇지만 수박 농사는 어쩌고요?"

"야간이라 문제없어요."

"하지만 왜 갑자기?"

"더 늦기 전에 뭔가를 해야 한다고 막연히 생각은 하고 있었는데 형과 함께 새로운 품종을 개발해서 보급하는 것도 나름대로 적성에 맞는 것 같고, 4H 국제 교환 파견 훈련으로 핀란드에 갔다가 농사를 짓는 것도 좋지만, 농업이 앞으로 나아갈 길을 모색하는 것도 좋을 거라는 생각이 들었어요. 그래서 결정하게 된 거예요."

아, 이 사람은 여러모로 시원을 감동시키고 있었다. 세상에서 가장 아름다운 선물을 받은 것만 같았다.

진작 말했더라면 가방을 살 때 기쁜 마음으로 사주었을 것을.

"축하해요."

"다 좋긴 한데 데이트 시간이 줄어들어 걱정이네요. 그러니 결혼을 빨리 하는 게 좋을 것 같아요."

왜 오늘따라 결혼결혼 노래를 부르는지 이해할 수 있었다. 능청스럽게 웃는 재희의 팔을 꼬집으면서도 시원은 재희를 따라 웃었다.

"기분 좋은데 온 김에 카드 좀 풀까요?"

"좋죠."

오랜만에 백화점 쇼핑에 나선 두 사람은 오랜 시간 후에야 양손 가득 쇼핑백을 들고 나왔다.

저녁까지 든든하게 먹은 후 고령으로 내려가는 길, 시원이 조심스럽게 말을 꺼냈다.

"재희 씨."

"네."

"오늘 그분에게서 메일이 왔어요."

운전을 하던 재희가 잠시 걱정스러운 표정으로 시원을 바라보았다.

"정민이 엄마가 사무실로 찾아왔을 때 모질게 쏟아 붓던 말씀들 다 들었으니 제가 그동안 어떻게 살아왔는지 처음 알게 되었을 거예요. 사실 내게 부모가 없다는 사실만으로 모질게 군 사람은 정민이 엄마뿐이었어요. 어린 시절 멋모르고 나를 놀리던 애들도 있었지만 다 무시해버렸거든요. 아무튼 그 현장에서 그 패악을 직접 듣고 보았으니 죄책감도 들긴 했겠죠."

연락도 없이 갑자기 시원을 찾아온 장상현은 회의실에서 민 여사가 시원에게 하는 말을 고스란히 들었고, 시원은 그것을 장상현의 탓으로 돌렸다.

"멀리서만 지켜보았대요. 나보다 엄마에게 더 미안하다고 했어요. 내가 원한 건 그거였나 봐요. 어쨌든 난 이렇게 살고 있지만 엄마는 아니니까. 혼자 고생 많이 하셨거든요. 엄마한테 미안하다고 하는 순간 화가 풀렸어요. 하지만 아버지라고 생각한 적이 없어서 그렇게 부르고 싶지 않아요. 그냥 이렇게 지내는 게 더 마음이 편할 것 같아요. 이제 와서 그분 가정에 분란을 일으키고 싶지도 않고요."

장상현은 시원이 정민과 파혼을 한 것 역시 알고 있었다. 김명댁의 장례를 마친 후 시원을 찾아오려고 했지만 그러지 못한 것은 그렇지 않아도 머릿속이 복잡할 시원에게 더 큰 혼란을 주고 싶지 않아서였다고 했다. 시원이 병원에 입원해서야 찾아온 것은 미루기만 하다가는 영원히 못 만날 수 있을 것 같다는 생각 때문이었다고 했다.

그는 지금이라도 형님의 호적에 올라가 있는 시원을 자신의 호적에 올리고 싶다고 했고, 현재의 아내와 자식들과 이야기가 끝난 상태라고 했지만 시원은 그럴 생각이 없었다. 만약 호적을 옮긴다면 장시원이 아닌 엄마인 민영의 성을 따라 김시원이 되고 싶었다. 또 '대가야의 장'을 장상현의 계열사로 만들어주겠다는 통 큰 선심을 썼지만 시원은 다 거절했다.

"지금까지 해왔던 것처럼 시원 씨가 하고 싶은 대로 해요. 당신은 결정한 일에 후회 없도록 늘 열심히 노력했으니까 문제없을 거예요."

"고마워요."

장상현에게서 온 긴 메일을 읽고 몇 날 며칠을 고민한 끝에 시원은 답문을 보냈다. 그것은 딸이 아버지에게 보내는 것이기보다는 사업적으로 만난 사람에게 하듯 딱딱하기 그지없었다.

겨울이라는 말이 무색하지 않을 만큼 추운 날씨입니다.

안녕하세요, 장시원입니다.

보내주신 메일은 잘 받아보았습니다.

두 분이 과거에 어떤 일이 있었든 간에 지금은 그 과거를 다시 되돌릴 수 없는 현실이라는 것을 잘 아시리라 생각합니다.

저 때문에 누군가가 싸우고 힘들어지게 된다면 저는 과감히 그것을 버리겠습니다. 그것이 어떤 것이라도.

불교에서는 인생 팔고의 고통이 있다고 합니다.

생로병사(生老病死)는 자연의 이법이지만 인생사고(人生四苦)는 살아가는 과정에서 필연적으로 생길 수밖에 없는 것이고 욕심이 그 근원이 되지요.

애별리고.

사랑하는 사람과 헤어지는 고통을 겪으셨다면 그것으로 됐습니다. 어머니의 고생이 아주 헛된 것만이 아니었다는 것으로 위로가 되었습니다.

어머니에게도, 저에게도, 우리는 서로가 헤어져야만 하는 애간장이 녹고 끊어지는 애별리고의 고통이 가장 컸습니다.

저는 지금처럼 살 생각입니다. 만약 법적인 절차로 호적을 옮기겠다고 하신다면 저는 지금의 성을 버리고 어머니의 성을 택할 생각입니다. 지금까지 그랬던 것처럼 제 인생에 아버지는 없다고 생각합니다.

또한 처음부터 누구의 도움 없이 '대가야의 장'을 일구었고 앞으로도 그럴 것입니다. 늘려가는 것 또한 제가 할 일이며, 작지만 제게는 가장 소중한 일이며 앞으로도 그럴 것입니다.

340

건강하세요.

장시원 드림

시원으로부터 온 메일을 읽던 장상현은 입가에 미소가 맺히는가 싶더니 결국 굵은 눈물방울을 떨어뜨리기 시작했다.

돈만 있으면 못할 것이 없는 세상이라 믿으며 지금껏 살아왔다. 자신의 아내와 두 아들들도 마찬가지였다.

큰형이 죽고 재산 분배 때문에 시원의 이야기가 나왔을 때에야 시원이 형이 밖에서 낳아 온 딸이 아닌, 사랑했지만 어쩔 수 없이 헤어져야 했던 자신과 민영의 딸이라는 사실을 알았다.

민영을 떠나보낸 후 자신에게 다가온 엄청난 애별리고의 고통에 몇 달은 죽은 듯 보내야 했다. 태어나서 처음 맛보는 고통이었다. 사랑과 맞바꾼 부의 축적은 상현을 냉혈한으로 바꾸어놓았다.

믿을 수가 없었다. 몇십 년 만에 나타난 자신의 혈육이라니!

서울에서 대구까지 한 걸음에 달려가 멀리서 시원을 보았을 때 장상현은 자신의 아이임을 의심치 않았다. 그 조막만 한 얼굴에 민영의 얼굴과 자신의 얼굴이 공존하고 있었던 것이다.

의과대학에 다닌다는 보고를 받고 잘 자라준 시원에게 감사했다. 그러나 그 아이가 갑작스런 외할머니의 죽음으로 흔들리기 시작했다. 그 흔들림을 잡아주어야 할까 많은 고민을 한 끝에 찾아가려는 찰나, 아이가 스스로 일어섰다.

인턴을 몇 달 남겨두고 그만둔 아이가 과외를 시작했을 때도

341

어떤 생각인지 궁금했지만 지켜볼 수밖에 없었다.

제 손으로 직접 공장을 일구고 사무실을 만드는 것이 기특했다. 자신의 두 아들은 하지 못한 일들을 스스로 하는 저 아이가 너무나 욕심이 났다.

자신의 사업을 물려받을 아이가 바로 저 아이임을 알아보았지만 섣불리 그럴 수 없었다. 따뜻함과 열정으로 가득했던 젊은 시절을 가장 빼다 박은 자신의 큰딸. 보면 볼수록 혈육에 대한 집착과 애정이 샘솟았다.

혼자 끙끙 앓다 목숨을 잃을 뻔했다는 말을 듣고 찾았을 때 다시 흔들리던 민영과 자신의 사랑스러운 딸.

패악을 부리며 민 여사가 쏟아내던 더러운 말들이 비수가 되어 장상현을 찌르고 또 찔렀다. 자신과 형의 잘못된 선택 때문에 고달팠을 민영과 시원의 인생이 안타까웠다.

꿋꿋하게 사는 줄로만 알았던 시원의 인생에 누군가 던진 돌들이 뭇매가 되어 장상현에게 날아왔다.

시원은 말로 표현하지 않았지만 우리는 남이라고 말하고 있었다.

어차피 짊어져야 할 자신의 숙명이라면 이것조차도 받아들여야 하지만, 욕심이 나고 안타까운 것은 어쩔 수 없었다. 그나마 안심인 것은 시원의 옆을 지키고 있는 서재희라는 남자가 꽤 괜찮은 인물이라는 것이었다.

"김 비서, 앞으로 지금까지 해왔던 것처럼 곁에서 지켜보고 보고만 해주게. 다시 그 애를 흔들어 꺾을 수는 없는 노릇이니."

그 아이를 딸로서 만나지 못하고 그저 비서에게서 딸의 일상을

전달받는 것이 지금껏 딸을 버려둔 자신에게 돌아온 애별리고의
고통이었다.

　정월 보름. 드디어 장 담그는 날이 밝았다.
　정월 보름이 아니더라도 물량이 딸리면 수시로 장을 담가왔지
만 이날이야말로 가장 많은 장을 담그는 날이었기 때문에 아침부
터 대가야의 장은 소란스러웠다.
　새벽부터 목욕탕에 가서 목욕재계를 한 시원은 지금까지 해왔
던 대로 메주 한 덩이와 소금, 고추 등을 소반에 차려놓고 정갈한
몸과 마음으로 고사를 지냈다.
　올해부터 홈쇼핑과 계약하고 납품하기로 한 상태라 앞으로 대
가야의 장은 작년보다 더 바빠지게 되었다.
　5년 전 처음 장 담그기를 시작했을 때는 모든 것이 시원의 손을
거쳐야만 했다. 가마솥에 장작불을 지펴 콩을 삶았고, 삶은 콩을
일일이 절구로 찧어 으깬 다음 베 보자기를 깐 메주틀에 넣고 꼭
꼭 밟아 단백질의 결속력을 높여 발효가 잘 되도록 단단하게 만
들었다.
　그 모든 것이 이제 기계화되었지만 기계화가 되어도 사람들이
걱정하는 손맛과 똑같게 만들기 위해 시원은 기계를 만드는 공장
에서 거의 살다시피 하며 손맛과 똑같은 장맛이 나오는 조건을
연구했다. 무엇보다 장을 만드는 재료에 더욱 신중을 기하는 것
도 잊지 않았다.
　가을에 곧바로 거둬들인 국산 콩과 햇볕 좋은 6월에 생산한 천
일염을 최소 1년 이상 나무를 받쳐 저장해 간수를 빼고 사용했

다. 공장을 지으면서 지하수를 뚫어 지하 100미터 깊이에서 길어 올린 맑은 지하수는 장맛의 비결 중 하나였다.

발효실에 걸려 있는 국산 콩 천 가마로 쑨 잘 띄운 메주를 소금 물에 박박 문질러 깨끗이 씻은 후 이틀을 햇볕에 바짝 말린 메주를 고사 후 짚에 불을 붙여 깨끗하게 소독한 항아리에 차곡차곡 넣었다. 그런 후 메주가 잠길 정도로 소금물을 자작하게 부어 숯과 고추, 솔잎과 대추를 차례로 넣어 꼭꼭 눌러주는 것을 끝으로 오늘의 일과는 끝이 났다. 하지만 한 달 후 메주가 부드럽게 붙면 고루 주물러 항아리에 켜켜이 소금을 뿌려 담고 꼭 봉한 다음, 수시로 뚜껑을 열어 햇볕을 쪼이는 과정이 아직 남아 있었다.

가장 많은 장을 담그는 날이라 아침부터 설쳐대도 벌써 날은 저물어 있었다.

정리가 끝나자마자 추운 날씨에도 손발을 호호 불어가며 함께 고생한 직원들과 회식 자리로 갔다.

"춥기는 했지만 그래도 바람 한 점 없이 햇빛이 쨍하고 나와 주어서 너무 다행이었어요. 다들 추운 날씨에 고생하셨습니다. 아시겠지만 올해 홈쇼핑 계약과 더불어 대형마트에 우리 대가야의 장 제품들을 납품하게 되어 앞으로는 더욱 바빠질 것 같아요. 앞으로도 지금까지 해왔던 것처럼 열심히 해주시길 부탁드립니다. 하지만 일이 늘었다는데 그냥 맨입으로 넘어갈 수는 없겠죠? 올라가는 물가에 맞추어 월급도 인상이 되어야겠죠?"

시원의 말이 다 끝나기도 전에 직원들이 환호를 지르며 박수를 쳤다.

"우리 된장 사장 만세!"

"앞으로도 쌔가 빠지게 일 하꾸마."

"장 사장, 진짜가?"

흥분을 하는 직원들을 가라앉히고 시원이 다시 입을 열었다.

"사람 말 억수로 못 믿네예."

평소에 사투리를 쓰지 않던 시원의 갑작스런 사투리에 직원들이 또다시 떠나갈 듯이 웃어댔다.

"이번 달부터 인상된 월급으로 나갈 거예요. 그런 의미에서 함께 고마 쌔리 박아 보입시다."

시원이 술잔을 들자 직원들도 술잔을 높이 들었다.

"대가야의 장을 위하여!"

"위하여!"

여러 개의 잔에 허공에서 부딪쳐 즐겁고 경쾌한 소리로 공기를 울렸다.

"안녕하세요, 저는 성산에서 멜론 농사를 짓고 있는 김현우."

"저는 고령에서 그린 수박 농사를 짓고 있는 서재희."

"저는 쌍림에서 딸기 농사를 짓고 있는 임영우라고 합니다."

세 남자가 무대 위에 서서 패기 있게 자기소개를 했다.

"진짜 농사짓는 사람 맞아?"

사회자가 의심스럽다는 듯 세 남자를 바라보며 묻자, 현우가 군대에서나 쓰는 말투로 우렁차게 대답을 했다.

"농사꾼이 확실합니다."

"잘생겼구만, 잘생겼어. 아까 들어보니 장가들을 간다는데 장가간다는 사람이 누구야?"

현우와 재희가 손을 번쩍 들었다. 사회자가 손을 들지 않은 영우를 보며 혀를 차자 지켜보고 있는 관객들이 손뼉을 치며 웃었고, 영우는 멋쩍은 듯 뒷머리를 긁었다.

"애인 없어?"

"없습니다."

사회자가 또다시 혀를 찼다.

"멀쩡하게 생겨가지고 아직 애인도 없고, 다른 데 이상 있는 건 아니지?"

사회자가 영우의 얼굴과 특정 부위를 번갈아가며 훑어보자 관객들이 배를 잡았고, 홍시가 되어버린 영우는 우렁차게 소리쳤다.

"절대 아닙니다!"

"그럼 여기에서 이상형이나 말해봐. 혹시 아나? 이거 보고 연락이라도 올지?"

"안녕하십니까? 전국의 미혼 여성 여러분. 저는 쌍림에서 딸기 농사를 짓고 있는 나이 계란 한 판의 임영우입니다. 요즘은 농사도 다 기계화가 되어 농촌에 시집온다고 해서 함께 농사를 짓는 것은 아닙니다. 여기 이 형님은 병원에서 간호사로 근무하시는 분과 결혼을 하고, 이 형님은 사업 하시는 분과 결혼을 합니다. 그러니 농사꾼과 결혼하면 쌔빠지게 농사를 지어야 한다는 편견은 버리시고 농촌 총각들 좀 사랑해주이소. 차가운 도시 남자보다 더 돈 잘 벌고, 잘 나가는, 차가운 농촌 남자인 제가 마음에 드시는 전국의 미혼 여성 여러분들, 한국 노래자랑 홈페이지로 연락 주시면 대단히 고맙겠습니다."

말 한마디 못할 것 같던 영우가 막힘없이 대담하게 말을 하는 모습을 지켜보던 시원과 유나가 웃으며 박수를 쳤다.

울며불며 재희와 헤어지라던 유나는 어느새 현우와 만나고 있었다. 진수와 민숙의 결혼식에서도 재희에게 미련을 못 버린 듯 하더니 언제부턴가 현우와 알콩달콩한 모습을 보여주고 있었다. 그리고 얼마 전 현우와의 연애를 기정사실화했다.

그 사실을 알고 재희와 시원은 두 사람을 축복해주었다.

"전국의 미혼 여성분들, 잘 들었지요? 차도남 말고 차농남 마음에 드시는 분들, 우리 홈페이지로 연락 부탁합니다. 그럼 잘 나가는 차농남의 노래 들어봅시다."

사회자가 무대 밖으로 나가자 흥겨운 트로트 선율이 울려 퍼지고 세 남자의 익살스러운 춤이 시작되었다. 관객들의 얼굴이 웃음으로 일그러지기 시작했고 흥에 겨운 할머니와 할아버지는 벌떡 일어나 춤을 추었다.

"시원을 향한 나의 사랑은, 무조건 무조건이야. 유나를 향한 나의 사랑은 특급사랑이야."

재희와 현우가 가사를 바꿔 노래를 나눠 부르는 부분에서 자신들의 이름이 들어가자, 박수를 치며 듣고 있던 시원과 유나의 얼굴이 빨갛게 달아올랐다.

세 남자의 춤과 노래가 끝나자 박수가 끊이지 않고 계속 이어졌다. 꽃샘추위가 물러나고 비로소 봄이 시작되는 4월의 길목, 고령에서는 대가야 축제가 한창이었다.

가야대학교 운동장에서 열린 한국 노래자랑을 비롯해 대가야 축제가 벌어지고 있는 광장은 많은 사람들로 붐비고 있었다.

재희의 무대를 보고 부랴부랴 광장으로 간 시원은 딸기 따기 체험을 하기 위해 줄을 서서 기다리는 사람들, 도예 만들기 체험 외 많은 체험들을 하려고 기다리는 사람들, 성산 멜론과 쌍림 딸기 시식 행사와 먹거리 촌을 지나, 겨우 특산품 코너로 이어지는 곳에 도착을 했다.

특산품 코너 중 하나인 '대가야의 장'을 지켜보던 시원의 얼굴에는 흐뭇함이 넘쳐났다. 올해 처음으로 자리를 얻어 축제에 참여하게 되었는데 생각보다 반응이 좋았다.

발걸음을 옮기려 할 때 진동이 왔다.

- 어디예요?

"광장으로 왔어요."

- 노래하는 거 봤어요?

"네."

- 인기상 받았어요.

"정말요?"

마냥 노래자랑만 보고 있을 수가 없어 재희의 코너만 보고 광장으로 와버린 시원이었다.

- 학교 다녀올게요. 저녁 늦게 4H 회원들과 한잔 하기로 했어요. 축제 준비한다고 다들 고생했는데 인기상 받을 때 부상으로 받은 농협 상품권으로 한 턱 쏘려고요. 저녁에 봐요.

농사지으랴, 학교 다니랴, 바쁜 와중에도 틈틈이 축제 준비를 하느라 몸이 열 개라도 모자란 재희였다.

"조심해서 다녀와요."

대가야 축제를 준비하면서 지역 특산품을 어떻게 홍보하면 좋을지에 대해 4H 회원들과 사흘 밤낮으로 회의를 하고 고심했다. 그 결과 광장 한 모퉁이에 하우스를 지어 자라고 있는 수박과 딸기, 멜론을 그대로 옮겨 와 포트에 씨를 심어 열매가 열리는 과정까지 한눈에 볼 수 있도록 했다. 반응이 좋아 내년에는 하우스를 더 길게 짓자는 말까지 나올 정도였다.

"야, 장시원이! 왔으면 빨리 들어와서 안 거들고 자꾸 딴 짓 할끼가?"

정신없이 된장을 팔고 있던 경선이 소리를 지르자 시원은 그제야 휴대전화를 바지 주머니에 넣고 현수막 안으로 들어갔다.

축제가 끝나는 시각에 맞추어 정리를 마친 후, 늦은 저녁이 되어 회원들이 모여 있는 술집으로 가자 이미 기다리고 있던 회원들의 수다로 술집은 시끌벅적했다.

"시원이 왔나?"

민숙이 먼저 알은체를 해왔다. 4H 회원들과는 봉사활동을 다니며 점점 친해졌는데 그중에서도 민숙이 시원에게 가장 관심을 갖고서 챙겨주곤 했다.

"네. 다들 안녕하세요?"

인사를 하고 먼저 도착한 재희의 옆에 앉자 민숙이 대뜸 시원에게 말했다.

"니 들었나? 유나 요거 애 가졌단다."

"네?"

시원의 눈길을 피하며 유나가 얼굴을 붉혔다. 현우와 결혼을 한다는 말도 갑작스러웠는데 애를 가졌다는 말은 더 갑작스러웠다. 재희를 좋아한 것이 사실이었으나 의심스러울 정도로 급속도로 전개된 현우와 유나의 만남은 많은 사람들을 놀라게 만들었다.

"누나는 우리 유나 부끄럽꾸로 자꾸 와 캅니꺼. 내가 애 가지자고 먼저 졸라가 아 가진 거 아입니꺼. 누나도 나이 생각해서 빨리 우째 함 해보이소."

부끄러워하는 유나 대신 현우가 나서서 화제를 돌렸다.

"결혼도 안 한 것들이 자랑이다 그래. 그카고 나도 뱃속에 아 하나 있거든."

민숙의 말에 모두 눈을 동그랗게 뜨고 민숙을 바라보았다.

"술 안 먹는 거 보면 모르나?"

그러고 보니 민숙은 그 좋아하는 술을 마다하고 사이다만 한 잔 부어놓고서 고사를 지내고 있었다.

"어머, 축하해요."

"고맙습니다."

회원들의 축하에 진수가 웃으며 인사를 했다.

"아무래도 현우 형이 나보다 고단수인 것 같지 않아요? 오늘처럼 현우 형이 부럽다는 생각은 처음 해보네요."

유나와 민숙의 임신을 축하하는 와중에 재희가 시원의 귀에다 대고 소곤거리자 당황한 시원은 재희의 허벅지를 세게 꼬집었다.

재희 때문에 현우는 거들떠보지도 않더니 결국 현우와 사귀게 되고, 그것도 모자라 민숙의 결혼식에서 프러포즈를 한 재희를 제치고 결혼 날짜를 잡았다. 거기다 임신이라니! 재희가 부러워할 만도 했다.

"시원 씨는 다음 주에 서울 올라간다면서요?"

"네."

"재희 불쌍해서 우짜노."

현우가 혀를 쯧쯧 찼다.

다음 주, 홈쇼핑에 처음으로 '대가야의 장' 방송 스케줄이 정해졌다. 첫 방송이라 시원이 며칠 서울로 출장을 갈 예정이었다.

"애가 닳는다, 닳아."

엄살을 부리는 재희 덕분에 모인 사람들 모두 킬킬 웃었다.

"서울 같이 갈까요? 혼자 보내려니 마음이 놓이질 않아요."

가로등 불빛 아래 두 사람이 손을 꼭 잡은 채 집으로 가는 길에 재희가 걱정스럽게 물었다.

"학교랑 수박은 어쩌고요?"

재희의 긴 한숨에 시원이 킥킥 웃었다.

"웃음이 나와요?"

재희의 말에도 시원은 웃음을 멈추지 않고 고개를 끄덕였다.

고작 3일을 참지 못해 불만을 터뜨리는 재희의 모습이 귀여워 자꾸 웃음이 났다.

"우리 10월에 결혼해요."

순간 시원이 웃음을 멈추고 눈을 휘둥그렇게 떴다. 재희의 목소리가 진지하게 바뀌었기 때문에 농담이 아니란 것을 알 수 있었다.

"생각해봤는데 9월 말이나 10월 초가 좋을 것 같아요. 수박 끝내면 여름이니까 더운 여름에 결혼하는 건 무리인 것 같고, 추수철 전에 결혼하는 게 가장 좋을 것 같아요."

결혼을 한다고 생각은 했지만 재희처럼 구체적으로 생각해본 적은 없었다.

"재희 씨 대학원 끝내고 결혼해도 상관없는데 힘들지 않겠어요?"

"시원 씬 그때까지 기다릴 수 있어요?"

가만히 물어오는 재희를 보더니 시원이 웃음을 터뜨리며 고개를 저었다.

"그러니까 빨리 해요, 결혼."

"좋아요."

결혼에 대해 구체적으로 생각해본 적은 없지만 재희라면 무조건 따라갈 준비가 되어 있었다.

"우린 둘 다 고령에 사니까 결혼도 고령에서 해요."

"하지만 고령엔 예식장이 없잖아요."

"예식장이야 만들면 되지."

문제없다는 듯 당당한 그의 태도에 또 무슨 꿍꿍이가 들어 있는지 궁금했다.

"무슨 수로?"

"오빠만 믿어요."

결혼식은 자신이 알아서 한다고 큰소리 떵떵 치던 재희와 그런 재희 때문에 결혼 준비는 아예 손을 놓아버린 시원의 결혼식은 덕곡에 있는 예마을에서 치러졌다.

고령에는 예식장이 없어 버스를 대절해 대구로 나가서 결혼식을 치르는 것이 태반이었다. 그 와중에 재희는 야외 결혼식을 감행했다. 혹시 비가 내릴까, 바람이 많이 불까, 시원은 결혼 당일까지 노심초사했다.

10월에 결혼을 하자는 말을 꺼내고, 결혼 준비를 알아서 하겠으니 오빠만 믿으라더니 재희는 자신이 꺼낸 말 그대로 시원이 신경 쓰지 않게끔 무사히 결혼 준비를 마쳤다. 시원이 한 일이라고는 재민과 가혜를 다시 만나 결혼을 하겠다고 인사를 한 것뿐이었다. 두 사람은 제 일인 양 기뻐해주었다.

양가 어른이 안 계시니 예단도 생략하고, 예물은 재희가 산에서 준 반지 하나로 대신했다. 재희가 사는 집에서 신접살림을 차리기로 하여 재희의 말대로 따로 혼수라고 할 것도 없었다. 그러니 경선에게 복 받은 년이라는 말을 들을 만도 했다.

폐교를 뜯어내고 새로 지은 건물에서, 곱게 신부화장을 하고 순백의 드레스를 입은 시원이 앉아 사람들과 사진을 찍고 있었다.

"시원아, 니 진짜 이쁘데이."

산달이 아직 많이 남았는데 배가 남산만큼 나온 민숙이 진수의 팔짱을 끼고 들어와 호들갑을 떨었다.

"축하해요, 시원 씨."

"고맙습니다."

"자기야, 우리 사진 좀 찍어도."

진수에게 자신의 스마트폰을 넘긴 민숙이 시원과 사진을 찍으려는 찰나, 민숙만큼은 아니지만 배가 나온 유나가 현우와 함께 들어왔다.

"언니, 사진 같이 찍어요."

"어서 와요, 유나 씨. 유나 씨도 배가 많이 나왔네."

"내만큼 나왔겠나. 누가 보면 나는 곧 알라 나오는 줄 안다이가."

민숙이 자신의 배를 쑥 내밀어 보였다.

"언니, 진짜 누가 보면 쌍둥인 줄 알겠다. 진짜 많이 나왔네."

두 사람이 서로의 배를 보며 이야기를 나누자 옆에서 지켜보던 사람들이 두 사람의 모습을 보며 웃었다.

"제가 사진 찍어드릴 테니까 배 자랑 그만하시고 얼른 서세요."

경선이 두 사람을 중재하고 나서줘서 시원은 다시 조용히 사진을 찍을 수 있었다.

민숙과 유나와 사진을 찍은 후, 다시 한 번 축하의 말을 하고 있는데 검은 턱시도를 입은 근사한 모습의 재희가 들어왔다.

"우와, 재희 니 연예인 해도 되겠다이."

"고맙습니다, 형님."

진수와 현우, 그리고 배가 나온 두 사람과 인사를 한 재희가 시원의 곁으로 다가왔다.

"예뻐서 이대로 보쌈하고 싶은데요?"

"또, 또 오글모드 시작이네. 내 두 사람 콩깍지 언제 벗겨지는지 꼭 두고 본데이. 우리는 그만 나가입시다."

경선이 자신의 팔뚝을 벅벅 긁으며 얼굴을 구겼다.

"나도 겪어봐서 안다, 재희야."

진수가 껄껄 웃으며 말했다.

"그래, 좋을 때다."

민숙도 진수의 옆에서 한 마디 거들었다.

"그러게, 조금만 있어 봐요. 맨날 지지고 볶고 싸울걸요."

지지 않고 한 마디 거드는 유나의 팔을 잡아당기며 현우도 핀잔을 주었다.

"고마하고 나가입시더. 재희 눈치 막 주네."

사람들이 다 나가고 나자 주위가 비로소 조용해졌다.

"안 떨려요?"

"떨려요."

"괜찮아요. 내 손 꼭 잡고 들어가면 돼요. 나 믿죠?"

이 순간에도 자신만 믿고 따라오라는 재희의 말에 시원의 가슴이 속절없이 쿵쿵 뛰었다. 순간 시원은 재희에게 말하고 싶었다.

당신이 내 곁에 있어서 참 다행이라고, 당신이 옆에 있어서 행복하다고.

하지만 가슴이 너무 두근거려 말을 할 수 없었다.

손을 꼭 잡은 두 사람은 결혼식 무대가 꾸며진 곳으로 함께 걸어갔다.

"세상에, 선녀가 따로 없네요."

곱게 한복을 입고 다가온 가혜가 예쁜 보조개를 피우며 두 사람을 흐뭇하게 바라보았다.

"우리 재희 잘 부탁합니다."

지민을 안고 서 있던 재민의 말에 시원의 손을 여전히 잡은 채 재희가 다른 손을 들어 재민을 꼭 안았다.

"고마워, 형. 고마워요, 형수님."

비로소 가족이 된 네 사람의 얼굴에 환한 웃음꽃이 피어났다.

10월의 초가을.

잔디밭에 꾸며진 두 사람의 결혼식 무대는 많은 사람들로 꽉 차 있었다.

고추잠자리가 날아다니고, 산과 들은 오색 단풍으로 물들고, 선선한 가을바람이 부는 그림 같은 풍경 속에서 순백의 드레스를 입은 아름다운 신부와, 검은 턱시도를 입은 멋진 신랑이 버진로 드 앞에 섰다. 주례 없이 사회만으로 치르는 색다른 결혼식이었 다.

사회자가 큰 소리로 신랑신부 입장을 외치자 동시 입장을 하는 두 사람의 모습에 하객들이 환호하며 박수를 쳤다.

두 사람의 사랑의 서약 뒤, 신부가 신랑에게 보내는 편지에 이 어 신랑이 직접 답가를 부르자 하객들의 입가에서는 미소가 떠날 줄 몰랐다.

화창한 10월의 결혼식과 너무나도 잘 어울리는 신랑의 답가에 신부가 눈물을 뚝뚝 떨어뜨렸다. 노랫말처럼 그들의 10월의 멋진 날이 소리 없이 찾아든 찬란함으로 가득 채워지고 있었다.

그 모습을 멀리서 지켜보던 한 사람의 입가에 잔잔한 미소가 맺히고, 두 사람이 맹세의 키스를 끝내고 걸어 나오는 것을 보더니 눈물을 툭 떨구었다.

손 한 번 잡아보지 못한 자신의 딸이 결혼을 한다는 소식을 비서를 통해 알았다. 새벽부터 서울에서 고령까지 차를 타고 내려오면서 장상현은 속절없이 쓸쓸한 마음을 가눌 길이 없었다.

"김 비서, 납골당으로 가지."

먼발치에서 결혼식을 지켜본 장상현은 하객들이 모여 사진을 찍는 모습을 뒤로하고, 민영이 안치되어 있는 납골당으로 자리를 옮겼다.

"힘들죠?"

샤워를 하고 나온 재희가 잠옷을 입은 채 창 밖을 바라보고 서 있는 시원을 뒤에서 끌어안았다. 재희에게서 나는 샤워젤 향기가 시원의 코를 향기롭게 간질였다.

"괜찮아요."

말은 그렇게 했지만 아침부터 강행군이어서 앉을 겨를도 없었다. 비행기를 타고 호텔에 와서야 비로소 두 사람만의 시간이 시작되었다.

두 사람이 선택한 신혼여행지는 제주도였다. 혼자서 제주도로 떠난 시원을 재희가 찾아왔을 때 며칠 더 함께 머물고 싶었었지만, 그때는 시원의 다친 발 때문에 제대로 된 여행도 하지 못하고 올라가야만 했기에 다시 찾아온 것이었다.

"힘들어도 좋네요. 이제 시원 씨가 내 공식적인 아내가 되었다고 생각하니까 좋아서 환장할 것 같아요."

늘 바르고 고운 말만 쓰던 재희의 입에서 환장할 것 같다는 말이 나오자 시원이 소리 내어 웃었다.

"잘할게요. 당신에게도, 앞으로 태어날 우리 토끼 같은 아이들에게도. 사랑해요."

언젠가 그들에게 찾아올 토끼처럼 사랑스러운 아이들을 생각하자 행복감이 찾아들었다.

"재희 씨가 불러준 노래 있잖아요. 살아가는 이유, 꿈을 꾸는 이유 모두가 너라는 걸. 내가 그래요. 내 옆에 있던 사람들, 다 떠나갔지만 당신만은 남아줬어요. 앞으로도 그래줘요. 당신은 내가 살아가는 이유고, 꿈을 꾸는 이유니까."

재희가 눈물을 글썽이는 시원을 꼭 끌어안았다. 빈틈없이.

"사랑해요. 재희 씨."

"나도 사랑해요."

"그 노래, 다시 불러줘요."

시원의 목덜미에 잔잔하게 입을 맞추던 재희가 고개를 들어 조용히 노래를 부르기 시작했다. 그의 듣기 좋은 음성에 두 눈을 감았던 시원은 노래가 끝나자 몸을 돌려 반짝이는 눈동자로 재희를 올려다보았다.

"엄마도, 할머니도 하늘에서 보고 계셨겠죠? 내가 행복하면 두 분도 행복하시겠죠?"

"그럼요."

"재희 씨는 엄마와 할머니가 주신 선물 같아요."

"리본을 하나 달 걸 그랬어요."

눈물이 번진 얼굴로 시원이 웃었다. 시원의 눈물을 닦아낸 재희가 입술을 내려 시원의 이마와 눈, 코, 얼굴 곳곳에 샅샅이 입맞춤을 했다. 마지막으로 입술에 닿은 재희의 입술이 시원의 아랫입술을 가볍게 빨아 당기다 안으로 곧장 파고들며 깊은 키스를 했다.

시원이 재희의 목을 끌어안고 재희가 주는 뜨거움을 고스란히 받아들이는데 갑작스레 재희가 입술을 떼어냈다. 왜 그만두냐는 눈빛으로 시원이 올려다보자 재희가 빙긋 웃었다.

"침대로 가요. 명색이 첫날밤인데 여기에서 할 순 없잖아요."

얼굴을 붉히는 시원을 번쩍 안아든 재희는 침대로 걸어가면서도 참을 수 없다는 듯 시원의 입술에 입을 맞추었다.

"대표님?"

조용하고 깨끗한 카페에 들어서자 자리에 앉아 있던 여기자가 일어나 시원을 반겼다.

"안녕하세요."

"안녕하세요. 일찍 오셨네요?"

약속시간 10분 전에 도착한 시원을 향해 기자가 생긋 웃었다.

"시간이 재산인데 까먹지 않으려면 미리미리 움직여야죠."

"역시, 마인드부터 철저한 여성 CEO시군요."

홈쇼핑 방송이 끝나자마자 바로 카페로 달려오는 길이었다. 몇 달 전부터 한 달에 한 번씩 찾아와 성공한 여성 CEO 대표로 인터뷰 요청을 하는 것을 계속 거절하기만 했는데, 서울에서 고령까지 계속 걸음 하는 걸 두고 볼 수만 없어 결국 두 손을 들고 말았다.

"제가 직접 가야 하는데 이렇게 걸음 해주셔서 감사해요."

기자가 고령으로 인터뷰를 하러 오겠다고 했지만 오늘 홈쇼핑 방송이 있던 터라 서울에 온 김에 인터뷰를 하기로 약속을 잡은 터였다.

"아니에요. 어차피 서울로 오는 길에 걸음 한 거니 신경 쓰지 마세요."

"오늘 홈쇼핑에서도 매진 기록을 세웠다고 들었어요. 축하드려요."

기자의 말대로 홈쇼핑 연속 매진 기록을 세운 대가야의 장은 오늘 100회 특집을 맞아 또 매진 기록을 세워 세간을 놀라게 했다.

"소문이 빠르긴 하군요. 감사합니다."

"이 바닥이 다 그렇죠."

"약속대로 두 시간 안에 무조건 끝내주시는 거죠?"

"물론이죠. 앉으세요."

커피를 주문한 두 사람은 커피가 나오기 전 서로의 안부를 물으며 조용한 수다를 떨었다.

곧 종업원이 커피를 가져다주자 두 사람은 이내 인터뷰에 돌입했다.

"첫 인터뷰라 떨리는데요?"

찻잔을 놓던 시원이 말과는 다르게 온화한 표정으로 웃어 보였다.

"홈쇼핑 방송도 하시는 분이 겨우 인터뷰에 떨린다니 믿어지지 않는데요? 편하게 말씀해주시면 돼요. 그럼 시작할게요."

기자가 녹음기를 켰다.

"요즘 밥상 위의 힐링으로 많은 사랑을 받고 계신데요, 우선 대가야의 장에 대한 간단한 소개 부탁드립니다."

시원은 헛기침으로 목소리를 가다듬고 인터뷰를 시작했다.

"'대가야의 장'은 우리 식탁의 가장 기본인 된장, 간장 등의 장

을 만드는 업체로 시작했습니다. 초기부터 비용이 많이 들더라
도 국산 콩과 진도에서 공수해 온 천일염, 그리고 지하 암반수로
최고의 맛을 내기 위해 노력해왔고 그것을 바탕으로 기능성 장을
개발하여 여러분의 뜨거운 사랑을 받고 있습니다. 진심으로 감사
드립니다."

마치 앞에 소비자가 있는 듯 인사를 하는 시원에게서 그녀의
열정이 묻어났다.

"대표님의 말씀대로 기능성 장들이 지금 큰 사랑을 받고 있는
데요. 특히 블루베리 된장은 없어서 못 팔 정도로 뜨거운 사랑을
받고 있다고 들었습니다. 어떻게 이런 발상을 하게 되셨는지 참
으로 궁금합니다."

"기본적인 된장을 만드는 업체는 손에 꼽을 수 없을 만큼 많습
니다. 그들과 경쟁을 하기 위해선 새로운 제품이 필요했습니다.
그래서 개발한 것이 다이어트 된장물이고 다음으로 만든 것이 블
루베리 된장과 블루베리 청국장환입니다. 다이어트 된장물보다
원가가 비싸다 보니 소비자들이 외면하면 어쩌나 고민도 많았지
만, 웰빙을 넘어 힐링을 추구하는 요즘의 라이프스타일을 겨냥해
서 식탁의 힐링을 부각시키는 마케팅을 하기로 정했습니다. 마음
의 치유를 하려면 몸부터 먼저 건강해야 하지 않겠습니까. 몸의
치유는 일단 밥상부터 변화시켜야 하는 거니까요. 그것이 소비자
에게 원가가 비싼 기능성 장을 쉽게 받아들이는 계기가 되었습니
다."

밥상 위의 힐링, 식탁의 힐링은 곧 몸의 힐링으로 간다는 것을
늘 부각시켜왔고 그것이 소비자들에게 먹혔다.

"식탁의 힐링, 듣기만 해도 힐링이 되는 듯합니다. 한데 블루베리 된장을 홈쇼핑으로만 파는 이유는 무엇인가요?"

"유통구조 때문입니다. 원가가 비싼 블루베리 된장을 백화점과 마트에 납품한다면 단가는 더 높아지지만 생산자에서 바로 소비자로 이어지는 홈쇼핑은 단가를 낮출 수 있는 최적의 조건이었습니다."

"한 발 앞서 내다보는 경영이야말로 연매출 200억의 비결이 아닌가 싶네요. 정말 대단하십니다. 바로 오늘 홈쇼핑에서 100회 연속 매진을 돌파하고 오셨는데요, 그만큼 블루베리 된장의 맛이 뛰어나고 몸에 좋다는 것을 입증한 셈이 되겠네요."

"그렇습니다. 아무리 좋은 물건을 만들어도 소비자가 외면한다면 그것은 결코 좋은 물건으로 평가받을 수 없습니다. 저는 된장을 팔고 있지만 된장과 함께 저의 신용도 함께 판다는 마음으로 늘 임하고 있습니다."

그것은 시원이 처음부터 고수해온 경영 방식이었다.

"사실 대가야의 장 대표님을 만나고 깜짝 놀라고 말았는데요, 된장을 만든다고 하면 이미지부터 촌 아낙네를 떠올리기 마련인데 이렇게 젊고 예쁘실 줄은 몰랐습니다. 회사를 이끌어가며 여성으로서 힘든 점은 없었나요?"

"없을 수가 없죠. 하지만 남성이든 여성이든 자신이 잘하는 것을 장점으로 세우면 되지 않을까요. 저는 아줌마들을 상대로 입소문을 넓히기 시작했고, 다이어트 된장물을 개발할 수 있었던 것도 여자이기 때문에 가능한 것이 아니었나 생각합니다."

"다이어트 된장도 블루베리 된장 못지않게 큰 사랑을 받은 것으로 알고 있습니다."

"대가야의 장을 알리게 된 것이 바로 다이어트 된장이었고, 지금도 예전만큼은 아니지만 꾸준히 매출을 올려주는 장본인이기도 합니다. 된장은 콩의 이소플라본이 발효가 되어 제니스테인으로 변화하는데 제니스테인은 여성호르몬과 비슷한 역할을 합니다. 여성들이 원하는 날씬한 몸매를 만들어주는 거죠. 또 신기하게도 된장에 있는 페닐알라닌이라는 물질을 섭취하면 페닐엘틸아민이라는 호르몬으로 바뀌는데 이 호르몬이 바로 사랑의 감정을 느끼게 하는 거죠. 그러니 된장을 많이 먹으면 사랑을 불러일으키기까지 하니 아직 미혼이신 기자님도 된장을 많이 드시길 바랍니다."

"하하, 그것 참 신기하네요. 새겨듣겠습니다."

아직 미혼인 여기자에게 의미심장한 웃음을 지으며 말하자 시원의 말을 경청하고 있던 기자가 소리 내어 웃으며 대답했다.

"앞으로도 계속 신제품을 개발하시겠군요."

"아직 구체적인 계획은 없지만 이대로 유지해 나간다는 것은 요즘 시대에 안정적인 유지가 아니라 결국 퇴보하고 마는 것이더군요. 시대는 계속 새로운 것을 원합니다. 거기에 발맞추어 나아가기 위해서는 늘 새로운 전략을 세우는 것이 무척 중요하다고 생각합니다."

"가정에 대한 이야기를 빠뜨릴 수가 없는데요, 남편 되시는 분도 꽤나 유명인이신 걸로 알고 있어요."

가족에 대한 물음에 시원은 저도 모르게 따뜻한 미소를 얼굴 가득 뿜어냈다.

"네, 최근에 씨 없는 멜론을 개발한 사람이 바로 제 남편입니다."

좀 전의 말투와는 다르게 그녀의 얼굴과 말투에서 남편에 대한 자랑스러움이 전해졌다.

"대단하세요. 어떻게 두 마리 토끼를 잡을 수 있었는지 참 궁금합니다."

"저희 두 사람은 평범하기 짝이 없는 사람이었습니다. 하지만 하나의 목표를 정하고 도전함으로써 생긴 기회들을 놓치지 않은 것뿐이죠. 노력 없는 결과란 없다고 생각합니다. 일도 사랑과 마찬가지 아닐까요."

시원과 재희가 안주하지 않고 끊임없이 목표를 정하고 도전한 것이야말로 오늘의 결과를 가져온 것이었다.

두 시간 동안 진행된 인터뷰가 끝이 나자 기자는 양해를 구하고 시원의 사진을 몇 컷 찍었다.

"배고프시죠? 간단하게 식사라도 하는 게 어떠세요? 제가 맛있는 걸 사드리고 싶은데."

시간 안에 인터뷰를 마친 기자가 시원에 대한 고마움을 전하며 저녁 제안을 했다.

"배가 고프긴 하지만 여기에서 다시 약속이 있어 저녁은 다음으로 미뤄야 할 것 같아요."

"바쁘신 분을 제가 괜히 잡았나 보네요. 약속하신 분 올 때까지 기다려드릴게요."

기자의 말에 시원은 웃음으로 대답을 대신했다.

"저기, 저 남자 참 멋있네요."

잠시 주위를 살피던 신영이 조용한 카페 안, 혼자 자리를 지키고 있는 한 남자를 가리켰다.

　검은 와이셔츠에 단정한 은회색 슈트를 입은 남자가 긴 다리를 꼬고 의자에 기대어 나른한 표정으로 책을 읽고 있었다. 구불구불한 머리 때문인지 남자는 꽤나 도시적인 느낌이었다.

　"롱다리라 옷발이 참 멋지네요."

　"얼굴도 크게 뒤지진 않는 것 같은데요?"

　시원도 남자를 구석구석 살피며 기자의 말을 거들었다.

　"저도 그렇게 생각해요. 대표님만 아니면 작업 걸어보고 싶을 만큼 매력적인 남자네요."

　기자의 농담에 시원이 소리 내어 웃었다.

　"그러게, 결혼한 저도 아까울 만큼 매력적이긴 하네요."

　남자는 두 여자가 자신을 바라보며 즐겁게 수다를 떠는 것도 모른 채 책에 푹 빠져 있었다.

　"제가 작업 한번 걸어볼까요?"

　그 말은 기자가 아닌 시원의 입에서 나온 말이었다.

　"네?"

　시원의 말에 눈에 띄게 당황한 기자가 눈을 끔벅였다.

　"저만큼 매력적인 남자를 두고 그냥 가는 건 죄악 아닐까요. 작업 걸고 올 테니 기다려봐요."

　말도 한 마디 못 하고 시원의 뜻밖의 행동에 입만 쩍 벌리고 있던 기자는 시원이 일어나 남자에게 다가가자 안절부절못하고 바라만 보고 있었다.

　시원은 분명 결혼을 한 유부녀였다. 인터뷰 때 남편의 이야기를 하며 온화하게 미소 짓던 그녀는 어딜 가고 딴 남자에게 눈길을 돌리다니, 보면서도 믿을 수가 없었다.

헌데 시원이 남자의 앞에 서자 그가 열심히 보고 있던 책을 접더니 환하게 웃는 것이 아닌가.

"말, 말도 안 돼."

아무리 시원이 미혼처럼 보인다고 해도 사람들 앞에서 딴 남자를 만나는 것은 한참 예의에서 벗어난 행동이었다. 성공한 여성 CEO 인터뷰가 끝난 지 5분도 채 되지 않았는데 저런 막돼먹은 행동이라니.

"믿을 수가 없어."

기자는 자신의 뺨을 찰싹 때려보았다. 하지만 현실은 확실했다.

된장을 너무 많이 먹어 사랑의 감정이 마구 넘쳐나는 것인지 시원은 아예 남자의 맞은편 자리에 앉아버렸다. 그것을 본 기자는 지금 당장이라도 인터뷰를 취소해야 하나 고민에 빠졌다.

그런 기자의 마음도 모르고 두 사람은 첫 만남이 맞는지 의심스러울 만큼 서로를 애틋한 눈길로 바라보고 있었다.

한참 웃으며 이야기하던 시원이 그제야 넋을 잃은 기자의 눈빛을 눈치 챈 것인지 자리에서 일어서자 남자도 함께 일어섰다. 시원이 기자에게 다가오자 뒤따라 남자도 자신의 가방을 들고 다가와 신영을 보고 섰다.

"기자님, 저 그만 가볼게요."

시원의 말에 벌떡 일어선 기자가 다시 눈을 휘둥그렇게 떴다.

"네?"

아니, 이 여자가.

백 년 묵은 여우도 아니고 단 5분 만에 이 매력적인 남자를 꼬셔 나가다니, 이건 정말 말이 안 돼도 너무 안 되는 거다. 그러면서도 말 한마디 못하고 버벅거리는 기자에게 시원이 폭탄을 투하했다.

"작업 성공했으니 데이트 하러 가야죠."

아니, 정말 뭐라는 거야, 이 여자가!

속말은 꺼내지도 못하고 입만 벙긋거리던 기자를 보며 시원이 호탕하게 웃었다.

"인사해, 재희 씨. 나랑 인터뷰 한 LCC 여성지 유신영 팀장. 신영 씨, 여긴 제 남편이에요."

"네에?!"

남편이라는 말에 신영이 놀라기도 전에 남자가 인사를 해왔다.

"안녕하세요."

남자의 인사에 신영은 다시 한 번 놀라고 말았다. 중저음의 목소리까지도 매력적이라니! 신의 키스를 한 번이 아닌 백만 번은 받은 듯한 축복받은 남자가 바로 이 남자였다.

"약속 상대가 바로 이 남자였어요. 제 남편이요."

아직도 상황 판단이 되지 않은 신영은 얼떨결에 고개만 끄덕였다.

"우린 바로 고령으로 내려가봐야 해서 먼저 갈게요. 만나서 반가웠어요."

"만나서 반가웠습니다. 안녕히 가세요."

시원 부부의 인사에도 신영은 대답조차 할 수 없을 만큼 멘붕에 빠져 있었다.

카페에서 빠져 나가는 두 사람을 넋을 잃고 바라만 볼 수밖에.

"이거 뭐니?"

이제야 상황 판단이 된 신영은 허탈해서 자리에 털썩 주저앉았다. 몇 분 사이에 혼미해졌던 정신이 그제야 제자리로 돌아왔다. 앞에 있던 냉수 한 잔을 쪽 들이켠 신영은 물 묻은 입술을 손등으로 거칠게 닦아냈다.

"전생에 나라를 구했나? 아! 부럽다, 부러워!"

성공한 여성 CEO 장시원 자체도 반짝반짝 빛나 보였지만 저렇게 멋진 남편 옆에 서 있는 모습은 세상에 하나도 부러울 게 없어 보였다.

공평한 세상? 이것을 두고 어떻게 공평한 세상 운운한단 말인가!

"아, 놔. 정말 아깝다. 된장을 얼마나 먹었길래 저래?"

된장이 사랑의 감정을 불러일으킨다던 시원의 말이 떠올랐다.

"된장녀가 확실하군."

두 사람의 모습을 떠올리며 신영은 빈 물 잔에 가득 담긴 얼음을 입에 넣고 와그작와그작 씹었다.

신영이 멘붕에 빠진 것도 모른 채 카페를 나온 두 사람은 시원의 차에 올라탔다. 차에 타자마자 시원의 뒷덜미를 잡은 채 입술부터 부딪쳐 오는 재희 덕분에 시원은 숨이 턱 막혀왔다.

"보고 싶었어요."

한참 만에 입술을 뗀 재희가 시원의 입술을 엄지로 닦아주며 조용하게 속삭였다.

"나도요."

발갛게 물든 얼굴로 재희를 바라보는 시원은 사랑스럽기 그지 없었다. 그 모습에 재희가 다시 시원의 입술에 입을 맞추었다.

2주간 일본으로 파견 간 재희의 일정에 맞추어 홈쇼핑 방송과 인터뷰 일정을 잡았다. 인천 공항에서 내린 재희와 만나 고령으로 함께 가기 위해 카페에서 만나기로 미리 약속을 해둔 터였다. 인터뷰가 끝나고 혼자 책을 읽던 재희를 보았을 때 느껴지던 설렘. 결혼 5년차가 무색하게 아직도 사랑이 충만한 두 사람이었다.

"일은 잘 끝내고 왔어요?"

핼쑥해 보이는 재희의 얼굴을 보며 시원이 걱정스레 물었다.

"누구 덕분에 잘 끝냈죠."

낮에는 농사를 짓고 저녁에는 야간대학원을 다니며 주경야독을 하느라 살이 쏙 빠졌지만 그런 재희의 내조도 하지 못하고 된장 사업에 빠져 오히려 외조만 받는 아내임에도 재희는 불평불만 없이 시원의 일을 밀어주었다. 그게 고마우면서도 못내 미안했다.

대학원을 졸업하고 형 밑에 들어가 함께 농작물 연구와 개발에 몰두하더니 결국 씨 없는 멜론 개발에 성공해 두 형제는 쏟아지는 스포트라이트를 받게 되었다. 그것 때문에 국내외로 잦은 출장과 강연을 다니느라 재희는 바쁜 일정을 소화하고 있었다.

"당신 얼굴 보고 나니 지우가 더 보고 싶어요."

재희가 재빨리 시원의 안전벨트를 매주고 자신의 안전벨트도

맸다.

"피곤하면 제가 운전할게요."

"비행기 안에서 눈 붙였더니 괜찮아요. 자, 이제 우리 지우 보러 갑시다."

딸바보 재희가 이렇게 서두르는 이유는 지우 때문이었다.

결혼해서 2년 만에 태어난 지우는 가족들의 보살핌 속에서 예쁘게 잘 자라나고 있었다. 블루베리 된장 개발 후로 더 바빠진 시원은 지우가 태어나기 전 심각하게 사업을 접어야 할지 고민을 했다. 아이에게만은 자신이 겪은 외로움을 물려주고 싶지 않았다. 일하는 엄마를 기다리며 학교에서 도서관으로, 다시 서늘한 집으로 돌아가는 일을 반복하던 시원이었기에 아이에게만은 집이 엄마가 기다리는 따뜻한 공간이라는 걸 알게 해주고 싶었다. 그런 시원에게 가혜가 찾아왔다.

같이 점심을 먹자는 전화에 두 사람은 자주 가던 칼국수 집에서 만났다.

"동서, 요즘 많이 바쁘지?"

칼국수를 주문하고 물을 마신 가혜가 물 잔을 내려놓으며 물었다.

"늘 그렇죠, 뭐."

"재민 씨한테 들었는데 사업 넘길까 한다며?"

며칠 전 잠들기 전 재희에게 이런저런 넋두리를 하며 육아 문제로 사업을 넘겨야 하나 고민을 털어놓았었다. 그 말이 언제 재민에게 전해져 다시 가혜에게 전해지게 되었는지, 시원은 고개를

371

끄덕이며 힘없이 웃었다.

대가야의 장이 궤도에 오르기까지 시원은 수많은 노력과 피땀을 쏟았다. 그런 회사를 누군가에게 넘긴다는 것은 생각만으로도 안타깝고 또 아쉬움을 이루 말로 할 수 없었다. 하지만 가족은 일과 겨룰 수 없을 만큼 소중했다.

"그래서 말인데, 동서가 날 믿고서 아기 태어나면 맡기는 건 어때?"

가혜의 말에 시원이 눈을 동그랗게 떴다.

"형님."

"난 지훈이, 지민이 키운 경험도 있고, 우리 집 애들은 이제 어린이집도 가니 딱히 할 일이 없잖아. 그러니까 나한테 맡겨주면 잘 키워줄게. 어린이집 갈 때까지만 나한테 맡기면 어린이집 가고부터는 동서가 곁에 있을 수 있잖아."

"하지만 저희 때문에 형님이 힘드실 텐데."

가혜의 말이 고맙고 또 고마웠지만 아이를 키우는 일이 얼마나 힘든 것인지는 경선을 통해 잘 알고 있었다.

"난 늘 서방님한테 고마우면서도 미안했어. 서방님이 재민 씨 위암이라는 소식 듣고 그 길로 그 좋은 회사도 그만두고 내려와 형님은 제가 돌볼 테니 걱정하지 말고, 울지 말고 두 아이만 꿋꿋하게 키우라고 하셨거든. 그런 서방님이 있어서 난 지민이를 가진 만삭의 몸으로도 재민 씨를 믿고 맡길 수 있었어. 초기에 발견해 수술도 성공적이었고 항암치료도 짧았지만 지민이를 낳은 몸으로 그 사람 곁에 있어줄 수 없었지."

그 당시를 회상하는 가혜의 눈동자에 눈물이 고였다.

"재민 씨 건강한 모습으로 돌아와 지민이를 안을 때 어찌나 기쁘던지."

결국 눈물이 방울방울 떨어졌다. 훌쩍임 없이 눈물을 손등으로 닦아낸 가혜가 말을 이었다.

"우리가 이렇게 행복할 수 있었던 건 다 서방님 덕분이야. 그런 잘나가던 서방님이 우리 때문에 회사도 그만두고 고된 농사일을 한다고 했을 때 늘 죄책감 같은 걸 지니고 살았어. 서방님은 아니라고 했지만 괜히 내 탓 같았거든. 동서 만나서 행복해하는 서방님 덕분에 나랑 재민 씨도 더 행복해."

오히려 훌쩍이며 우는 사람은 시원이었다. 자꾸만 가슴이 뭉클해왔다.

"서방님도 대학원에 진학해 하고 싶은 일을 하며 사는 것도 정말 대견하고, 누구나 알아주는 여성 CEO가 내 동서라는 것도 난 너무 좋아. 그러니까 포기하지 말고 일해. 예쁘게 잘 키워줄게. 지훈이, 지민이도 동생 있으면 좋겠다고 하는데 잘됐지 뭐야."

"고마워요, 형님."

코를 훌쩍이며 우는 시원의 손을 가혜가 따뜻한 손으로 잡아주었다.

"산후 조리도 내가 해줄 테니 걱정 말고. 나, 동서처럼 바깥일은 못해도 살림은 주부 9단이야."

생각지도 못한 산후 조리까지 신경 써준 가혜의 말에 시원의 눈에서 눈물이 멈추지 않고 쏟아졌다.

"왜 울고 그래."

"너무 좋아서요. 너무 고마워서요."

오랜만에 느껴보는 가족의 애틋함이었다. 아, 이것이 가족이라는 것을 가혜가 다시 한 번 시원에게 일깨워주고 있었다.

"우리 늘 이렇게 의지하면서 살자."

"네, 형님."

두 사람의 맞잡은 손은 한동안 떨어질 줄 몰랐다. 두 여자에게서 따뜻한 미소가 함빡 배어났다.

"언니, 언니."

아침 준비를 하던 시원은 지우의 목소리에 오이를 썰다 말고 방 안으로 들어갔다.

어제 재희와 서울에서 만나 밤늦게 집에 도착해 지민과 함께 자던 지우를 데려왔더니 아침에 일어나자마자 언니를 찾으며 울고 있었다. 지우의 옆에서 자던 재희는 장시간의 운전으로 피곤했는지 깰 생각도 않고 곤한 잠에 빠져 있었다.

"이리 와, 우리 아기."

시원은 지우를 품에 안고서 안방 문을 살며시 닫고 나와 달랬다.

"잘 잤어, 지우야?"

"엄마, 언니, 언니."

"지금 이른 아침이라 지민이 언니는 아직 자고 있을 텐데. 아침 먹고 지민이 언니에게 가보자. 알았지?"

"싫어. 언니, 언니."

어르고 달래도 연신 눈을 비비며 언니를 불러대는 지우였다.

"지우야, 언니가 그렇게 보고 싶어?"

시원의 물음에 지우가 고개를 끄덕였다. 동그란 눈으로 시원을 올려다보는 사랑스러운 딸을 보자 가슴이 또 울컥했다. 이렇게 보고 있어도 보고 싶은 재희를 닮은 사랑스러운 딸 지우.

"지우야, 언니 보러 갈까?"

금세 함박웃음을 짓는 지우를 바라보는 시원의 얼굴에도 행복한 미소가 가득했다.

"가, 가."

"엄마한테 뽀뽀 한 번 해주면 가지."

그러자 지우가 시원의 목에 팔을 두르며 입술을 꾹 눌러왔다. 웃음을 터뜨리며 시원은 가스레인지에 올려놓은 된장찌개의 불을 끄고 지우에게 신발을 신겼다.

지훈보다 지민을 더 잘 따르는 지우는 엄마라는 말보다 언니라는 말을 더 자주 할 정도로 지민만을 쫓아다녔다.

대문을 나와 옆집으로 들어서자 지우가 신이 난 듯 박수를 쳐대서 시원은 그만 웃고 말았다.

"형님, 저 왔어요."

현관문을 열고 들어가자 주방에서 나온 가혜가 손뼉을 치며 지우부터 반겼다.

"우리 지우, 이 예쁜 큰엄마 보고 싶어서 왔구나. 이리 온."

그런 가혜의 말을 무시하고 지민의 방으로 들어간 지우 때문에 가혜가 머쓱한 듯 다시 손을 거둬들였다. 그 모습에 웃음을 터뜨린 사람은 시원뿐이 아니었다.

"예쁜 건 당신이 아니라 지민이인 모양이군."

"아주버님 안녕하세요."

소파에 앉아 신문을 보던 재민이 한마디 했다.

"내가 조금만 젊었어도 지우는 내가 더 예쁘다고 할 텐데 가는 젊음이 안타까울 뿐이고."

가혜의 농담에 두 사람은 다시 웃어버렸다.

"아침 일찍 죄송해요. 일어나자마자 지민이만 찾아서."

아침 일찍 연락 없이 찾아온 게 죄송해 시원은 미안한 표정으로 샐쭉 웃어 보였다.

"매번 이러면서 미안하긴. 아침 준비 안 했으면 먹고 가. 밥 넉넉한데."

"아니에요. 된장찌개는 끓여놓고 오이무침 하던 참이었어요."

"그럼 지우 걱정하지 말고 얼른 가서 밥 먹고 출근 준비 해."

아침 일찍 지우를 데리고 온 것도 미안한데 가혜는 늘 귀찮은 기색 없이 반갑게 맞아주었다. 지우를 늘 사랑으로 키워주는 가혜가 있어 시원은 회사에서도 걱정 없이 일할 수 있었다.

"고마워요, 형님."

현관문을 빠져나와 다시 옆집으로 발걸음을 서둘렀다.

재희의 빌라에 살던 두 사람은 지우가 태어난 후 재민의 옆집에 이층집을 지어 이사했다. 지우를 맡기고 데려오기도 편리하지만 재희가 형의 옆에 살기를 희망했던 것이다.

나란히 집을 지어 오순도순 살아가는 두 형제의 모습은 보는 것만으로도 흐뭇한 웃음을 자아내게 했다.

집에 들어오자마자 다시 오이와 양파를 썰어 양념을 넣고 무치는 시원의 허리를 감아오는 강인한 팔.

"우리 딸래미는 어디다 팔아먹고 왔어요?"

씻고 나왔는지 은은한 스킨 향이 시원의 코로 스며들었다. 재

희가 턱을 시원의 뺨에 부비자 시원의 입에서 간질거리는 웃음이
터져 나왔다.

"지민이한테 간다고 아침부터 고집을 부리잖아요."

"우리 딸이 오랜만에 집에 온 아빠도 무시하고 지민이한테 갔
다? 이거 완전 배신인데."

그렇다고 지우가 재희의 섭섭함을 알 리가 없었다.

"배신도 당했는데 그런 의미에서 우리?"

배시시 웃음과 함께 슬금슬금 가슴으로 올라오는 재희의 손을
시원이 탁 내리쳤다.

"출근 준비 안 해요?"

아프지도 않은지 능청스레 웃는 재희를 보자 저도 모르게 웃음
이 났다.

"내가 이야기 안 했던가? 나 오늘 월차인데."

아, 잊고 있었다.

"이것 봐. 남편한테 너무 관심이 없다니까."

"미안해요."

시원이 정말 미안한 표정으로 말하자 재희가 웃음을 거두고 시
원을 꼭 끌어안았다.

"미안하면 방으로 들어갈까요?"

또다시 슬금슬금 올라오는 재희의 손길을 시원이 다시 내리쳤
다.

"못살아, 정말."

금세 가자미눈으로 노려보는 시원을 보며 재희가 소리 내어 웃
었다.

"미안해하지 마요. 어제 홈쇼핑 때문에 정신없었던 거 아는데 뭘."

재희가 시원을 다시 품에 안으며 머리를 쓰다듬어주었다.

"그런데 이걸 왜 아직까지 가지고 있었어요?"

재희의 말에 품에서 빠져나온 시원이 무슨 말이냐는 듯 물었다. 그러자 재희가 주머니에서 하얀 종이를 꺼내 그녀에게 내밀었다. 4H에서 하계 수련회를 갔을 때 재희가 그녀에게 줬던 보물이었다. 매점 이용권 삼천 원.

"그때 과자 사 먹은 거 아니었어요?"

샤워를 하고 귀가 간지러워 면봉을 찾기 위해 서랍을 뒤지다 그것을 발견했을 때 놀라움이 앞섰다. 몇 년이나 지난 것을 아직 시원이 간직하고 있을 줄은 꿈에도 생각지 못했다.

그의 말에 시원이 빙긋 웃으며 보물을 재희의 손에서 낚아채 주머니에 넣었다.

"보물을 어떻게 과자랑 바꿔 먹어요."

별것 아니라는 듯 말했지만 그녀의 얼굴이 붉게 달아오르는 걸 보고 재희는 그녀를 다시 품에 꼭 안으며 행복하게 웃었다.

비록 종이 한 장이지만 재희와의 추억이 담긴 것이기에 소중하게 간직한 거였다.

"시원 씨."

"네?"

"지우랑 당신이 너무 좋아서 환장할 것 같아요."

그 말에 시원이 쿡쿡거리며 웃었고 그 웃음이 재희의 가슴에 고스란히 흡수되었다.

"재희 씨."

"네?"

"내가 결혼 하나는 기똥차게 잘한 것 같아요."

이렇게 사랑스럽고 듬직한 신랑에 재희를 닮은 아이, 그리고 우애 좋은 형제. 그 속에 융합될 수 있어 시원은 더없이 행복했다.

"사랑해요."

"나도요."

– fin.

로맨스 소설을 읽으면 대부분의 주인공이 서울에 살고 있습니다. 한남대교나 올림픽도로가 심심찮게 소설에 등장하곤 합니다. 제가 서울에 가본 기억은 열 손가락 안에 꼽힙니다. 마지막으로 서울에 간 것이 대학시절 마로니에 공원에서 연극을 본 기억이니 벌써 오래전의 일입니다.

소설을 쓸 때마다 배경이 늘 문제였습니다. 그래서 제 주변 이야기를 써보자는 생각이 들었고 그 작품이 바로 '된장녀의 로맨스'입니다.

다이어트 된장, 블루베리 된장이나 씨 없는 멜론은 픽션이지만 정말 그런 것들이 나왔으면 하는 바람으로 설정한 것들입니다.

'된장녀의 로맨스'에 나오는 고령은 옛 대가야의 도읍지입니다. 고령이라고 하면 알지 못하는 사람들도 대가야라고 하면 국사시간에 배운 기억이 난다고 하더군요. 사람들이 잘 알지 못하는 곳을 소개하고 싶은 마음이 컸습니다.

그런데 한창 이 글을 써내려가던 2012년의 여름, 억울한 일을 겪게 되면서 이 글의 배경을 바꾸는 것에 대해 몹시 고민을 했습니다.

3월에 아버지 명의로 된 차를 제 명의로 옮겨 오면서 선납한 세

금이 한 달 안에 환급이 된다고 했는데 8월이 되어서도 환급이 되지 않기에 담당자에게 전화를 걸었다가 충격을 받았습니다. 서로 제 담당이 아니라며 떠넘기는가 하면 5개월 동안의 근무 태만을 미안하다는 단 한 마디로 끝냈습니다.

제 전작을 보신 분들은 아시겠지만 '섬마을 선생님'과 '미래소녀와 차도남'에는 악역이 존재하지 않습니다. 하지만 '된장녀의 로맨스'에서 처음으로 악역이 등장하게 되지요. 그 이유는 그때 제가 받은 분노이지 싶습니다. 그 일로 쓰던 글도 접고 억울함과 울적함을 달래야 했습니다.

삼성현의 고장 경산으로 배경을 바꿀까 했지만 결국 진행시킨 것은, 현재 아버지가 살고 계시기도 하지만 제가 가장 오래 살았던 곳이기에 애정 가득한 곳이기 때문입니다. 친구들이 가장 많이 살고 있는 곳이기도 하고요. 덕곡 예마을 야외 결혼식 장면은 실제 제 친구의 결혼식 장면이기도 합니다. 야외 결혼식이 그렇게 여유롭고 아름다울 수 있다는 것을 그때 처음 알게 되었습니다.

요즘은 농촌에서 젊은 영농인을 심심찮게 볼 수 있습니다. 농촌 총각들이 결혼을 하지 못해 노총각으로 늙어가다 다른 나라 여자와 결혼하는 것은 옛말이 되었습니다. 요즘 농촌에서는 결혼을 한 후 함께 농사를 짓는 것이 아니라 각자의 전문 분야에 계속 종사하게 되더군요. 실제로 아주 예전에 고령에 농활을 하러 온 치대생이 농사꾼과 사랑에 빠지게 되어 결혼을 한 경우도 있었습니다. 그 여대생은 지금 고령에서 치과를 운영 중이고 남편은 농사를 짓고 있고요. 지금은 심심찮게 전문 분야에서 일하는 여자들과 영농인의 결혼을 볼 수 있습니다.

그런 글을 쓰고 싶었습니다. 농촌을 배경으로 한 사랑 이야기를요.

무엇보다도 재미있다고 느끼셨으면 좋겠습니다.

쓰고 싶은 제 욕구를 가두려 하지 않고 물심양면 도와주는 내 가족, 사랑합니다. 늘 할 수 있다고, 잘하고 있다고 지지해주는 미경이, 내 기쁨을 자신의 기쁨처럼 기뻐해주는 유현이, 뒤에서 조용히 지켜봐주는 은경이 고맙다. 몇 안 되는 초등학교 동창들과 가까이 지내는 언니들에게도 감사를 전합니다. 그리고 '섬마을 선생님'부터 지켜봐주신 도서출판 가하 식구들 감사합니다.

마지막으로 이 글을 보고 계실 독자분들께 깊은 감사의 말을 전합니다.

감사합니다.

2013년의 봄을 맞이하며
차은강 드림

가슴 따뜻한 무릎팍 박사의 인생을 살리는 무릎 이야기
　　이수찬 지음 / 느낌이있는책(2010)

의대를 꿈꾸는 대한민국의 천재들
　　이종훈 지음 / 한언(2006)

나는 외과 의사다
　　강구정 지음 / 사이언스북스(2003)

달동네 병원에는 바다가 있다
　　최충언 지음 / 책으로여는세상(2008)

건강약콩 쥐눈이 콩
　　이혜선 지음 / 국일미디어(2010)

건강다이어트